Ine-ane-u und tot bist du

Von Lilly Frost

Herstellung und Verlag:
BoD - Books on Demand, Norderstedt

lilly.frost@gmx.at
www.lilly-frost.at

Ine-ane-u und tot bist du

Von Lilly Frost

Herstellung und Verlag: BoD -
Books on Demand, Norderstedt
ISBN 9783753406305

lilly.frost@gmx.at
www.lilly-frost.at

Buchbeschreibung:

Ein Serienkiller treibt sein Unwesen in Salzburg. Als ein Mann von einem Auto angefahren und getötet wird, denkt die Polizei zunächst an einen Unfall. Doch eine Zeugin will gesehen haben, wie der Wagen den Mann ein zweites Mal überrollt hat. Zudem wird eine merkwürdige Nachricht bei dem Toten gefunden. Kurz darauf werden die beiden Ermittler Alex Wild und Theo Bergmann zu einem weiteren Tatort gerufen. Theo begreift, dass er die beiden Toten gekannt hat. Und, dass die beiden ein dunkles Geheimnis verbindet, das schließlich Theo selbst in größte Gefahr bringt.

Über die Autorin:

Lilly Frost wurde 1973 in Salzburg geboren. In ihrer Heimatstadt, wo sie heute lebt, studierte sie Kommunikationswissenschaften. Seit über zehn Jahren ist sie im Bereich der Öffentlichkeitsarbeit tätig. Ihre Leidenschaft, das Schreiben, entwickelte sich schon in frühester Jugend. 2019 veröffentlichte sie ihren ersten Roman "Der Schattenmann - Tödlicher Eid". 2020 folgte der Salzburg-Thriller "Hurenkinder". "Ine-ane-u und tot bist du" ist der dritte Thriller von Lilly Frost.

Ine-ane-u und tot bist du

Bibliografische Information der Deutschen Nationalbibliothek
Die Deutsche Nationalbibliothek verzeichnet diese Publikation in der Deutschen Nationalbibliothek, detaillierte bibliografische Daten sind im Internet über http://dnb.dnb.de abrufbar.

2. Auflage, 2021
Lektorat: Philip Macek

Herstellung und Verlag: BoD - Books on Demand, Norderstedt

lilly.frost@gmx.at
www.lilly-frost.at

ISBN 9783753406305

Für Titi

Prolog – Juli 1992

Später würden sie es auf das Bier schieben, das sie bei ihrer letzten Rast, kurz nach Villach, getrunken hatten. Es war wieder einmal nicht bei dem einen geblieben, obwohl Tim der Fahrer war. Er hätte es besser wissen müssen, zumal er nicht nur für seine Freunde, sondern auch für seinen jüngeren Bruder die Verantwortung trug. Seit dem Tod ihrer Mutter, vor ein paar Jahren, war es häufig seine Aufgabe, sich um den Kleinen zu kümmern. So hatte ihr Vater ihn auch dieses Mal gebeten, ihn auf den Wochenendausflug nach Jesolo mitzunehmen. Was sollte er dagegenhalten? Sein Vater war alleinerziehend und berufstätig. Da musste er, als junger Erwachsener, einsehen, dass er gelegentlich zurückstecken musste. Doch gerade dieses Mal wäre er gerne alleine mit seiner Clique unterwegs gewesen. Es kam nicht häufig vor, dass seine Freundin Claudia und er ein paar Tage ungestört waren. Die anderen hatten ein bisschen Koks geschnupft, das sie in Jesolo von einem Barkeeper gekauft hatten. Gutes Zeug. Da waren sich alle einig.

Simone betatschte Hannes unentwegt vom Rücksitz aus, während Sabine und Walli, der eigentlich Andi hieß, aus dem Fenster stierten. Er hatte die Vermutung, dass sich etwas zwischen den beiden abgespielt hatte - während ihres verlängerten Wochenendes an der Adria - aber was auch immer es war, es schien kein Happy End gegeben zu haben. Sein Bruder hing in seinem Gurt und schlief. Beim Blick in den Rückspiegel bemerkte er, dass dem Kleinen Sabber über das Kinn lief. Tim schmunzelte. Die Party gestern am Strand war wohl zu viel für den Jüngsten in der Runde gewesen. Irgendwann war er neben dem Lagerfeuer eingenickt und nicht einmal mehr aufgewacht, als sie ihn in die Pension getragen und ins Bett gelegt hatten.

Das Essen lag Tim schwer im Magen. Er rutschte unruhig auf dem Fahrersitz umher. Einen Moment lang hatte er befürchtet, die Beamten an der italienisch-österreichischen Grenze könnten ihn aufhalten, weil sie seine Bierfahne bemerkten, doch der junge Kerl, kaum älter als sie selbst, warf nur einen flüchtigen Blick auf die Pässe, die sie aus den geöffneten Fenstern hielten und winkte den hellblauen VW-Bus durch. Claudia lehnte sich erleichtert an ihn und seufzte.

„Siehst du? Alles gut. Noch zwei Stunden, dann sind wir zuhause."

Er nickte und drehte das Radio ein wenig lauter. Die italienische Sonne prickelte noch auf seiner Haut genauso wie Claudias feuchte Küsse. Er konnte das Meeresrauschen hören und den Sand zwischen seinen Zehen spüren. Morgen hatte ihn der Alltag wieder. Wie gern wäre er noch eine Weile geblieben.

Die nächsten Stunden plätscherten ereignislos dahin. Gelegentlich vernahm man ein leises Schnarchen oder Grunzen von den hinteren Sitzen, wenn wieder jemandem aus der Gruppe die Augen schwer vom Bier wurden. Zwischendurch wurde hitzig über die bevorstehenden Präsidentschaftswahlen in den USA diskutiert. Während die einen den konservativen Kurs von George H. W. Bush befürworteten, hofften die anderen auf einen Wahlsieg des Demokraten Bill Clinton.

Als sie Bischofshofen erreichten, merkte er, wie die Müdigkeit ihn zu übermannen drohte. Er drehte die Musik lauter, was ein leises Raunen seiner Mitfahrer zur Folge hatte.

„Haben wir noch ein Red Bull?", fragte er Claudia, die daraufhin in ihrem Rucksack kramte und ihm eine Dose reichte.

„Ist bestimmt schon warm", meinte sie, als er die Lasche von der Dose zog.

„Hauptsache, es macht munter", erwiderte er und warf einen Blick auf das Armaturenbrett. Es war 23:10 Uhr. Bald hätten sie es geschafft. Er würde zuerst Hannes und Simone in Thalgau absetzen. Walli und Sabine wohnten beide in der Stadt Salzburg, kaum zehn Minuten vom Haus seines Vaters entfernt. Claudia würde bei ihm übernachten. Die A10 dehnte sich vor ihm aus wie eine endlos lange Neon-Schlange. Es waren nur wenige Fahrzeuge unterwegs. Er merkte, wie sein rechtes Bein einschlief. Die Lichter verschwammen vor seinen Augen. Die Dunkelheit legte sich schwer auf seine Lider. Er zuckte zusammen. War er kurz eingenickt? Er vergewisserte sich, dass er die Spur gehalten und niemand seinen Einbruch bemerkt hatte. Claudias Kopf lag schwer an seiner Schulter. Ihre blonden Locken fielen ihr wirr ins Gesicht. Er lächelte. Hannes hingegen war sein Sekundenschlaf nicht entgangen.

„Rutsch rüber", forderte Hannes ihn auf, während er sich bereits zwischen Claudia und ihn drängte und sich vor das Lenkrad schob.

Widerstandslos überließ er Hannes den Fahrersitz und rutschte zu Claudia hinüber, die schlaftrunken für einen kurzen Moment die Augen öffnete.

In Thalgau setzte Hannes den Blinker und verließ die Autobahn. Nur wenige Minuten trennten sie von ihrer ersten Station, dem Bauernhof seiner Familie. Das letzte Stückchen führte die B 320 entlang. Die Beleuchtung war hier deutlich schlechter. Er kniff die Augen zusammen, um sich in der Dunkelheit orientieren zu können. Im Fond des Wagens erwachten allmählich alle. Es wurde gekichert und gesungen. Hannes und Tim warfen einen Blick nach hinten. Im Nachhinein fragte sich Tim, ob dieser kurze Augenblick den Unfall verursacht hatte.

9

Die Kurve tat sich in der Sekunde vor ihnen auf, als sie die Köpfe nach vorne wandten. Das Adrenalin schoss durch ihre Körper. Mit Müh' und Not gelang es Hannes, den Wagen sicher aus der Kurve zu steuern. Die Fahrbahn war durch ein steil abfallendes Waldgebiet begrenzt. Tims Herz trommelte wild in der Brust. Langsam atmete er aus. In diesem Augenblick gab es einen ohrenbetäubenden Knall. Der VW-Bus war gegen etwas geprallt und schlingerte nun unkontrolliert über die Bundesstraße. Die Bremsen jaulten. Im Wageninneren schrien die Mädchen. Der Abgrund näherte sich bedrohlich. Die Nadelbäume ragten in die Dunkelheit wie Speere. Er schickte ein Stoßgebet Richtung Himmel. Das Quietschen der Reifen dröhnte durch die Finsternis. Und dann – endlich – kam der Bus zum Stehen. Er atmete geräuschvoll aus.

„Irgendjemand verletzt?"

Alle verneinten. Sabine weinte leise. Walli legte tröstend einen Arm um sie.

„Was war das?", fragte Simone.

„Ich habe keine Ahnung", erwiderte er, „aber das werden wir gleich wissen." Er öffnete die Beifahrertür. Die kühle Nachtluft streichelte seine Haut und machte ihn hellwach.

„Da ist nichts", meinte Hannes, der die Straße zurück spähte, während er sich eine Marlboro anzündete.

„Du musst doch gesehen haben, wogegen du gefahren bist", erwiderte Claudia an Hannes gewandt.

Hannes zuckte die Achseln. „Ich konnte nichts sehen. Wild wahrscheinlich." Er holte eine Taschenlampe aus seinem Rucksack und wanderte die Straße entlang, in die Richtung, aus der sie gekommen waren. Tim folgte mit den anderen im Schlepptau. Sein kleiner Bruder rieb sich die Augen und kroch verschlafen aus dem Wagen.

„Was ist passiert?", fragte er schlaftrunken.

„Bleib im Bus!", befahl Tim und sein Tonfall ließ seinen kleinen Bruder in der Bewegung erstarren.

Sie suchten die Straße ab und bewegten sich am Fahrbahnrand entlang.

„Da!", rief Walli schließlich und stürzte auf etwas zu, das am Rand der Straße lag.

„Ein Reh?", wollte Sabine wissen. „Ich kann tote Tiere nicht ansehen."

„Nein, kein Reh", erwiderte Walli mit bebender Stimme.

Die anderen erreichten ihn Sekunden später. Sie alle starrten auf das, was verdreht und mit offenen Augen vor ihnen lag. Überall war Blut. Simone schlug eine Hand vor den Mund. Sabine drehte sich weg und übergab sich.

„Um Gottes willen! Was sollen wir jetzt tun?", fragte Walli und suchte Halt an Tim, der hoffte, jeden Augenblick aus einem surrealen Alptraum zu erwachen.

„Ich habe keine Ahnung", entgegnete Tim und starrte auf den Mann, den sie angefahren hatten.

„Was macht er hier draußen, mitten in der Nacht?", fragte Simone.

„Vielleicht ein Obdachloser", meinte Hannes.

„Er wirkt aber recht gepflegt", warf Walli ein.

Rasch ging Hannes in die Hocke und legte dem Unfallopfer zwei Finger auf die Halsschlagader.

„Lebt er?", fragte Simone.

Hannes schüttelte den Kopf. „Nein. Er ist tot."

In den folgenden Minuten trafen sie eine folgenschwere Entscheidung.

Hinter einer Fichte, nur wenige Meter vom Unfallort entfernt, beobachtete ein Augenpaar die Geschehnisse. Niemand ahnte, dass der Unfall sie viele Jahre später einholen sollte.

Alex

Der Wind fegte eisig durch die Gassen, als Alex mit hochgeschlagenem Kragen und tief ins Gesicht gezogener Mütze auf das Café Bazar zusteuerte. Oft brachte der Föhn in Salzburg im Februar milde Temperaturen, doch heuer wollte der Winter die Stadt nicht loslassen.

Alex öffnete die Tür und steuerte auf einen freien Tisch am Fenster zu. Sie rieb ihre verfrorenen Finger aneinander, bis sie unter der Wärme kribbelten. Sie bestellte einen doppelten Espresso und wartete auf Iris. Eigentlich war sie überrascht, dass ihre frühere Affäre sich bei ihr gemeldet hatte. Sie hatten sich jahrelang nicht gesehen und Alex wusste auch jetzt nicht recht, ob es klug war, sich mit ihrer alten Flamme zu treffen. Vielleicht lag es an dem Frust, den sie nicht loswurde, seit sie geplant hatte, ihrer Ex-Freundin Elli einen Heiratsantrag zu machen. Seit Elli entführt und beinahe in die Luft gejagt worden wäre, musste Alex ständig an sie denken. Sie war so sicher gewesen, dass auch Ellis Gefühle für sie wieder aufgeflammt waren. Sie freute sich, dass Elli ihre leibliche Tochter gefunden hatte und ihr ehemaliger Verlobter Sebastian deren gemeinsames Kind durch die Spende von einem Teil seiner Leber hatte retten können. Doch sie würde nie vergessen, wie sehr Elli sie verletzt hatte, als Sebastian Elli im Rehazentrum geküsst hatte. Just an dem Tag, an dem Alex sich entschieden hatte, zu ihr zu fahren, um ihr einen Heiratsantrag zu machen. Am nächsten Tag hatte sie ihre Wohnung gekündigt und war zu ihrer Großmutter gezogen. Wenigstens die hatte sie damit glücklich gemacht. Ihre Oma genoss es, Alex zu verwöhnen, für sie zu kochen und zu backen. Alex übernahm dafür Einkäufe und andere Erledigungen und kümmerte sich um Reparaturen, die im und um das Haus anfielen. Außerdem ließ sich nicht länger leugnen, dass ihre Oma Hilfe brauchte

12

und gelegentlich alleine in dem großen Haus überfordert war.

„Na, schöne Frau!", hauchte eine tiefe Stimme, die ihr wohl vertraut war. Eine große Rothaarige beugte sich zu Alex hinunter und küsste sie auf die Wange. Alex blickte zu der 1,80m großen Frau hoch, die die Aufmerksamkeit sämtlicher Gäste auf sich zog.

„Iris!" Alex lächelte, unsicher, wie sie mit der Situation umgehen sollte.

„Schön, dass wir es wieder einmal geschafft haben", bemerkte Iris, als handelte es sich um ein Treffen, das in regelmäßigen Abständen stattfand.

„Das finde ich auch", erwiderte Alex und rief den Ober an den Tisch.

„Was darf ich Ihnen bringen?"

„Grünen Tee für mich, danke." Iris warf dem Ober ein betörendes Lächeln zu.

„Ich nehme noch einen Kaffee."

„Also, was hast du so getrieben in den letzten Jahren?" Alex beäugte ihre Ex-Flamme neugierig.

„So dies und das. Ein paar Modelaufträge. Ein paar kleinere Nebenrollen für Fernsehfilme. Der große Durchbruch lässt noch auf sich warten."

Alex nippte an ihrem Espresso. „Klingt spannend. Dann bist du also am besten Weg, im Showbiz Karriere zu machen."

„Ganz so glamourös ist es leider nicht. Modeln ist harte Arbeit und ich werde nicht jünger. Aber die Schauspielerei würde mir schon gefallen."

Alex lächelte. „Ich kann mir gut vorstellen, dass du fürs Rampenlicht geschaffen bist", erwiderte sie. „Du ziehst jedenfalls immer noch alle Blicke auf dich."

Iris klimperte kokett mit den Wimpern. „Und du? Was machst du so? Immer noch auf Verbrecherjagd?"

Alex nickte. „Ich bin wohl kaum der Typ, den eine Model-agentur unter Vertrag nehmen würde."

„Sag das nicht!", warf Iris ein. „Du bist bildhübsch. Schlank. Burschikos. Die Agenturen suchen heutzutage nach außergewöhnlichen Typen. Null-acht-fünfzehn ist längst out."

Alex errötete. „Ich verhafte lieber die bösen Jungs", erklärte sie.

„Und privat? Bist du noch mit diesem Mädchen zusammen? Wie hieß sie gleich?"

Alex spürte einen Stich in der Brust, als Ellis sanfte Gesichtszüge vor ihrem inneren Auge auftauchten. „Elena. Elli." Ihr Mund wurde trocken. „Nein. Wir haben uns vor einiger Zeit getrennt."

Iris verzog das Gesicht und tastete nach Alex' Händen. „Oh, das tut mir sehr leid. Ich dachte damals, dass sie die Richtige für dich wäre."

Das dachte ich auch, schoss es Alex durch den Kopf.
„Schon okay. Ist bereits eine Weile her", murmelte sie statt-dessen. „Und du? Verheiratet? Kinder?"

Iris schüttelte ihr langes, volles Haar. „Gott bewahre! Ich und ein Kind. Das passt nicht zusammen. Und die Ehe ist etwas für die ewig Gestrigen. Die ist definitiv nichts für mich."

Alex spürte einen weiteren Stich im Herz. „Iris", begann sie vorsichtig. „Warum hast du mich angerufen?"

Iris lachte und entblößte zwei Reihen perfekt gebleichter Zähne. „Der alten Zeiten wegen", flötete sie und ihre fein-gliedrigen Finger schlossen sich um die von Alex.

Alex beäugte sie misstrauisch. Sie kannte Iris. Wenn sie sich nach all diesen Jahren bei ihr meldete, dann gab es einen Grund. „Und weiter?"

Iris nahm einen kräftigen Schluck von ihrem Tee. „Nichts weiter." Sie blickte mit großen Rehaugen von unten nach oben. Alex war sicher, dass sie diesen Blick stundenlang vor dem Spiegel geübt hatte. „Ich hatte immer viel Spaß mit dir. Ist das so schwer zu glauben?"

Alex' Augen verengten sich. „Und das ist dir plötzlich nach wie vielen Jahren wieder eingefallen?"

Iris lachte verführerisch. „Ich habe dich kürzlich gesehen. Im Supermarkt."

Alex runzelte die Stirn. „Ich kann mich nicht erinnern, dich irgendwo gesehen zu haben. Wieso hast du mich nicht angesprochen?"

Iris zog ihre Hände zurück und betrachtete ihre Fingernägel, als fände sie dort die Antwort. „Ich weiß es, ehrlich gesagt, nicht. Ich hatte einen Mann im Schlepptau. Es hat einfach nicht gepasst."

Alex seufzte leise. Das war das Problem mit Iris. Es gab IMMER irgendeinen Mann. Eine Frau reichte ihr offensichtlich nicht.

„Deshalb bevorzuge ich Frauen, die auf Frauen stehen, die … weniger flexibel sind."

„So wie deine Elli?", fragte Iris.

Das hatte gesessen. Iris wusste genau, dass Elli früher Männer geliebt hatte.

„Lassen wir Elli da raus", schoss Alex zurück, als sie einen Mann erspähte, den sie kannte.

„Es gibt da schon etwas, das ich dir erzählen muss", begann Iris und wirkte mit einem Mal sehr ernst.

Alex reckte den Kopf, um sich zu vergewissern, dass sie sich nicht geirrt hatte. Es war Theo, ihr Kollege, mit einer hübschen brünetten Frau im Schlepptau. Theo entdeckte Alex und steuerte auf deren Tisch zu.

„Na, wenn das kein Zufall ist!", begrüßte er sie mit einem breiten Grinsen. Er streckte Iris die Hand entgegen und stellte sich vor. „Darf ich euch meine Freundin Caroline vorstellen?"

Alex begutachtete die Frau wohlwollend. Sie war Mitte dreißig, mit einem zarten Porzellanteint und eigentlich viel zu natürlich, um Theos Typ zu sein. Eigentlich war das eher der Typ Frau, von dem Alex sich angezogen fühlte. Theo stand auf blond, vollbusig, langbeinig mit zu viel Make-up und künstlichen Nägeln, die in die Kategorie Mordwaffe gehörten.

„Setzt euch doch!", forderte Alex die beiden auf, die die Gelegenheit witterte, Iris' Avancen auszuweichen.

Theo ignorierte Iris' vernichtenden Blick und rutschte neben sie auf die Bank. Caroline setzte sich neben Alex. Sie bestellten sich je eine heiße Schokolade und unterhielten sich eine Weile über Gott und die Welt. Caroline arbeitete mit schwer erziehbaren Kindern, was Alex eine dumme Bemerkung darüber entlockte, dass ihr jetzt klar war, warum sie so gut mit Theo zurechtkam. Ihr Kollege verpasste ihr unterm Tisch einen leichten Fußtritt. Alex und Caroline lachten. Alex mochte die Frau auf Anhieb. Dafür wurde sie den Eindruck nicht los, dass Iris Theo nicht ausstehen konnte. Was hatte sie nur gegen ihren Kollegen? Offenbar war das, was sie mit ihr besprechen wollte, wirklich wichtig. Dafür hing Iris an Carolines Lippen, als wäre sie eine Art Guru. Offensichtlich war es Iris einerlei, ob Männlein oder Weiblein. Gegen einen Flirt mit der Freundin eines Frischverliebten schien für Iris jedenfalls nichts zu sprechen. Theos Mobiltelefon klingelte.

„Das verheißt nichts Gutes", verkündete er, ehe er abnahm. Er hörte eine Minute schweigend zu. Dann erwiderte er: „Das wird nicht nötig sein. Sie ist hier." Pause. „Gut. Wir sind unterwegs."

Alex runzelte die Stirn.

„Die Arbeit ruft", erklärte er und wandte sich entschuldigend an Caroline. „Ich muss noch mal los, Schatz." Theo legte zwanzig Euro auf den Tisch. „Alex, kommst du?"

Die vier schlüpften in ihre Mäntel und verließen widerwillig die Wärme des Lokals. Iris verabschiedete sich von Alex mit einem Kuss auf die Wange und versprach, sie anzurufen.

Caroline warf Theo eine Kusshand zu und verließ das Café Richtung Bushaltestelle.

„Was haben wir?", fragte Alex, während sie ihre klammen Finger in die Jackentasche steckte.

„Ein vermeintlicher Unfall in Mayrwies. Es gibt ein Todesopfer."

„Und da muss gleich die Mordkommission anrücken?" Alex starrte ihn verständnislos an.

Ein Streifenwagen hielt vor dem Eingang des Café Bazar. Der Kollege hupte.

„Tja, es gibt eine Zeugin", erwiderte Theo.

Alex öffnete die Tür des Wagens und schwang sich auf den Rücksitz. „Und?"

Theo begrüßte den Kollegen und nahm neben ihm Platz. „Und die behauptet, der Wagen hätte das Opfer ein zweites Mal überrollt."

Alex kniff die Augen zusammen.

„Im Rückwärtsgang."

Alex schluckte. „Da wollte jemand aber auf Nummer sicher gehen."

Elli

Elli schlurfte durch die Stadt. Ihre Wangen waren taub von der Kälte und ihre Nasenspitze fühlte sich an, als würde sie jeden Moment abfallen. Obwohl ihr Reha-Aufenthalt in Großgmain schon einige Monate zurücklag, spukte ihr Alex ständig im Kopf herum. Sie verstand nicht, warum Alex nicht gekommen war, um sie anlässlich ihrer Entlassung abzuholen. Ebenso wenig, warum sie ihre Anrufe und ihre Nachrichten ignorierte. Sie war so sicher gewesen, dass sich zwischen ihnen wieder etwas anbahnte. Wie konnte sie sich so getäuscht haben?

Ihr einziger Lichtblick war derzeit ihre Tochter Julia, die sie nach mehr als 19 Jahren wiedergefunden hatte. Nachdem man ihr das Kind gleich nach der Geburt entrissen und sie selbst angeschossen hatte, hätte sie nie gedacht, dass sie dieses Glück einmal erleben würde. Sie hatten so viel nachzuholen, so viel Zeit verloren. Elli zwang sich, Julia nicht zu häufig anzurufen. Sie wollte ihre Tochter nicht erneut verlieren, weil sie sie zu sehr bedrängte. Julia hatte ihr eigenes Leben und das war gut so. Aber sie genoss die wöchentlichen Treffen mit ihrer erwachsenen Tochter.

Trotzdem vermisste sie einen ganz wesentlichen Teil in ihrem Leben: Die Frau, die sie liebte. Sie konnte immer noch nicht glauben, dass Alex ihre Wohnung von heute auf morgen gekündigt hatte und zu ihrer Großmutter gezogen war. Am Tag nach Ellis Entlassung aus dem Rehazentrum hatte Julia darauf bestanden, sie zu Alex zu fahren. Elli war fassungslos, als sie entdeckte, dass Alex' Wohnung leer stand. Sie verstand die Welt nicht mehr. Sie war so sicher gewesen, dass die Gefühle, die sie beide einst füreinander hatten, zurückgekehrt waren. Stärker als zuvor. Was in aller Welt hatte Alex veranlasst, dass sie ihr den Rücken zukehrte? Sie hoffte immer noch, dass sie eines Tages eine

Erklärung bekommen würde. Alex' Großmutter stand noch immer in Kontakt mit Elli. Sie telefonierten jede Woche, ohne dass Alex davon wusste. Oma hatte Elli vorgeschlagen, einfach vorbeizukommen, um mit Alex in Ruhe zu reden, aber dafür war Elli zu stolz. Das erschien ihr wie ein Schuldeingeständnis und sie war sich nun wirklich keiner Schuld bewusst. Elli wurde das Gefühl nicht los, dass Oma wusste, warum Alex sich von ihr abgewandt hatte, aber eins musste man der alten Dame lassen, sie war verschwiegen und ihrer Enkelin gegenüber loyal. Elli schätzte das.

Elli durchquerte den Mirabellgarten. Aus dem Schloss schritt ein frisch vermähltes Brautpaar. Elli lächelte. Das hätte sie auch haben können. Sie verfluchte den Tag, der zwischen Alex und ihr zum Bruch geführt hatte. Das war mittlerweile über ein Jahr her. Sie erinnerte sich an einen grauen Novembertag. Die Wolken hatten tief gehangen und das wenige Licht der Jahreszeit fast verschluckt. Alex hatte das heikle Thema aufs Parkett gebracht. Sie wollte ein Kind mit Elli großziehen. Alex' Bitte versetzte ihr damals einen heftigen Stich. Elli hatte ihr Geheimnis, dass sie bereits ein Kind ausgetragen und geboren hatte, nie mit ihrer Ex-Freundin geteilt. Zu groß waren der Schmerz und die Scham, dass sie ihr Kind nicht hatte beschützen können, weil sie damals als Prostituierte in vollkommener Abhängigkeit ihres Zuhälters gelebt hatte. Wie hätte sie ihr erklären sollen, dass die Vorstellung, ein Kind zu haben, gleichzeitig ihre größte Angst hervorkehrte, dieses kleine Lebewesen zu verlieren? Dass der Verlust ihres Babys der schlimmste Schmerz war, den sie je hatte ertragen müssen? Dass sie dieses Gefühl nie wieder erleben wollte? Zu groß war die Angst, dass dem Kind etwas geschehen könnte. Also blockte sie ab, gab sich unterkühlt, desinteressiert. Alex musste den Eindruck bekommen, dass sie selbst der Grund war, weshalb Elli kein Kind wollte. Ein Wort gab das andere. Ein Schlagabtausch aus Beschuldigungen, Vorwürfen und unterdrückten Ängsten. Irgendwann war alles gesagt. Das Schweigen danach war schlimmer als der vorangegangene Streit. An diesem Abend packte Alex ihre Sachen und ging. Sie kam nicht wieder. Bis das Schicksal sie erneut zusammengeführt hatte. Beinahe. Was war nur schiefgegangen? Vielleicht sollte sie jetzt den ersten Schritt tun. Ihre Kränkung hinunterschlucken und Alex sagen, was sie fühlte. Julia hatte ihr dazu geraten.

Elli beschleunigte ihre Schritte. Ihr Atem segelte in kleinen Wölkchen um die Nase. Der allabendliche Verkehr verstopfte die Schwarzstraße. Die Lichter der umliegenden Geschäfte beleuchteten den Stadtteil wie einen Christbaum. Sie nahm eine Traube von Touristen wahr, die sich vor dem Landestheater auf der anderen Straßenseite versammelt hatte. Die Fremdenführerin hielt einen gelben Schirm in die Luft. Elli hatte sich immer gefragt, warum es ausgerechnet ein Schirm war, dem die Touristen folgen sollten. Eine unablässig lächelnde Asiatin knipste Fotos von dem Gebäude aus jeder erdenklichen Perspektive. Elli hatte das Gefühl, dass die Touristenströme in Salzburg nie versiegten. Die Ampel war rot. Elli rieb sich die Hände, während sie an der Kreuzung wartete. Vor ihr lag das Café Bazar, eines der bekanntesten Kaffeehäuser der Stadt. Unwillkürlich nahm sie den Geruch von starkem Espresso wahr. Die Tür öffnete sich. Eine Frau in sportlicher Daunenjacke, Bikerboots und einem dicken Schal spazierte aus dem Café. Etwas an ihr ließ Ellis Herz schneller schlagen. Sie brauchte einen Augenblick, bis sie realisierte, wer die Gestalt war, die gerade aus dem Lokal spazierte. Die Figur. Das kurz geschnittene brünette Haar. Die Gestik. Es war Alex. Ellis Herz machte einen Satz. Einen Moment lang war sie versucht, die Straße zu überqueren, obwohl die Ampel noch immer rot leuchtete. Eine weitere Frau schwebte zur Tür hinaus. Eine große Rothaarige. Elegant gekleidet. Attraktiv. Elli spürte einen Stich. Die Frau lachte. Dann küsste sie Alex auf die Wange. Elli wurde trotz der Kälte heiß. Ihre Brust brannte. Was war nur los mit ihr? Vielleicht sollte sie Alex endlich vergessen. Sie ärgerte sich über die Träne, die sich im Augenwinkel gesammelt hatte. Sie machte kehrt und überquerte die Straße in Richtung Landestheater. Sie konnte Alex jetzt unmöglich begegnen. Ein Auto hupte. Sie hob entschuldigend die Hand und rannte weiter. Hätte sie noch einen Moment länger gewartet, hätte sie Theo aus dem Café spazieren und gemeinsam mit Alex in das wartende Polizeifahrzeug steigen sehen. Doch Elli sah nichts mehr. Tränen verschleierten ihre Sicht.

Alex

Als Alex und Theo die Unfallstelle erreichten, hatte sich bereits ein kleiner Stau gebildet. Eine Reihe von Schaulustigen ließ es sich nicht nehmen, aus dem Auto zu gaffen oder das Opfer mit dem Handy zu filmen. Theo sprang aus dem Wagen und deckte den Toten rasch zu. Zwei Kollegen des Unfallkommandos waren offenbar zu sehr mit der Begutachtung der Unfallstelle beschäftigt, um sich auch noch um die umstehenden und die haltenden Schaulustigen zu kümmern. Alex schnappte ein Absperrband und sperrte den Bereich um den Verunglückten großzügig ab.

„So, Herrschaften!", schrie sie in die Menge. „Die Show ist vorbei. Fahren Sie unverzüglich weiter, sonst hagelt es hier gleich eine Menge Anzeigen."

Die meisten Fußgänger zogen weiter, wenn auch murrend. Zwei, drei Fahrzeuge setzten sich ebenfalls in Bewegung, aber ein Mann lehnte weiterhin lässig aus dem Fenster und filmte jetzt Alex.

„Was genau verstehen Sie nicht an ‚weiterfahren'?", herrschte Alex ihn wütend an.

„Ich kenne meine Rechte", erwiderte der Mann mit einem süffisanten Lächeln. „Von Ihnen muss ich mir gar nichts sagen lassen."

„Ihnen ist schon klar, dass Sie weder das Unfallopfer noch mich filmen dürfen? Außerdem behindern Sie hier die Arbeit der Polizei", erwiderte Alex so ruhig sie konnte.

Der Mann schnaubte verächtlich. „Was wollen Sie denn dagegen machen?"

Theo näherte sich seiner Kollegin. „Gibt es ein Problem?"

Alex schüttelte den Kopf. „Das Übliche", entgegnete sie. „Als wäre es nicht schlimm genug, wenn jemand bei einem Unfall verunglückt, müssen ein paar Gaffer das Ganze auch noch filmen."

Theo warf einen Blick auf das Kennzeichen und machte ein Foto von dem Fahrzeug.

„Das dürfen Sie nicht!", echauffierte sich der Mann. „Außerdem hat Ihre Kollegin mich beleidigt." Er zeigte mit dem Finger auf Alex. „Sie hat mich als ‚Gaffer' bezeichnet."

Theo näherte sich dem Mann, bis dieser nur eine Handbreit von seinem Gesicht entfernt war. „Glauben Sie mir. Das war keine Beleidigung." Theo nahm dem Mann, der immer noch filmte, das Handy aus der Hand. Er wischte ein paar Mal über das Display und fand, was er gesucht hatte. Dann löschte er das Video sowie das Bildmaterial, das der Mann von dem Unfall angefertigt hatte.

„Geht's Ihnen noch gut! Ich werde Sie verklagen!", rief dieser aufgebracht.

„Tun Sie sich keinen Zwang an! Und jetzt schleichen Sie sich von hier, Sie sensationsgeiler Vollkoffer, sonst vergesse ich mich! Haben wir uns verstanden? DAS war jetzt im Übrigen eine Beleidigung."

„So etwas können Sie mit mir nicht ..."

„Und da fahren wir schon", erklärte Theo. „Und die Anzeige kommt per Post."

„Sie unfähiger Scheiß-Kieberer!", fauchte der Mann.

„Beamtenbeleidigung kostet extra", entgegnete Theo ruhig. „Ich wünsche Ihnen eine unfallfreie Fahrt. Wir wollen doch nicht, dass irgendein Idiot Sie filmt, wenn Sie mit Ihrer Karre im Graben landen, nicht wahr?"

Der Mund des Mannes klappte ein paar Mal auf und zu, dann startete er sein Auto und fuhr los. Alex konnte sich ein Grinsen nicht verkneifen.

„Gut gelaunt?", fragte sie ihren Kollegen, während sie zum Unfallopfer zurückkehrten.

Theo zuckte die Achseln. Er strahlte.

„Ja, ja", neckte Alex ihn. „Die Liebe. Die Liebe ist eine Himmelsmacht."

Theo räusperte sich. „Caroline ist schon eine tolle Frau", gab er zu.

„Und sie scheint dir gut zu tun." Alex grinste. „Hast dir dieses Mal was Solideres ausgesucht, wie?"

„Wie meinst du das?", fragte Theo, während er die Plane von der Leiche zog.

„Naja, du weißt schon. Sonst sehen deine Frauen eher aus wie die lebendig gewordene Barbie."

Jetzt musste Theo lachen. „So schlimm? Aber du hast schon recht. Caroline ist eine Naturschönheit."

Alex nickte zustimmend. „Ich freue mich jedenfalls für euch."

Theo wandte sich an einen Kollegen des Unfallkommandos. „Es soll eine Zeugin geben."

Der Kollege nickte, ohne aufzublicken und deutete auf eine ältere Frau, die auf der Holzbank an der Bushaltestelle hockte. Alex und Theo schlenderten auf die Dame zu, die auf den Boden starrte und ihre Handtasche umklammert hielt.

„Entschuldigen Sie", begann Alex. „Mein Name ist Alexandra Wild. Ich arbeite für die Mordkommission. Sie haben den Unfall beobachtet?" Alex setzte sich neben die Frau.

Sie nickte. Ihre Lippen bebten.

„Darf ich Sie um Ihren Namen bitten?"

Die Frau fuhr sich hektisch mit einer Hand an den Hals.

„Natürlich. Verzeihen Sie. Margarethe Siebert."

„Frau Siebert, können Sie mir erzählen, was Sie gesehen haben?"

„Ich habe hier auf den Bus gewartet. Ich fahre immer mit dem Bus." Sie lächelte. Ihre Wangen hingen links und rechts ihrer Mundwinkel schlaff herunter wie schweres Gepäck auf einem Fahrrad. „Dann ist der Mann", sie deutete mit dem Kopf auf den Toten, „daherspaziert. Ich glaube, er wollte in das Gasthaus gegenüber, hat aber gemerkt, dass es heute nicht geöffnet hat. Da hat er die Straße überquert." Die Hände der Frau zitterten leicht.

„Was ist dann passiert, Frau Siebert?"

„Das Auto hat ihn erfasst. Ich habe noch gesehen, wie der Mann durch die Luft geflogen ist. Die Wucht, mit der ihn das Auto erwischt hat, hat ihn ein Stück da rüber geschleudert. So ist sein Körper nicht mitten auf der Straße, sondern dort drüben am Straßenrand gelandet."

„Wo hat das Auto den Mann erfasst?"

Die Frau stand auf, was sie sichtlich Mühe kostete und zeigte auf ihre Seite. „Hier am Oberschenkel und der Hüfte."

„Ich nehme an, der Mann war auf der Stelle tot", warf Alex ein.

„Das weiß ich nicht mit Sicherheit", erwiderte Frau Siebert. „Ich war zuerst sicher, dass es ein schrecklicher Unfall war, dass der Fahrer den Passanten zu spät bemerkt hatte."

„Aber?", fragte Alex.

Die Frau presste die Hände aufeinander und stierte auf den Asphalt. „Das Auto hat angehalten. Ich dachte, der Fahrer steigt aus, um dem Unfallopfer zu helfen." Die Frau vergrub das Gesicht in den Händen.

Alex legte beruhigend den Arm um die ältere Dame. „Aber das tat er nicht."

Frau Siebert schüttelte den Kopf. „Er hat den Rückwärtsgang eingelegt", erklärte sie leise. „Dann ist er erneut über den Mann gefahren."

Alex schluckte. „Konnten Sie das Auto erkennen? Oder den Fahrer?"

Die Frau schüttelte den Kopf. „Wissen Sie, die Scheiben des Wagens waren verdunkelt. Ich konnte den Fahrer gar nicht sehen. Der Wagen war dunkel. Schwarz oder dunkelgrau vielleicht. Aber welche Marke, das war, das weiß ich nicht."

Alex tätschelte der Frau die Hand. „Danke, Frau Siebert. Sie haben uns sehr geholfen. Wir müssen Sie bitten, morgen zur Dienststelle zu kommen, damit wir Ihre Aussage aufnehmen können."

Die Frau nickte tapfer. Alex notierte die Personalien und bat einen jungen Kollegen, der an ihr vorüberspazierte, Frau Siebert nach Hause zu fahren. Der O-Bus würde in den nächsten Stunden keine Fahrgäste in Mayrwies aufnehmen.

Theo kniete neben der Leiche, als Alex neben ihn trat. Unwillkürlich verzog sie den Mund, als sie die Masse neben dem Kopf des Mannes als Teil seines Gehirns identifizierte, das beim Aufprall offenbar ausgetreten war. Der rechte Unterschenkel war unnatürlich verdreht. Sie schauderte. Ein Fahrzeug näherte sich der Unfallstelle. Ein Kollege winkte es durch. Die Spurensicherung. Alex versuchte, sich den Unfallort so gut es ging einzuprägen, ehe die Kollegen der Spurensicherung sie aufforderten, das Feld zu räumen. Auf der Jacke des Toten zeichneten sich deutliche Spuren eines Reifenprofils ab. Die Aussage der Zeugin dürfte also stimmen.

Theo starrte noch immer auf den Toten, als könnte dieser ihm erzählen, was geschehen war.

„Kennen wir die Identität des Toten?", fragte Alex ihn.

„Noch nicht."

„Kein Ausweis? Führerschein?"

Theo schüttelte den Kopf. „Nicht einmal eine Geldtasche."

„Eigenartig", murmelte Alex. Wer würde das Haus ohne sein Portemonnaie verlassen?

Der Kollege der Spurensicherung bat die beiden, zur Seite zu gehen. Theos Kopf war leer. Seine Ohren summten. Irgendetwas war da. Wenn er nur wüsste, was! Er warf einen letzten Blick auf den Toten, nahm die buschigen Augenbrauen, die schmalen Lippen und das schüttere Haar wahr. Theo schloss die Augen, um das Bild abzuspeichern. Abzugleichen. Eine Erinnerung tauchte auf. Verblasste. War es möglich ...? Er verwarf den Gedanken. Doch das leise Nagen in seinen Eingeweiden ließ sich dadurch nicht vertreiben.

Ich

Das Adrenalin schießt noch immer durch meine Adern, als ich das Auto in der Garage abstelle. Die Stoßstange ist eingedellt und die Kühlerhaube hat bei dem Zusammenstoß ebenfalls etwas abbekommen. Ich werde jemanden finden müssen, der den Schaden repariert, ohne Fragen zu stellen. Keine Werkstatt, der die Polizei einen Besuch abstatten könnte. Aber darum kümmere ich mich später. Jetzt wird erst einmal gefeiert!

Ich schlüpfe aus den Schuhen, nehme eine Flasche Jack Daniels aus dem Schrank und gieße mir einen kräftigen Schluck ein. Eigentlich mehr drei oder vier. Das Licht der Küche glitzert in der bernsteinfarbenen Flüssigkeit. Nach den ersten zwei Schlucken spüre ich, wie die Aufregung allmählich aus meinem Körper weicht und einer wohligen Erschöpfung Platz macht. Rache fühlt sich mindestens so befriedigend an wie erfüllter Sex oder der Zieleinlauf nach einem Marathon. Ich merke, wie sich mein Herzschlag langsam beruhigt. Picasso, mein verfressener Kater, schleicht schnurrend um meine Beine und sieht mich vorwurfsvoll an. Ich beuge mich zu ihm hinunter und streichle seinen Kopf. Dann schneide ich ihm das Hühnchen in kleine Stücke, das vom gestrigen Abendessen übriggeblieben ist und fülle seine Schüssel damit. Mit erhobenem Schwanz macht er sich über die Essensreste her.

Ich habe keinen Hunger. Ich leere das Glas in einem weiteren Zug und taste in der obersten Schublade nach dem Päckchen mit den Zigaretten. Ich habe vor Jahren aufgehört zu rauchen, doch mit der Möglichkeit, nun endlich meinen Racheplan in die Tat umzusetzen, stieg meine Nervosität und damit die Gier, meine Sucht zu befriedigen.

Scheiß drauf! Ich zünde eine Zigarette an und inhaliere gierig den Rauch. Ich öffne die Terrassentür und überlege einen Augenblick lang, mich mit dem Glimmstängel hinauszusetzen. Die eisige Luft schlägt mir ins Gesicht wie eine Ohrfeige. Ich verwerfe den Gedanken und nehme hastig ein paar Züge, die ich in die Kälte hinausblase. Der Rauch und mein warmer Atem kräuseln sich und schweben in den Winterabend. Ich drücke die Zigarette aus und schließe eilig die Tür.

Bilder tanzen vor meinen Augen. Von dem Mann, den ich überfahren habe. Für einen kurzen Moment sehe ich das Entsetzen in seinen Augen, bevor der Wagen ihn voll in der Seite erwischt. Das Erkennen. Das Begreifen, dass ich nicht bremsen werde. Die Straße ist menschenleer. Wie leer gefegt. Zu spät bemerke ich eine alte Frau, die an der Bushaltestelle wartet. Ich überlege, auf mein Glück zu hoffen, dass der Mann tatsächlich tot ist und sofort ins Gaspedal zu steigen, um davonzurasen. Ich bin fast sicher, dass die Frau das Kennzeichen auf die Entfernung nicht erkennen konnte. Sie trägt eine dicke Brille. Ich drehe mich im Fahrersitz um und starre aus dem Heckfenster. Der Mann liegt am Straßenrand. Durch den Aufprall ist er einige Meter durch die Luft gesegelt. Wie in einem Actionstreifen. Ich versuche zu erkennen, ob er tot ist. Bewegt sich da eine Hand? Panik erfasst mich. Er muss tot sein. Er muss einfach. Das Risiko kann ich nicht eingehen. Wenn er überlebt, hat er eine genaue Vorstellung, wer ihn angefahren hat. Jetzt steige ich ins Gas, lege aber den Rückwärtsgang ein und rolle noch einmal über den Körper, der auf dem Asphalt liegt. Ich kneife die Augen zusammen. Es fühlt sich seltsam an, über einen Menschen zu fahren. Fest und doch weich. Etwas unter den Reifen gibt nach. Es gibt ein unschönes Geräusch, als die rechte Felge meines Hinterreifens über den Gehsteig scheuert. Mein Herz rast. So wie vor einigen Jahren, als ich mit dem Fallschirm aus einem Flugzeug gesprungen bin. Der Adrenalinschub hat mir fast den Kopf gesprengt. Jetzt fühlt es sich ähnlich an. Surreal. Meine Ohren summen, als hätte sich ein Schwarm Bienen in ihnen eingenistet. Ich starre die alte Frau an, die am Wartehäuschen lehnt und ihre Handtasche mit beiden Händen umklammert. Sie zittert. Sie zerrt ein Mobiltelefon aus ihrer Handtasche. Einen Moment lang überlege ich, ob ich sie beseitigen soll. Sicher ist sicher. Doch das kann ich nicht. Sie hat nichts mit dieser Sache zu tun. Sie ist nicht Teil meiner Rache, nicht Teil meiner traurigen Geschichte, die an einem verhängnisvollen Tag vor 28 Jahren meine Kindheit zerstörte. Ich gehe davon aus, dass die Frau die Polizei verständigt. Mir bleibt nur zu hoffen, dass ihre Augen wirklich nicht mehr allzu gut sind. Ich steige ins Gaspedal und brause los. Einer erledigt. Bleiben noch sechs. Wer wird der Nächste sein? Vielleicht lasse ich das Los entscheiden. So wie früher, als Kind, wenn Papa und ich zu einer gemeinsamen Entscheidung gelangen wollten.

Picasso schmiegt sich an meine Beine und springt neben mir auf die Couch, wo er sich auf der Decke zusammenrollt. Ich taste mit der Hand nach seinem Kopf. Er schnurrt behaglich. Ja, das scheint mir eine vernünftige Idee zu sein. Ich nehme ein Stück Papier aus dem Zettelblock, der auf dem Wohnzimmertisch steht, und schreibe sechs Namen auf.

„Ine-ane-u und raus bist du!", murmle ich, während ich einen Namen nach dem anderen von der Liste streiche, bis nur noch einer übrigbleibt. Ich lächle. Das Los hat entschieden. Das nächste Opfer steht fest. Eine Frau. Sie wird anders sterben. Keine weiteren Autounfälle. Ich summe vergnügt vor mich hin, stehe auf und betrachte sehnsüchtig die Whiskey-Flasche. Anstatt mir ein Glas einzuschenken, schiebe ich mir einen Pfefferminzkaugummi in den Mund. Ich habe noch etwas zu erledigen. Und Feiern kann ich auch später noch.

Alex

Paul Wagner, Leiter der Mordkommission, erwartete die beiden bereits, als sie zur Dienststelle zurückkehrten. Sein dunkles, dichtes Haar stand wild nach oben ab, wie eine Manifestation der Punk-Szene aus den 1980er-Jahren. Die grauen Strähnen, die seine Haarpracht durchzogen, erinnerten ein wenig an einen alternden Rocker.

„Ist dein Friseur in Konkurs gegangen?", sprach Theo den Gedanken von Alex aus.

Paul fuhr sich durch einen Haarschopf, der ihm wirr in die Stirn fiel. „Steht ganz oben auf meiner To-do-Liste", erwiderte er grinsend.

„Na ja", gab Alex zurück. „Es gibt Schlimmeres als eine wilde Haarpracht."

„Aber nicht viel", ergänzte Theo.

Sie lachten.

„War der Verdacht des Unfallkommandos begründet?", wollte Paul wissen. „Haben wir es mit Mord zu tun?"

„Sieht ganz so aus", entgegnete Alex. „Der Mann wurde offenbar ein zweites Mal von dem Fahrzeug überrollt."

Paul hob eine Augenbraue. „Hat die Spurensicherung das bestätigt?"

„Noch nicht. Aber es gibt eine Zeugin."

Paul blies die Backen auf und ließ die Luft langsam entweichen. „Ich frage mich wirklich, was in den Köpfen mancher Menschen vor sich geht."

„Glaub mir, Paul", meinte Theo. „Das willst du gar nicht so genau wissen."

„Da könntest du recht haben." Paul rieb sich die Augen. Er sah müde aus. „Haben wir sonst etwas Brauchbares?"

Alex schüttelte den Kopf. „Im Moment nicht. Der Tote hatte keine Papiere bei sich. Wir tappen also noch im Dunkeln, was seine Identität betrifft. Ich sehe mir nachher die Vermisstenanzeigen an. Vielleicht werde ich da fündig.“

„Es ist schon spät, Alex. Morgen ist auch noch ein Tag.“ Paul wandte sich zum Gehen. „Ihr solltet für heute auch Schluss machen.“

Theo wirkte sichtlich erleichtert. Alex hatte das Gefühl, dass er schon seit ihrem Einsatz in Mayrwies still und in sich gekehrt war. Das sah ihm gar nicht ähnlich. Als sie gemeinsam die Polizeistation verließen, entdeckte sie Caroline, die vor dem Gebäude stand und auf Theo wartete.

Theos Augen leuchteten wie die eines Kindes am Heiligen Abend. Alex hob zum Abschied die Hand und machte sich zu Fuß auf den Heimweg. Die kalte Luft pfiff durch die Gassen. Sie schlug den Kragen hoch und zog den Kopf ein wie eine Schildkröte.

Alex spürte die Anwesenheit, ehe sie jemanden sah. Ein Pfeifen. Galt das ihr? Sie drehte sich um. Die Frau rannte. Ihre hohen Absätze klackerten auf dem Asphalt und ließen sie wie eine Riesin wirken. Iris.

„Dachte ich mir, dass du Dienstschluss hast“, erklärte Iris atemlos.

„Verfolgst du mich?“ Alex steckte ihre Hände tief in die Jackentaschen.

„Wir waren noch nicht fertig“, erklärte Iris.

„Womit?“

„Unserem Drink.“

Alex spürte ein Ziehen im Bauch, das nichts Gutes verhieß. „Hör zu, es war ein langer Tag. Lass uns das Treffen verschieben. Wie wäre es mit Samstag?“

„Wie wäre es mit jetzt gleich?“ Iris‘ Atem strich über ihr Haar.

Alex seufzte. „Ich bin ziemlich kaputt, wenn ich ehrlich bin.“

Iris kam Alex' Gesicht nahe. „Da kann ich, glaube ich, helfen."

Alex zögerte. „Iris, das mit uns ist lange her. Ich denke nicht, dass ..."

„Ein Drink. Kein Heiratsantrag. Ehrenwort! Na, wie klingt das?"

Alex presste die Lippen zusammen. Was war schon dabei? Ein Drink. Und den konnte sie heute wirklich brauchen.

„Na schön. Aber nur einen", gab sie nach, als sie merkte, dass sie Iris sonst nicht loswurde. „Da vorne ist eine Bar. Die haben echt guten Whiskey."

„Na also!", rief Iris gut gelaunt und hakte sich bei Alex unter, während sie zu dem Lokal schlenderten.

Die warme Luft im Inneren ließ Alex wohlig erschauern. Iris steuerte auf zwei freie Hocker an der Bar zu und bestellte etwas bei der Bedienung. Elli schwirrte durch Alex' Kopf. Ihre vollen, weichen Lippen. Die zarte Haut. Der erste Drink war schnell geleert. Ein Zweiter folgte. Die Wärme breitete sich in Alex' Bauch aus wie prasselndes Kaminfeuer. Ihre Gedanken kreisten um den Toten in Mayrwies, um Elli und ihre Oma, die sich inzwischen wahrscheinlich Sorgen machte.

„Erde an Alex", rief Iris und wedelte mit einer Hand vor ihrem Gesicht. „Ich habe keine Ahnung, wo du gerade bist, aber ganz sicher nicht hier bei mir."

Alex lächelte. „Entschuldige. Es war ein langer Tag."

„Dann ist ein bisschen Entspannung genau das Richtige", erwiderte Iris und reckte zwei Finger in die Höhe. Der Barkeeper füllte zwei Gläser und stellte sie vor ihnen auf den Tresen.

„Ich muss wirklich los", erklärte Alex.

„Wartet eine Frau auf dich?", fragte Iris.

Alex zögerte, ehe sie den Kopf schüttelte.

„Der Job?"

„Nein, das nicht ..."

„Dann entspann dich und trink mit mir", flötete Iris und hielt ihr Glas hoch, um mit Alex anzustoßen.

„Du wolltest mir doch etwas Wichtiges erzählen", versuchte Alex, das Thema zu wechseln.

Iris' Blick huschte irritiert über ihre Hände. Sie konnte Alex nicht in die Augen sehen.

„Ist alles in Ordnung?", fragte Alex.

Iris nickte heftig, was die Angst aber nicht aus ihren Augen vertreiben konnte. „Es geht mir gut."

„Aber?"

„Kein ,Aber'. Ich dachte, ich bräuchte deinen Rat."

Alex fixierte Iris neugierig.

„Es hat sich erledigt. Ich habe mich entschieden."

Alex wartete einen Augenblick, ob Iris sie einweihen würde, schwieg aber.

„Jetzt möchte ich einfach mit dir trinken", erklärte Iris und wirkte mit einem Mal betont heiter.

Alex leerte die Hälfte des Whiskeys in einem Zug und spürte, wie der Alkohol durch ihre Venen rauschte. All ihre Gedanken und Sorgen davon spülte. Ihren Kopf leerte. Iris plapperte in einem fort. Von ihrer letzten Beziehung. Von ihrem Job als Schauspielerin und wie hart es war, mit Ende Dreißig für bestimmte Rollen gebucht zu werden. Alex hatte fast vergessen, wie unterhaltsam Iris war. Sie erinnerten sich an die guten alten Zeiten, lachten und grölten den einen oder anderen Song mit, der im Hintergrund lief. Leere füllte Alex' Kopf. Sorglosigkeit. Leichtigkeit. Iris' Hände tasteten nach ihren, verschränkten sich mit ihren Fingern. Zwei Finger legten sich unter Alex' Kinn. Tiefe Blicke. Ein wohliges Kribbeln. Alex seufzte leise. Das war ganz großer Mist. Sie sollte nicht ... Sie spürte warme Lippen auf ihrem Mund. Ihr Magen brannte. Ihr Unterleib stand in Flammen. Das letzte Mal war lange her. Viel zu lange. Ein paar Scheine wanderten über den Tresen.

„Der Rest ist für dich", murmelte Iris dem Barkeeper zwischen zwei Küssen zu.

Das Taxi hupte kurz, als sie aus der Bar traten. Die Fahrt dauerte nur wenige Minuten. Der Wagen hielt vor Iris' Wohnhaus. Alex reichte dem Fahrer vom Rücksitz aus einen Zehn-Euro-Schein. Sie taumelten aus dem Fahrzeug. Alex spürte Iris' Hand auf ihrer linken Brust. Ein sehnsüchtiges Ziehen in ihrem Unterleib. Der Taxifahrer starrte den beiden mit einem breiten Grinsen nach. Die Haustür flog auf. Sie landeten in der Küche. Iris schob Alex auf die Kücheninsel. Gierig tasteten ihre Hände über den Körper der anderen. Die Küsse wurden heißer, gieriger. Alex spürte Iris' Lippen auf ihrem Hals und ihrem Dekolleté. Kleidungsstücke fielen zu Boden. Alex sah Ellis Gesicht vor sich. Die Enttäuschung. Die Verletzung. Was hatte Elli hier zu suchen? Alex versuchte, sich fallenzulassen, die Berührungen zu genießen. Iris tauchte zwischen ihre Schenkel. Als Alex mit einem Stöhnen kam, dachte sie erneut an Elli. Verdammt!

Stunden später wachte Alex auf. Ihr Schädel dröhnte. Iris lag neben ihr im Bett und schnarchte leise. Wann waren sie ins Schlafzimmer gewechselt? Alex rieb sich die schmerzenden Schläfen. Im Dunkeln rollte sie sich aus dem Bett und stolperte durch die Wohnung, um ihre Kleidungsstücke aufzusammeln. Sie schlüpfte in ihre Bluse und die Jeans. Wo zum Teufel war ihr Handy? Sie war sicher, dass sie es in ihrer Jacke gelassen hatte. Doch dort war es nicht. Waren sie im Wohnzimmer gewesen? Sie war nicht sicher. Sie spähte unter die Couch und tastete zwischen die Ritzen der Sitzpolster. Nichts. Schließlich fand sie es auf der Anrichte in der Küche. Vielleicht war es dort im Eifer des Gefechts aus ihrer Jacke gerutscht. Egal. Sie musste hier raus. Leise zog sie die Tür hinter sich zu. Sie fühlte sich mit einem Mal elend. Wie eine Ehebrecherin. Eine Betrügerin. Alex verstand nicht, was mit ihr los war. Sie war nicht mehr mit Elli zusammen. Sie schuldete ihr nichts. Sie konnte Sex haben, mit wem und wann immer sie wollte. Jawohl! Warum fühlte sie sich dann, als hätte sie gerade ihre Freundin betrogen? Und schlimmer noch: Warum wurde sie das Gefühl nicht los, dass sie diese Nacht mit Iris noch bitter bereuen würde?

Ich

Zugegeben, sie ist sehr hübsch. Ich verstehe, was er an ihr findet. Man sieht, dass sie allmählich älter wird, aber auf eine gute Weise. Wie Wein, der mit den Jahren besser wird. Ich beobachte sie schon eine Weile. Es ist wichtig, die Gewohnheiten seiner Opfer zu kennen, zu wissen, wann sie schlafen gehen, eine Runde laufen oder zu Abend essen. Ich muss wissen, ob es Regelmäßigkeiten in ihrem Leben gibt, ob sie mit jemandem lebt und wann sie zu Hause sein wird.

Sie lebt alleine, aber sie hat eine Tochter, die in Wien studiert. Und die morgen für ein paar Tage nach Hause kommen wird. Mir bleiben also nur wenige Stunden, um meinen Plan in die Tat umzusetzen. Aber das macht nichts. Ich bin vorbereitet. Ich habe mich im selben Tennisverein angemeldet wie sie. Schon vor einigen Monaten. Sie kennt mich. Wir reden jeden Dienstag miteinander. Smalltalk meistens. Dazwischen werfe ich ein paar Fragen ein, über Dinge, die ich wissen muss. Wo sie wohnt, zum Beispiel. Wo sie arbeitet. Wie einfach es ist, Menschen dazu zu bringen, ihr Innerstes nach außen zu kehren! Man muss nur die richtigen Fragen stellen. In der richtigen Dosis. Zu viele Fragen machen misstrauisch. Zu wenige bringen keine Ergebnisse. Es braucht Zeit. Geduld. Ich habe 28 Jahre darauf gewartet, mich zu rächen. Ich BIN Geduld.

Seit Wochen kenne ich das hübsche Haus in Elsbethen, in dem sie lebt. Manchmal beobachte ich sie, an einen Baum in ihrem Garten gelehnt, wenn sie in ein Handtuch gewickelt telefoniert, dabei lacht und ihr feuchtes blondes Haar in den Nacken wirft. Vielleicht spricht sie mit Tim, ihrer Jugendliebe? Sie hat mir selbst von ihm erzählt. Nach vielen Jahren ohne jeglichen Kontakt seien sie sich zufällig über den Weg gelaufen und hätten begonnen, sich wieder zu treffen.

„Es ist so aufregend, eine Affäre mit der ersten großen Liebe zu haben", hat sie mir verschwörerisch zugeflüstert.

„Das kann ich mir gut vorstellen", habe ich erwidert und mir insgeheim gedacht: „Wir wissen doch alle, dass aufgewärmt nur Gulasch schmeckt." Das habe ich allerdings geflissentlich für mich behalten.

Ich löse mich aus dem Schatten des Baumes und steuere auf den Hauseingang zu. *Buchinger* stand unter der Klingel. Damals hieß sie anders. Wering. Sie war in der Zwischenzeit verheiratet. Mit dem Vater ihrer Tochter. Die Ehe wurde geschieden. Wozu machten sich die Menschen überhaupt die Mühe, zu heiraten? Die Chance, dass eine Ehe funktioniert, liegt vielleicht bei 50%. Keine berauschende Perspektive.

Sie öffnet die Tür in ihrem Bademantel. Ihr Gesicht spiegelt Verwirrung wider. Dann lächelt sie.

„Das ist ja eine Überraschung", erklärt sie und bittet mich herein.

Nicht wirklich, denke ich und folge ihr ins Haus.

„Kaffee?", fragt sie und schaltet die Maschine ein, ohne meine Antwort abzuwarten. Sie nimmt zwei Tassen aus dem Schrank und stellt sie auf die Anrichte.

„Gerne." Ich setze mich auf den angebotenen Stuhl. Die Küche ist modern eingerichtet, mit einer Kücheninsel aus dunkelgrauem Marmor und hellgrauen Möbeln. Die Schränke gleiten geräuschlos auf und zu.

„Ich ziehe mich nur rasch an", erklärt sie und huscht aus dem Raum.

Ich lächle. Besser hätte es nicht laufen können. Ich erhebe mich und folge ihr lautlos in die Diele. Ich sehe noch ihre blonde Mähne ins Badezimmer verschwinden. Die Tür ist angelehnt. Ich spüre, wie mein Herzschlag beschleunigt, als ich das Zimmer betrete. Es ist geräumig, mit einer frei stehenden Wanne mitten im Raum. Sie steht mit dem Rücken zu mir, nackt. Den Bademantel hat sie auf einen Haken neben der Dusche gehängt. Die Wanne ist gut zur Hälfte mit

Wasser gefüllt. Sie tastet nach der Vorrichtung, um das Wasser auszulassen. Ich mache einen Schritt auf sie zu. In diesem Moment spürt sie meine Gegenwart. Sie dreht sich um. In ihrem Gesicht spiegelt sich eine Vielzahl an Gefühlen wider. Unsicherheit. Verwirrung. Angst. Ich packe sie so entschlossen an den Haaren, dass sie keine Gelegenheit hat, Fragen zu stellen oder zu schreien. Ich tauche ihr Gesicht in das lauwarme Wasser und drücke ihren Kopf nach unten. Der Wannenstöpsel hängt verloren an einer silberfarbenen Kette. Ich drücke den Stöpsel in den Abfluss. Das Gurgeln des abfließenden Wassers verebbt. Sie strampelt und versucht, mich mit den Händen wegzuschieben. Mit einem Fuß tritt sie nach mir. Sie erwischt mich am Knöchel. Ich unterdrücke einen Schrei, klemme ihren Körper zwischen der Wanne und meinem Unterleib fest. Durch ihr Gehampel verliert sie das Gleichgewicht und kippt mit dem ganzen Oberkörper in die Wanne. Das macht es für mich leichter. Ich fixiere sie mit meinem ganzen Körpergewicht. Sie rudert mit den Armen. Wie viel Kraft sie hat! Ich spüre ihre Panik. Blasen steigen nach oben. Mein Herz jagt. Das Adrenalin erhöht meine Aufmerksamkeit. Ich höre und sehe jedes Detail. Meine Nerven sind zum Zerreißen gespannt. Der Kopf unter mir wirft sich wild nach links und rechts. Ich verstärke den Druck. Es scheint eine Ewigkeit zu dauern. Die Muskeln in meinen Armen zittern. Irgendwann versiegen die Bewegungen. Der Kopf hält still. Ich warte noch einen Augenblick lang. Ich lasse los und ziehe den leblosen Körper über den Rand der Wanne auf den Fliesenboden. Die Lippen sind bläulich, die Augen sperrangelweit offen. Ich nehme ein Handtuch vom Regal und wickle es wie einen Turban um ihren Kopf. Mit einem weiteren Handtuch wische ich die Armaturen und den Rand der Badewanne ab. Nur für den Fall, dass ich Fingerabdrücke hinterlassen habe. Ich lege das Handtuch auf die tote Frau und drücke mich vom Boden hoch. Fast wäre ich einmal auf dieselbe Weise gestorben.

Nicht in einem Badezimmer allerdings. Und sie waren zu zweit. Der Gedanke an jenen Vorfall lässt mein Herz stolpern. Ich verlasse das Badezimmer und gehe zurück in die Küche. Mit einem Geschirrtuch nehme ich die beiden Tassen, die sie aus dem Schrank genommen hat, wische sie ab und stelle sie an ihren Platz zurück. Als ich in meine Schuhe schlüpfe, ertönt ein schrilles Piepen. Ich zucke zusammen und frage mich kurz, ob ich einen Alarm ausgelöst haben könnte. Da bemerke ich das Mobiltelefon auf dem Kästchen im Vorzimmer. Es blinkt und der schrille metallische Ton gräbt sich unter meine Haut. Ich atme erleichtert aus. Das Display verrät den Anrufer. Tim. Aus einem Reflex heraus schießt meine Hand in Richtung Telefon. Im letzten Augenblick ziehe ich sie zurück, als hätte ich mich verbrannt. Wie gerne würde ich ihm sagen, dass Claudia sich nicht mehr melden wird. Nie wieder. Dass wir uns bald sehen werden. Tim und ich. Dass die Zeit gekommen ist, für seine Schuld zu bezahlen. Aber das würde den ganzen Spaß verderben. Er wird mir früh genug gegenüberstehen. Und am Ende wird er Claudia vielleicht doch wiedersehen.

Alex

Am nächsten Morgen tauchte Alex verkatert und unausgeschlafen im Büro auf. Sie fühlte sich wie gerädert.

Ich werde zu alt für diesen Mist, dachte sie, während sie eine Kopfschmerztablette mit einem halben Liter Wasser hinunterspülte. Sie fühlte sich aber noch aus einem anderen Grund scheiße. Und der hieß Iris. Oder eigentlich Elli.

„Was ist denn mit dir passiert?", fragte Theo, als Alex sich mit zusammengekniffenen Augen auf ihren Stuhl fallen ließ.

„Schlecht geschlafen", gab sie zurück und fuhr ihren PC hoch. „Haben wir schon was?"

„Die Neue hat die Vermisstenanzeigen durchgesehen", erklärte Theo und deutete auf die angesprochene Kollegin, die das Team erst seit einigen Wochen verstärkte.

„Die Neue heißt Angi", erklärte die betreffende Kollegin an Theo gewandt. „Kann doch nicht so schwer sein, sich einen Namen zu merken, oder?" Sie drückte ihm einen Ausdruck in die Hand. „Nicht einmal für dich."

Alex grinste, als Angi sich an Theo vorbeidrückte und aus dem Raum verschwand. Die Frau war höchstens 1,65 Meter groß, schien aber nur aus Muskeln zu bestehen. Ihr brünettes Haar hatte sie zu einem Pferdeschwanz gebunden.

„Ganz unrecht hat sie nicht", meinte Alex, als Theo zu einer schnippischen Erwiderung ansetzte.

Theo vertiefte sich bemüht angestrengt in den Bericht, den Angi ihm in die Hand gedrückt hatte. „Eine Frau hat ihren Mann gestern Nacht als vermisst gemeldet. Die Beschreibung könnte passen."

„Haben wir die Frau schon benachrichtigt?"

„Haben wir", antwortete Angi, die mit einer Tasse dampfenden Kaffees ins Büro zurückkehrte. „Sie ist auf dem Weg in die Gerichtsmedizin."

Der Kaffeeduft hatte dieselbe Wirkung auf Alex wie ein Würstchen, mit dem man vor der Nase eines Hundes herumwedelte. Umso mehr, da sie sich fühlte, als hätte man sie mit Schlafentzug gefoltert.

„Dann lass uns fahren", rief Theo und war bereits auf dem Weg zur Tür.

Alex warf einen sehnsüchtigen Blick in Richtung Kaffeemaschine, bevor sie ihrem Kollegen widerwillig folgte.

Sie erreichten die Gerichtsmedizin wenige Minuten später. Alex hasste die kalten, weißen Gänge und den süßlichen Geruch, der ihr entgegenschlug, als sie den Untersuchungsraum betraten. Dr. Hofer legte gerade das Gehirn des Toten, oder das, was davon noch übrig war, in eine Waagschale und murmelte etwas in sein Diktiergerät. Theo genügte ein einziger Blick auf den aufgesägten Schädel des Toten, damit sich auch sein Gesicht farblich der weißen Umgebung anglich. Alex drückte ihn sanft auf einen Stuhl.

„Imma eina mit enk zwoa", zwitscherte Dr. Hofer vergnügt, während er die Kopfwunde des Toten inspizierte. „Es kumt's grod recht." Er lächelte. Fehlte nur noch, dass er von einer Leberkässemmel abbiss.

„Guten Morgen, Dr. Hofer! Haben Sie schon etwas für uns?"

„Wos i enk sogn kann, is, dass der Mann glei tot wor. Beim Aufprall auf den Asphalt. Des Hirn is glei dort austreten. Bumm! Exitus." Dr. Hofer wischte sich mit dem Ärmel den Schweiß von der Stirn. Seine Halbglatze glänzte im Licht der Halogenlampen.

„Das haben wir schon vermutet. Sein Gehirn war ja praktisch überall", erwiderte Theo. „Wir haben außerdem eine Zeugin, die behauptet, dass sie gesehen hat, wie der Fahrer den armen Kerl ein zweites Mal überrollt hat."

Dr. Hofer nickte. „Des konn i bestätigen. Der Reifen isch praktisch die gonze Läng über die Brust g'fohrn. Dabei hot

41

er nu schwere innere Verletzungen, Rippenbrüch' und Prellungen erlitten. Oba des hätt sie der Teifi sporn können", erklärte der Mediziner. „Weil tot wor der orme Kerl do sowieso schon."

„Irgendwelche Spuren vom Fahrzeug des Täters?"

Dr. Hofer schüttelte den Kopf. „Is jo ned grad so, als tät a Auto Haare oder Speichel am Tatort zrucklossen."

„Lackspuren?"

Dr. Hofer verneinte. „Aber i hob was anderes gfunden, des enk interessieren könnt." Er hob einen Zettel mit einer Pinzette auf und hielt ihn in die Luft. Alex kniff die Augen zusammen. Der Zettel war leer, bis auf vier Worte, die in der Mitte geschrieben standen:

Nichts ist je vergessen

„Wo haben Sie den Zettel gefunden?", fragte Alex.

„In seiner Hosntoschn", antwortete Dr. Hofer. „Er wor zsammknüllt."

Alex ballte eine Hand zur Faust und ärgerte sich, dass sie diese Spur gestern übersehen hatten. Weder die Kollegen des Unfallkommandos noch sie selbst hatten den Mann gründlich genug untersucht. Sie hatten sich damit zufriedengegeben, die Jackentasche zu durchsuchen.

Es klopfte. Dr. Hofers Assistentin kündigte die vermeintliche Frau des Opfers an.

„Sie soll bitte noch einen Moment warten", rief Alex und blickte Dr. Hofer Hilfe suchend an.

„Des hama glei", versprach er, während er die Schädeldecke auf den Kopf des Mannes setzte und mit einer Mullbinde verband. Den Körper deckte er mit einem Laken zu.

Alex nickte dem Mediziner zu und schlüpfte aus dem Raum, um die Frau in der angenehmeren Atmosphäre der Rezeption zu empfangen.

„Alexandra Wild", stellte sie sich vor und streckte einer kleinen, etwas stämmigen Frau die Hand entgegen. „Und Sie sind?"

„Martina Wallner", antwortete die Frau leise. Ihr straff nach hinten gezogenes Haar verlieh ihr einen strengen Ausdruck. Alex merkte, dass die Frau ihr höchstens bis zur Schulter reichte.

„Seit wann genau vermissen Sie Ihren Mann?"

Die Frau schluckte. „Erst seit gestern Abend. Als er bis um drei Uhr morgens nicht zu Hause war, habe ich die Polizei verständigt."

„Ist es ungewöhnlich, dass ihr Mann länger ausbleibt?"

Die Frau nickte. „Er hätte mir Bescheid gesagt."

Alex stellte ihre Behauptung nicht in Frage.

„Es gab gestern einen schweren Unfall, bei dem ein Mann, auf den die Beschreibung, die Sie unseren Kollegen gegeben haben, passen könnte."

Frau Wallners Hände zitterten. „Ja, das hat man mir gesagt."

„Ich würde Ihnen gerne später noch ein paar Fragen stellen", sagte Alex. „Falls sich bestätigen sollte, dass ..."

Frau Wallner nickte tapfer.

„Sind Sie soweit?" Alex steckte den Kopf in den Untersuchungsraum. „Können wir kurz?"

Dr. Hofer nickte. Die Frau schlich langsam an den Stahltisch heran und hob den Blick. Im selben Moment schlug sie schluchzend die Hände vors Gesicht.

„Andi!", rief sie wieder und wieder. Ihre Schultern bebten unter ihren Schluchzern.

Alex legte eine Hand auf den Arm der Frau und führte sie hinaus auf den Gang. In der Nähe des Empfangs gab es einen Wartebereich.

„Setzen wir uns", forderte Alex Frau Wallner auf.

Die Frau ließ sich gehorsam auf einen der Stühle sinken. Ihre wasserblauen Augen schienen in Tränen zu ertrinken.

„Darf ich Ihnen noch ein paar Fragen stellen?"

Frau Wallner nickte, wobei sie sich an ihre Handtasche klammerte wie an einen Rettungsring.

„Hatte ihr Mann Feinde? Gibt es jemanden, der Ihrem Mann schaden wollte?"

Die Frau hob den Blick. In ihren Augen stand Unverständnis. „Ich verstehe Ihre Frage nicht", erwiderte sie leise. „Andi wurde überfahren. Es war ein Unfall."

Alex schwieg, hielt Frau Wallners Blick aber stand.

„Es war doch ein Unfall, nicht wahr?", fragte sie, als sie allmählich begriff.

„Wir sind inzwischen sicher, dass es kein Unfall war", gab Alex zu. „Jemand hat Ihren Mann bewusst ein zweites Mal überrollt."

Frau Wallner stieß einen spitzen Schrei aus. Sie wiegte sich vor und zurück, bis Alex sie sanft an der Schulter berührte.

„Frau Wallner, vielleicht können Sie uns helfen, den Täter zu finden."

Die Frau starrte sie an, als wäre sie gebeten worden, ein Raumschiff zum Mars zu fliegen. „Ich weiß nicht, wie ich Ihnen helfen könnte."

„Hatte ihr Mann Streit mit jemandem?"

Die Frau schüttelte heftig den Kopf. „Andi? Bestimmt nicht. Nicht, dass ich wüsste. Er ist mit jedem gut ausgekommen."

„Wann haben Sie ihn zuletzt gesehen?"

„Gestern Abend. Er ist so gegen 17:30 Uhr weggegangen."

„Wohin wollte er?"

Die Frau starrte auf einen Punkt hinter Alex' Kopf. „In die Ordination. Das hat er jedenfalls gesagt."

„Ihr Mann war Arzt?"

„Zahnarzt. Er hat eine Ordination in der Franz-Josef-Straße."

Alex runzelte die Stirn. „Das wäre doch ein Stück von Mayrwies entfernt."

Frau Wallners Mund öffnete und schloss sich. „Sie denken, dass er mich angelogen hat." Es war keine Frage.

„Ich weiß es wirklich nicht", beschwichtigte Alex die Frau, die erneut in Tränen auszubrechen drohte. „Hat er Ihnen gesagt, was er in der Ordination wollte?"

Frau Wallner verneinte. „Es ist nicht ungewöhnlich, dass Andi auch außerhalb der Ordinationszeiten in die Praxis fährt. Es gibt immer viel zu tun." Sie schluckte. „Oh Gott, was geschieht jetzt mit all seinen Patienten?"

Alex drückte die Schulter der Frau. Es war nicht ungewöhnlich, dass sich Hinterbliebene angesichts eines Verlustes mit scheinbar Belanglosem auseinandersetzten. Offenbar war das weniger schmerzhaft, als der Realität ins Auge zu sehen. „Ist Ihnen sonst etwas komisch vorgekommen? Ist etwas Ungewöhnliches passiert, bevor Ihr Mann losfuhr? Oder generell in der letzten Zeit?"

Die Frau rieb sich den Nacken. „Er hat einen Anruf erhalten, kurz bevor er wegging."

Alex hob den Kopf. „Von wem?"

„Das hat er mir nicht gesagt. Ich habe ihn nicht gefragt. Ich war dabei, die Wäsche zu bügeln. Daneben schaue ich mir immer eine Folge von *Grey's Anatomy* an." Sie zitterte. „Ich wünschte, ich hätte mir die Zeit genommen, ihn zu fragen."

„Es ist nicht Ihre Schuld. Nichts davon. Sie konnten nicht wissen, dass etwas Schlimmes passieren würde", beschwichtigte Alex die aufgebrachte Frau.

Die Augen der Frau weiteten sich plötzlich. „Mein Gott!", rief sie, während sie sich an Alex' Arm klammerte.

„Ist Ihnen schlecht?", fragte Alex besorgt. „Soll ich Ihnen ein Glas Wasser besorgen?"

Frau Wallner schüttelte den Kopf. „Nein, danke. Es geht schon. Es ist nur ... Mir ist gerade etwas eingefallen."

Alex betrachtete die Frau aufmerksam. „Was denn?"

„Es ist wahrscheinlich nicht wichtig", erklärte sie, „aber jetzt, wo Sie mir all diese Fragen stellen und ich darüber nachdenke ..."

Alex atmete langsam aus. Geduld war keine ihrer Stärken. Sie musste sich immer wieder zwingen, anderen Menschen die Zeit zu geben, die sie brauchten, um Informationen mit ihr zu teilen.

„Alles könnte von Bedeutung sein", ermutigte Alex die Frau.

„Gestern habe ich eine Nachricht hinter dem Scheibenwischer von Andis Wagen gefunden."

„Einen Brief?", fragte Alex.

Frau Wallners Augen blickten starr geradeaus, als visualisierte sie ihre Erinnerung. „Nein. Nur ein Stück dickes Papier."

Alex biss sich auf die Unterlippe. Eine leise Ahnung beschlich sie.

„Es standen nur vier Worte darauf. Ich kann mir immer noch keinen Reim darauf machen."

Alex runzelte die Stirn. „Haben Sie jemanden in der Nähe des Wagens Ihres Mannes gesehen?"

„Nein", antwortete Frau Wallner. „Da war niemand."

Alex stand auf und bat die Frau zu warten. Kurz darauf kehrte sie mit einem Zettel in einer Klarsichthülle zurück, den sie aus dem Untersuchungsraum von Dr. Hofer geholt hatte. „War das der Zettel?"

Die Frau kniff die Augen zusammen. „Ich kann den Text, ohne meine Brille, nicht lesen", entschuldigte sie sich, „aber ich kann mich gut an die Worte erinnern: *Nichts ist je vergessen.*"

Alex nickte wissend. „Ihr Mann hatte den Zettel bei sich, als er gestern das Haus verließ. Er wurde in seiner Hosentasche gefunden."

Die Frau blickte sie erstaunt an. „Das verstehe ich nicht."

„Was meinen Sie?"

„Ich habe Andi den Zettel gar nicht gezeigt", erklärte Frau Wallner. „Ich habe ihn weggeworfen."

Alex hob überrascht eine Augenbraue. Theo trat fast lautlos an sie heran. Er wirkte verstört.

„Ist alles in Ordnung?"

Theo nickte abwesend.

Frau Wallner knetete nervös ihre Finger. „Es war ein Fehler, Andi den Zettel nicht zu zeigen, nicht wahr?", fragte sie an Alex gewandt. „Hätte ich gewusst, dass er so wichtig ist …"

„Machen Sie sich keine Gedanken. Offenbar hat Ihr Mann die Nachricht ohnehin gefunden. Außerdem konnten Sie nicht wissen, was passieren würde."

Frau Wallner seufzte geräuschvoll. „Kann ich gehen? Ich hatte noch keine Gelegenheit, die Familie zu verständigen."

Alex lächelte. „Natürlich. Wir melden uns, wenn wir noch Fragen haben sollten."

Als Alex in Richtung Ausgang schritt, stand Theo noch am selben Fleck und starrte Löcher in die Luft.

„Theo", rief sie ungeduldig. „Kommst du?"

Ihr Kollege nickte wie in Zeitlupe und setzte sich langsam in Bewegung.

„Sag mal, irgendetwas beschäftigt dich doch. Das kann ich sehen", bemerkte Alex, während sie in den Dienstwagen stiegen.

„Der Tote", erklärte Theo.

„Was ist mit ihm?"

„Ach, ich weiß auch nicht. Es könnte ein Zufall sein."

Alex reversierte und lenkte den Wagen aus der knappen Parklücke. „Du weißt ja, was ich von Zufällen halte."

„Dass es keine gibt. Ich weiß schon", murmelte Theo. „Ich hatte schon am Tatort so ein komisches Gefühl."

„Was meinst du damit?", fragte Alex und hielt an einer roten Ampel.

47

„Als würde ich den Mann kennen."

„Aha", erwiderte Alex. „Vielleicht warst du einmal bei ihm in Behandlung? Er hat eine Zahnarztpraxis in der Stadt."

Theo schüttelte den Kopf. „Nein, daran würde ich mich erinnern."

„Wir treffen auf so viele Menschen. Vielleicht war er einmal bei uns auf der Dienststelle", mutmaßte Alex.

Theo runzelte die Stirn. „Seine Frau hat ihn *Andi* genannt", bemerkte er nachdenklich. „Wie lautet sein Familienname?"

Erst jetzt realisierte Alex, dass Theo das Gespräch mit der Witwe nicht mitangehört hatte. „Wallner. Sein Name ist Andreas Wallner."

Sie beobachtete, wie die Farbe aus dem Gesicht ihres Kollegen wich. „Geht es dir gut?"

Theo schluckte. Dann nickte er langsam. „Du hast recht, Alex. Es gibt keine Zufälle." Langsam wandte er den Kopf und blickte sie an. „Ich kenne den Mann. Oder ich kannte ihn. Vor vielen Jahren, als ich ein Kind war."

Elli

Elli hatte heute die Frühschicht im Altenheim gehabt, wo sie als Betreuerin arbeitete. Es war noch immer kalt, aber die Sonne lachte vom Himmel und Elli wollte dringend ein wenig an die frische Luft. In der Garderobe zog sie ihre Uniform aus und stopfte sie in eine Stofftasche, um sie daheim zu waschen. Dann schlüpfte sie in Jeans, Pullover und Mantel. Als sie aus der Umkleide trat, bemerkte sie eine alte Dame, die sie gut kannte: Alex' Oma.

„Oma!", rief sie und trat näher an die alte Frau heran. „Was machst du denn hier?"

„Elli! Schön, dich zu sehen!", erwiderte die alte Dame und umarmte Elli herzlich.

„Du wirst doch wohl nicht hierher ziehen?", neckte Elli sie.

Oma lachte. „Ganz sicher nicht! Nicht, dass das nicht ein hübsches Haus wäre, in dem man sich anständig um die Bewohner kümmert, aber solange mich meine Beine noch tragen und ich klar bei Sinnen bin, kriegt mich keiner aus meinem Zuhause."

„Das kann ich gut verstehen", stimmte Elli zu. Sie wusste, wie viele der Bewohner des Seniorenheims ihrem eigenen Haus nachtrauerten. Es fiel kaum jemandem leicht, sich einzugestehen, dass er alleine nicht mehr zurechtkam.

„Es gibt hier neuerdings einen Buchklub", erklärte Oma. „Eine ehemalige Nachbarin hat mich angerufen und mich eingeladen."

„Davon habe ich gehört", entgegnete Elli. „Ein Herzensprojekt der Frau unseres Heimleiters."

Oma kicherte verschwörerisch. „Wir lesen gerade *Shades of Grey.*" Sie flüsterte hinter vorgehaltener Hand: „Man möchte gar nicht glauben, was es alles gibt an sexuellen Praktiken."

Elli unterdrückte ein Lachen. „Und das interessiert dich?“, wunderte sie sich. Noch mehr wunderte sie sich, dass sich Frau Bauz ausgerechnet für einen Erotikroman entschieden hatte.

„Und wie!“, gluckste Oma. „Zu meiner Zeit hat es so was nicht gegeben und falls doch, so hat man ganz bestimmt nicht darüber geredet.“

Elli nickte zustimmend. „Und was machst du jetzt?“

„Nach Hause fahren. Die Bushaltestelle ist ja praktisch vor der Tür.“

„Kommt nicht in Frage“, widersprach Elli. „Ich nehme dich mit.“

Oma wackelte mit dem Kopf. „Aber nur, wenn du noch auf ein Stück Kuchen und eine Tasse Kaffee bleibst.“

„Abgemacht!“

Eine Viertelstunde später hockten sie gemütlich auf der Eckbank in Omas Stube. Der offene Kamin zauberte eine behagliche Wärme in den Raum. Elli schob sich genüsslich ein Stück vom gedeckten Apfelkuchen in den Mund.

„Es geht einfach nichts über deine Mehlspeisen!“, schwärmte sie.

„Komm gerne öfter vorbei“, schlug Oma vor. „Ich backe jeden zweiten Tag etwas Feines und Alex schimpft schon, dass ich ihr zu viel Kalorienreiches vor die Nase setze.“

Elli lachte. „Das kann ich mir vorstellen! Die Einladung ist wirklich verlockend, ich glaube aber nicht, dass Alex erfreut wäre, wenn ich öfter hier auftauchen würde.“

„Papperlapapp! Du bist in meinem Haus immer willkommen“, erklärte Oma und stand auf, um Kaffee nachzuschenken. „Das wird Alex schon akzeptieren müssen.“

Elli war sich da nicht so sicher.

„Apropos Alex“, fuhr Oma fort. „Habt ihr zwei jetzt endlich einmal miteinander geredet?“

Elli schob sich rasch noch eine Gabel voll Kuchen in den Mund. Es war ihr unangenehm, zugeben zu müssen, dass weder sie noch Alex es bislang geschafft hatten, eine ordentliche Aussprache zustande zu bringen. Unwillkürlich musste sie an ihre erste Begegnung mit Alex denken, die sie dem Umstand verdankte, dass sie als Altenpflegerin in der Seniorenresidenz arbeitete.

Damals war ihr Alex' resolute Oma gleich aufgefallen, die neben ihrem 1,90m großen Ehemann trotz dessen Körpergröße stark und entschlossen wirkte, während er einen eher verlorenen Eindruck machte. Ihr Mann hieß Herbert und litt – wie Elli kurze Zeit später erfahren hatte – an Demenz. Lange Zeit hatte Alex' Oma sich rührend um ihren Liebsten gekümmert, bis er eines Tages fast das Haus abgefackelt hätte. Da hatte sie begriffen, dass sie Herbert nicht länger alleine versorgen konnte, wenn sie nicht sein und ihr eigenes Leben aufs Spiel setzen wollte. Herbert war ein leidenschaftlicher Koch und er liebte frisch zubereitete, selbst gemachte Pommes frites. Bis zu jenem verhängnisvollen Tag, an dem er das heiße Öl auf dem Herd vergessen und sich für ein Nickerchen auf die Couch gelegt hatte. Als Oma vom Arzt nach Hause kam, stand die Küche bereits in Flammen. Es war pures Glück, dass sie nach dem Termin beim Arzt beschlossen hatte, auf direktem Weg nach Hause zu gehen und ihre Einkäufe am nächsten Tag zu erledigen.

Elli erinnerte sich, dass sie bei dieser Gelegenheit Alex zum ersten Mal gesehen hatte. Sie hatte sich noch nie zu Frauen hingezogen gefühlt, aber da war etwas an Alex, das sie faszinierte. Die blitzenden Augen, die sowohl Fröhlichkeit als auch Kampfeslust ausstrahlten. Diese lässige, burschikose Art, die in einem starken Kontrast zu ihrer femininen Ausstrahlung stand. Elli zeigte den dreien das Haus und erwischte sich mehrmals dabei, wie sie immer wieder zu der brünetten Frau blickte. Oma machte sich derweil Vorwürfe, dass sie in Erwägung zog, ihren Herbert in ein Heim abzuschieben.

„In guten wie in schlechten Zeiten", murmelte sie vor sich hin. „Das haben wir uns geschworen."

Alex streichelte ihrer Großmutter beruhigend über den Rücken. „Es ist zu seinem Besten", erwiderte sie, und Elli spürte, wie ihre tiefe Stimme ihr einen wohligen Schauer über den Rücken jagte.

Oma hatte sich zweifelnd umgeblickt. Es war Elli schließlich gelungen, sie zu überzeugen, dass ihr Herbert hier gut aufgehoben wäre. „Sie können ihn jederzeit besuchen. Wenn Sie möchten, gerne auch täglich. Und wenn ich Dienst habe, kümmere ich mich persönlich um ihn", hatte sie erklärt.

Alex hatte ihr zugelächelt. Elli hatte Herzklopfen bekommen. Und Angst. Sie war vollkommen durcheinander. Was auch immer hier mit ihr geschah, es war neu, fremd, aufregend und ein bisschen beängstigend.

Oma hatte tief geseufzt. „Na schön", hatte sie erwidert. „Herbert, was meinst du? Wird es dir hier gefallen?"

Herbert war fast regungslos neben seiner Frau gestanden, den Kopf nach vorne gebeugt und hatte einen Tisch fixiert, auf dem eine kleine Modelleisenbahn aufgebaut war. Langsam hatte er sich auf den Tisch zu bewegt und sachte eine der Lokomotiven berührt. Er hatte übers ganze Gesicht gestrahlt. Alex hatte Omas Hand gedrückt. In Gedanken hatte Elli die attraktive Frau nach ihrer Telefonnummer gefragt. Wieder und wieder. Sie hatte sich wie ein Teenager gefühlt, der für den Barkeeper schwärmte, den alle anhimmelten. Ehe sie das Für und Wider abwägen und eine Entscheidung hatte treffen können, war Herr Bauz, der Leiter der Einrichtung, erschienen und hatte ihr den Rest der Führung abgenommen.

„Frau Ahrens? Sie werden im Therapieraum gebraucht. Frau Mayr hat nach Ihnen gefragt."

Widerwillig hatte Elli den Raum verlassen und sich um die alte Dame gekümmert, die nach einem Sturz immer wieder über Schmerzen in der Hüfte klagte. Nachdem sie die Übungen mit Frau Mayr beendet hatte, war sie in den Eingangsbereich zurückgekehrt, doch die attraktive Frau und ihre Großeltern waren verschwunden.

„Ich habe keine Ahnung, wo du gerade warst", bemerkte Oma und riss Elli aus ihren Erinnerungen.

Elli lächelte. „Entschuldige, bitte!", erwiderte sie, ohne sich zu erklären. „Vielen Dank für den Kaffee und deinen herrlichen Apfelkuchen." Sie warf einen flüchtigen Blick auf die Uhr. „Ich muss jetzt wirklich los." Sie erwähnte nicht, dass sie eine Begegnung mit Alex vermeiden wollte, besonders, wenn diese nicht auf ein Zusammentreffen vorbereitet war.

Oma legte den Kopf schief und betrachtete Elli eingehend. Dann drückte sie sie kurz an sich.

„Irgendwann werdet ihr miteinander reden müssen", meinte die alte Dame, während sie Elli zur Tür begleitete.

Elli küsste Oma auf die Wange. Irgendwann, dachte sie. Nur nicht heute.

Theo

Wie lange hatte er nicht mehr an Andreas Wallner, Walli, gedacht, und an die anderen. Nicht, dass es enge Freunde gewesen wären, aber er hatte einige Jahre lang viel Zeit mit ihnen verbracht. Und das lag hauptsächlich an Tim. Tim war seine Clique immer wichtig gewesen und nach dem frühen Tod ihrer Mutter war Tim oft gezwungen gewesen, seinen jüngeren Bruder mitzunehmen, wenn er etwas mit seinen Freunden unternehmen wollte. Ihr Vater war Außendienstmitarbeiter eines großen Pharmaunternehmens und oft dienstlich auf Reisen.

Theo hatte seinen Bruder ewig nicht mehr gesprochen. Wie lange war das her? Fast ein ganzes Jahr, schätzte er. Er sollte ihn endlich anrufen. Theo spürte einen Anflug von schlechtem Gewissen. Andererseits, Tim hätte sich genauso gut melden können. Immerhin war er der Ältere. Blödsinn!, dachte Theo. Sie waren beide erwachsen. Die Zeiten, als Tim sich um ihn kümmern musste, waren endgültig vorbei. Vielleicht war das der Grund, weshalb sein Bruder den Kontakt praktisch abgebrochen hatte: Weil er Theo nach dem Tod ihrer Mutter hatte großziehen müssen. Wahrscheinlich war er froh, Theo endlich los zu sein.

Seine Gedanken schweiften zurück zu Andreas Wallner. Schon als er ihn nach dem vermeintlichen Unfall in Mayrwies auf dem kalten Asphalt hatte liegen sehen, war ihm irgendetwas vertraut erschienen. Warum war ihm nicht gleich aufgefallen, wer der Tote war? Was mochte aus den anderen geworden sein? Wieso hatte Tim schon seit vielen Jahren keinen Kontakt mehr zu den Mitgliedern seiner früheren Clique? Theo wurde das Gefühl nicht los, dass es dafür einen triftigen Grund gab. Etwas, woran er sich im Augenblick nicht erinnern konnte. Etwas, was er eigentlich wissen sollte. Irgendetwas war geschehen. Irgendetwas, was zum Bruch zwischen ihnen allen geführt hatte. Wenn er sich nur erinnern könnte!

„Theo?"

Eine vertraute Stimme drang an sein Ohr. Offenbar wurde er nicht zum ersten Mal angesprochen.

„Theo!" Alex' Stimme schwankte zwischen Verärgerung und Besorgnis. „Sag mal, hörst du zu?"

Es kostete Theo sichtlich Mühe, aus der Vergangenheit ins Jetzt aufzutauchen.

„Klar höre ich dich", murmelte er sichtlich verwirrt.

Alex stellte den Dienstwagen vor dem Gebäude der Polizeistation ab und stieg aus.

„Andreas Wallner. Woher kennst du ihn?"

Theo stieg die Stufen zum Eingang hinter Alex hinauf.

„Das ist eine ziemlich lange Geschichte. Ich kenne ihn schon, seit ich vielleicht sieben oder acht Jahre alt war."

Alex öffnete die Tür. „Aber der Mann ist … war doch deutlich älter als du. Wie hast du ihn da kennengelernt?"

Theo setzte an, ihr zu antworten, als Mia ihnen begegnete. Alex hob eine Hand, um ihrem Kollegen zu bedeuten, dass sie etwas mit ihr besprechen musste. Sie zog den Zettel, der beim Toten gefunden wurde, samt Beutel aus ihrer Jackentasche.

„Hey, Mia! Kannst du dir den hier bitte anschauen?"

Mia trug orangefarbene Pluderhosen und ein weites Shirt, das eine Schulter freigab. Ihre rötlichen Locken standen vom Kopf ab. Sie erinnerte Theo ein wenig an einen weiblichen Pumuckl.

„Was ist das?", fragte die Kollegin der Spurensicherung, während sie herzhaft in einen Apfel biss.

„Eine Nachricht, die bei unserem Toten in Mayrwies gefunden wurde."

„Suchen wir etwas Spezielles?"

Alex schüttelte den Kopf. „Vielleicht findest du Fingerabdrücke. Außerdem wirkt das Papier schwerer als handelsübliches Druckerpapier. Wäre super, wenn du herausfinden könntest, wo das hergestellt und verkauft wird."

Mia griff nach dem Beutel. „Ich seh mal, was ich tun kann."

„Großartig!", erwiderte Alex.

Theo schenkte sich Kaffee in eine Keramiktasse ein und verzog den Mund. „Himmel noch mal, wie lange steht das Zeug schon hier?", fragte er in die Runde.

Angi konnte sich ein Lachen nicht verkneifen. „Ich glaube, den hat Daniel gestern aufgesetzt."

Theo hastete zum Spülbecken und spuckte die kalte Flüssigkeit in den Ausguss. „Der schmeckt wie brackiges Sumpfwasser", schimpfte er und verzog angewidert den Mund.

„Du könntest einfach mal selbst welchen machen", erwiderte Angi und bemerkte Theos bösen Blick. „Dann würde er wahrscheinlich nicht besser schmecken, aber er wäre wenigstens frisch."

Theo bastelte gerade an einer schlagfertigen Erwiderung, als sein Mobiltelefon klingelte. Caroline. Sein Herz machte einen Satz. Er verließ das Büro und suchte nach einem ruhigen Plätzchen.

„Caro! Schön, dass du dich meldest!"

„Musst du heute länger arbeiten?", fragte Caroline mit ihrer weichen Stimme, die sich wie Seide auf seine Haut legte.

„Ich glaube nicht. Wieso? Hast du was vor?", erwiderte Theo in leicht neckischem Ton.

„Darauf kannst du wetten", gab sie zurück und lachte.

„Hmmm, na dann werde ich mich wohl beeilen, schnell nach Hause zu kommen."

„Ich werde auf dich warten", flüsterte Caro in leicht laszivem Tonfall. „Und vielleicht koche ich uns noch was Feines."

„Für vorher oder danach?"

Caroline kicherte. „Erst gibt es Essen. Dann das Dessert."

Theo schmunzelte. Seine Lenden zogen in freudiger Erwartung, Caroline in seine Arme zu schließen. Seine Ohren prickelten. Ob von der Kälte draußen oder der Aussicht auf eine lange Nacht mit seiner Angebeteten, konnte er nicht mit Bestimmtheit sagen.

„Theo!", rief eine wohl vertraute Stimme einen Ticken zu laut. Die Stimme hatte so gar nichts Verführerisches.

„Verdammt, Theo! Was ist nur los mit dir?"

„Du musst gehen", stellte Caroline fest.

„Sieht ganz so aus."

„Ich freue mich auf dich", hauchte Caro und legte auf.

Alex stand im Türrahmen und klopfte mit ihrem linken Fuß auf den Laminatboden. „Fertig mit dem Liebesgesülze?"

Theo schob sein Mobiltelefon in die Tasche seiner Jeans. „Nur kein Neid", erwiderte er und folgte ihr ins Büro. „Was gibt es?"

„Paul möchte uns sprechen."

Paul Wagner lehnte lässig an einem Aktenschrank und bedeutete ihnen beiden, ihm in sein Büro zu folgen.

„Haben wir was Neues zu unserem Fall?", fragte er und blickte von Theo zu Alex.

„Zumindest kennen wir jetzt die Identität des Opfers. Der Mann heißt Andreas Wallner", erklärte Alex. Sie verschwieg, dass Theo den Mann gekannt hatte.

„Seine Frau hat ihn als vermisst gemeldet. Wir haben sie vorhin in der Gerichtsmedizin gesprochen."

Paul nickte nachdenklich.

„Sonst irgendetwas?"

„Der Tote hatte eine Nachricht bei sich", erzählte Alex.

Das schien Paul Wagners Interesse zu wecken. „Was für eine Nachricht?"

„Nur ein schlichter DIN-A4-Zettel", erklärte Theo. „Eine etwas kryptische Botschaft: *Nichts ist je vergessen.*"

Pauls Augenbraue wanderte deutlich nach oben. Dann seufzte er.

„Dann haben wir womöglich ein Problem."

Alex und Theo starrten ihn verständnislos an.

„Haben wir etwas verpasst?", fragte Alex ungeduldig.

„Allerdings", gab Paul zurück. „Wir haben eine tote Frau gefunden. In Elsbethen."

„Wann?"

„Die Meldung ist gerade erst hereingekommen."

„Was meinst du mit ,Problem'?", wollte Alex wissen.

„Bei der Frau wurde eine Nachricht gefunden. Auf einem DIN-A4-Zettel." Paul trommelte mit den Fingern auf seine Schreibtischplatte. „Bis eben hätte ich auf Selbstmord getippt."

Theo schluckte hörbar. „Jetzt denkst du, es handelt sich um Mord."

„Schlimmer", mutmaßte Alex. „Möglicherweise reden wir vom selben Täter. Und das könnte bedeuten, dass wir es mit einem Serienmörder zu tun haben."

Ich

Ich beobachte Tim. Er wartet auf Claudia. Bestimmt blickt er zum fünften Mal auf seine Armbanduhr. Jetzt hält er sein Mobiltelefon ans Ohr und versucht, sie zu erreichen. Vermutlich nicht zum ersten Mal.

Armer Tim! Ich sehe, wie seine Frustration wächst. Er lässt das Handy in seine Manteltasche gleiten und reibt sich die Finger. Nachdem er sich vergewissert hat, dass Claudia nicht daherkommt, betritt er das Café, in dem er sich immer mit seiner Flamme trifft. Claudia hat mir kürzlich davon erzählt. „Immer dienstags", hat sie berichtet. „Unser wöchentliches Date."

Vermutlich denkt er, dass er ebenso gut im Warmen warten kann. Ich bleibe noch einige Minuten an meinem Posten auf der gegenüberliegenden Straßenseite, ehe ich das Café ebenfalls betrete. Ich wähle einen Platz schräg gegenüber von Tim, von wo aus ich ihn gut im Blickfeld habe. Er trinkt heiße Schokolade und starrt auf sein Telefon, als könnte er es dadurch zum Klingeln bringen. Ich bestelle einen Cappuccino und ein Soda Zitron.

Er ist ein gutaussehender Mann. Nicht spektakulär, aber doch attraktiv. Mit dunklem Haar, das sich am Oberkopf lichtet und an den Seiten erste graue Stellen erkennen lässt. Markantes Gesicht. Freundliche Augen. Ich senke den Blick, als er zu mir herüberschaut, gebe vor, die Speisekarte zu studieren. Er ist natürlich viel älter als damals. Ich erinnere mich an einen jungen, schlaksigen Burschen mit Armen und Beinen, die zu lang für seinen restlichen Körper schienen, aber sein Gesicht hätte ich in jedem Fall wiedererkannt. Wenn ich die Augen schließe, sehe ich ihn und die anderen vor mir, fast so, als wäre alles erst gestern passiert. Manche Einzelheiten haben sich wie eine Narbe in mein Gehirn eingebrannt. Gelegentlich wünschte ich, ich könnte die Bilder für immer löschen. Vielleicht würde dann auch mein Wunsch, mich für das zu rächen, was mir die Clique angetan hat, verschwinden. Allerdings glaube ich das nicht ernsthaft. Und selbst wenn, im Grunde ist es für Bedenken zu spät. Mein Rachefeldzug hat längst begonnen. Andreas Wallner und Claudia Buchinger sind tot. Wenn ich diesbezüglich etwas bedauere, dann höchstens, dass ich sie nicht viel eher umgebracht habe.

Tim hält sich wieder das Telefon ans Ohr. Dieses Mal spricht er. Ich halte den Atem an, um trotz der Geräuschkulisse in dem belebten Café zu hören, mit wem er spricht. Schnell merke ich, dass er eine Nachricht hinterlässt. Auf einer Mobilbox. Er lässt keine Pausen, um ein Gegenüber zu Wort kommen zu lassen.

„... mache mir wirklich Sorgen", höre ich ihn durch das Stimmengewirr und das Geschirrklappern sagen. „Ruf mich an, bitte!"

Das ‚bitte' klingt flehentlich. Er spürt, dass etwas nicht stimmt. Ich sehe, wie seine Nervosität steigt. Er trommelt mit den Fingern auf die Tischplatte, fährt sich zum wiederholten Mal durchs Haar. In seinem Gesicht tummeln sich hektische rote Flecken.

Ich lächle. Ich kenne dieses Gefühl des Wartens, des Hoffens. Hoffnung ist eine trügerische Emotion. Sie trägt dich durch die dunkelsten Nächte, hält deine schlimmsten Ängste im Zaum und bewahrt dich davor, den Verstand zu verlieren, bis sie plötzlich erlischt und die Wahrheit dich packt und in einem Stück verschlingt. Die Hoffnung stirbt zuletzt, heißt es, doch wenn sie tot ist, was bleibt dann noch? Dann eröffnet sich ein nie endendes Nichts, ein Tal von Tränen, Trauer und Hass. Durch dieses Tal bin ich gewandelt. Manchmal glaube ich, es gibt daraus kein Entrinnen.

Ich sehe mich als Kind vor mir, wie mein Leben über mir zusammenbricht, weil mir alles genommen wurde. Fast körperlich spüre ich die Angst, die ich hatte, als ich in dieses

Heim musste, als mir klar wurde, dass ich alles verloren hatte und es nichts mehr gab, für das es sich zu leben lohnte. Das Leben im Heim war kein Zuckerschlecken. Sie haben mich beschimpft, gedemütigt und geschlagen. Für all das gebe ich Tim und seiner Clique die Schuld. Nie wäre ich in diesem Heim gelandet, hätten sie nicht mein Leben zerstört.

Tim hält sich das Telefon ans Ohr. Wie lange wird es dauern, bis seine Hoffnung erlischt? Bis er realisiert, dass etwas geschehen ist, dass sich nicht mehr rückgängig machen lässt. Etwas, das eine Leere in ihm hinterlässt wie jene, die ich damals verspürt habe. Immer noch verspüre.

Ich stehe auf und setze mich an seinen Tisch. Er starrt mich an. Eine Mischung aus Überraschung, Verwirrung und Verärgerung. Er kann mich nicht erkennen. Er hat mich nie zuvor gesehen. Ich war gut verborgen in der Dunkelheit. Ich musste den Schrecken allein ansehen.

„Kennen wir uns?" Er kneift die Brauen zusammen, versucht, sich zu erinnern.

Ich schüttle den Kopf. „Nein, Sie kennen mich nicht."

„Darf ich fragen, was Sie dann von mir wollen?"

Ich verschränke die Finger ineinander. „Nein."

Er zuckt beinahe zurück. „Ich verstehe nicht."

Das tun die Menschen nie, wenn sie nicht die erwartete Antwort oder Reaktion erhalten. ‚Nein' ist ein ganzer Satz. Tatsache. Tim erwartet eine Erklärung.

„Ich kenne SIE", erwidere ich ruhig. „Sie sind Tim Bergmann. 47 Jahre alt. Journalist. Sie arbeiten für das Magazin *Hello Austria*. Recht erfolgreich, im Übrigen. Einige ihrer Artikel wurden ausgezeichnet. Sie haben einen Bruder. Sie sind nicht verheiratet. Keine Kinder ..."

Tim hebt die Hand, um mich zu unterbrechen. „Schluss damit!", herrscht er mich an. „Was soll der Scheiß?"

Ich trinke meinen Cappuccino aus und stelle die Tasse langsam ab. „Die Schnellversion?"

Ich werfe ihm einen scharfen Blick zu. „Vor 28 Jahren haben Sie einen Mann getötet", erkläre ich so ruhig, als würde ich über die Wetteraussichten des morgigen Tages sprechen. „Sie und Ihre Clique."

Tim zuckt zusammen. Seine Schultern sacken nach vorne, als würde ihn die Last seiner Schuld niederzwingen. Die Erinnerung erdrückt ihn.

„Was wollen Sie?"

Ich atme langsam aus, ziehe ein Kuvert aus meiner Jacke und lege es auf den Tisch. Tims Hände zittern.

„Ich möchte, dass Sie Verantwortung übernehmen", entgegne ich leise. „Ich möchte, dass Sie der Welt erzählen, was Sie und Ihre feinen Freunde getan haben."

Er blickt mich an wie ein geprügelter Hund. „Wie haben Sie sich das vorgestellt?"

Ich lecke mir über die Lippen. „Sie sind ein preisgekrönter Journalist", erwidere ich. „Seien Sie kreativ."

Er seufzt und knetet seine Finger. „Was ist das?", fragt er und deutet auf das Kuvert.

„Motivation", erkläre ich. „Ein paar Dinge, die ich im Laufe der Jahre über Sie und Ihre Freunde zusammengetragen habe. Angehörige, die ihnen wichtig sind. Jobs. Ehrenämter. Dinge, die nicht an die Öffentlichkeit gelangen sollen. Wäre doch schlecht, wenn öffentlich würde, dass Sie zum Beispiel ihre Magisterarbeit keinesfalls selbst verfasst haben."

Tims Augen verengen sich zu Schlitzen. Sein Hals leuchtet rot. „Sie können nichts beweisen. Gar nichts!"

Ich lege einen Zehn-Euro-Schein auf den Tisch und erhebe mich. „Lassen Sie es darauf ankommen! Wir hören voneinander." Es ist keine Frage.

Er schluckt schwer. „Wer zum Teufel sind Sie?"

Ich schließe den Reißverschluss meiner Jacke und sehe ihm direkt in die Augen. „Jemand, der seit vielen Jahren darauf wartet, dass der Gerechtigkeit endlich Genüge getan wird."

Ich gehe langsam auf den Ausgang zu. Meine Beine zittern, aber ich bewege mich hocherhobenen Hauptes. Tim sitzt zusammengesunken an seinem Tisch. Er fragt sich, wer ich bin. Ich spüre seinen Blick in meinem Rücken. Er bohrt sich zwischen meine Wirbel wie ein brennender Dolch.

Alex

Der Tatort befand sich in Elsbethen. Sie passierten die weiten Felder entlang des ‚Erdbeerlands'. Alex erinnerte sich an gefüllte Körbe mit süßen roten Früchten, die sie gemeinsam mit ihrer Oma gepflückt hatte. Dabei konnte man so viele Erdbeeren verdrücken, wie man wollte. Und Alex hatte immer einiges verdrückt. Aus irgendeinem Grund kroch Wehmut in ihr hoch. Kindheitserinnerungen, die sie mit ihrer Großmutter teilte, anstatt mit ihren Eltern. Sie wünschte, die zwei wären hier. Sie wünschte, sie hätte die Chance gehabt, die beiden besser kennenzulernen. Ob sie einem von ihnen besonders ähnlich war? Ihre Oma sprach nicht gerne über die Todesumstände und Alex hatte nie nach Einzelheiten gefragt. Vielleicht sollte sie das tun.

Aus dem Ursulinengymnasium stürmte ein Rudel Schüler. Seit einigen Jahren war es auch Burschen erlaubt, die ehemalige Mädchenschule zu besuchen. Dennoch waren es großteils Mädchen mit langen Zöpfen, die sich im Schulhof tummelten. Alex seufzte und lehnte sich im Beifahrersitz zurück. Es kam ihr vor wie ein anderes Leben, als sie selbst das Gymnasium besucht hatte. Wahrscheinlich, weil sie ihre Eltern nur ein Jahr davor verloren hatte. Die Zeit danach schien für immer in einem Nebel aus Verlust, Angst und Ungläubigkeit verloren. Die nächsten zwei Jahre hatte sie nur funktioniert. Die Erinnerungen an diese Zeit hatte sie unter einer dicken Schutzschicht begraben. Aber etwas davon schien nach oben zu drängen, in ihr Bewusstsein, und immer wieder tauchten Blitzlichter einer Lebensphase auf, die sie noch immer zutiefst schmerzten.

Theo fuhr am nächsten Kreisverkehr bei der dritten Ausfahrt ab. Das Haus lag rund 200 Meter weiter, recht abgeschieden in einer Seitenstraße, umsäumt von einem kleinen Garten. Die Tote war von ihrer Tochter gefunden worden, die in Wien studierte und offenbar heute nach Hause gekommen war. Die junge Frau mochte etwa zwanzig sein. Ihr Gesicht war bleich, die Augen sichtlich gerötet. Sie zeigte auf eine Tür am Ende des Ganges.

„Haben Sie etwas berührt?", fragte Alex, während sie das Badezimmer betrat.

Das Mädchen schüttelte den Kopf. „Ich habe nur versucht, festzustellen, ob sie noch Puls hat. Sie war eiskalt. Ich habe sofort gewusst, dass sie tot ist."

Die Tote lag auf dem Boden des Badezimmers. Sie trug einen weißen Frotteebademantel, der im Bereich des Oberkörpers nass war. Um ihren Kopf war ein Handtuch gewickelt. Die Wanne war zur Hälfte mit Wasser gefüllt. Eine Kollegin von Dr. Hofer war bereits vor Ort. Sie kniete neben der Toten und inspizierte die Flecken, die sich auf deren Haut gebildet hatten. Theo befragte in der Zwischenzeit die Tochter des Opfers.

„Können Sie schon etwas zur Todesursache sagen?", fragte Alex die Ärztin.

„Soweit ich das ohne weitere Untersuchungen feststellen kann, würde ich sagen, dass sie ertrunken ist."

Alex hob eine Augenbraue. „Sie hat doch aber gar nicht in der Wanne gelegen", meinte sie. „Der Täter wird sie wohl kaum abgetrocknet und in einen Bademantel gesteckt haben."

Die Ärztin nickte. „Da gebe ich Ihnen Recht. Ich würde vermuten, dass jemand ihren Kopf unter Wasser gehalten hat, möglicherweise, nachdem sie gebadet hatte."

Alex dachte einen Moment darüber nach. „Das lässt darauf schließen, dass die Frau den Täter gekannt hat."

„Möglich", erwiderte die Ärztin, ohne einen Zweifel daran zu lassen, dass sie sich darüber nicht den Kopf zerbrechen würde. „Das ist Ihr Spezialgebiet."

Alex warf einen Blick auf die Tochter, die nach wie vor Theos Fragen beantwortete und überlegte, ob diese in der Lage wäre, ihre Mutter lange genug unter Wasser zu halten, bis diese tot wäre. Das Mädchen war klein und zierlich. Die Mutter um mindestens zwanzig Kilo schwerer und deutlich größer. Alex hielt es für unwahrscheinlich, dass das Mädchen so viel Kraft aufbringen könnte.

„Wann ist die Frau gestorben?"

Die Ärztin packte die entnommenen Proben in einen Koffer und stand auf. „Die Totenstarre ist bereits voll ausgeprägt. Anzeichen einer Verwesung sind noch nicht erkennbar. Die Totenflecken sind allerdings recht deutlich." Sie zeigte auf die rötlich-bläulichen Verfärbungen am Hals der Toten. Der restliche Körper war vom Bademantel bedeckt. „Definitiv gestern Abend. Vermutlich zwischen 19 Uhr und 22 Uhr. Genaueres kann ich erst nach der Obduktion sagen."

„Haben Sie etwas bei der Toten gefunden?"

Die Ärztin nickte müde. „Einen Zettel." Sie kniff die Augen zusammen und holte den Beutel mit dem Papier aus ihrem Koffer.

Alex nahm ihn entgegen und hielt ihn gegen das Licht.

Schuld verjährt nie

Dieselbe Schrift. Dasselbe Papier. Sie würde Mia den Zettel zur weiteren Untersuchung übergeben.

„Wo waren Sie gestern Abend?", fragte Alex an die Tochter des Opfers gewandt.

Das Mädchen zuckte zusammen. „Wie ich Ihrem Kollegen bereits erklärt habe, bin ich heute mit dem ersten Zug aus Wien gekommen. Ankunft war kurz nach 9:00 Uhr am Hauptbahnhof."

„Gibt es dafür Zeugen?"

Das Mädchen wurde noch blasser. „Ich kann Ihnen das Zugticket zeigen. Der Schaffner hat es entwertet."

„Wir werden dem nachgehen", erwiderte Alex freundlich.

„Sie verdächtigen mich?", fragte die junge Frau ungläubig.

„Wir gehen allen Spuren nach. Je eher wir Sie einwandfrei ausschließen können, umso schneller können wir uns anderen Spuren widmen."

Das Mädchen setzte an, etwas zu erwidern, schloss den Mund allerdings wieder. Theo klopfte ihr beruhigend auf die Schulter.

„Kein Grund zur Besorgnis."

Die Ärztin verabschiedete sich und versprach, Alex über die Ergebnisse der Obduktion zu informieren. Theo setzte die Tochter des Opfers auf einen Stuhl in der Küche und holte ihr ein Glas Wasser.

„Trinken Sie! Das wird Ihrem Kreislauf guttun."

Die Frau setzte gehorsam das Glas an die Lippen.

„Kann ich jemanden für Sie anrufen? Ihren Vater vielleicht?"

Sie schüttelte den Kopf. „Er lebt in Hamburg. Mit seiner neuen Familie."

„Eine Freundin?", schlug er vor.

„Danke. Es geht schon."

„Bleiben Sie am besten hier sitzen. Ich bin gleich wieder zurück."

Theo folgte dem Gang und betrat das Badezimmer. Alex kniete auf dem Fliesenboden und begutachtete die Leiche von allen Seiten. Die Spurensicherung würde gleich da sein.

„Wenn die Frau ertrunken ist, wie die Ärztin meint", sagte Alex. „... muss das Opfer den Täter gekannt haben. Denkst du nicht?"

Theo antwortete nicht.

„Oder würdest du einem Wildfremden die Tür öffnen, wenn du gerade im Bad bist?", fuhr Alex fort, ohne die Reaktion ihres Kollegen abzuwarten.

Theo starrte die Frau unverwandt an.

„Ich glaube nicht, dass der Täter sie ertränkt und danach aus der Wanne gezerrt hat, um sie in einen Bademantel zu

67

stecken und ihr einen Turban ums Haar zu schlingen", fuhr Alex ungerührt fort.

Theo war bleich geworden.

„Vielmehr denke ich, dass die Frau ein Bad genommen hat. Es läutet an der Tür. Sie zieht sich schnell einen Bademantel über und öffnet die Haustür. Einbruchsspuren gibt es keine. Also dürfte sie ihren Mörder gekannt haben. Außer, sie hätte die Tür leichtfertig geöffnet und der Unbekannte konnte sie überwältigen."

Alex drehte sich nach ihrem Kollegen um. „Hast du auch eine Meinung dazu?" Sie erschrak, als sie Theo erblickte.

„Ist alles in Ordnung mit dir?"

„Wie heißt die Tote?", fragte Theo so leise, dass Alex nicht sicher war, ihn richtig verstanden zu haben.

„Buchinger. Ihr Name ist Claudia Buchinger", erwiderte sie beunruhigt.

Theo atmete langsam aus, ohne den Blick von der Frau zu wenden. Bilder fluteten seine Erinnerung. Bilder von einer sehr lebendigen jungen Frau mit blonden Haaren. Von einer Frau mit feinen Sommersprossen im Gesicht und Sonne auf der Haut. Sie küsste seinen Bruder. Ein junges verliebtes Paar. Eine Liebe, die groß war und dennoch nicht halten sollte. Theo schluckte. Sein Mund war trocken.

„Du siehst aus, als hättest du ein Gespenst gesehen!", rief Alex und ging auf ihren Kollegen zu. „Stimmt etwas nicht?"

„Ich dachte, ich kenne die Frau", flüsterte Theo. „Sie erinnert mich an jemanden."

Es sah Theo nicht ähnlich, dermaßen die Fassung zu verlieren.

„Und jetzt bist du nicht sicher, ob du sie kennst?", fragte Alex, die spürte, dass es irgendeine Verbindung zwischen Theo und der Toten zu geben schien.

Er zögerte. „Ich bin nicht sicher. Ich kannte eine Frau, die hieß Claudia. Wir nannten sie früher Puppi." Er ging neben der Frau in die Hocke und begann, den rechten Ärmel ihres Bademantels nach oben zu schieben.

„Was tust du da?" Alex starrte ihren Kollegen entgeistert an.

„Die Frau, die ich kannte, hieß Claudia Wering", erklärte er. „Ich will mich nur vergewissern ..."

Nahezu lautlos war die Tochter der Toten an die Badezimmertür getreten. Ihr Haar war zerzaust, in ihren Augen standen Tränen.

„Sie sollten wirklich draußen warten", empfahl Alex der jungen Frau.

Sie rührte sich nicht von der Stelle. „Dann kannten sie meine Mutter", erwiderte die Studentin mit brüchiger Stimme.

Theo hielt in der Bewegung inne.

„Meine Mutter ...", ihre Stimme brach, „ihr Mädchenname war Wering."

Theos Kopf schoss zu dem Mädchen. Entsetzen stand in seinem Gesicht. Er wandte sich zurück zur Toten und schob den Ärmel bis zur Armbeuge hoch. Wie zur Bestätigung seiner schlimmsten Befürchtung starrte es ihn an: Ein dilettantisch angefertigtes Tattoo, ein Herz, von einem Pfeil durchbohrt, an dessen Enden ein C und ein T prangten. Theo stolperte aus dem Badezimmer und rannte an die frische Luft.

Elli

Elli schmeckte die Minestrone ab und rieb frischen Parmesan. Julia hatte sich spontan angekündigt. Eine Suppe mit Nudeln und viel frischem Gemüse war bei der Kälte genau das Richtige. Sie entkorkte eine Flasche Zweigelt und goss den Wein in zwei Gläser. Es klingelte an der Tür.

„Perfektes Timing!", sagte Elli und umarmte ihre Tochter, deren Gesicht fast gänzlich unter einem dicken Wollschal verschwand.

„Gott ist das kalt!", murmelte Julia, während sie sich aus ihrer Daunenjacke schälte.

„Komm rein! In der Küche ist es schön warm."

Julia schnupperte. „Hast du gekocht?"

Elli nickte und zog den Topf von der Herdplatte. „Ich hoffe, du magst italienische Minestrone."

Julia strahlte. „Und wie! Kann ich dir helfen?"

„Du könntest das Ciabatta aufschneiden, wenn du magst." Elli deutete auf einen Laib Weißbrot, der auf einem Holzschneidebrett lag.

Die Suppe schmeckte köstlich und vertrieb die Kälte aus den Gliedern. Julias Wangen schimmerten rosa. Sie prostete ihrer Mutter zu.

„Hast du schon mit Alex gesprochen?", fragte sie so beiläufig wie möglich.

Elli nahm einen großen Schluck Rotwein und starrte auf einen kleinen Fleck auf der Tischdecke.

„Also nicht." Julia seufzte. „Schieb das nicht zu lange auf! Es wird dir leidtun, wenn du sie verlierst, nur weil ihr beide auf eurem Stolz beharrt."

Elli wusste, dass Julia Recht hatte. Sie rieb ihre Schläfen, hinter denen es leise zu pochen begann. Einen Moment lang war sie versucht, ihrer Tochter zu erzählen, dass sie Alex bereits verloren hatte, dass sie beobachtet hatte, wie eine andere Frau sie geküsst hatte. Eine attraktive Frau. Aber sie wollte diesen Abend genießen. Die kostbare Zeit, die sie mit Julia verbrachte. Sie konnte später in Selbstmitleid versinken, wenn sie allein im Bett lag und die Einsamkeit über sie hinwegspülte. Das geschah sowieso dann und wann. Dann strömten die Tränen über ihre Wangen, ein nicht enden wollender Fluss ihrer Traurigkeit, und begleitete sie in einen unruhigen Schlaf. Julia tastete nach ihrer Hand.

„Ihr zwei gehört einfach zusammen", stellte sie fest, als Elli auch nach einigen Minuten schwieg. „Erzähl mir doch, wie aus euch ein Paar geworden ist. Ich weiß, dass ihr euch im Altersheim kennengelernt habt, als Alex' Oma ihren Mann dort untergebracht hat."

Elli nickte und lächelte bei der Erinnerung. Bilder einer unbeschwerten Zeit tauchten vor ihrem inneren Auge auf.

„Ungefähr eine Woche, nachdem ich Alex das erste Mal mit ihrer Großmutter in der Seniorenresidenz gesehen hatte, traf ich sie zufällig wieder."

„Im Altersheim?"

Elli schüttelte den Kopf. „Nein. Beim Einkaufen. Ich hatte Frühdienst und wollte Zutaten für eine Lasagne besorgen. Ich wollte für mich und Roland, meinen damaligen Lebensgefährten, kochen. Und an der Fleischtheke bin ich mit meinem Einkaufswagen direkt in sie reingefahren."

Julia lachte.

„Alex wollte gerade mit einer Schimpftirade loslegen", Elli grinste. „Da hat sie mich erkannt. Es war fast, als hätte jemand einen Schalter umgelegt."

„Und dann?"

„Danach sind wir auf einen Kaffee gegangen", erzählte Elli. „Da war eine kleine Bäckerei gleich ums Eck, mit Stehtischen und Tapeten aus den Siebziger Jahren, die von den Wänden abblätterten. Aber das war uns egal."

„Das kann ich mir vorstellen", meinte Julia. „Hast du dich da gleich in sie verliebt?"

Elli zögerte. „Ich weiß nicht genau. Ich war total verwirrt. Alex hat mich fasziniert. Ich konnte nicht aufhören, ihre blauen Augen und ihre weiche Haut anzustarren. Am liebsten hätte ich sie berührt." Sie hielt kurz inne. „Aber gleichzeitig war ich angewidert von mir selbst. Die Vorstellung, dass ich Gefühle für eine Frau entwickeln könnte, war mir anfangs unerträglich."

Julia leerte ihr Glas und schenkte sich einen Schluck nach. „So schlimm? Aber warum?"

Elli zuckte hilflos die Schultern. „Ich war einfach mein Leben lang stock-hetero. Und dann kommt diese unglaublich anziehende Frau daher und ich werde ... ganz wuschig."

Julia lachte laut auf. „Ist doch wurscht, ob Mann oder Frau, findest du nicht?"

Elli nickte. „Heute sehe ich das genauso, aber im ersten Moment war es ein Schock zu merken, dass ich eine Frau begehrte."

„Also kein Sex beim ersten Date?"

Elli verschluckte sich fast an ihrem Zweigelt. „Definitiv nicht! Außerdem war ich mit Roland zusammen. Ich mochte ihn. Sehr. Das hat mich zusätzlich verwirrt."

„Verständlich. Du musstest dir erst über deine Gefühle klarwerden."

„Ganz genau." Elli knabberte an einem Stück Ciabatta.

„Oh Mann! Klingt, als hättet ihr zwei von Anfang an eine Vorliebe fürs lange Herumeiern gehabt."

Elli lachte. „Ja, vielleicht. Ich weiß nicht. Es hat jedenfalls noch eine Weile gedauert, bis wir zueinander gefunden haben."

Julia verdrehte die Augen. „Erinnert mich irgendwie an die jetzige Situation."

Elli schwieg. Sie nahm die leeren Teller und stellte sie in den Geschirrspüler.

„Ich wollte dir nicht zu nahe treten", erklärte Julia, die spürte, wie sehr ihre Mutter unter der Situation litt.

„Schon in Ordnung", erwiderte Elli. „Du hast ja Recht. Es ist einfach alles so verfahren."

Ellis Mobiltelefon vibrierte. Sie warf einen Blick auf das Display und runzelte die Stirn. Ihr Puls beschleunigte, als sie abhob. Die aufgeregte Stimme am anderen Ende der Leitung beunruhigte sie.

„Ich bin sofort da", antworte sie schließlich und legte auf.

„Es tut mir leid", erklärte sie Julia. „Ich muss los!"

„Alles in Ordnung?"

Elli schüttelte den Kopf. „Ich weiß es nicht. Das war Alex' Oma. Sie ist gestürzt."

Damit schnappte sie ihre Jacke und ihre Tasche und stürzte, eine Entschuldigung murmelnd, aus der Wohnung.

Alex

„Was geht hier vor, Theo?", fragte Alex ihren Kollegen, der vor dem Haus auf- und ablief wie ein aufgescheuchtes Huhn. „Wart ihr ein Paar, du und die Tote?"

Theo erstarrte mitten in der Bewegung. „Himmel, nein! Ich war damals noch ein Kind."

Alex zwang ihn, ihr in die Augen zu sehen. „Dann steht das Herz-Tattoo nicht für euch beide? T & C?"

Theo lachte auf. Es klang gequält. „Nein, bestimmt nicht."

„Aber du weißt, für wen es steht?"

Theo hob langsam den Blick. Es schien, als schaute er durch sie hindurch. „Es steht für Claudia. Und Tim."

„Tim?", fragte Alex, als sollte ihr der Name etwas sagen.

Theo räusperte sich. „Mein Bruder."

Alex erinnerte sich, dass Theo ihn ein paar Mal erwähnt hatte.

„Wir haben nicht besonders viel Kontakt", fügte er hinzu, als Alex ihn so ansah, als wartete sie auf eine Erklärung.

„Dann war Claudia Buchinger früher die Freundin deines Bruders", schlussfolgerte Alex.

Theo nickte. „Das ist alles so lange her." Er klang, als kostete es ihn unendliche Mühe, sich zu erinnern.

„Was meinst du?"

„Die Clique meines Bruders. Die Zeit, als Tim und die anderen mich mitnahmen. Mitnehmen mussten. Einfach alles."

Alex runzelte die Stirn. „Von was für einer Clique sprichst du? Wir reden hier von einer toten Frau und deinem Bruder. Das ist ein Paar, keine Gruppe."

Theo schwieg einen Moment, als müsste er seine Gedanken erst sammeln, um Alex die Angelegenheit erklären zu können. Als er sprach, klang seine Stimme dunkler als sonst. „Ich hatte vorhin keine Gelegenheit, dir zu erklären, woher ich Andreas Wallner kannte, das erste Todesopfer."

Alex atmete langsam ein und aus. Sie ahnte, dass ihr nicht gefallen würde, was Theo zu berichten hatte.

„Andi war ebenfalls ein Mitglied in Tims Clique. Er war der Spaßvogel der Truppe, immer gut gelaunt und unbeschwert. Der geborene Entertainer." Theo lächelte schwach bei dem Gedanken.

Alex presste die Hände gegeneinander. Ihre Fingerspitzen kribbelten. „Ist dir klar, dass du uns damit wahrscheinlich die Verbindung zwischen den beiden Mordopfern geliefert hast?"

„Einen Zufall schließt du aus, nehme ich an?", fragte Theo zaghaft.

Alex ersparte sich, zu erwidern, was sie von Zufällen dachte.

„Wer hat ein Interesse daran, die Mitglieder einer Clique zu ermorden, die es seit mehr als 25 Jahren nicht mehr gibt?", fragte Theo.

Alex öffnete die Wagentür und stieg ein. „Da sind wir beim Punkt! Wenn wir die Antwort auf diese Frage kennen, finden wir den Täter."

Alex startete den Motor. „Haben die Mitglieder der Clique heute wieder Kontakt? Oder noch immer?"

Theo zuckte die Achseln. „Ich habe keinen der anderen mehr gesehen, seit ich ungefähr 13 Jahre alt war", erwiderte er. „Der Kontakt ist jedenfalls in etwa zu dieser Zeit abgebrochen. Tim hat nie erwähnt, dass er später wieder mit den anderen zu tun hatte."

„Aber es wäre möglich?", fragte Alex.

„Alles ist möglich", gab Theo zurück. „Was weiß ich. Ich sehe meinen eigenen Bruder kaum einmal im Jahr."

„Warum eigentlich?" Alex sah ihn von der Seite an.

Theo war sichtlich nicht daran interessiert, seine Familiengeschichte vor ihr auszurollen. „Wir sind wohl recht unterschiedlich", sagte er schließlich.

„Hmmm", machte Alex. „Und damals?", wollte sie wissen. „Ist irgendetwas vorgefallen, das zum Bruch führte? Irgendetwas Ungewöhnliches?"

Theo überlegte einen Moment. Sein Magen brannte. Irgendetwas war da. Wenn er sich nur erinnern könnte.

„Gab es Streit zwischen den Mitgliedern der Clique?"

„Das Übliche, nehme ich an", entgegnete er. „Eifersüchteleien zwischen Tim und Claudia. Simone und Hannes waren ebenfalls ein Paar. Die haben sich gelegentlich auch gezofft. Uneinigkeit, was man am Wochenende unternehmen sollte. Manchmal war auch ich Grund für Streitereien. Nicht alle waren begeistert, wenn Tim mich wieder einmal anschleppte."

Alex hob eine Augenbraue. „Wer zum Beispiel?"

„Vor allem Hannes", erwiderte Theo. „Er konnte manchmal recht eigen sein. Außerdem hatte er Angst, dass ich jemandem erzählen könnte, dass er Gras dabei hatte."

„Hannes hat Marihuana geraucht?"

Theo seufzte leise. „Das haben alle."

„Du auch?"

„Geh bitte, ich war damals elf oder zwölf. Natürlich nicht!"

„Irgendeinen Grund muss es doch geben, dass innerhalb kürzester Zeit zwei Personen der früheren Clique deines Bruders umgebracht wurden", stellte Alex fest.

Theo starrte aus dem Fenster. Die Scheiben waren durch die warmen Körper im Inneren des Autos angelaufen. Er drehte die Klimaanlage an. Tief in seinem Inneren wusste er, dass es einen Grund für diese Morde gab. Als Alex plötzlich bremste, verspürte er leichte Übelkeit. Magensäure kroch seine Speiseröhre hoch. Er schluckte und nahm den bitteren Geschmack wahr, den die Flüssigkeit in seinem Mund hinterließ. Da war etwas. Und er war fast sicher, dass die

Antwort in der Vergangenheit lag. Er schloss die Augen und beschwor Bilder von früher herauf. Erinnerungen an unbeschwerte Tage, lachende Jugendliche, Lagerfeuer und Vespas. Er versuchte, sich zu erinnern. Doch das Puzzleteil wollte nicht an seinen Platz fallen. Theo wurde das Gefühl nicht los, dass er sich nicht erinnern konnte, weil er sich nicht erinnern wollte. Und dieses Gefühl machte ihm Angst.

Als Alex den Wagen vor der Dienststelle parkte, bemerkte sie drei Anrufe in Abwesenheit auf dem Display ihres Handys. Von ihrer Oma. Sie bat Theo, Mia den Beutel mit der Nachricht zu bringen und entschuldigte sich. Sie musste nach Hause fahren. Wie immer hob ihre Großmutter nicht ab, als sie zurückrief. Schon von Weitem bemerkte sie den Notarztwagen, der in der Einfahrt des Grundstücks parkte. Ihr Herzschlag beschleunigte. Sie stürzte auf den Eingang zu.

„Was ist passiert?", fragte sie an den Arzt gewandt, der ihre Oma gerade aus dem Haus führte.

„Ihre Großmutter ist gestürzt. Sie dürfte sich das Handgelenk gebrochen haben. Ich bringe sie ins Unfallkrankenhaus."

Alex' Blick fiel auf die rechte Hand ihrer Oma, die dick angeschwollen war. Die dünne Haut spannte über dem Erguss wie Pergamentpapier.

„Halb so wild", erklärte die rüstige Dame. „Ich wollte die Glühbirnen im Wohnzimmer wechseln. Dabei bin ich wohl von der Leiter gefallen."

Alex warf ihrer Oma einen tadelnden Blick zu. „Das kann ich doch machen", warf sie ein. „Wieso machst du so etwas überhaupt?"

Ehe ihre Großmutter eine Antwort zusammenbasteln konnte, hielt ein weiterer Wagen in der Einfahrt. Alex spürte einen Knoten um ihr Herz. Es war Elli. Sie stürzte auf Oma zu.

„Geht es dir gut?", fragte sie die alte Frau.

Oma nickte. „Das wird schon wieder", erklärte sie Elli, die der alten Dame besorgt über den Rücken strich.

„Was machst du eigentlich hier?", fragte Alex, die sich noch von Ellis plötzlichem Auftauchen überfordert fühlte.

„Oma hat mich angerufen", erklärte Elli ruhig.

Alex' Blick schoss zu ihrer Großmutter.

„Ich konnte dich nicht erreichen", erwiderte die alte Dame achselzuckend.

Die Stille dröhnte unangenehm in Alex' Ohren. Sie fühlte sich schlecht, dass sie den Anruf ihrer Großmutter nicht gehört hatte.

„Jetzt bist du ja da", sagte Oma zufrieden und tätschelte Alex' Arm. „Elli, wieso begleitest du uns nicht ins Krankenhaus?", fragte sie gut gelaunt.

„Wir müssen jetzt wirklich los", insistierte der Notarzt. „Ich kann allerdings nur die Patientin mitnehmen."

„Lexi, Liebes, dann nimm du doch Elli mit ins Krankenhaus, ja?" Oma zwinkerte den beiden verschwörerisch zu.

Alex' Kopfhaut prickelte. Am liebsten hätte sie die Bitte ihrer Großmutter abgelehnt, doch wie hätte sie das unter diesen Umständen tun können?

„Ich fahre selbst", erklärte Elli und löste damit die angespannte Situation. „Ich brauche den Wagen morgen und würde ihn nur ungern hier stehen lassen."

Alex atmete erleichtert aus. Einerseits war ein Gespräch mit Elli mehr als überfällig, aber sie fühlte sich überrumpelt und fand, dass dies weder der richtige Zeitpunkt noch der richtige Ort waren.

Nach der Anmeldung im Krankenhaus wurde Oma zum Röntgen gebracht. Alex und Elli hockten schweigend auf der Bank im Wartebereich. Die Stille schien die Luft zum Atmen zu verdrängen. Schließlich hielt Elli es nicht länger aus.

„Du hast mich nicht abgeholt", flüsterte sie, wobei in ihrer Stimme die ganze Verletzung der letzten Monate lag.

„Bitte?" Alex starrte Elli verwirrt an.

„Als ich aus dem Rehazentrum entlassen wurde." Elli knetete ihre Finger. „Ich war so sicher, dass du kommen würdest."

Alex presste die Lippen zusammen. Der Schmerz tobte noch immer in ihrem Inneren. Nie würde sie die Bilder vergessen, wie Sebastian, Ellis frühere Liebe, mit einem Blumenstrauß zu ihr gestürmt war und sie geküsst hatte. Just an dem Tag, an dem Alex all ihren Mut zusammengenommen hatte, um Elli einen Antrag zu machen.

„Das ist jetzt nicht der richtige Zeitpunkt", entgegnete Alex und klang kühler als beabsichtigt.

Elli hob langsam den Blick. In ihren Augen schimmerten Tränen. „Wann ist denn der richtige Zeitpunkt, Alex? In weiteren fünf Monaten? In einem Jahr? Nie?"

Alex seufzte. Ein dumpfes Pochen kündigte beginnende Kopfschmerzen an. Ein Teil von ihr freute sich unbändig, Elli zu sehen, ihre Stimme zu hören, aber im Moment war sie nicht imstande, sich dieser Konfrontation zu stellen.

„Ich möchte Antworten", erwiderte Elli mit einer Hartnäckigkeit, die Alex an ihrer Ex-Freundin nur selten erlebt hatte. „Ich brauche sie. Das bist du mir schuldig."

Alex schluckte. Ihr Mund war wie ausgedörrt. „Na schön. Was hältst du von Abendessen? Morgen?"

Elli lächelte. „In Ordnung. Ich hole dich um 18 Uhr von der Dienststelle ab." Eine Träne schlängelte sich verloren über ihre Wange. „Ich bin gleich zurück. Ich muss mir mal ... die Nase pudern."

Alex lachte. Sie lehnte sich erleichtert zurück. War doch gar nicht so schwer gewesen. Vielleicht konnten sie endlich offen klären, was im vergangenen Herbst schiefgegangen war. Elli hatte Recht. Höchste Zeit für eine Aussprache.

Eine Frau bewegte sich über die Rolltreppe zur Anmeldung des Unfallkrankenhauses. Sie war auffallend groß. Alex nahm sie aus den Augenwinkeln wahr, erkannte sie an ihren Bewegungen. Der langen, roten Mähne. Sie suchte nach einer Möglichkeit, eine Begegnung zu vermeiden. Die Toilettenräume lagen rund zehn Meter von ihr entfernt. Wenn sie aufstand, würde Iris sie sofort bemerken. In diesem Augenblick erhellte ein breites Lächeln das Gesicht von Iris und sie stürmte auf Alex zu, die sich wünschte, ein Loch möge sich im Boden auftun und sie verschlingen. Was zum Teufel machte sie hier? Die Rothaarige begrüßte Alex überschwänglich. Sie plapperte drauflos: Theo hätte ihr erzählt, dass sie mit ihrer Großmutter im Krankenhaus wäre. Sie setzte sich neben Alex, drückte sie an sich. Schon spürte Alex ihren heißen Atem an ihrer Wange, ihrem Mund. Alex wich zurück. Sie sah Elli, die aus den Waschräumen zurückgekehrt war. Sie zitterte vor Wut. Alex sprang auf.

„Elli, bitte warte! Lass mich erklären ...".

Doch Elli stürmte bereits zur Treppe, um das Gebäude zu verlassen. Alex jagte ihr nach, als ein Arzt sich ihr in den Weg stellte.

„Sind Sie Alexandra Wild?", fragte er sie, während sie Elli nachstarrte, die gerade aus ihrem Blickfeld verschwand.

Sie nickte.

„Das Handgelenk ihrer Großmutter ist gebrochen", erklärte der Arzt ungerührt. „Leider handelt es sich um einen komplizierten Bruch. Wir müssen operieren."

Das holte Alex in die Gegenwart zurück. „Wann?"

„Jetzt gleich. Wir bereiten Ihre Großmutter gerade für die OP vor. Sie möchte sie vorher noch sehen."

Alex folgte dem Arzt wie in Trance in den dritten Stock, wo ihre Großmutter bereits ein Zimmer bezogen hatte. Ihre Gedanken waren bei Elli. Sie verfluchte Iris für ihr mieses Timing. Sie hoffte, dass Iris verschwunden war, bis sie zurückkehrte. Wieder einmal hatte sie eine Chance verpasst, mit Elli ins Reine zu kommen. Und dieses Mal fürchtete Alex, dass es für immer sein könnte.

Ich

Tim hat sich gemeldet. Ich wusste, dass es nur eine Frage der Zeit ist, bis er kooperiert. Offenbar hat er schnell begriffen. Dass er keine Chance hat. Dass er nach meinen Regeln spielt oder untergeht. Er und seine ganze Bagage. Er benutzt das Wegwerfhandy, das ich ihm gemeinsam mit den Unterlagen übergeben habe. Er sucht nach einer Chance, meiner Forderung zu entkommen, und weiß doch, dass es keine gibt.

„Was haben Sie mit Claudia gemacht?", krächzt er ins Telefon.

Er weiß es. Wahrscheinlich war er dort, hat die Absperrbänder der Polizei entdeckt und eins und eins zusammengezählt. Oder er hat Claudias Tochter angerufen. Katja. Obwohl ich nicht sicher bin, ob sie überhaupt von ihm weiß. Ich bin überrascht, dass er sich nicht an seinen Bruder gewendet hat. Wenn man schon ein Familienmitglied bei der Polizei hat... Andererseits, die beiden haben wenig Kontakt, bis auf die Geburtstage ihres Vaters, die sie gemeinsam in einem gutbürgerlichen Wirtshaus feiern. Mit Schweinsbraten oder Wiener Schnitzel, ein paar Bier und Kaiserschmarrn zum Dessert. Danach geht jeder seiner Wege. Bis zum nächsten Jahr. Was für eine erbärmliche Familie!

„Wir sollten nicht über Dinge sprechen, die sich nicht mehr ändern lassen", sage ich gelangweilt. „Reden wir lieber darüber, wie Sie der Welt erzählen können, was Sie getan haben."

Er hält den Atem an. „Sie haben Claudia getötet." Er schnauft in den Lautsprecher. Ich kann fühlen, was ihm auf der Zunge liegt, aber er schluckt die Beleidigungen hinunter.

„Ich möchte, dass Sie aufschreiben, was damals passiert ist", erwidere ich, ohne auf seinen Vorwurf einzugehen. „Alles, was an diesem Abend geschehen ist. Ich will jedes

Detail wissen. Was Sie gedacht haben. Was Sie gefühlt haben. Warum Sie die Polizei nicht verständigt haben. Schreiben Sie die Geschichte aus Ihrer Perspektive, aber vergessen Sie nicht zu berücksichtigen, wie die anderen Ihre Entscheidung beeinflusst haben!"

Er schluchzt. Will er etwa mein Mitgefühl wecken?

„Das ist so lange her", presst er schließlich hervor. „Ein anderes Leben."

Ich schnalze mit der Zunge. Seine Weinerlichkeit ekelt mich an. „Dann strengen Sie sich am besten richtig an! Tauchen Sie in Ihre Erinnerungen ein! Sehen Sie sich die Fotos an! Ich bin sicher, dann fällt Ihnen wieder ein, warum Sie einen unschuldigen Mann getötet haben", erkläre ich, während ich einen Schluck Kaffee trinke.

„Das Ganze war doch ein Unfall", wimmert er am anderen Ende der Leitung.

Ich spüre, wie meine Geduld versiegt. „Das entspricht nicht ganz der Wahrheit, nicht wahr? Sie haben ihn angefahren. Das könnte noch als Unfall durchgehen, wenn sie alle nicht getrunken und gekifft hätten. Aber Sie und Ihre Freunde haben ihn weggeworfen, ohne die Rettung zu verständigen. Oder die Polizei. Sie haben ihn entsorgt wie einen Sack Müll."

„Er war doch bereits tot", jammert Tim. Seine Stimme zittert. Ich sehe den gutaussehenden Endvierziger vor mir, der sich wie ein Kind fürchtet, das in einem Alptraum gefangen ist. Doch Tim ist weder ein Kind noch handelt es sich hierbei um einen Alptraum. Dies ist die Realität. Er hatte sie nur 28 Jahre lang verdrängt.

„Nein", widerspreche ich. „Nein, das war er nicht." Meine Stimme duldet keine weitere Diskussion und Tim spürt das.

„Wie haben Sie sich das Ganze vorgestellt?", fragt er schließlich und klingt resigniert.

„Sie schreiben die Geschichte und schicken Sie mir. Ich lasse Ihnen eine E-Mail-Adresse zukommen. Sparen Sie sich die Mühe, die Adresse nachverfolgen zu lassen. Das wird Ihnen nicht gelingen. Ich möchte außerdem, dass Sie die Leiterin des Kinderheims interviewen, Frau Kastner und mich als ehemalige Bewohnerin dieses Heims. Wenn ich mit dem Artikel zufrieden bin, veröffentlichen Sie ihn. In Ihrem Magazin ‚Hello Austria‘ und auf einigen Plattformen, die ich Ihnen noch mitteilen werde.“

„Ich kann nicht einfach entscheiden, dass dieser Artikel in ‚Hello Austria‘ veröffentlicht wird. Der Chefredakteur trifft diese Entscheidung.“

Ich seufze. „Dann seien Sie lieber überzeugend! Sagen Sie ihm, dass Sie an einer Geschichte dran sind, von der die Welt unbedingt erfahren muss.“

Er gibt einen Laut von sich, eine Mischung aus Aufschrei und Gejaule. „Ich kann es versuchen.“

Ich lache. „Oh ja, das sollten Sie! Es geht schließlich um einiges.“

Er stutzt. Ich kann es förmlich vor mir sehen. „Was meinen Sie?“

„Ihre Karriere. Ihren Ruf. Ihren Bruder. Ihr Leben.“

Er schaudert. „Theo hat nichts damit zu tun“, wirft er ein.

Da sieh an! Sein Bruder scheint ihm doch etwas zu bedeuten. Gut zu wissen!

„Ich sehe das anders. Er war dabei, nicht wahr? Er hat nichts unternommen. Gar nichts. Wie ihr alle!“

„Er war ein Kind. Gerade mal zwölf Jahre alt. Er hat im Wagen geschlafen“, verteidigt Tim seinen jüngeren Bruder.

Ich schweige, obwohl ich weiß, dass das nicht der Wahrheit entspricht. Er war zwölf. Was soll's? Ich war gerade mal zehn. Aber er hat nicht geschlafen. Nicht nach dem Unfall. Ich war dort. Ich habe ihn gesehen. Und ich weiß, dass er mich gesehen hat. Als einziger. Er hat mich angestarrt. Mit offenem Mund und weit aufgerissenen Augen. Er konnte mein Entsetzen spüren. Es fühlen. Er hätte wissen müssen, wie es mir ging, wie verängstigt und hilflos ich war. Er hätte verstehen müssen, was es für mich bedeuten würde, mitten in der Nacht allein auf einer Landstraße zu kauern und den leblosen Körper unten am Abhang anzustarren. Er zögerte einen Moment, als wollte er mir helfen, das Richtige tun, aber dann hat er eine falsche Entscheidung getroffen – wie alle anderen – und sich abgewendet. Es gibt Entscheidungen, die man nicht rückgängig machen kann. Und vor den Konsequenzen kann man nicht ewig davonlaufen.

„Ich werde die Geschichte schreiben", versichert Tim, als ich weiterhin nichts erwidere. „Wie viel Zeit habe ich?"
Jetzt klingt er, als hätte er sich wieder im Griff oder er versucht zumindest, so zu klingen. Fokussiert. Ein Ziel vor Augen. Das ist gut.

„Zwei, drei Tage. Höchstens", gebe ich zurück und spüre, wie Tims Energie aus sämtlichen Poren entweicht.

„Zwei, drei Tage?", kreischt er. „Das ist ... unmöglich."

Ich lache auf. „Alles ist unmöglich", entgegne ich. „Bis man es möglich macht. Ich melde mich." Dann lege ich auf.

Noch nachdem ich aufgelegt habe, fühle ich Tims Verzweiflung. Ich kenne das Gefühl. So viele Jahre war es mein treuester Begleiter, folgte mir auf Schritt und Tritt. Bis ich verstand, dass es nur eins gab, was dieses Gefühl vertreiben konnte. Ein Ziel. Etwas, worauf es sich hinzuarbeiten lohnte: Rache.

Theo

Theo starrte auf die Tatortfotos, die an die Wand im Besprechungszimmer gepinnt waren. Er versuchte, sich jedes Detail des Unfalls einzuprägen, festzustellen, ob er etwas übersah. Was hatte Andi bewogen, sich ohne Portemonnaie oder Ausweis zu Fuß auf den Weg nach Mayrwies zu machen? Hatte ihn jemand dorthin gebeten? Wieso hatte er seiner Frau nichts davon erzählt? Weil er beunruhigt war, möglicherweise. War es möglich, dass er sich mit einer anderen Frau treffen wollte? Einer Geliebten? Theo kniff die Augen zusammen und blickte auf die Fotos von Claudia, die auf der rechten Seite der Wand hingen.

Sie hatte ihren Mörder ins Haus gelassen. Und das, obwohl sie nicht mehr als einen Bademantel trug. Sie musste die Person demnach gekannt haben. Angi hatte überprüft, dass Claudias Tochter tatsächlich erst an diesem Morgen mit dem Zug nach Salzburg gefahren war. Die Westbahn konnte ihr den Schaffner nennen, der zum fraglichen Zeitpunkt Dienst hatte. Der Mann konnte die junge Frau anhand eines Fotos identifizieren und bestätigte, dass er ihr Ticket entwertet hatte. Nicht dass Theo ernsthaft gedacht hätte, dass das zarte Mädchen ihre Mutter überwältigen hätte können. Laut Aussage des Mädchens hatte ihre Mutter keinen Lebensgefährten. Theo kratzte sich am Hinterkopf und fragte sich, wie viel Privates Eltern mit ihren erwachsenen Kindern teilten. Schließlich lebte die junge Frau großteils in Wien. Wer sagte, dass sie mitbekam, mit wem ihre Mutter verkehrte?

Theo ging in die kleine Küche und nahm einen Almdudler aus dem Kühlschrank. Erst jetzt merkte er, wie durstig er war. Er zermarterte sich immer noch das Hirn darüber, was damals zum Bruch der Clique geführt hatte. Er wusste, dass etwas geschehen war. Etwas Wichtiges. Sein Mund fühlte sich trotz des Getränks trocken an. Etwas Furchtbares. Wahrscheinlich sollte er bis morgen warten und die weiteren Schritte mit Alex besprechen, aber er konnte nicht länger warten. Er brauchte Gewissheit. Er fuhr mit dem Zeigefinger über sein Display und suchte nach dem Kontakt seines Bruders. Er hielt den Atem an, während sich der Anruf aufbaute. Es klingelte. Einmal, zweimal, dreimal. Theo plagte das schlechte Gewissen, weil es bereits Monate her war, seit er seinen Bruder zuletzt gesehen hatte.

„Theo?", meldete sich die tiefe Stimme seines Bruders. Täuschte er sich oder klang Tim angespannt.

„Hallo Tim. Hier ist Theo", sagte Theo überflüssigerweise. Schweigen am anderen Ende. „Es ist etwas passiert. Ich muss mit dir sprechen."

„Ist mit Vater alles in Ordnung?"

Theo ärgerte sich, dass er das Gespräch nicht geschickter eingeleitet hatte. „Papa geht es gut. Darum geht es nicht."

„Dann nehme ich an, ihr seid an einem Fall dran", antwortete Tim.

„Ja", entgegnete Theo, der sich wunderte, wieso Tim seinen Anruf sofort mit einem Fall in Verbindung brachte. „Und wir zwei kennen die Opfer von früher."

Tim atmete hörbar aus. „Claudia, nicht wahr?"

Theo zuckte zusammen. „Woher weißt du ...?"

Die Stille füllte den Raum wie unsichtbarer Rauch. Irgendwann hatte Theo das Gefühl, nicht mehr atmen zu können.

„Tim?!"

„Ich konnte sie nicht erreichen", stammelte Tim. „Da bin ich zu ihrem Haus gefahren. Die Absperrbänder an ihrer Haustür ... ich wusste gleich ..."

Die Information sickerte langsam in Theos Hirn. „Wieso wolltest du Claudia erreichen?", fragte er Tim schärfer als beabsichtigt. „Ich dachte, ihr zwei habt seit Jahren keinen Kontakt mehr."

Tim räusperte sich leise. „Das war auch lange Zeit der Fall. Bis wir uns vor einigen Monaten zufällig über den Weg gelaufen sind. Wir haben uns zum Essen getroffen, geredet." Er lachte leise auf. „Wir haben uns verliebt. Von Neuem."

Theo versuchte, die Information zu verarbeiten. Tim und Claudia waren ein Paar gewesen. Claudia war von jemandem getötet worden, den sie kannte und dem sie offensichtlich vertraut hatte. Sie hatte diese Person arglos in ihr Haus gelassen. Er ballte eine Hand zur Faust, als ihm klar wurde, dass sein Bruder damit, innerhalb von Sekunden, zu einem Verdächtigen mutiert war. Verdammt!

„Wann hast du Claudia zuletzt gesehen?" Theo merkte, dass er klang, als wäre er mitten in einem Verhör.

„Gestern", erwiderte Tim unmittelbar. „Wir waren in der Sky Bar auf ein paar Drinks. Danach habe ich bei Claudia übernachtet."

Großartig!, dachte Theo. Tims DNA würde Claudias ganzes Haus übersäen. „Hattest du auch Kontakt zu Andreas Wallner?"

„Nein. Wieso fragst du?" Tim klang ehrlich überrascht.

Theo zögerte einen Moment lang. „Weil Andi ebenfalls tot ist."

„Um Gottes willen! Was ist passiert?"

Täuschte Theo sich oder klang Tims Überraschung nicht echt? „Dazu kann ich dir keine Einzelheiten mitteilen", erklärte Theo. „Aber ich frage mich natürlich, was hier los ist. Zwei Mitglieder deiner ehemaligen Clique sterben innerhalb weniger Tage. Und wir sprechen hier nicht von einem natürlichen Tod."

Tim schluckte. Theo wurde das Gefühl nicht los, dass sein Bruder auf Zeit spielte. „Denkst du, es hat etwas mit dem Vorfall zu tun?"

Theo stutzte. „Welchem Vorfall?"

Tim lachte kurz auf. „Du verarscht mich, oder?"

„Wovon sprichst du, zum Teufel?" Theo stand der Sinn nicht nach Spielchen.

„Von Jesolo, natürlich. 1992. Der Heimfahrt." Tim klang ungläubig. „Das kannst du doch nicht vergessen haben."

Ein pochender Schmerz bohrte sich in Theos Hinterkopf und zog bis in den Nacken hinunter. Wie Zahnschmerzen im Schädel. „Ich erinnere mich nicht", gab er schließlich zu.

„Ich fasse es nicht", rief Tim. Seine Stimme überschlug sich beinahe. „Das gibt's doch nicht. Wie kannst du so etwas vergessen?"

Theo schüttelte verwirrt den Kopf. Er verstand nicht, woran er sich erinnern sollte. Die Kopfschmerzen verursachten ihm Übelkeit. „Tim, lass uns das morgen in Ruhe besprechen, in Ordnung? Kannst du zu mir ins Büro kommen? Sagen wir um 10 Uhr?"

Tim lachte noch immer fassungslos. „Natürlich. Dann werden wir deine Erinnerungen ein wenig auffrischen. Ich kann nicht glauben, dass du das alles verdrängt hast."

Theo ging nicht näher darauf ein. Sein Kopf fühlte sich an wie ein Stück Asphalt unter einem Presslufthammer. „Ich brauche außerdem deine Aussage, dass du mit Claudia liiert warst und am Tag ihres Todes zuletzt gesehen hast."

Theo schluchzte leise. „Verstehe. Natürlich."

„Gut. Dann sehen wir uns morgen", erwiderte Theo. Er hatte keine Ahnung, wie er seinen Bruder trösten sollte.

„Theo?"

„Ja?"

„Es gibt da noch etwas, das ich dir erzählen muss."

Theos Kopf drohte zu bersten. Er wollte nur noch nach Hause und sich hinlegen. „Können wir das auch morgen klären?"

Tim zögerte einen Augenblick lang. „Sicher. Dann also bis morgen!"

„Bis morgen!" Theo legte auf und rieb sich die Schläfen. Die Vorstellung, dass sein Bruder ein möglicher Verdächtiger im Mordfall Claudia Buchinger war, lag ihm im Magen wie ein Stein. War es möglich, dass Tim seine ehemalige Flamme kaltblütig ertränkt hatte? Theo schauderte bei dem Gedanken. Tim war stur, gelegentlich unwirsch, aber gewalttätig? Theo konnte nicht glauben, dass sein Bruder zu einem Mord fähig war. Obwohl er zugeben musste, dass es nicht das erste Mal wäre, dass er zutiefst schockiert wurde, wozu Menschen imstande waren, wenn sie nur ein entsprechendes Motiv hatten.

Theo fischte eine Kopfschmerztablette aus der obersten Schublade seines Schreibtischcontainers und spülte sie mit dem Rest des kalten Kaffees hinunter. Er schüttelte sich angesichts des bitteren Geschmacks. Er lehnte sich zurück, schloss die Augen und rieb sich den Nacken. Wenige Minuten später spürte er, wie die pochenden Schmerzen langsam begannen, sich zu verflüchtigen. Er seufzte erleichtert und schaltete seinen PC aus. Es war bereits nach sieben. Höchste Zeit, aus dem Büro zu kommen. Als er die Tür hinter sich schloss, bemerkte er zwei Textnachrichten auf seinem Handy. Die eine stammte von Caroline, die über seine Verspätung leicht verärgert zu sein schien. Sie wartete bei ihm zu Hause mit dem Essen und fragte ihn, wo er blieb. Verdammt! Das Abendessen hatte er vollkommen vergessen. Auf dem Weg zu seinem Wagen las er die zweite Nachricht. Sie kam von Tim.

Theo, ich stecke tiefer in dieser Geschichte drinnen, als mir lieb ist. Ich werde erpresst, den Vorfall öffentlich zu machen. Mehr dazu morgen. Tim.

Theo hielt inne, las die Mitteilung zwei weitere Male und verstand dennoch nicht, wer Tim erpressen sollte. Von was für einem Vorfall hatte Tim gesprochen? Und wieso konnte er sich überhaupt nicht mehr daran erinnern? Wer könnte ein Interesse daran haben, Tim zu erpressen? Jemand aus der ehemaligen Clique? Und womit sollte er ihn erpressen können? Theo blieb ratlos zurück. Schließlich wählte er Tims Nummer erneut. Doch er landete sofort auf der Mobilbox. Theo versuchte es noch einmal. Ohne Erfolg. Schließlich entschied er, endlich nach Hause zu fahren, ehe er einen ernsthaften Streit mit Caroline riskierte. Tim würde ihm morgen einige Fragen beantworten müssen. Und bis dahin musste er seine Neugier zügeln. Schwerer fiel es ihm, das unangenehme Nagen in seinen Eingeweiden zu ignorieren. Tim steckte in Schwierigkeiten. Zwei seiner ehemaligen Freunde waren tot und offenbar war eines der Opfer zum Todeszeitpunkt mit seinem Bruder liiert gewesen. Das stank zum Himmel. Theo war nicht sicher, ob er wirklich wissen wollte, was hinter der Sache steckte, aber er wusste, dass er es bald herausfinden würde.

Ich

Manchmal frage ich mich, was aus mir geworden wäre, wenn es jenen verhängnisvollen Abend im Juni 1992 nicht gegeben hätte. Wahrscheinlich wäre ich ganz normal aufgewachsen, hätte mich mit vierzehn das erste Mal unsterblich verliebt und wäre mit meiner ersten ernsthaften Beziehung auf den Maturaball gegangen. Ich hätte ein rotes Kleid getragen. Hauteng, aus Satin, das sich an meinen Körper schmiegte. Mein Vater wäre unglaublich stolz gewesen, auch wenn er das Kleid furchtbar gefunden hätte. Ein Jutesack täte es doch auch, oder? Alles, worin man nicht erkennen konnte, dass ich inzwischen eine junge Frau geworden war. Eine Frau voller Optimismus, Träume und grenzenloser Selbstsicherheit. Er hätte sich den jungen Mann zur Brust genommen und ihm mit seiner ruhigen Stimme erklärt, dass er ihm etwas ganz Entscheidendes abschneiden würde, wenn er es wagen sollte, mich zu verletzen. Und er hätte sich versichert, dass der arme Kerl nichts dergleichen im Sinn hatte.

Ich lächle. Ich sehe das Gesicht meines Vaters vor mir: Die braunen Augen, über denen sich buschige Brauen wölben. Die schmalen Lippen, die perfekte Zähne entblößen, wenn er lacht. Die lange Nase, die wohl einmal gebrochen wurde und sich seitdem leicht nach links neigte. Sein dunkles Haar, das sich oben und an den Seiten allmählich lichtet. Sein Gesicht verläuft vor meinem inneren Auge. Es schmerzt mich, dass die Erinnerung an ihn mehr und mehr verblasst. Manchmal gelingt es mir nicht mehr, mich daran zu erinnern, was wir früher gemeinsam unternommen haben. Oder an den Klang seiner Stimme. Das ist das Schlimmste am Verlust. Die Gewissheit, dass die Erinnerungen irgendwann verwaschen, dass alles Liebgewonnene zerrinnt und man nicht mehr sicher sein kann, ob die Bilder, die sich im Kopf formen, den

Tatsachen oder nur dem Abbild einer vagen Kopie entsprechen. Ich schlucke und wische mir eine Träne aus den Augenwinkeln. Es gibt nur ein Foto von meinem Vater und mir. Was mit den anderen Erinnerungsstücken geschehen ist, weiß ich nicht. Im Heim hat man keinen großen Wert darauf gelegt, die Vergangenheit lebendig zu halten. Ich nehme an, dass sie alles weggeworfen haben, was sie für entbehrlich hielten. Dieses eine Bild konnte ich retten. Ich hatte es an jenem Tag dabei. Später habe ich es in einen Rahmen gesteckt. Die Farben sind inzwischen blass, aber das Lächeln meines Vaters strahlt so hell, dass ich mir das Bild in satten Tönen vorstellen kann. Das Foto ist im „Zoo Hellbrunn" entstanden. Ich wollte die Tiger sehen, und die Nashörner. Papa hat sich am nächsten Schönwettertag frei genommen und mir den Tiergarten besucht. Während einer Pause haben wir uns einen Eisbecher geteilt. Vanille, Pistazie und Erdbeere. Unsere Lieblingssorten. Da hat Papa eine Frau am Nebentisch gefragt, ob sie uns fotografieren würde. Ich liebe dieses Foto. Es steht für all das, was mir lieb und teuer war und gleichzeitig für alles, was ich verloren habe.

In meinen Alpträumen lebe ich immer noch im Kinderheim. Dorthin hat mich die Frau vom Jugendamt nach dem Unfall gesteckt. Sie versprach, eine gute Familie für mich zu finden. Nichts davon entsprach der Wahrheit. Menschen lügen. Aus Liebe, Eigennutz, Scham, Verlegenheit oder Berechnung. Am schlimmsten sind jene Lügen, die die Hoffnung schüren, die diese kleine Glut im Inneren am Leben erhalten, nur um letztendlich festzustellen, dass alles, was davon geblieben ist, zu Asche zerfallen ist.

Ich sehe das Heim vor mir, einen großen Bau mit dunklen Gängen und vergitterten Fenstern. Die Zimmer riechen nach Mottenkugeln, Essigreiniger und alter Bettwäsche. Der riesige Garten und der Eingangsbereich, der hell und einladend wirkt, täuschen über das hinweg, was in dem Haus geschieht. Frau Jankovic, die Leiterin des Kinderheims, ist eine Mittfünfzigerin mit harten Gesichtszügen. Das Haar trägt sie stets zu einem strengen Knoten zurückgebunden, ihre Hände sind knochig, aber sie haben mehr Kraft, als man auf den ersten Blick vermuten würde. So habe ich mir als Kind immer Fräulein Rottenmeier, das Kindermädchen meiner Heldin ‚Heidi' vorgestellt. Das Heim ist kein Zuhause, es ist eine Anstalt. Ein Gefängnis. Die Fenster der Zimmer sind vergittert. Niemand soll sich unbemerkt davonschleichen können. Deshalb werden um 21 Uhr auch die Zimmertüren versperrt. Nach der Schule müssen die älteren Kinder das Haus putzen. Ich erinnere mich, wie ich unter den strengen Blicken von Frau Jankovic die Fugen der Fliesen im Gemeinschaftsbad mit einer Zahnbürste schrubbe. Wieder und wieder, bis sie endlich zufrieden ist und meine Handgelenke schmerzen. Es gibt strikte Regeln. Wer sie nicht befolgt oder Anweisungen nicht ordnungsgemäß ausführt, wird bestraft.

Einmal habe ich die Küche nach dem Abendessen nicht sauber genug geputzt. Dabei habe ich die Kochplatten wieder und wieder mit Scheuermilch geschrubbt, doch am Ende ist Frau Jankovic dennoch unzufrieden. Sie gibt mir eine Kopfnuss und zerrt mich in den Keller. Der Keller ist dunkel und feucht. Es riecht modrig und ich bin sicher, dass es hier spukt. Sie sperrt mich in einen unmöblierten Raum. In der Mitte liegt eine schmutzige Matratze auf dem Boden. Ich frage mich, wie viele Kinder hier schon die Nacht verbringen mussten. An der Wand ein Waschbecken, darunter ein Kübel. Wortlos verschließt Frau Jankovic die Tür und ich höre, wie meine Schreie von den Wänden widerhallen. Die Angst schnürt mir den Hals zu. Ich kann nicht atmen. Hier hört mich niemand. Ich bin allein mit meiner Furcht, die durch sämtliche Poren kriecht. Ich atme so schnell, dass mir schwindlig wird. Ich drehe den Wasserhahn auf. Eine bräunliche Flüssigkeit ergießt sich in den Ausguss. Ich verziehe angeekelt den Mund. Nach einer Weile wird das Wasser klar. Es ist eiskalt. Ich lasse es über die Innenseiten meiner Handgelenke laufen. Papa hat mir das einmal gezeigt.

„Das hilft, um sich zu beruhigen", hat er gesagt, als ich einmal nach einem Wespenstich hysterisch geplärrt habe.

Nach ein, zwei Minuten spüre ich, wie mein Atem langsamer geht und ich wieder klarer denken kann. In der Nacht kann ich nicht schlafen. Ich habe eine fette Spinne in einer Ecke des Raums entdeckt und irgendwo höre ich ein unheimliches Kratzen. Ich frage mich, ob sich hier irgendwo eine Ratte versteckt. Papa hat mir erzählt, dass Ratten fiese Krankheiten übertragen. Ich muss wachbleiben. Ein paar Mal schreie ich, in der Hoffnung, jemand würde kommen, um die Tür aufzuschließen. Aber niemand kommt und ich bin allein mit meiner Angst, der Spinne und den Ratten, die ich nicht sehen, wohl aber hören kann. Ich wünschte, Papa wäre hier. Er würde wissen, was zu tun ist. Er würde meinen Kopf in seinen Schoß betten und mir eine Geschichte erzählen, bis ich einschliefe. Er würde dafür sorgen, dass mir keine Spinne und auch keine Ratte zu nahe käme. Aber Papa ist tot und ich muss alleine sehen, wie ich diese Nacht überstehe. Dieses Leben. Dieses Heim.

Ein Geräusch reißt mich aus meinen Kindheitserinnerungen. Ich tauche in die Gegenwart und merke, dass meine Wangen tränennass sind. Ich blinzle und starre auf den Bildschirm meines PCs. Ich habe eine neue E-Mail erhalten. In dem Postfach, das ich extra eingerichtet habe. Ich klicke auf den Briefumschlag. Die Mail ist von Tim. Er hat gestern noch mit seinem Bruder telefoniert, ihm erzählt, er würde erpresst. Ich musste die Sache beschleunigen. Ich kann nicht zulassen, dass er seinem Bruder von mir erzählt. Ich beobachte ihn über einen Bildschirm. Er hockt, mit einem Fuß angekettet, auf einem einfachen Bett in meinem geheimen Raum. Er ist schalldicht. Ich habe viele Monate damit verbracht, diesen Raum zu schaffen. Ich würde gerne Theos

Gesicht sehen, wenn er feststellt, dass sein Bruder nicht -
wie vereinbart – auf der Polizeistation auftaucht. Wird er
sich sorgen? Ihn verdächtigen? Ich werde es früh genug
erfahren. Ich lächle und beginne zu lesen.

Alex

Alex war schon um kurz nach halb sieben im Büro. Erleichtert stellte sie fest, dass noch keiner ihrer Kollegen da war. Sie schaltete die Kaffeemaschine ein und machte sich einen doppelten Espresso. Sie hatte höchstens vier Stunden geschlafen. Die Operation ihrer Oma war gut verlaufen. Der Anästhesist hatte Bedenken gehabt, dass ihre Großmutter aufgrund ihres Alters Probleme mit der Narkose haben könnte und daher eine örtliche Betäubung vorgeschlagen.

„Geht's Ihnen noch gut?", hatte Oma den jungen Arzt angeherrscht. „Glauben Sie, ich will das mitkriegen, wie sie da mit Ihren Messerchen an mir herumschnippeln?"

Der Arzt hatte Alex hilfesuchend angeblickt.

„Sie geben mir gefälligst was, damit ich schlafen kann. Und wenn ich aufwache, will ich noch was von dem guten Zeug. Das, von dem man sich fühlt, als könnte man fliegen. Haben wir uns verstanden?"

Alex hatte die Achseln gezuckt, als wollte sie sagen: „Widerspruch sinnlos" und der Arzt hatte der Schwester seufzend mitgeteilt, dass sie Frau Wild für die Narkose vorbereiten sollte.

Alex hatte gewartet, bis die Operation vorbei und ihre Oma ins Aufwachzimmer geschoben worden war. Alles sei gut verlaufen, hatte ihr der Chirurg erklärt. Sie solle nach Hause fahren. Ihre Oma würde wohl noch eine Weile schlafen. Alex hatte sich aus dem Unfallkrankenhaus geschlichen, um eine weitere Begegnung mit Iris zu vermeiden. Diese war zum Glück längst weg und hatte ihr später noch eine Nachricht geschickt, dass sie sich am nächsten Tag melden würde. Alex seufzte. Es wurde höchste Zeit, Iris zu erklären, dass sie keine weiteren Treffen wollte. Noch dringender aber musste sie mit Elli sprechen. Sie bezweifelte nur, dass Elli noch Lust hatte, mit ihr zu reden. Falls doch, dann würde sie wohl heute – wie vereinbart – um 18 Uhr auftauchen und sie zum geplanten Abendessen abholen. Alex ärgerte sich über den gestrigen Zwischenfall mit Iris. Vielleicht hätte sie sonst endlich die Unstimmigkeiten zwischen Elli und sich aus der Welt schaffen können. Sie trank den Espresso in kleinen Schlucken und spürte, wie das Koffein ihre Lebensgeister weckte. Sie schaltete ihren PC ein und checkte ihre E-Mails. Eine davon kam von Dr. Hofer. Der Obduktionsbericht von Claudia Buchinger.

Alex überflog den Bericht, während sie sich einen weiteren Kaffee holte.

Todeszeitpunkt ca. 20:30. Hämatome im Nacken- und Schulterbereich. Das sprach dafür, dass jemand die Frau festgehalten und gewaltsam unter Wasser gedrückt hatte. *Aspiration von Flüssigkeit. Starke Blaufärbung der vaskularisierten Schleimhäute aufgrund einer Zyanose.* Alex wusste, was das bedeutete. Beim Ertrinken handelte es sich um eine Form des Erstickens, bei der Flüssigkeit eingeatmet wird. Dabei sinkt der arterielle Sauerstoffgehalt im Blut ab, während gleichzeitig der Kohlendioxidgehalt ansteigt. Der fehlende Gasaustausch hat Auswirkungen auf das Gewebe, was wiederum dazu führt, dass sich Schleimhäute oder auch umliegendes Gewebe bläulich färben. *Hautpartikel unter den Fingernägeln der rechten Hand. Ein DNA-Abgleich brachte bislang kein Ergebnis.*

Alex presste die Lippen aufeinander. Das bedeutete, dass sie vermutlich die DNA des Täters hatten. Allerdings gefiel ihr nicht, dass sie keine Treffer in der Datenbank finden konnten. Immerhin konnte dieser Fund ihnen helfen, sobald sie einen oder mehrere Verdächtige hatten, die sie überprüfen konnten.

Alex druckte den Bericht aus und wandte sich einer weiteren E-Mail zu, die Mia Stanjovic ihr geschickt hatte. Die

Kollegin vom Labor hielt sich wie meistens nicht lange mit Höflichkeitsfloskeln auf.

Keine Fingerabdrücke auf dem Papier. Der Täter hat wohl Handschuhe getragen.

Großartig!, dachte Alex. Eine weitere Sackgasse.

Es gibt aber auch gute Nachrichten: Das Papier bekommt man nicht im Papierwarengeschäft. Es ist handgeschöpft. Das machen heutzutage nur noch wenige Papiermanufakturen.

Alex runzelte die Stirn. Wer machte sich die Mühe, teures handgeschöpftes Papier zu verwenden, wenn er einfach eine Nachricht hinterlassen wollte? Das ergab keinen Sinn.

Keine Ahnung, wieso jemand spezielles Papier verwendet, um uns wissen zu lassen, dass er eine Stinkwut auf die Toten hatte. Aber eins ist mir aufgefallen: Es gibt eine Prägung auf dem Papier. Zumindest auf der einen Nachricht. Sieht aus wie ein Logo oder ein spezielles Zeichen. Da bin ich noch dran.

Liebe Grüße, Mia

Alex verbrachte noch ein paar Minuten damit, sich zu überlegen, was es mit dem handgeschöpften Papier auf sich hatte, als die Tür zum Büro aufflog und Theo hereinpolterte.

„Insomnia?", fragte sie ihren Kollegen, der entgegen seiner ansonsten gepflegten Erscheinung wirres Haar und geschwollene Augen hatte.

„Inso... was?"

„Schlaflosigkeit." Alex lachte. „Sonst bist du doch meistens der Letzte, der zum Dienst erscheint."

„Viel geschlafen habe ich wirklich nicht", gab Theo zu. „Hast du ein paar Minuten?"

„Klar", gab Alex zurück, während sie einen Kaffee für ihren Kollegen machte. „Was gibt´s?"

Theo erzählte ihr vom gestrigen Telefonat mit seinem Bruder. Obwohl es ihm schwerfiel, berichtete er Alex davon, dass Tim und Claudia wieder eine Beziehung begonnen hatten. Laut Theos Angaben hatte Tim Claudia zuletzt am Abend vor ihrem Tod getroffen und bei ihr übernachtet. Er schloss seinen Bericht, indem er Alex die SMS zeigte, die Tim ihm noch geschickt hatte.

Als er endete, stand Alex mit offenem Mund da.

„Dein Bruder und unsere Tote hatten eine Affäre?"

Theo nickte. „So wie Tim es beschrieben hat, klang es mehr nach einer Beziehung."

„Die Tochter des Opfers hat mit keinem Wort erwähnt, dass ihre Mutter wieder liiert war", gab Alex zu bedenken.

„Vielleicht wusste sie nichts davon", schlug Theo vor.

„Möglich, aber seltsam erscheint es mir trotzdem." Sie trommelte mit ihrem Kugelschreiber auf den Schreibtisch. „Das heißt, dass wir uns deinen Bruder näher anschauen müssen", schlussfolgerte Alex. „Dir ist klar, dass er ein möglicher Verdächtiger ist."

Theo seufzte. „Mir war klar, dass er dadurch zum engeren Kreis zählt."

„Und er sagt, dass er erpresst wird?", fragte Alex.

„Er hat mir eine Nachricht geschickt, nachdem wir aufgelegt hatten", bestätigte Theo.

„Hat er gesagt, wer ihn erpresst?"

Theo schüttelte den Kopf. „Am besten, wir fragen ihn nachher selbst. Ich habe ihn gebeten, um zehn Uhr zur Dienststelle zu kommen."

Alex drehte den Kugelschreiber vor ihrem Kinn hin und her. Sie spürte ein vertrautes Ziehen im Magen. Etwas, das meist nichts Gutes verhieß. Sie warf einen Blick auf die Uhr. Es war kurz nach halb acht. Sie würde ihren Bericht zum Fund von Claudia Buchingers Leiche schreiben und Paul über den Stand der Ermittlungen informieren. Vielleicht waren sie nach Tims Besuch schlauer.

„Ich habe den Obduktionsbericht von Frau Buchinger ausgedruckt, falls du ihn dir ansehen möchtest."

Theo verzog sich mit dem Akt an seinen Schreibtisch. Er war ungewöhnlich still. Alex ahnte, dass er sich fürchtete, auf welche Weise sein Bruder in diesen Doppelmord verstrickt sein mochte. Sie konnte es ihm nicht verübeln. Durch seine Beziehung zu der Toten rückte Tim automatisch ins Visier ihrer Ermittlungen.

Als Alex ihren Bericht fertiggestellt hatte, berief Paul eine Teambesprechung ein. Angi beäugte neugierig die Pinnwand, auf der sich Fotos und Fakten zu den beiden Toten befanden. Zudem stellte Paul ihnen Daniel Becker vor, der ihnen nach einer Auslandsmission in Georgien zugeteilt worden war. Während ihres letzten größeren Falls rund um das Bordell *Baby Doll* hatten sie Tobias verloren, einen Kollegen, den Alex sehr geschätzt hatte. Sie nickte Daniel zu, der aussah, als hätte er eben erst die Polizeischule abgeschlossen.

„Daniel ist nicht nur ein geschätzter Kollege, der vor seinem Einsatz in Georgien einige Jahre in der Polizeidienststelle am Bahnhof tätig war, er ist auch IT-Spezialist und wird uns hier eine wertvolle Hilfe sein", stellte Paul den jungen Beamten vor. „Daniel, das sind Theo Bergmann, Alex Wild und Angela Wiedmann."

Daniel reichte den anderen die Hand. „Ich freue mich wirklich sehr, euer Team verstärken zu dürfen."

Theo nickte ihm freundlich zu. Alex runzelte die Stirn. Es fiel ihr nicht leicht, neuen Kollegen zu vertrauen, zumal es in ihrem Job gelegentlich um Leben oder Tod ging. Kaum hatte sie begonnen, Angi als Teil des Teams zu akzeptieren, tauchte schon wieder ein Neuer auf.

„Wir haben es gerade mit zwei Mordfällen zu tun", erklärte Paul, „die allem Anschein nach miteinander in Verbindung stehen. Alex, würdest du Daniel auf den letzten Stand bringen?"

Alex fasste die Ereignisse der letzten beiden Tage in aller Kürze zusammen, wobei sie es vermied, Theos Bruder zu erwähnen. Bevor sie nicht wussten, inwiefern Tim Bergmann in die beiden Morde verstrickt war, bestand keine Notwendigkeit, das ganze Team in Aufruhr zu versetzen.

„Gibt es außer den Nachrichten bei den beiden Toten einen Zusammenhang zwischen den Morden?", fragte Daniel, als Alex fertig war.

Sie zögerte. „Möglicherweise. Wir gehen hier noch einigen Hinweisen nach."

„Ja, den gibt es", warf Theo ein, der bislang schweigsam in einer Ecke gelungert hatte. „Meinen Bruder Tim."

Alle Blicke richteten sich auf ihn. Alex seufzte leise. Sie hielt es für verfrüht, Angi und Daniel in die Einzelheiten einzuweihen. „Mein Bruder hatte als Jugendlicher eine Clique", fuhr Theo fort, als die anderen offenbar auf eine Erklärung warteten. „Andreas Wallner und Claudia Buchinger waren beide Mitglieder dieser Clique."

Pauls Blick schoss zu Theo, dann zu Alex. Sie konnte die Fragen sehen, die sich hinter seiner Stirn türmten. *Wann hattet ihr vor, mich einzuweihen? Seit wann wisst ihr davon?*

„Alex und ich haben erst gestern erfahren, dass mein Bruder eine Verbindung zu den beiden Toten hatte", erwiderte Theo, als könnte er Pauls Gedanken lesen.

„Tim Bergmann ist im Übrigen um zehn Uhr zu einem Gespräch bei uns geladen", ergänzte Alex und blickte zur Uhr, die an der Wand tickte.

„Dann müsste er ja jeden Augenblick eintreffen", stellte Paul fest, der ihrem Blick gefolgt war.

Alex nickte. „Wenn es für dich in Ordnung ist, Paul, würden Theo und ich vorerst allein mit Tim sprechen."

Pauls linkes Auge zuckte. Ein sicheres Zeichen, dass ihm etwas ganz und gar nicht passte.

101

„Von mir aus", erklärte er schließlich. „Ich will die Details im Anschluss hören."

„Natürlich", erwiderte Alex. „Angi, könntest du bitte später Mia Stanjovic anrufen? Sie hat eine Prägung im Papier der Nachrichten gefunden. Vielleicht kann sie dann schon etwas dazu sagen. Und Frau Siebert muss zur Dienststelle kommen, um ihre Aussage zu unterschreiben. Sie ist die einzige Zeugin des Mordes an Andreas Wallner."

„Ich kümmere mich darum", versprach Angi und verließ das Büro.

„Und Daniel, wir brauchen die Daten zu den Telefonverbindungen beider Opfer. Ich möchte wissen, mit wem sie in den letzten Tagen vermehrt telefoniert haben. Und wie häufig. Die Einzelheiten zu den beiden Toten findest du in diesem Bericht." Sie drückte dem jungen Kollegen einen Akt in die Hand.

Daniel setzte sich, ohne zu zögern, an Tobias' früheren Arbeitsplatz. Alex spürte einen kurzen Stich, als das Bild ihres toten Kollegen am Ende einer dunklen Kellertreppe vor ihrem inneren Auge auftauchte. Sie fragte sich, ob dieser schlaksige junge Kerl mit den dunkelblonden Locken Tobias das Wasser reichen konnte. Jedenfalls kaute er Kaugummi, geräuschvoll und unübersehbar. Alex verzog angewidert das Gesicht.

Als Tim Bergmann um Viertel nach zehn noch immer nicht auf der Polizeistation eingetroffen war, rief Theo seinen Bruder an. Er landete umgehend auf der Mobilbox. Alex spürte, wie sich Theos Nervosität steigerte. Er probierte es im Fünf-Minuten-Takt wieder und wieder – ohne Erfolg. Offenbar war sein Bruder auch nicht in der Redaktion erschienen.

„Komm!", entschied Alex um kurz vor elf. „Wir fahren zu Tims Wohnung."

Die Wohnung lag in Eugendorf, einer Gemeinde, die rund zehn Kilometer nordöstlich der Stadt, lag. Normalerweise hätte Alex die Wiener Bundesstraße genommen, die einen Hügel hinaufführte und besonders bei Nacht – wenn man die umgekehrte Strecke fuhr – einen spektakulären Blick auf die Lichter der Stadt bot, doch angesichts Theos Nervosität entschied sie sich für die Autobahn. Die Sonnensiedlung bestand aus einer Reihe von kleinen Häusern mit mehreren Wohneinheiten. Das surrende Geräusch der Starkstromleitung fiel Alex als Erstes auf. Schnee lag auf den Wiesen und den Gehwegen. Alex war schon oft aufgefallen, dass die knapp 200 Meter Höhenunterschied sich hier im Winter bemerkbar machten und sich der Schnee hier hielt, wenn er in der Stadt längst geschmolzen war.

„Da vorne ist es!", rief Theo und deutete auf das zweite Haus auf der linken Seite. Sie stellten den Dienstwagen auf dem Besucherparkplatz ab und gingen den Rest des Weges zu Fuß. Die Wohnung lag im Erdgeschoss. Sie läuteten mehrmals. Als niemand öffnete, fischte Theo seinen Schlüsselbund aus der Jackentasche.

„Tim!", rief er vom Vorzimmer aus. „Bist du zu Hause?"
Keine Antwort.

„Dein Bruder hat dir einen Schlüssel überlassen, obwohl ihr euch kaum seht?", fragte Alex.

„Eigentlich hat er ihn unserem Vater gegeben. Ich habe ihn mir gestern nach dem Telefonat mit Tim geholt." Theo leckte sich über die Lippen. „Ich hatte ein komisches Gefühl."

Das konnte Alex gut nachvollziehen. Auch sie wurde den Eindruck nicht los, dass irgendetwas nicht stimmte. Sie schlichen ins Wohnzimmer und weiter in die Küche. Die Wohnung war modern, aber kühl eingerichtet. Es fehlten all die Dinge, die ein Zuhause ausmachten: Fotos, Bilder an den Wänden, ein Buch auf dem Sofa oder eine Zeitung am Tisch. Alles wirkte perfekt aufgeräumt, nahezu steril.

„Ich komme mir vor, als wären wir in einem der Muster-häuser hier in Eugendorf gelandet und nicht in der Woh-nung eines echten Menschen", erklärte Alex, als sie nichts finden konnte, dass ihr ein wenig über Tims Persönlichkeit verraten hätte.

„Ich weiß, was du meinst." Trotz seines Lächelns war Theo die Anspannung anzumerken. „So ist Tim eben. Perfektionist durch und durch."

Sie betraten das Schlafzimmer, dann das Bad. Keine Spur von Tim. Nicht einmal eine Spur, die davon zeugte, dass hier jemand die Nacht verbracht hätte.

„Er ist nicht da", erklärte Theo überflüssigerweise.

„Sieht ganz so aus", bestätigte Alex. „Irgendeine Idee, wo er sein könnte?"

„Wenn er nicht in der Redaktion ist und auch nicht hier..." Tim beendete den Satz nicht, schüttelte nur den Kopf.

„Alex, ich habe Angst, dass ihm etwas zugestoßen ist."

Der Gedanke war Alex auch schon gekommen. „Was wollte Tim dir genau erzählen?"

Theo lehnte sich gegen den Esstisch. „Von seiner Bezie-hung zu Claudia und von der Erpressung."

„Bist du sicher, dass das alles war?", hakte Alex nach.

Theo rieb sich die Schläfen. „Er wollte wissen, ob ich denke, dass Claudias und Andreas Tod etwas mit dem Vor-fall von früher zu tun haben könnten", antwortete er und klang dabei wie die Computerstimme eines Navigationsgerä-tes.

„Welcher Vorfall?"

Er zuckte hilflos die Achseln. „Ich weiß es nicht."

Alex hob die Augenbrauen. „Was hat er genau gesagt?"

„Irgendetwas von Jesolo und der Heimfahrt."

„Und da klingelt nichts bei dir?"

Theo versuchte, sich zu konzentrieren. „Da ist etwas, aber ich bekomme es nicht zu fassen." Theo ballte eine Hand zur Faust. „Es ist, als wäre etwas geschehen, das unter einer dicken Schicht begraben ist. Es gelingt mir nicht, bis zu den Ereignissen von damals durchzudringen."

„Hmmm", machte Alex und begann, sich im Wohnzimmer umzusehen. Bei dem Ordnungswahn, den Theos Bruder an den Tag legte, konnte es nicht so schwer sein, zu finden, wonach sie suchte.

„Was machst du?", fragte Theo, als sie dünne Latexhandschuhe überzog und einen Schrank nach dem anderen öffnete.

„Ich suche nach etwas, das helfen könnte, deine Erinnerung aufzufrischen."

„Was zum Beispiel?", fragte Theo begriffsstutzig.

„Vielleicht gibt es ein Tagebuch? Oder Fotos?", schlug Alex vor. „So ordentlich, wie dein Bruder zu sein scheint, würde er diese dann wohl sorgfältig in Alben eingeklebt aufbewahren."

Theo nickte. „Da ist was dran." Zielstrebig steuerte er auf einen Rollcontainer zu, der in einer Ecke rechts vom Fernseher stand.

„Voilà!", rief er, als darin rund zehn Fotoalben zum Vorschein kamen. Theo nahm das Erste heraus. Tim hatte auf der ersten Seite ein Register angelegt, das sämtliche dokumentierten Ereignisse mit dem entsprechenden Datum versah.

„Das hier ist ein Album von Tims Baby- und Kinderzeit."

Alex hatte sich bereits eines der nächsten Alben gegriffen und blätterte durch die bunten Bilder. „Ein süßer Fratz warst du", erklärte sie grinsend, als sie auf ein Foto stieß, in dem Theo offenbar in einer Sandkiste spielte, während sein deutlich älterer Bruder ihm mit den verschiedensten Formen eine Sandburg baute. Theo blickte mit großen Augen zu Tim auf und klatschte vor Vergnügen in die Hände.

„Daran kann ich mich auch nicht mehr erinnern", erwiderte Theo stirnrunzelnd.

„Das überrascht mich nicht. Ich schätze, du warst damals gerade mal ein gutes Jahr alt", entgegnete Alex.

Als sie alle Alben durchgeblättert hatten, kannte Alex Fotos von Tims Schulausflügen, seiner Matura, seiner ersten Liebe und den etwa sechzehnjährigen Mitgliedern seiner Clique. Von Jesolo und einem damit verbundenen Ereignis gab es allerdings nirgends einen Hinweis.

„Das verstehe ich nicht", meinte Theo. „Tim war ein leidenschaftlicher Fotograf. Er hat so ziemlich alles festgehalten, was sich in seinem Leben ereignet hat. Ich kann mir nicht vorstellen, dass er einen Urlaub in Jesolo ausgelassen hätte."

Alex stellte die Alben in den Container zurück. „Vielleicht hat er die Bilder im Nachhinein vernichtet?", schlug sie vor. „Wenn damals etwas Schlimmes passiert ist, wollte er die Erinnerungsbilder an das Ereignis womöglich loswerden."

Theo schüttelte den Kopf. „Das glaube ich nicht. Tim hat einen nahezu manischen Drang, alles zu dokumentieren, was in seinem Leben geschieht", erklärte er.

Alex warf noch einmal einen Blick ins Schlafzimmer. Das Bett war sorgfältig gemacht, das Fenster gekippt und die Vorhänge zur Seite gezogen. Nirgends lag auch nur ein einziges Kleidungsstück. Auch hier gab es weder Bilder noch Fotos. Wahrscheinlich war es ihr deshalb beim ersten Betreten des Raumes nicht aufgefallen. Es lag auf dem Nachttisch. Dunkelblau. In etwa DIN-A5. Sie hatte es für ein Buch gehalten. Abendlektüre. Sie steuerte darauf zu. *Fotos* stand in goldenen Lettern auf dem Einband. Sie öffnete das Büchlein. Kein Register. *Urlaub mit der Gang. 1992. Jesolo.*

Sie setzte sich auf die Bettkante und blätterte durch die Bilder, die sorgfältig in Fotoecken gesteckt worden waren. An manchen Stellen hatte sich eine Ecke gelöst, weshalb eins der Fotos herauszurutschen drohte. Tim war ein attraktiver junger Mann. Groß und schlank wie sein Bruder, mit dem gleichen dunklen Haar, aber deutlich dunkleren Augen. Ein

Grübchen hatte sich in sein Kinn eingekerbt. Er lächelte mit Zahnpastalächeln in die Kamera. Auf einem anderen Bild erkannte sie Claudia Buchinger. Eine natürliche Blondine mit weiblichen Rundungen, die an Marilyn Monroe erinnerte. Ihr Gesicht war von Sommersprossen gesprenkelt, ihre Haut zart gebräunt. Sie entdeckte Theo mit kindlichen Zügen und großen vertrauensvollen Augen. Sie erkannte den Mann, der er später werden sollte.

Mit einem Mal spürte Alex eine Anwesenheit, den leisen Atem, der den Raum füllte. Sie blickte hoch und bemerkte, wie Theo sich eine Träne aus den Augenwinkeln wischte. Er ließ sich neben sie auf das Bett sinken und zeichnete mit den Fingerspitzen die Konturen seines Bruders nach.

„Das da sind Simone und Hannes", sagte er flüsternd, als könnten die zwei ihn belauschen. „Sie waren damals ein Paar genau wie Tim und Claudia."

„Das ist Andreas Wallner, oder?", fragte Alex, obwohl sie den jungen Burschen mit der langen Mähne kaum mit dem Toten in Mayrwies in Verbindung gebracht hätte.

Theo nickte. „Die Spaßkanone in der Truppe. Er hatte immer einen Witz auf Lager. Gelegentlich hat er auch einfach drauflos gesungen, selbst wenn es mitten in einem Restaurant war. Er hat jedenfalls immer für gute Stimmung gesorgt."

„Und dieses Mädchen?"

„Sabine Süß. Bine." Theo lächelte. „Ein bisschen zurückhaltend. Definitiv die Ruhigste in der Gruppe."

„Dann wundert es mich, dass sie Teil der Clique war. Die scheint ja eher lebhaft gewesen zu sein", stellte Alex fest.

„Das stimmt", bestätigte Theo, „aber Bine war Claudias beste Freundin. Allein deshalb war sie immer mit von der Partie."

„Waren Andreas und Bine ebenfalls zusammen?"

„Nein, obwohl ich nicht ausschließen würde, dass zwischen den beiden mal was gelaufen ist."

„Du erinnerst dich wieder an Jesolo, stimmt´s?"

Theo zögerte. „Ich erinnere mich daran, dass Tim mich mitnehmen musste. Er war nicht besonders erfreut. Unser Vater war auf einer Dienstreise in London, glaube ich."

„Und ist damals an der Adria etwas vorgefallen?", hakte Alex nach.

Theo schüttelte den Kopf. „Das ist das Komische. Dazu fällt mir gar nichts ein." Er blätterte noch einmal durch das Fotobüchlein. „Ich erinnere mich an Lagerfeuer, Grillen am Strand, daran, dass wir uns zwei Tretboote ausgeliehen haben. Ich weiß, dass alle damals rauchten und reichlich Bier tranken. Ich bin ein-, zweimal allein im Zimmer der Pension geblieben, während die anderen fortgingen. Die Besitzerin der Pension hatte versprochen, ein Auge auf mich zu haben."

„Könnte es sein, dass dir etwas passiert ist, während die anderen unterwegs waren?", fragte Alex.

„Wenn, dann weiß ich es nicht mehr."

Alex versuchte es anders. „Wie seid ihr denn nach Jesolo gefahren?"

Theo stutzte. „Ich bin nicht sicher. Mit dem Zug, nehme ich an. Zu siebt wäre es im Auto wohl eher schwierig gewesen."

„Vielleicht seid ihr mit zwei Wagen gefahren?"

„Das glaube ich nicht. Mein Bruder und Hannes waren die einzigen, die damals bereits einen Führerschein hatten."

„Wahrscheinlich habt ihr euch das Auto eurer Eltern ausgeliehen", schlug Alex vor.

„Bestimmt nicht. Unser Vater hatte einen Firmenwagen. Den hätte er niemals hergeborgt. Und Hannes' Eltern hatten – soweit ich weiß – gar kein Auto."

Alex blätterte das Album noch einmal durch. Die letzte Seite hatte sich mit der Rückseite des Einbands verklebt. Vorsichtig löste sie die Seite. Beide starrten auf das Foto, das die Frage des Transportmittels restlos klärte. Alle sieben standen breit grinsend vor einem hellblauen VW-Bus.

„Das gibt es doch nicht", flüsterte Theo.

„Was?"

„Der alte VW-Bus. Er gehörte meiner Oma."

„Dann steht wohl fest, wer euch sein Auto für die Reise geliehen hat."

Theos Lippen bebten leicht. „Meine Oma ist 1991 gestorben."

„Oh", machte Alex. „Vielleicht hat sie deinem Bruder das Auto vererbt?"

„Nein", erwiderte Theo. „Sie wollte, dass das Auto verkauft wird. Ich sollte das Geld dafür zu meinem 18. Geburtstag bekommen."

Alex starrte ihn an. „Aber er wurde nicht verkauft."

„Nein." Theo presste die Lippen aufeinander. Er starrte auf einen Punkt an der gegenüberliegenden Wand. Bilder prasselten auf ihn ein. Bilder, die tief in sein Unterbewusstsein abgetaucht waren.

„Was ist passiert?", fragte Alex leise.

„Der Unfall." Theos Stimme war kaum mehr als ein Krächzen. „Danach war das Auto nicht mehr zu verkaufen."

Ich

Er windet sich. Ich lese Tims E-Mail einmal, ein zweites, dann ein weiteres Mal und unterdrücke den leisen Ärger, dass er nicht rundheraus zugibt, was er getan hat. Was sie alle getan haben. Er eiert herum, sucht Entschuldigungen. Sie seien so jung gewesen. Alles sei so lange her. Sie hätten einen Fehler gemacht. Einen Fehler! Als hätten sie versehentlich dieselbe Rechnung zweimal verschickt. Oder vergessen, die Blumen der Nachbarin zu gießen, während diese im Urlaub war.

Immerhin hat er die Leiterin des Kinderheims interviewt. Frieda Kastner. Ich erinnere mich an sie. Sie hat damals schon im Heim gearbeitet und hätte es nie gewagt, sich Frau Jankovic zu widersetzen. Ich überfliege das Interview. Sie tut, als wisse sie von nichts. Frau Jankovic hat ganze Arbeit geleistet. Noch heute breitet sich das Schweigen wie ein dicker Mantel über die Ereignisse der Vergangenheit. Frau Jankovic wird sich jedenfalls nicht mehr dazu äußern. Aber ich werde nicht länger schweigen. Es ist Zeit, dafür zu sorgen, dass die Welt erfährt, was schutzbedürftige Kinder hinter verschlossenen Türen ertragen mussten.

Frau Kastner spricht von einem wunderbaren Haus für elternlose Kinder oder solche, deren Eltern sich nicht um ihren Nachwuchs kümmern können. *Oder wollen*, denke ich. Ein Ort, der ein Zuhause schafft für die, die sonst auf der Strecke blieben. Hier würde dafür gesorgt, dass die Kinder liebevolle Zuwendung und eine ordentliche Schulausbildung erhielten, die Basis für eine Zukunft und die spätere Selbstständigkeit. Ich frage mich, ob es die vergitterten Fenster in den Zimmern der Kinder noch gibt und – falls ja – ob sie Tim aufgefallen sind? Oder die Isolationszelle in den Kellerräumlichkeiten, die jedes Geräusch im Keim erstickt haben und die dort verbrachten Stunden zu einer endlos scheinenden

Einzelhaft werden ließen? Wohl kaum. Im Laufe der letzten zwei Jahrzehnte wird man das Heim modernisiert und die Art der Führung an die Anforderungen der heutigen Zeit angepasst haben. Zudem leitet die Jankovic das Haus nicht mehr und sie war das Hauptübel dieser Einrichtung, eine Sadistin, wie sie im Buche steht.

Ich denke an die erste Zeit im Heim, allein gelassen mit dem erlebten Trauma, ohne Trost oder Erklärung, was genau geschehen war. Ich wurde in ein Zimmer mit drei weiteren Mädchen gesteckt: Hannah, Babsi und Tina. Hannah mochte ich auf Anhieb. Sie war ein Jahr jünger als ich und dünn wie Spargel, aber meist gut gelaunt und fröhlich. Wenn es mir schlecht ging, munterte sie mich mit ihren Witzen und Grimassen auf, bis sie mir schließlich ein Lächeln ins Gesicht zauberte. Hannah war eine gute Zuhörerin, obwohl ich anfangs mit niemandem sprach und mich vollständig in mich zurückzog. Aber nach und nach gelang es ihr, mich aus der Reserve zu locken, und irgendwann gewann sie mein Vertrauen. Sie war die einzige Freundin, die ich im Heim je hatte.

Babsi und Tina waren eine andere Liga. Beide Mädchen waren knapp zwei Jahre älter. Babsi war bereits voll entwickelt, als ich mit zehn Jahren im Heim untergebracht wurde. Das ließ sie auch jeden wissen. Sie prahlte damit, dass die Burschen auf ihre Möpse oder auf ihren Hintern starrten und sie ließ Hannah und mich wissen, dass uns wohl nie jemand hinterherschauen würde. Das war mir egal. Was mir nicht gleichgültig war, war ihre boshafte Ader. Sie genoss es, andere zu verletzen und lachte, bis sie Bauchschmerzen bekam, wenn jemand in Schwierigkeiten geriet.

Mehrere Wochen lang beobachtete ich sie argwöhnisch. Immer wieder versteckte sie meine Sachen oder sorgte dafür, dass ich mich vor Frau Jankovic rechtfertigen musste. Nicht selten hatte das unbarmherzige Strafen oder gar Schläge zur Folge. Tina war ebenfalls hinterfotzig, wenn auch eher eine

Trittbrettfahrerin. Sie war nur dann stark, wenn Babsi in ihrer Nähe war und sie beschützte. War sie allein, zog Tina sich meist zurück und ging jeder Konfrontation aus dem Weg. Mir war schnell klar, dass Babsi das Sagen hatte, dass sie die Entscheidungen traf und festlegte, wer als Nächstes auf ihrer Abschussliste stehen sollte.

Eines Tages musste Babsi das ganze Stiegenhaus wischen. Verdrossen schlurfte sie in die Abstellkammer, um Eimer und Wischmopp zu holen. Sobald Frau Jankovic zur Schranne, dem wöchentlich stattfindenden Markt, in die Stadt gefahren war, packte Babsi mich und drehte mir den Arm auf den Rücken, bis ich vor Schmerz aufschrie.

„Du wischst die Stiegen für mich, hast du gehört?", zischte sie mir ins Ohr, wobei ihr Speichel meine Wange traf. „In einer Stunde ist die Alte wieder zurück. Sieh zu, dass du bis dahin fertig bist, verstanden?"

Ich war wütend, dass sie sich das Recht herausnahm, mich zu verletzen, aber ich wusste, dass ich den Kürzeren ziehen würde, wenn ich mich widersetzte. Als ich nicht sofort antwortete, drückte sie meinen Arm noch fester gegen mein Schulterblatt. Ich wimmerte.

„Haben wir uns verstanden?"

Ich nickte und füllte den Kübel mit Seifenlauge. Mein linker Arm pochte. Ich fühlte, wie mein Handgelenk anschwoll. Es zog in meinem Schultergelenk. Ich atmete gegen den Schmerz an und schob den Wischmopp in die Lauge. Das Stiegenhaus war riesig. Ich musste mich beeilen, was umso schwieriger war, da ich meine linke Hand kaum benutzen konnte. Der Schweiß tropfte mir von der Stirn und mir war übel vom Schmerz in meinem Handgelenk, aber ich bemühte mich, die Aufgabe - so gut es mit der verletzten Hand eben ging - zu erledigen.

Gerade als Frau Jankovic mit ihrem Wagen in die Einfahrt bog, wischte ich den Treppenabsatz und lief mit dem Kübel in die Waschküche, um das schmutzige Wischwasser dort zu entsorgen. Als ich zurückkehrte, lag Frau Jankovic schreiend und fluchend auf dem feuchten Boden. Sie war ausgerutscht und hatte sich offenbar das Steißbein geprellt. Ich bewegte mich rückwärts aus der Gefahrenzone und schlich in mein Zimmer. Minuten später donnerte Frau Jankovic herein und zerrte Babsi, die sie mit dem Wischen des Stiegenhauses beauftragt hatte, aus dem Raum. Sie beschimpfte das Mädchen, dass sie selbst für die einfachsten Aufgaben zu blöd sei. Babsi verbrachte die nächsten drei Tage in der Isolationszelle im Keller. Ihre Augen funkelten mich zornig an, während die Jankovic sie aus dem Zimmer schleifte. Ich wusste, was das bedeutete. Ich würde diesen Zwischenfall bitter bereuen.

Alex

Alex' Mobiltelefon klingelte. Der schrille Ton schmerzte in ihren Ohren.

„Wild", meldete sie sich, während Theo das Fotoalbum einpackte.

Alex kaute auf ihrer Unterlippe. „Okay. Danke, Angi", gab sie schließlich zurück, ehe sie auflegte.

„Das ist eigenartig", erklärte Theo, als er die Tür zum Schlafzimmer seines Bruders schließen wollte.

„Hmmm?", fragte Alex abwesend.

Theo deutete auf einen Kleiderständer neben dem Fenster. „Da hängen ein Rock und eine Damenbluse", stellte er fest, während er auf die Kleidungsstücke zuging.

„Vielleicht von Claudia Buchinger?", schlug Alex vor. „Wenn die beiden eine Beziehung geführt haben, wird sie vielleicht auch ein paar Sachen bei Tim gelassen haben."

Theo runzelte die Stirn und nahm den Rock vom Kleiderständer. „Wohl kaum", bemerkte er. „Der Rock hätte Claudia niemals gepasst. Sie war groß und eher kurvig. Das hier gehört einer zierlichen Frau."

Alex seufzte, begutachtete den Rock aber aus der Nähe. Theo hatte Recht. Sie warf einen Blick auf die Größenbezeichnung an der Innenseite. 32. Der gehörte ganz bestimmt nicht Claudia Buchinger. Alex fragte sich, welche Frau überhaupt in eine so kleine Konfektionsgröße passen mochte. Die Bluse war ähnlich schmal geschnitten. XS.

„Vielleicht hatte dein Bruder noch eine Affäre?"

„Das kann ich mir nicht vorstellen. Ich glaube, es lag ihm wirklich etwas an Claudia."

Alex zuckte die Achseln und spazierte zum Badezimmer. Sie öffnete den zweitürigen Spiegelschrank, fand aber ausschließlich Pflegeprodukte für Männer. „Hier hat die betreffende Dame jedenfalls nichts gelassen", stellte sie fest.

„Hier schon", erklärte Theo, der den Mülleimer mit einem Latexhandschuh durchwühlte.

Alex verzog angewidert das Gesicht, als er einen benutzten Tampon aus dem Müllsack zog.

„Ich glaube kaum, dass Tim so etwas verwendet", erklärte Theo triumphierend.

„Wohl kaum. Wenn du nicht denkst, dass dein Bruder noch eine andere Frau gevögelt hat, wer sonst würde so etwas hier hinterlassen? Die Nachbarin wohl kaum."

„Das weiß ich nicht. Noch nicht." Theo packte den gebrauchten Tampon in einen Beutel. „Man kann nie wissen. Vielleicht können wir mit der DNA was anfangen."

Alex erwiderte nichts, wurde aber mit einem Mal sehr ernst. „Theo, du weißt, dass wir deinen Bruder unbedingt finden müssen."

Theo lachte auf. „Als ob mir das nicht klar wäre. Da draußen läuft ein Irrer herum, der die Mitglieder seiner früheren Clique tötet. Denkst du, mir ist nicht bewusst, dass Tim in größter Gefahr schwebt?"

Alex knetete ihre Finger. Trotz der Wärme in der Wohnung waren ihre Hände eiskalt. „Das ist eine Möglichkeit."

Theos wandte den Kopf. „Was meinst du mit ‚eine Möglichkeit'?"

„Theo, das vorhin war Angi. Mia konnte einen Fingerabdruck auf der Nachricht identifizieren, die bei Claudia Buchinger gefunden wurde."

„Und?"

Alex seufzte. „Er ist von deinem Bruder."

Theo fuhr sich durchs Haar. „Vielleicht gibt es eine einfache Erklärung", schlug er vor. „Vielleicht hat er Claudia gefunden und den Zettel berührt."

„Hat er dir gegenüber erwähnt, dass er Claudia gefunden hat?", fragte Alex.

Theo schüttelte den Kopf. „Nein, aber er war aufgewühlt. Die Frau, die er einmal geliebt und eben erst wiedergefunden hatte, ist ermordet worden. Wie könnte er da nicht durcheinander sein?"

Alex drückte den Arm ihres Kollegen. „Ich verstehe dich. Es geht um deinen Bruder. Aber wir können nicht ignorieren, dass er das Opfer kannte, mit ihm liiert war und auf der Nachricht seinen Fingerabdruck hinterlassen hat. Und jetzt ist er verschwunden." Alex zwang Theo, sie anzuschauen.

„Blende einmal kurz aus, dass es sich um deinen Bruder handelt. Die Fakten sprechen für sich."

Theo ballte eine Hand zur Faust. „Tim ist doch kein Mörder. Außerdem wurde er erpresst. Jemand hat es auf ihn abgesehen."

Alex' Mund war trocken. „Wie kannst du so sicher sein? Nur aufgrund der Textnachricht, die er dir geschickt hat? Du weißt so gut wie ich, dass das ziemlich dünn ist."

Theo setzte an, etwas zu erwidern, ließ es dann aber bleiben. „Und du denkst, er ist untergetaucht, um was? Die anderen zu töten? Mich umzubringen?"

„Ich weiß es nicht, Theo", gab Alex zu. „Das alles ergibt bis jetzt keinen Sinn."

Theo starrte aus dem Küchenfenster. „Ich kann einfach nicht glauben, dass diese Geschichte uns nach all den Jahren immer noch verfolgt."

„Du erinnerst dich?"

Theo nickte. Dann begann er zu erzählen.

Elli

Elli war so wütend auf Alex, dass ihr Tränen in den Augen standen. Was war nur mit Alex los? Okay, sie waren nicht mehr zusammen, aber musste Alex ihr das so deutlich unter die Nase reiben, dass sie sich mit einer anderen vergnügte? Wer war diese rothaarige Riesin überhaupt? Dann verabredeten sie sich zu einem gemeinsamen Abendessen und Alex tauchte einfach nicht auf. Kein Anruf. Keine Nachricht. Am liebsten hätte sie sich in eine Bar gesetzt und sich volllaufen lassen. Vielleicht war es Zeit, endlich weiterzuziehen, sich nach jemand anderem umzusehen. Immerhin gab es viele Männer, die sie attraktiv fanden. Wozu brauchte sie Alex?

Sie schielte zum Irish Pub hinüber, der sich rund 200 Meter weiter auf der anderen Straßenseite befand. Sie würde sich einfach betrinken. Ein Guinness nach dem anderen, bis der Alkohol ihren Kummer verflüssigte. Und dann? Die Kopfschmerzen am nächsten Tag würden höllisch werden und sie müsste morgen zur Arbeit. Sie passierte den Pub, als ihr Telefon klingelte. Es war Julia, die fragte, ob sie Lust auf ein schnelles Abendessen hätte. Und ob! Immerhin hatte sie den Tag über kaum etwas gegessen, weil sie eigentlich mit Alex zum Essen verabredet war. Sie schob ihren Ärger beiseite und verabredete sich mit ihrer Tochter im *Chilli`s*, einem mexikanischen Restaurant in der Innenstadt. Auf dem Weg dorthin schaltete sie ihr Mobiltelefon aus. Alex konnte sie mal.

„Ich habe mich für ein Studium inskribiert", erklärte Julia freudestrahlend, als sie mit geröteten Backen das Restaurant betrat.

„Das ist großartig!", erwiderte Elli. „Für welche Studienrichtung hast du dich entschieden?"

117

„Psychologie." Julia strich sich eine widerspenstige Haarsträhne hinters Ohr. „Zuerst war ich nicht sicher, ob ich nicht doch lieber Italienisch und Englisch für das Lehramt studieren soll, aber dann hat sich mein Bauchgefühl für Psychologie entschieden."

„Darauf stoßen wir an", meinte Elli und winkte den Kellner heran, um Rioja und zwei Portionen Chilli con carne zu bestellen. „Wann geht es los?"

„In zwei Wochen. Jetzt sind noch Semesterferien. Ich bin wirklich schon gespannt." Julia schälte sich aus ihrer dicken Daunenjacke und hängte sie über die Lehne ihres Stuhls. „Und was gibt es bei dir für Neuigkeiten?"

Elli zuckte die Achseln. „Nicht viel. Alex' Oma hat sich das Handgelenk gebrochen, als du das letzte Mal bei mir warst, aber inzwischen geht es ihr wieder ganz gut. Eigentlich wollten Alex und ich heute miteinander essen gehen, aber..."

„Aber?" Julia blickte ihre Mutter beunruhigt an.

„Sie hat mich versetzt."

Julia verzog den Mund. „Vielleicht ist ihr kurzfristig etwas dazwischen gekommen?"

„Es gibt Telefone. Sie hätte Bescheid sagen können."

Da konnte Julia kaum etwas dagegen halten.

„Das tut mir wirklich leid. Ihr zwei gehört einfach zusammen. Das spürt man."

Elli seufzte und nahm einen großen Schluck Wein. „Ich bin mir inzwischen nicht mehr sicher."

„Ich könnte mit Alex reden, wenn du möchtest."

Elli hob abwehrend die Hände. „Bloß nicht! Wir sind erwachsen. Wenn wir das selbst nicht hinbekommen, dann müssen wir es eben bleiben lassen."

Der Kellner brachte ihre Bestellung. Julia schnupperte an ihrem Chilli. „Das riecht köstlich! Genau das, was ich jetzt brauche."

Auch Ellis Magen knurrte inzwischen hörbar.

„Ich dachte nur, dass die Situation zwischen euch beiden so verfahren ist, dass es helfen könnte, wenn jemand vermittelt", bemerkte Julia mit einem Mal.

„Lass uns einfach das Thema wechseln, ja?", bat sie und steckte einen Löffel Bohnen, Rindfleisch und Mais in den Mund.

„Natürlich", pflichtete Julia ihr bei. „Hab ich dir schon erzählt, dass ich in eine WG ziehe?"

Elli schüttelte den Kopf. „Nein, das ist mir neu. Wo denn?"

„Im Nonntal. Ziemlich in der Nähe des Uniparks. Dort gibt es zwei Mädchen, die eine Mitbewohnerin suchen."

„Das klingt toll! Ist das Zimmer leistbar?"

„Absolut! Ich arbeite nebenbei ein paar Stunden die Woche bei einer Beratungsstelle für Jugendliche."

„Davon wusste ich gar nichts", erwiderte Elli überrascht.

„Ist noch ganz frisch", erklärte Julia. „Ich habe das Stellenangebot zufällig an der Uni entdeckt."

„Brauchst du dafür keine Ausbildung als Sozialarbeiterin?", fragte Elli.

„In diesem Fall nicht. Ich kümmere mich größtenteils um die Administration. Terminvereinbarungen, Daten eingeben. Aber es könnte ein Sprungbrett sein, wenn ich mein Studium abgeschlossen habe."

„Das finde ich großartig", entgegnete Elli. „Ich weiß, wie wichtig es dir ist, auf eigenen Beinen zu stehen."

Julia nickte. „Ja. Ich bin wirklich froh, dass ich die Stelle bekommen habe."

„Hast du überhaupt Zeit für den Nebenjob, wenn du studierst?"

„Auf jeden Fall. Sind ja nur ein paar Stunden pro Woche. Außerdem macht mir die Arbeit wirklich Freude. Da bleibt noch genügend Zeit für das Studium." Julia schob ihren Teller beiseite. „Ich müsste gar nicht arbeiten. Christian würde mich liebend gerne unterstützen."

Lange Zeit hatte Julia Christian und Sabrina Wurm für ihre leiblichen Eltern gehalten, bis sie entdeckt hatte, dass sie adoptiert worden war. Elli war ihre leibliche Mutter. Zum Zeitpunkt von Julias Geburt hatte Elli als Prostituierte gearbeitet. Ihr Zuhälter hatte ihr das Baby unmittelbar nach der Geburt weggenommen und an das Ehepaar Wurm vermittelt.

„Aber?", hakte Elli nach.

Julia sah Elli an, als läge das auf der Hand. „Nach allem, was passiert ist, muss ich das alleine schaffen", erklärte sie.

Elli verstand, was ihre Tochter meinte. Christian würde immer eine Rolle in Julias Leben spielen, aber sie brauchte das Gefühl, unabhängig zu sein und ihre Zukunft alleine zu gestalten. Ihre Tochter war ihr in diesem Punkt sehr ähnlich. Elli legte großen Wert auf ihre Unabhängigkeit und darauf, alleine zurechtzukommen. Vielleicht fiel es ihr deshalb so schwer, den ersten Schritt auf Alex zuzugehen. Ellis Herz schlug noch für die attraktive Polizeibeamtin und sie wusste, wenn sie sich noch einmal auf sie einließe, wäre es für immer verloren.

Sie leerte ihr Glas Wein und blickte über die Köpfe der Anwesenden im Restaurant hinweg. In diesem Moment erregte etwas ihre Aufmerksamkeit. Erst wusste sie gar nicht, was es war. Die Art, wie sich die Frau bewegte. Das Lachen, aufdringlich und gleichzeitig betörend. Sie fixierte die Frau, die am anderen Ende des Raumes einen Mann begrüßte, als wolle sie sich wie eine Schlange um ihn wickeln. Elli kniff die Augen zusammen. Die Frau trug ein enganliegendes rückenfreies Kleid und hohe Schuhe. Beim Mexikaner fiel sie damit auf wie ein Nilpferd im O-Bus. Ihr Haar fiel in weichen Wellen bis zu ihren Schulterblättern. Der Mann, ein gut gekleideter Herr mit Glatze und Wohlstandsbauch, rückte der Frau den Sessel zurecht. Sie bedankte sich überschwänglich und ließ sich auf den angebotenen Stuhl fallen. Sie lachte und warf den Kopf in den Nacken. Dabei erhaschte Elli einen Blick auf ihr Profil. Es war Alex' Freundin. Iris.

„Ist alles in Ordnung?", fragte Julia, die dem Blick ihrer Mutter gefolgt war.

„Ja, alles bestens", antwortete Elli und wandte sich rasch wieder ihrer Tochter zu. In Gedanken blieb sie bei Iris und dem Glatzkopf hängen. Wer war diese Iris? Was wollte sie von diesem Mann? Und, was Elli viel wichtiger war: Was wollte sie von Alex?

Ich

Die Rache folgte auf dem Fuß. Als Babsi in unser Zimmer zurückkehrte, versteckte ich mich im Garten. Dort gab es viele Obstbäume, Hecken und einen Geräteschuppen, der meistens nicht versperrt war. Ich hockte zwischen Rasenmäher, Kübeln, Schaufeln und Säcken mit Düngemitteln und erwartete, dass Babsi und Tina mich holen und aus meinem Versteck zerren würden. Ich zählte die Holzlatten an der gegenüberliegenden Seite und die Fliegen, die sich auf einem Kübel mit Äpfeln niedergelassen hatten. Es waren siebenundzwanzig. Irgendwann begann es zu dämmern. Ich wusste, dass ich mich beim Abendessen blicken lassen musste, wenn ich nicht auch noch Ärger mit Frau Jankovic riskieren wollte. Also drückte ich mich vom Boden hoch. Meine Beine waren mittlerweile eingeschlafen und ich schlich in den Speisesaal. Hannah sah mich beunruhigt an.

„Wo warst du?", fragte sie, als ich mich neben sie setzte.

„Nicht wichtig", antwortete ich kurzsilbig, nicht ohne Babsis gehässiges Grinsen aus den Augenwinkeln wahrzunehmen.

Sie saß am Nebentisch und genoss es sichtlich, mich wissen zu lassen, dass wir hier noch nicht fertig waren. Sie hob ihr Messer hoch und führte damit mehrmals einige Zentimeter vor ihrem Hals einen imaginären Schnitt aus, was mir wohl mitteilen sollte, dass ich bald dran sei.

„Sie werden mir wehtun", flüsterte ich Hannah zu, die meinen Blicken gefolgt war.

„Dann musst du mit Frau Jankovic reden", schlägt Hannah vor.

Ich warf ihr einen Und-du-denkst-ernsthaft-das-würde-helfen-Blick zu.

„Wir lassen uns etwas einfallen", versprach Hannah, den Mund voll Kartoffelpüree.

In dieser Nacht lag ich mit pochendem Herzen im Bett und lauschte jedem Geräusch. Hannah hatte sich an mich geschmiegt, um mich zu beschützen, wie sie meinte, aber ihr gleichmäßiger Atem ließ mich wissen, dass sie tief und fest schlief. Es mussten Stunden vergangen sein und nichts geschah. Irgendwann übermannte mich die Müdigkeit. Ich träumte, ich stürzte in die Tiefe, immer weiter und weiter, und oben am Rande des Abgrunds stand Babsi und lachte, bis ihr Tränen über die Wangen liefen. Als ich am Morgen erwachte, waren Tina und Babsi längst aufgestanden. Ich atmete erleichtert aus, froh darüber, die Nacht überstanden zu haben.

Am nächsten Tag schlenderte ich den halben Kilometer von der Schule nach Hause. Hannah hatte noch Flöten-unterricht. Ich genoss die warmen Sonnenstrahlen und sprang auf einem Bein von einem Pflasterstein zum nächs-ten, während ich den Schulhof verließ. Die Sommerferien standen kurz bevor und ich freute mich auf ein paar lern-freie Wochen. Auf halbem Weg gab es einen Teich. Das Quaken der Frösche war auch nachts in meinem Bett zu hören. Aus irgendeinem Grund beruhigte mich das Geräusch. Ich wanderte auf dem schmalen Kiesweg, der rund um den Teich führte, und beobachtete die Gelsen, die über der Wasseroberfläche kreisten, auf der Suche nach einem Opfer, das sie stechen konnten. Ich pflückte roten Klee, zupfte ein paar Blüten ab und steckte sie in den Mund. Die leichte Süße breitete sich in meinem Mund aus. Ein Hahn krähte. Ich spürte jemanden in meiner Nähe. Als ich mich umdrehen wollte, packte mich jemand an den Armen und presste mir unsanft die Hände auf den Rücken. Ich schrie leise auf. Ich stolperte und fiel wie ein Sack Mehl auf die Erde. Das Gras kitzelte meine Wange, während mich jemand über die Wiese schleifte. Ich wandte den Kopf und erspähte Babsis blonde Mähne. Tina schnitt eine Grimasse, als sie meinen Blick bemerkte. Meine Knie scheuerten über das Gras, während die beiden Mädchen mich Richtung Teich schleiften. Aus irgendeinem Grund dachte ich an die weiße Kurzarmbluse, die ich trug, und die Grasflecken, die darin zurückbleiben würden. Frau Jankovic würde mir die Hölle heiß machen. Gelegentlich blickten die Mädchen sich um, um sich zu vergewissern, dass niemand sie beobachtete. Am Rande des Teichs packte Babsi meinen Kopf und riss ihn so weit nach hinten, dass ich in ihre Augen sehen musste. Da war nichts als Hass zu sehen.

„Hast wohl gedacht, du würdest davonkommen, was?", zischte sie in mein Ohr.

„Was hast du vor?", keuchte ich. Meine Kopfhaut brannte unter ihrem Griff.

Babsi lächelte hämisch und drückte meinen Kopf ins Wasser. Ich schmeckte Schlamm und Algen. Als ich die Augen öffnete, stob ein kleiner Schwarm Fische davon. Das Sonnenlicht brach sich im Wasser und flirrte vor meinen Augen. Meine Lungen brannten. Die Atemnot wurde übermächtig. Schließlich zog Babsi meinen Kopf aus dem Teich. Ich schnappte keuchend nach Luft. Das nasse Haar bedeckte mein Gesicht. Ich versuchte, es zur Seite zu wischen, doch jemand hielt meine Hände mit eisernem Griff fest.

„Bitte!", japste ich. „Ich ..." Die nassen Haarsträhnen hingen mir in den geöffneten Mund.

„Sei still!", befahl Babsi. „Wer hat gesagt, dass du sprechen darfst?"

Tina lachte künstlich auf und tauchte meinen Kopf erneut unter Wasser. Ich hatte gerade noch Zeit, einmal einzuatmen, ehe die Nässe mein Gesicht umgab. Ich versuchte, mir vorzustellen, dass ich unter Wasser atmen könnte wie ein Fisch, dass ich keine Angst zu haben brauchte. Doch mein Herz raste mit jeder Sekunde, die ich nicht atmen konnte, schneller. Es war das einzige Geräusch, das die Unterwasserwelt erfüllte. Bumm bumm. Bumm bumm. Es dröhnte durch jede Faser meines Körpers. Der Schmerz in meinen Lungen raubte mir fast den Verstand. Was, wenn ich einfach atmete? Ein. Aus. Ein. Aus. Die Versuchung war groß. Mit einem Mal tauchte ich auf. Wasser lief mir in Augen, Mund und Nase. Die Luft gelangte nicht schnell genug in meine Lunge. Ich hustete, spuckte. Der nächste Atemzug brachte ein wenig kostbaren Sauerstoff dorthin, wo ich ihn benötigte. Mir war schwindlig.

„Wenn du noch einmal so etwas abziehst", erklärte Babsi mit ruhiger Stimme, „töte ich dich."
Ich wollte erwidern, dass sie sich keine Sorgen machen sollte, alles, was ich wollen würde, wäre, dass sie mich in Ruhe ließe, aber kein einziges Wort kam über meine Lippen.

„Wir wollen doch sichergehen, dass du uns verstanden hast, nicht wahr?", flüsterte Tina, einen Augenblick, ehe sie meinen Kopf erneut im brackigen Wasser versenkte.

Ich hatte keine Gelegenheit gehabt, Luft zu holen. Binnen Sekunden war der Sauerstoff aufgebraucht und meine Lungen schienen zu bersten. Ich wand mich wie ein Fisch, zappelte, warf den Kopf hin und her, doch ich konnte gegen die vier Hände der Mädchen nichts ausrichten. Alles schmerzte. Würde mein Kopf zuerst platzen? Oder meine Lunge? Irgendwann schwanden meine Kräfte. Das trübe Wasser glitt vorüber. Meine Augen starrten bewegungslos durch das schlammige Nass. Fast gleichgültig nahm ich wahr, dass ich hier sterben würde. Dann wurde alles schwarz.

Alex

„Was ist damals passiert?", fragte Alex und drückte Theo behutsam auf einen Küchenstuhl. Theo deutete mit dem Kopf zur Kaffeemaschine.

„Tim wird wohl nichts dagegen haben, wenn wir uns schnell einen Espresso genehmigen."

Alex schaltete die Maschine ein und holte zwei kleine Keramiktassen aus dem Schrank. „Erzähl mir, woran du dich erinnern kannst!"

Theo nickte. Er war ganz blass. „Ein Unfall", stammelte er. „Auf dem Heimweg."

„Als ihr von Jesolo zurück nach Hause gefahren seid?"

Theo nippte an dem Espresso. „Ja. Wir waren eigentlich fast schon da. Wir wollten noch nach Thalgau, um Hannes und Simone dort abzusetzen", erzählte Theo und starrte auf die Tischplatte, als liefe dort der Film zu den geschilderten Ereignissen ab.

„Ein schwerer Unfall?",hakte Alex nach.

Theo reagierte nicht. Sein Hirn weigerte sich, die Flut an Bildern zu verarbeiten.

„Ich hole dir ein Glas Wasser", bot Alex an und fand zwei Gläser im Küchenschrank über der Spüle.

„Wir haben jemanden angefahren." Seine Stimme klang, als wäre er weit fort.

„Wo? In Thalgau?"

Theo antwortete nicht. „Ich weiß nicht genau. Es war so dunkel. Ich habe geschlafen",berichtete er. „Der Aufprall hat mich geweckt."

„Ihr seid in ein anderes Auto gefahren?"

Theo schüttelte den Kopf. „Nein. Der Wagen des Mannes parkte am Straßenrand. Wir waren auf der Bundesstraße unterwegs, nicht weit von Thalgau entfernt. Er hatte offenbar weder Warnblinkanlage noch Standbeleuchtung eingeschaltet."

„Ihr seid in einen Mann gefahren", stellte Alex fest. Ihr war mit einem Mal kalt.

„Ja", erwiderte Theo leise. „Tim konnte ihn nicht sehen. Er trug Jeans und ein dunkles T-Shirt."

„Tim ist gefahren", wiederholte Alex, als die Tragweite des Ganzen in ihr Bewusstsein sickerte.

Theo antwortete nicht, aber seine Lippen bebten. „Es gab kaum Licht an der Straße, nur die Reflektoren am Straßenrand. Hätte der Mann das Licht bei seinem Auto eingeschaltet, ... "

Alex spürte die ganze Verzweiflung ihres Kollegen. „Du warst ein Kind, Theo. Du hast geschlafen", versuchte sie, ihn zu beruhigen. „Es war nicht deine Schuld."

Theo zuckte die Achseln. „Vielleicht."

„Wer war der Mann?", fragte Alex.

„Ich habe keine Ahnung", erwiderte Theo kaum hörbar.

Alex runzelte die Stirn. „Aber die Polizei, konnte die seine Identität denn nicht feststellen?"

Theo hob den Blick. In seinen Augen standen Tränen. „Es gab keine Polizei."

Alex unterdrückte einen Fluch. „Ihr habt die Polizei nicht verständigt? Ihr seid einfach weitergefahren?"

„Schlimmer", flüsterte Theo.

Alex starrte ihn verständnislos an. Was könnte schlimmer sein, als einen verletzten Menschen einfach zurückzulassen?

„Was meinst du damit?"

„Wir haben ihn ... ich weiß auch nicht genau ... Tim hat mich angeschrien, dass ich im Wagen bleiben soll."

Alex' Herz machte einen Satz. „Was war mit dem Mann? War er schwer verletzt?"

Theo hatte seine Ellenbogen auf den Tisch gestützt. Sein Kopf lag in den Händen. Es schien ihn enorm viel Kraft zu kosten, den Kopf zu heben. „Wir haben ihn hinuntergeworfen", krächzte er.

Alex spürte, dass Theo das grauenvolle Szenario vor seinem geistigen Auge noch einmal durchlebte. „Hinuntergeworfen? Wohin denn?"

„Da war ein abschüssiges Waldstück entlang der Bundesstraße. Sie haben ihn ... hochgehoben, überall war Blut und dann ..."

„Oh, mein Gott!", entfuhr es Alex. Sie presste eine Hand auf ihren Mund.

„Er war bereits tot", fügte Theo hinzu, als wäre das eine angemessene Erklärung.

Alex schloss einen Moment lang die Augen. „Wie konntet ihr da sicher sein?"

Theo blickte sie beschämt an. „Hannes hat die Vitalfunktionen des Mannes überprüft. Er war ausgebildeter Ersthelfer."

Umso schlimmer, dachte Alex.

Die Stille dehnte sich in der kleinen Küche aus. Alex hörte nur das leise Summen in ihren Ohren. Sie stellte sich einen zwölfjährigen Theo vor, der schlaftrunken von einem heftigen Aufprall erwacht und beobachten musste, wie eine Gruppe junger Erwachsener einen verletzten Mann den Abhang hinunterstieß. Was musste das bei ihm angerichtet haben? Kein Wunder, dass er dieses Erlebnis tief in seinem Unterbewusstsein begraben hatte.

„Was habt ihr dann gemacht?" Alex' Stimme klang fremd. Metallisch.

„Nichts." Theos Hände zitterten. „Wir haben nichts getan."

„Habt ihr jemandem davon erzählt?"

Theo schüttelte den Kopf. „Nein. Wir haben uns geschworen, keiner Menschenseele davon zu erzählen. Tim hat mich nahezu bedroht", brach es aus ihm hervor. „Ich musste beim Leben unseres Vaters schwören, dass ich nie jemandem davon erzählen würde."

Alex bebte innerlich. „Was ist mit den anderen?"

„Alle haben es geschworen", versicherte Theo.

Alex atmete tief ein. „Denkst du, sie haben sich an den Schwur gehalten?"

Theo stierte vor sich hin. „Ich weiß es nicht."

„Wo genau ist der Unfall passiert?"

„Herrgott, Alex, ich habe keine Ahnung. Ich habe geschlafen. Ich war zwölf. Bis eben wusste ich nicht einmal mehr, dass es diesen Unfall gegeben hat", rief Theo lauter als beabsichtigt.

Alex legte beschwichtigend eine Hand auf Theos Arm. „Ich weiß, wie hart das für dich sein muss. Aber je mehr wir über den Vorfall in Erfahrung bringen, umso eher können wir feststellen, warum jemand heute deswegen tötet."

Theo seufzte. „Ich wünschte, ich könnte dir mehr sagen."

„Ist es möglich, dass euch jemand gesehen hat?"

Ein Bild blitzte in Theos Kopf auf. Er versuchte, sich zu konzentrieren, zu verstehen, was er sah, aber jedes Mal, wenn er glaubte, es würde klarer werden, verschwand es wie hinter einem Nebelschleier. „Das kann ich mir nicht vorstellen", erwiderte er.

Alex trank ihren mittlerweile erkalteten Espresso aus und stellte beide Tassen in die Geschirrspülmaschine. „Es müsste möglich sein, etwas zu dem Unfall in Erfahrung zu bringen, auch wenn es 28 Jahre her ist", erklärte sie entschlossen. „Darum sollten wir uns zuerst kümmern."

„Was ist mit den anderen?", fragte Theo.

„Was soll mit ihnen sein?"

„Es ist doch so", begann er, „wir gehen davon aus, dass jemand aus der Gruppe die anderen umbringt."

„Ich weiß zwar noch nicht, warum dieser Jemand deswegen Jahrzehnte später tötet, aber ja, ich würde sagen, das trifft zu", bestätigte Alex.

Theo rieb sich das Kinn. „Das würde bedeuten, dass alle anderen in Gefahr sind."

„Allerdings", gab Alex zurück. „Du hast Recht. Wir müssen die anderen schnell finden."

Theo war aufgesprungen und schlüpfte in seine Winterjacke.

„Dir ist klar, dass dein Bruder entweder ein Mörder ist ...", keuchte Alex.

„... oder in großer Gefahr", beendete Theo den Satz.

Alex wählte Pauls Nummer und berichtete ihm in Kürze von den jüngsten Ereignissen. „Lass Tim Bergmanns Handy orten. Und wir müssen Simone Strunz, Hannes Blaschke und Sabine Süß finden. Wir müssen dringend mit ihnen sprechen und sie alle brauchen Personenschutz."

„Wir fahren aufs Revier", erklärte sie an Theo gewandt, während sie heimlich eine Haarbürste, die auf der Anrichte im Vorzimmer lag, einsteckte. „Daniel hat Daten von Tims Telefonanbieter erhalten und Paul möchte eine Teambesprechung abhalten."

Theo nickte und folgte Alex zum Dienstwagen. Es hatte begonnen, zu schneien. Auf dem Fahrzeug lag eine Schicht dicker Flocken. Menschen eilten mit hochgeschlagenen Krägen und in den Mänteln vergrabenen Händen über die Gehwege. Die Scheiben des Wagens beschlugen innerhalb weniger Minuten durch die Wärme, die von Alex und Theo abstrahlte. Theo malte mit dem Zeigefinger einen Kreis gegen die Scheibe. Wie ein Guckloch. Das erinnerte ihn an etwas.

Es war dunkel, damals. Alle liefen umher und schrien aufgeregt. Tim brüllte Theo an, er solle im Auto bleiben. Theo hatte sein Gesicht gegen die Scheibe gepresst und in die Finsternis gestarrt. Jemand lag auf der Straße. Er wandte den Blick von dem Aufruhr weg und blickte in den Wald. Die Nadelbäume ragten schwarz und mächtig in den Nachthimmel. Es erinnerte ihn an eine Zeichnung in einem Kinderbuch. Er kurbelte das Fenster herunter. Der Ruf eines Uhus erfüllte die Nacht, dazwischen die Schreie seines Bruders und dessen Freunde. Etwas bewegte sich zwischen den

Bäumen. Theo kniff die Augen zusammen. Da war es wieder. Rund zwanzig Meter entfernt. Eine Bewegung an einem der Bäume. Theo schob die Tür auf und schwang seine dürren Beine aus dem Wagen. Er stolperte einige Meter über die Wiese auf den Wald zu. In diesem Augenblick bewegte es sich wieder. Nur kurz. Gerade lange genug, dass er etwas erkennen konnte. Sein Herz pochte hart gegen seine Rippen. Ein Gesicht. Bleich. Es hob sich gegen den dunklen Stamm einer Fichte ab. Große Augen. Kindliche Gesichtszüge. Theo rief etwas. Einen Moment lang hob das Kind die Augen, starrte ihn an. Er war sicher, dass es ihn gesehen hatte. Was tat es da?

„Hey!", rief er erneut. „Hey, bitte warte! Ich will doch nur..."

Doch die Gestalt tauchte im Dunkel der Bäume unter und ließ einen zwölfjährigen Buben zurück, der sich fragte, ob er seiner Wahrnehmung trauen konnte.

Ich

Ich wusste sofort, dass ich nicht im Heim war. Die Luft roch anders, nach Sicherheit und Freiheit. Die Sonne blinzelte zum Fenster herein und schmerzte in meinen Augen. Ich hob den Kopf, um mich umzusehen. Alles drehte sich.

„Du musst liegen bleiben", erklärte eine Krankenschwester, die ich bislang nicht bemerkt hatte. Sie trug eine hellblaue Uniform und balancierte ein Tablett in ihrer rechten Hand.

„Orangensaft, Wasser und etwas Joghurt. Wenn du alles gut verträgst, gibt es später etwas Ordentliches."

Wie auf Kommando knurrte mein Magen. Ich nahm einen großen Schluck von dem Orangensaft und hoffte, dass er das aufkeimende Hungergefühl stoppen würde.

„Wie fühlst du dich?", fragte die Schwester.

Wie ein Boxsack, an dem jemand ausgiebig trainiert hat, dachte ich. „Ein bisschen müde", log ich.

„Kein Wunder", meinte die Schwester. „Ich bringe dir gleich etwas gegen die Schmerzen."

Ich wehrte mich nicht.

„Wie ist das denn passiert?", fragte sie.

Ich starrte an die Wand, als stünde dort die passende Antwort. „Ich bin gestolpert und in den Teich gefallen", schwindelte ich, als mir nichts Originelleres einfiel. „Ich war schon immer recht ungeschickt."

Die Schwester lächelte. „Du musst eigentlich recht geschickt sein", erklärte sie schließlich.

„Wie meinen Sie das, Schwester?"

„Regina", sagte sie. „Nenn mich Regina."

Ich wartete einen Moment, um zu sehen, ob sie meine Frage noch beantworten würde.

„Regina? Wie meinen Sie das?"

„Nun", machte die Schwester. „Es ist recht schwierig so zu stürzen, dass das Gesicht im Wasser landet und man sich gleichzeitig Schultern und Nacken verletzt. Normalerweise würde man den Sturz mit den Händen abfangen. Deine Hände haben den Boden aber offenbar gar nicht berührt."

Die Erwähnung dieser Körperregion machte mir den Schmerz, der von dort ausstrahlte, bewusst. Unwillkürlich tastete ich nach meinem Hinterkopf. Alles fühlte sich wund an.

„Du hast eine Menge blaue Flecke in diesem Bereich", fügte sie hinzu. „Jemand war nicht gerade zimperlich."

Ich antwortete nicht. Regina nahm Blut ab und verließ ohne ein weiteres Wort das Zimmer. Ich war erleichtert, dass sie nicht nachhakte, wie ich mich genau verletzt hatte. Ich wollte mich nicht rechtfertigen. Immerhin musste ich Babsi und Tina wieder gegenübertreten. Mir war klar, dass ich, wenn ich auch nur ein Sterbenswort über den Vorfall verlieren würde, tot wäre. Vorerst wäre ich hier sicher. Eine Stunde später kam die Visite. Der Arzt meinte, ich müsste noch ein paar Tage im Krankenhaus bleiben. Man würde noch einige Untersuchungen machen, da ich eine Weile bewusstlos gewesen wäre und im Wasser getrieben hätte, als man mich gefunden hatte. Erst allmählich wurde mir bewusst, dass Babsi und Tina billigend in Kauf genommen hatten, dass ich bei dem Vorfall hätte sterben können. Ich bezweifelte, dass sie Hilfe geholt hatten. Wahrscheinlich verdankte ich es dem puren Zufall, dass ich noch lebte. Irgendwann dämmerte ich weg.

Als ich erwachte, hielt jemand meine Hand. Es war Hannah.

„Ich bin so froh, dass es dir besser geht", rief sie und eine Träne schlich sich aus ihrem Augenwinkel. „Als ich dich gefunden habe, dachte ich, du wärst tot."

Hannah. Natürlich war es Hannah, die mich gerettet hatte. Ich lächelte. „Danke, dass du..."

Hannah machte eine wegwerfende Handbewegung. „Dafür sind Freunde da, nicht wahr?"

Ich erwiderte den Druck ihrer Finger. „Du bist die einzige Freundin, die ich habe", flüsterte ich.

Hannah lächelte. „Und du meine", erklärte sie. „Freunde für immer? Komme, was wolle?"

„Freunde für immer", bestätigte ich und spürte, wie mich Hannahs Haar an der Wange kitzelte, als sie ihre dürren Arme um mich schlang.

An diesem Tag traf ich eine Entscheidung. Ich würde mich künftig wehren. Ich würde kämpfen. Ich würde mich rächen. Und Hannah war mehr als bereit, mir dabei zu helfen. Ich würde kein Opfer mehr sein. Nie wieder.

Alex

Paul war außer sich. Er lief im Büro auf und ab und fuhr sich zum wiederholten Mal durch sein störrisches Haar, das nunmehr in die Höhe ragte, wie bei einer dunkelhaarigen Version von Marge Simpson.

„Wieso erfahre ich erst jetzt, dass es einen Vorfall gab, in den nicht nur dein Bruder, sondern auch du involviert warst?", fuhr Paul Theo an, der in sich zusammenfiel wie ein Häufchen Asche.

„Theo konnte sich an die Ereignisse von früher nicht mehr erinnern", kam Alex ihrem Kollegen zu Hilfe.

Paul schoss ihr einen Blick zu, der sie unverzüglich zum Schweigen brachte.

„Paul", begann Theo, „ich habe erst realisiert, dass ich bei diesem Urlaub überhaupt dabei war, als wir das Fotoalbum in Tims Wohnung gefunden haben."

„Ist dir klar, dass ihr ein Verbrechen begangen habt?" Pauls Stimme dröhnte durch das Büro, das mit einem Mal viel kleiner wirkte.

„Ich weiß", gab Theo zu. „Ich war damals zwölf Jahre alt. Ich habe geschlafen, als der Unfall passiert ist. Ich war nicht mehr als ein Anhängsel, das mein großer Bruder und seine Clique an der Backe hatten."

Paul wischte sich über die Stirn. „Wo ist dein Bruder überhaupt? Wollte er nicht zur Vernehmung auf die Dienststelle kommen?"

Theo zuckte die Achseln. „Ich habe keine Ahnung, wo Tim ist. Ich kann ihn telefonisch nicht erreichen. Er ist heute auch nicht in der Redaktion erschienen und in seiner Wohnung ist er ebenso wenig. Es scheint, als wäre er vom Erdboden verschwunden."

„Wohl kaum." Paul lachte freudlos.

„Hast du sein Handy orten lassen?", fragte Alex.

Paul schüttelte den Kopf. „Noch nicht. Ich wollte erst wissen, was hinter deiner Bitte steckt." Er bat Daniel, Tim Bergmanns Mobiltelefon orten zu lassen.

„Es ist dringend!"

„Wir müssen Simone Strunz, Hannes Blaschke und Sabine Süß so schnell wie möglich kontaktieren", sagte Alex.

Paul kratzte sich über seinen Dreitagebart. „Du hast Recht", stimmte er zu. „Einer von ihnen könnte ein Mörder sein."

„Oder schlimmer", ergänzte Alex. „Das nächste Opfer."

Mia hockte mit geschlossenen Augen im Schneidersitz auf ihrem Drehstuhl und sah aus, als meditierte sie. Ihre orangefarbene Pluderhose biss sich mit den rosafarbenen Strähnen in ihrem Haar. Ohne die Augen zu öffnen, forderte sie Alex auf, hereinzukommen.

„Hallo, Mia!", begrüßte Alex ihre Kollegin. „Ich bin immer wieder überrascht, dass du mich hören kannst, obwohl du mit den Gedanken ganz woanders zu sein scheinst."

Mia lächelte Alex an. „Das kommt daher, dass es meine Sinne schärft. Je mehr ich mich auf mich selbst fokussiere, umso leichter nehme ich Dinge wahr, die sonst unbemerkt an mir vorübergehen würden."

Alex dachte einen Moment lang darüber nach. „Vielleicht sollte ich es auch einmal mit Meditation versuchen."

„Das solltest du tatsächlich", erwiderte Mia. „Du wärst überrascht, wie sehr es hilft, die eigene Mitte zu finden."

„Ich weiß nicht einmal, was das sein soll, meine Mitte", entgegnete Alex lachend. „Ich bin schon froh, wenn ich die Balance zwischen Job und Privatleben so weit hinbekomme, ohne den Verstand zu verlieren."

Mia kicherte. „Hast du was für mich?"

Alex zog die Haarbürste und den Beutel mit dem gebrauchten Tampon, den sie Theo abgenommen hatte, aus der Innentasche ihrer Jacke.

„Könntest du hiervon einen DNA-Abgleich mit der DNA machen, die du unter den Fingernägeln von Claudia Buchinger gefunden hast? Und prüfen, ob wir die DNA des Tampons jemandem in unserer Datenbank zuordnen können?"

Mia starrte den Tampon leicht angewidert an.

„Klar", erwiderte sie. „Verrätst du mir, wem die Bürste gehört? Und dieser Hygieneartikel?"

„Später", erklärte Alex. „Wenn du mir etwas zur DNA sagen kannst."

„In Ordnung." Mia verließ ihren Schreibtisch und ging mit der Bürste zu ihrem Arbeitsplatz. Dort schaltete sie eine blendend hell leuchtende Lampe ein und schälte mit einer Pinzette ein paar Haare aus den Borsten. Sie inspizierte ein paar davon unter ihrem High-Tech-Mikroskop. Sie nickte.

„Brauchbar", erklärte sie an Alex gewandt.

„Wie meinst du das?"

„Genügend Haarwurzeln vorhanden. Damit kann ich arbeiten."

„Schön!" Alex wandte sich zum Gehen. „Dann lass ich dich mal machen."

„Warte noch einen Moment. Ich hab etwas für dich", erklärte Mia und kehrte an ihren Schreibtisch zurück.

Alex beugte sich neugierig über die Schulter ihrer Kollegin. Mia öffnete ein Dokument, das sie eingescannt hatte. Es war die Nachricht, die sie bei Andreas Wallner gefunden hatten. Die maschinengeschriebenen Buchstaben sprangen Alex entgegen.

Nichts ist je vergessen.

„Ich habe dir doch geschrieben, dass es sich hierbei um ganz besonderes Papier handelt. Von Hand geschöpft. Das bekommt man nicht einfach in einem Papierfachgeschäft oder beim Libro."

Alex gluckste. „Schon klar."

Mia vergrößerte einen Ausschnitt der Datei in ihrem Foto-bearbeitungsprogramm. „Ich habe ein bisschen recherchiert. Zumindest in Salzburg gibt es nicht viele Druckereien, die solche Sonderanfertigungen machen lassen."

Alex starrte auf den Scan. „Das heißt?"

„Siehst du das Wasserzeichen dort in der rechten Ecke des Blattes und diese Prägung?"

Alex kniff die Augen zusammen. Dort befand sich ein-deutig eine Prägung, ein großes ,C'. „Ich sehe den Buch-staben C, aber was das Wasserzeichen darstellt, kann ich nicht erkennen."

Mia machte eine abwehrende Handbewegung. „Das kannst du auch nicht. Dazu komme ich gleich. Ich habe den Scan an die wenigen Unternehmen in Salzburg und Umgebung geschickt, die Papier als Kunsthandwerk herstellen und angefragt, ob besagtes Produkt bei ihnen hergestellt worden sein könnte."

„Und?", fragte Alex, die allmählich das Gefühl hatte, das alles führte zu nichts.

„Tadaaaa!", machte Mia. „Ich bin fündig geworden." Sie wartete auf Alex' Reaktion, die allerdings ausblieb. „Es gibt ein Familienunternehmen im Süden von Salzburg, das Papier schöpft und Spezialanfertigungen macht. Die Papier-manufaktur."

Alex trat ungeduldig von einem Fuß auf den anderen.

„Das Papier stammt von dort."

Alex hob überrascht eine Augenbraue. „Das können die so genau sagen?"

„Ja." Mia öffnete eine Website. „Das ,C', das wir auf dem Stück Papier gefunden haben, ist Teil des Firmennamens. Es steht für Clausner. Eine ehemalige Rechtsanwaltskanzlei."

Alex starrte auf den Bildschirm. Der Name sagte ihr etwas, aber sie konnte sich nicht erinnern, wo sie ihn schon einmal gehört hatte.

„Und wenn du dir das Blatt genauer ansiehst", Mia vergrößerte den Scan noch ein wenig mehr, „erkennst du, dass hier ein Teil einer Waage in Form eines Wasserzeichens abgebildet ist."

Justitia. Alex runzelte die Stirn. Das Logo prangte groß auf der Website der Kanzlei, hier deutlich zu erkennen.

„Wenn es die Kanzlei gar nicht mehr gibt, konnte die Papiermanufaktur dann überhaupt feststellen, wann das Papier für das Unternehmen angefertigt wurde?"

Mias Augen strahlten. „Sie mussten dafür eine Weile suchen und ihre alten Auftragsbücher durchwühlen, konnten es aber zuordnen. Es stammt aus dem Jahr 1992."

Alex blinzelte. Das Jahr schien sie zu verfolgen, tauchte es doch in Zusammenhang mit diesem Fall nicht zum ersten Mal auf. „Das Papier ist ganz schön alt."

Mia nickte. „Kann man wohl sagen. Es wurde damals als Briefpapier für einen Ferdinand Clausner hergestellt."

„Wieso würde jemand dieses teure, von Hand geschöpfte Briefpapier verwenden, und das im Zusammenhang mit zwei Morden, die 28 Jahre später verübt werden?"

Mia zuckte die Achseln. „Das herauszufinden, meine Liebe, ist dein Job."

Tausend Fragen fegten durch Alex' Kopf. Was hatte die Kanzlei Clausner mit den beiden Morden zu tun? Wie kam der Mörder zu dem teuren Papier der Kanzlei? Wer hatte so viele Jahre nach dem Unfall auf der Heimfahrt von Jesolo ein Interesse daran, die Beteiligten aus dem Weg zu räumen? Und: Wie zum Teufel war Tim Bergmann in die ganze Sache verstrickt?

Elli

Normalerweise machte es Elli nichts aus, für eine kranke Kollegin einzuspringen, aber heute hatte sie sich auf einen ruhigen Tag zu Hause gefreut. Sie bog mit ihrem Wagen auf den Parkplatz der Seniorenresidenz und bugsierte ihn auf einen der wenigen Mitarbeiterparkplätze. Die Wolken hingen tief und die Luft verkündete frischen Schnee. Elli deckte die Frontscheibe sicherheitshalber mit einer Aluplane ab.

Der Wind pfiff über den Platz, bis sie ihre Nasenspitze nicht mehr spürte. Sie beeilte sich, den Personaleingang zu erreichen und in die Wärme des Heims zu fliehen. Nachdem sie ihre persönlichen Dinge verstaut und sich umgezogen hatte, ging sie ins Personalbüro, um sich zum Dienst zu melden.

„Danke, dass Sie für Frau Aigner einspringen", sagte Herr Bauz, als sie den Raum betrat.

Elli nickte. „Welche Patienten soll ich übernehmen?"

Herr Bauz warf einen Blick auf seinen PC. „Im zweiten Stock. Die ersten vier Zimmer auf der linken Seite. Zimmer 202-205."

„In Ordnung." Elli schnappte sich die Patientenakten, um sie in den wenigen Minuten vor Dienstbeginn zu überfliegen. Im Großen und Ganzen war die Betreuung der Bewohner ähnlich, aber es gab Besonderheiten für jeden einzelnen der Senioren, die in der Patientenakte festgehalten wurden. Zwei der Mitbewohner hatte sie schon einmal betreut. Beide waren unkompliziert und benötigten keine besondere Aufmerksamkeit. Elli notierte sich lediglich die Medikamente sowie die verschriebene Dosis, die sie ihnen vor dem Abendessen verabreichen sollte. Ein weiterer Herr, den sie heute betreuen sollte, war bereits 99 Jahre alt. Laut Patientenakte war er so gut wie taub und konnte alleine kaum noch gehen. Geistig war er aber offenbar noch fit. Elli warf einen Blick in sein Zimmer und stellte fest, dass der Mann gerade ein Nickerchen machte. Leises regelmäßiges Schnarchen drang von der Couch zu ihr in den Eingangsbereich, als sie die Zimmertür aufsperrte. Sie näherte sich dem alten Mann und vergewisserte sich, dass er gut Luft bekam. Sie würde ihn später besuchen und sehen, ob sie ihn mit einigen Übungen mobilisieren konnte. Blieb noch eine ältere Dame, die gleich im Zimmer nebenan wohnte. Elli klopfte sacht an die Tür und wollte eben aufsperren, als diese von innen geöffnet wurde.

„Hallo. Ich bin Elena Ahrens", stellte sie sich der Dame vor. „Ich springe heute für Frau Aigner ein."

„Ich bin Helga", erklärte die Frau und bat Elli herein. „Ich hab es nicht so mit Förmlichkeiten."

Elli lachte. „Freut mich, Helga. Nennen Sie mich bitte Elli."

Die Frau bot ihr einen Platz am Tisch an. „Ich habe gerade Teewasser aufgesetzt. Möchten Sie welchen?"

„Gerne." Elli schaute der Frau zu, die auf die Küchenzeile zuschritt und zwei Tassen aus dem Schrank nahm. „Ist Hagebuttentee in Ordnung?"

„Perfekt", erwiderte Elli, die den Eindruck hatte, dass Helga für ihr Alter pumperlgesund war.

Die Frau kehrte mit zwei Tassen voll dampfendem Tee an den Tisch zurück.

„Sie nehmen Bluthochdruckmedikamente?", fragte Elli, die sich an den Eintrag in der Patientenakte erinnerte.

Helga nickte. „Früher litt ich unter niedrigem Blutdruck. Ich bin immer wieder umgekippt. Aber seit einigen Jahren", sie lachte auf, „Jahrzehnten, ist mein Blutdruck deutlich zu hoch."

„Haben Sie sonst gesundheitliche Probleme?"

„Meine Gelenke", erklärte die Frau und rieb sich über ihre steifen Finger. „Früher habe ich gerne gestrickt und gehäkelt." Sie nahm einen Schluck von ihrem Tee. „Das geht längst nicht mehr."

Elli nahm Helgas Hände in ihre und fuhr über die geschwollenen Gelenke. „Haben Sie es mit Gymnastik und Massagen probiert?"

„Frau Aigner hat mir ein paar Übungen gezeigt, aber ich muss zugeben, dass ich nicht konsequent genug bin."

„Ich würde Ihnen gerne die Hände massieren und danach einen Wickel anlegen. Das lindert die Schmerzen, wenn man es regelmäßig wiederholt. Dann fällt Ihnen das Üben auch leichter."

Helga schien erfreut. Nachdem sie ihre Tassen geleert hatten, holte Elli aus dem Behandlungszimmer Baumwolltücher und eine Ölmischung aus Rosskastanie, Ackerschachtelhalm und Moortorf und bereitete den Wickel vor. Helga legte sich auf das Sofa und schob die Ärmel ihrer Bluse nach oben. Während Elli ihre steifen Finger sanft massierte, erzählte die alte Dame ein wenig von ihrem früheren Leben.

„Es ist schwer, sein eigenes Haus zurückzulassen", berichtete sie. „Vor allem, wenn man ein so schönes hatte wie wir."

Elli warf ihr einen fragenden Blick zu.

„Mein Mann und ich. Ferdi." Ihre Augen strahlten.

„Wie lange sind sie schon Witwe?", fragte Elli, die spürte, dass der Verlust ihres Mannes Helga schwer getroffen hatte.

„Schon fast zehn Jahre", sagte sie leise. „Er war ein wunderbarer Mann. Stark und zuverlässig. Ich habe mich immer sicher bei ihm gefühlt." Sie seufzte.

„Schön, dass sie eine erfüllte Beziehung hatten", erwiderte Elli. „Vielen Menschen ist das nicht vergönnt."

„Da haben Sie Recht."

„Haben Sie Kinder?"

Helga zögerte. An ihrem Blick bemerkte Elli, dass sie einen wunden Punkt getroffen hatte.

„Verzeihen Sie, bitte! Ich wollte nicht indiskret sein."

„Wir haben eine Adoptivtochter. Leider konnten wir keine eigenen Kinder bekommen."

„Aber Sie haben eine Tochter. Das ist doch wunderbar."

Helga lächelte. „Das ist es."

„Wohnt sie in der Nähe? Ich meine, bekommen Sie öfter Besuch von ihr?"

Helga nickte. „Sie lebt hier in Salzburg. Sie ist zwar beruflich sehr beschäftigt, aber sie besucht mich jede Woche."

„Das freut mich für Sie." Elli begann, die mit den Ölen getränkten Baumwolltücher um Helgas Hände zu wickeln.

Helga wirkte sichtlich müde. Sie gähnte zum wiederholten Mal. „Ich lasse Sie jetzt ein wenig ausruhen. In einer halben Stunde komme ich wieder und nehme die Wickel ab."

„Ich habe im Übrigen noch ein paar Pflegekinder", sagte Helga, als Elli eben den Raum verlassen wollte.

„Tatsächlich?"

„Ja. Leider sehe ich manche von ihnen nur gelegentlich, aber so ist das mit den jungen Leuten."

Elli lächelte mitfühlend. Zu diesem Zeitpunkt ahnte sie nicht, dass sie eines dieser Kinder kannte.

Alex

Die Recherche zu dem Unfall im Jahr 1992 gestaltete sich aufwändiger als gedacht. Zwar gab es eine paar kleine Zeitungsberichte dazu, aber aktenkundig war der Unfall nicht. Zumindest konnte Alex nichts finden, was aber auch daran liegen mochte, dass der Akt zu dem Fall irgendwo im Archiv verstaubt vor sich hin moderte. Ein Hoch auf die Digitalisierung!

Angi fegte gerade mit einem Papiersack voller frischer Brötchen ins Büro. Der Duft lenkte Alex von ihrer Arbeit ab und erinnerte sie daran, dass sie heute noch nicht gegessen hatte.

„Frühstück?", fragte Angi, als könnte sie Alex' Gedanken lesen.

„Gerne", erwiderte Alex, stand auf und schaltete die Kaffeemaschine ein. „Ich glaube, ich habe noch ein halbes Päckchen Butter und etwas Himbeermarmelade im Kühlschrank."

„Klingt nach einem Plan", erwiderte Angi, die Teller und Messer aus der Küche holte.

Alex bestrich ein Croissant dick mit Marmelade und ließ sich den buttrigen Geschmack auf der Zunge zergehen. Der Kaffee schmeckte stark und bitter und weckte Alex' müde Zellen.

„Kannst du nachher etwas für mich suchen?", fragte Alex ihre Kollegin.

„Klar. Worum geht es?"

„Um einen Unfall mit Todesfolge, der sich vor 28 Jahren in der Nähe von Thalgau ereignet hat."

Angi verschluckte sich an ihrer Semmel. „Ziemlich lange her. Davon haben wir bestimmt nichts im System."

Alex nickte bestätigend. „Aber möglicherweise im Archiv."

„Hmmm", machte Angi. „Kein Problem. Ich habe nichts Dringendes zu erledigen. Dann verbringe ich einfach mal einen Vormittag im Keller", erklärte sie fröhlich.

„Danke", erwiderte Alex.

„Haben wir sonst noch Infos, die bei der Suche helfen könnten?"

„Wenig", gab Alex zu. „Der Unfall dürfte von einem hellblauen VW verursacht worden sein. Vermutlich eine Gruppe Jugendlicher, die nach einem Wochenende in Jesolo nach Hause fuhr."

„Ziemlich dünn."

„Ich weiß", erwiderte Alex. „Das Opfer war übrigens ein Mann."

„Alles klar."

„Übrigens, Daniel", rief sie in den Gang, als der junge Kollege Kaugummi kauend vorbei stakste, „Konntest du Tim Bergmanns Handy orten?"

Daniel blieb in der offenen Tür stehen. „Bisher leider nicht. Ich nehme an, dass es ausgeschaltet wurde."

„Oder der Akku ist leer", schlug Alex vor.

„Gut möglich."

„Einen Versuch war es wert."

„Falls Tim sein Mobiltelefon aktiviert, sollte ich eine Benachrichtigung erhalten. Vielleicht haben wir ja Glück."

Alex nickte und wandte sich wieder ihrem Bildschirm zu. Sie hatte eine alte, nunmehr digitalisierte Ausgabe eines Artikels der *Salzburger Nachrichten* geöffnet.

Mann nach Unfall schwer verletzt zurückgelassen

Gestern, wurde ein Mann lebensgefährlich verletzt neben der Enzersberg Landesstraße nahe Thalgau gefunden. Offenbar war der Mann von einem Fahrzeug angefahren worden. Der Fahrer beging Fahrerflucht. Zum jetzigen Zeitpunkt ist die Identität des Mannes nicht geklärt. Laut einem Spre-

cher des Unfallkrankenhauses Salzburg befindet sich der Mann in kritischem Zustand.

Alex runzelte die Stirn. Sie hatte gehofft, Hinweise auf die Identität des Mannes zu finden. Immerhin wusste sie jetzt, dass der Mann nicht unmittelbar an den Folgen des Unfalls gestorben war. Sie würde weitersuchen. Vielleicht lieferte eine spätere Ausgabe Details zum Unfallopfer oder Angaben darüber, ob der Mann die Verletzungen überlebt hatte. Wenn es etwas zu finden gab, würde sie es finden.

Theo betrat das Büro in derselben Kleidung, die er bereits am Vortag getragen hatte. Braune Stoppel übersäten sein Kinn und seine Wangen. Sein brauner Haarschopf sah aus, als hätten die Pfadfinder ihn zum Filzen benutzt.

„Was ist denn mit dir passiert?", fragte Alex, als ihr Kollege sich auf seinen Stuhl fallen ließ.

„Ich habe die Nacht im Auto verbracht. Vor Tims Wohnung."

Alex seufzte mitfühlend. „Lass mich raten. Er ist nicht nach Hause gekommen."

Theo schüttelte den Kopf. „Ich mache mir wirklich Sorgen um ihn. Es sieht ihm nicht ähnlich, einfach so zu verschwinden."

Es sei denn, er hatte einen guten Grund, sich aus dem Staub zu machen, dachte Alex. Und ein Doppelmord war ein ganz ausgezeichneter Grund. Sie behielt ihre Gedanken für sich.

„Teambesprechung", verkündete Paul, als Daniel mit einer Tasse dampfenden Tees das Büro betrat.

Alex, Theo, Angi und Daniel versammelten sich um Paul, der lässig an der Pinnwand lehnte, die mit Fotos der beiden Opfer und der Tatorte beklebt war.

„Wir haben Herrn Blaschke und Frau Süß ausfindig gemacht", verkündete er. „Beide stehen aktuell unter Polizei-

146

schutz. Zwei Streifenwagen sind vor den Wohnungen der beiden postiert."

„Wissen die beiden von den Kollegen?", fragte Alex.

Pauls Schopf wippte wild von links nach rechts.

„Bis jetzt nicht. Ich halte es für besser, den Ball flach zu halten. Wir wissen nicht, ob einer der beiden für die Morde verantwortlich ist oder ob sie beide potenzielle Opfer sind."

„Wir werden ihnen aber reinen Wein einschenken müssen", erwiderte Theo. „Sonst erfahren wir nie, ob die beiden etwas wissen."

„Das werden wir. Ich habe Herrn Blaschke und Frau Süß für heute Nachmittag zu uns auf die Dienststelle bestellt." Paul wandte sich an Alex. „Ich möchte, dass du die Befragung mit Angi vornimmst."

Theo setzte an, zu protestieren, ließ sich aber wortlos zurück auf seinen Stuhl sinken. Ihm war klar, dass man ihm Befangenheit vorwerfen könnte.

„Daniel, haben wir Informationen von Tim Bergmanns Telefonanbieter?"

Der junge Kollege tastete nach einigen Blättern Papier, die sorgsam zusammengeheftet auf seinem Schreibtisch lagen.

„Ja, haben wir. Tim Bergmann hat sein Mobiltelefon sowohl dienstlich als auch privat genutzt", erklärte er. „Ein Großteil der Anrufe lässt sich recht eindeutig zuordnen. Tim hat offenbar mehrere Gespräche mit der Müllverwertungsanlage, dem Chiemseehof und einer Wohnbaugenossenschaft geführt. Tims Chef hat bestätigt, dass sich diese Telefonate mit Themen decken, an denen Tim in den letzten Wochen gearbeitet hat. Zudem habe ich ein Telefonat mit der Leiterin eines Kinderheims gefunden. Die Dame heißt Frieda Kastner. Laut Chefredakteur Teil der aktuellen Story, mit der Tim Bergmann betraut war."

„Hast du die Gesprächspartner überprüft?", fragte Paul.

„Zum Großteil, ja. Frau Kastner habe ich gestern allerdings nicht mehr erreicht."

„Irgendetwas Ungewöhnliches?"

„Tim hatte offenbar nur wenige private Kontakte", erwiderte Daniel. „Allerdings hat er eine Nummer mehrmals täglich angerufen."

Paul starrte ihn fragend an.

„Claudia Buchinger, die Tote in Elsbethen", gab Daniel zurück.

„Was die Indizien auf eine Affäre der beiden erhärtet", warf Alex ein.

„Sonst noch private Gespräche?"

Daniel nickte. „Offenbar hat er kurz vor seinem Verschwinden mit Theo telefoniert. Und ein paar Tage davor mit seinem Vater." Er warf seinem Kollegen einen schuldbewussten Blick zu.

„Das ist bekannt", erklärte Paul ungeduldig.

„Und ...", Daniel holte tief Luft. „Es gibt mehrere Anrufe einer Nummer mit deutscher Vorwahl."

„Wem gehört die Nummer?"

„Das konnte ich noch nicht klären, aber ich bin dran."

„In Ordnung. Sonst noch was?"

„Ja. Es gibt einen Anruf mit unterdrückter Nummer."

„Wann hat dieser Anruf stattgefunden?", fragte Paul, der hellhörig geworden war.

„Es war der letzte Anruf, den Tim entgegengenommen hat", erwiderte Daniel. „Unmittelbar nach dem Telefonat mit Theo."

Theo senkte den Blick. Er wusste, dass das nichts Gutes verhieß.

„Er könnte sich auch ein Prepaid-Handy besorgt haben", sagte Alex und drückte Theos Hand. „Vielleicht will er sicherstellen, dass die Person, die ihn mit unterdrückter Nummer anruft, ihn nicht länger erreicht."

Theo antwortete nicht, aber sein Blick sprach Bände.

„Gut", erklärte Paul. „Wir sind nach wie vor auf der Suche nach Simone Strunz. Wir sollten außerdem der Leiterin des

Kinderheims einen Besuch abstatten. Und Daniel: Ich möchte, dass du Tim Bergmanns PC und Laptop bis ins kleinste Detail untersuchst. Jeder Hinweis könnte hilfreich sein."

Alex überlegte einen Augenblick zu erwähnen, dass das Papier, auf dem die Nachrichten bei den Toten hinterlassen worden waren, handgefertigtes Briefpapier der ehemaligen Rechtsanwaltskanzlei Clausner war. Schließlich beschloss sie, damit zu warten, bis sie mehr Einzelheiten hatte. Paul beendete die Besprechung. Während Theo Tims Chef zum x-ten Mal anrief, um zu fragen, ob er etwas von seinem Mitarbeiter gehört hatte. In der Zwischenzeit kontaktierte Alex die *Salzburger Nachrichten* und die *Kronen Zeitung*, mit der Bitte ihr die Artikel zu dem Unfall im Jahr 1992 zukommen zu lassen.

Alex hatte sich gerade ihren dritten Kaffee geholt, als ihr Telefon klingelte. Es war Mia. Sie hatte die DNA der Haarbürste mit jener unter Claudia Buchingers Fingernägeln abgeglichen.

„Und?", fragte Alex. „Jetzt spann mich nicht länger auf die Folter."

Mia atmete hörbar aus. „Ich habe zwar keine Ahnung, wessen DNA wir hier haben", erklärte sie und ihre Aufregung schwappte durch den Äther, „aber es handelt sich definitiv um identisches genetisches Material."

Alex seufzte. Verdammt! Noch mehr Indizien, die Tim Bergmann belasteten.

„Was den Tampon betrifft, gibt es übrigens einen Treffer. Ich warte hier noch auf einen Rückruf der deutschen Behörden. Die Dame ist offenbar in Deutschland gemeldet", erklärte Mia, als Alex schwieg.

Alex bedankte sich bei ihrer Kollegin und ließ den Hörer sinken. Sie warf einen verschämten Blick zu Theo, der sich das verfilzte Haar raufte. Er telefonierte wild gestikulierend, wobei er sich zusehends in seine Verzweiflung hineinsteigerte. Alex' Mund wurde trocken. Theo sorgte sich um seinen Bruder. Er hielt ihn für das vermeintliche Opfer. Sie konnte Theo sogar verstehen. Wenn es um die eigenen Angehörigen ging, verschloss man gern die Augen vor der Wahrheit. Alex erhob sich langsam vom Schreibtisch. Sie würde erst mit Paul die weitere Vorgehensweise besprechen. Aber dass sich Tims DNA unter Claudia Buchingers Fingernägel fand, ließ wenig Spielraum für andere Schlüsse. Tim Bergmann war kein Opfer. Er war ein kaltblütiger Mörder. Und es war ihre Aufgabe, Claudia Buchinger Gerechtigkeit zu verschaffen.

Ich

Ich lese das Interview, das Tim mit mir geführt hat. Einmal, zweimal, dann ein weiteres Mal. Ich mag die Art, wie er schreibt. Klar. Ohne Schnörkel und dennoch eindringlich. Er versteht es, Worte zum Leben zu erwecken. An einigen Stellen mache ich kleine Korrekturen oder füge zwei Rufzeichen ein, damit mein Standpunkt eindringlicher wirkt.

Die Worte tanzen vor meinen Augen und erwachen zum Leben. Es sind Bilder, die ineinander verschmelzen, nach und nach, wie eine Sinfonie, in der sich die einzelnen Töne zu einem perfekt abgestimmten Ganzen aneinanderreihen. Ich sehe die Ereignisse wie in einem alten Schwarz-Weiß-Film. Die Bilder flirren über die Leinwand, erzeugen Reaktionen auf meiner Haut und in meinem Herzen. Ich friere, ersticke, schlage um mich. An einer Stelle im Text verharre ich. Ich koste die Emotion aus, die er in mir auslöst. Genugtuung. Erleichterung. Ich wollte ihm nicht davon erzählen, aber der Ausdruck in seinem Gesicht war jedes einzelne Wort wert. Ich schließe die Augen und kehre zurück an den Ort, der meine Unschuld, meine Lebensfreude, meine Kindheit für immer unter sich begraben hat.

Kaum war ich aus dem Krankenhaus ins Heim zurückgekehrt, begannen Babsi und Tina mich wieder zu drangsalieren. Sie versteckten meine Sachen, belogen Frau Jankovic zu meinen Ungunsten und schlugen mich, wann immer keine Zeugen in der Nähe waren. Dieses Mal stellten sie es geschickter an. Die blauen Flecke konzentrierten sich nunmehr auf Bauch und Rücken, damit niemand Verdacht schöpfte. Sie wussten, dass ich nicht wagen würde, sie anzuschwärzen, aus Furcht, dass mir niemand Glauben schenkte und die Strafe der beiden nur umso schlimmer ausfallen würde. Hannah flehte mich an, Frau Jankovic einzuweihen, oder wenigstens eine ihrer Angestellten, Frieda vielleicht, aber ich lehnte entschieden ab. Ich hatte schnell gelernt. *Regle deine Angelegenheiten selbst und tue es gründlich.*

„Vielleicht solltest du ihr Angst machen?", schlug Hannah mit einem Mal vor.

„Wen meinst du?"

„Babsi. Wen sonst", erwiderte Hannah und das erste Mal sah ich so etwas wie Boshaftigkeit in ihren Augen aufblitzen.

„Woran hast du gedacht?", fragte ich Hannah.

Sie machte einen Handstand und grinste mich an. Ich hatte nie bemerkt, wie drahtig und kräftig sie war. Muskeln zeichneten sich unter ihrem enganliegenden Shirt ab.

„Erzähl ihr eine Geschichte!", meinte Hannah. „Du musst sie bei ihrer Eitelkeit packen. Sie hält sich für unwiderstehlich."

„Und weiter?" Ich war nicht sicher, was ich von der Idee halten sollte.

„Dann bringst du sie in eine Situation, in der sie auf deine Hilfe angewiesen ist. Eine gefährliche Situation. Und wenn sie dich anfleht, ihr zu helfen, stellst du klar, dass sie dich nie wieder anfasst, sonst wird sie es beim nächsten Mal bitter bereuen. Lass sie betteln!"

Hannah schilderte mir ihren Plan im Detail. Erst war ich nicht überzeugt, aber die Vorstellung, nicht länger drangsaliert zu werden, war zu verlockend. Das erste Mal in meinem Leben wurde mir bewusst, dass Hannah nicht nur meine beste Freundin, sondern eine loyale und verlässliche Verbündete war.

Babsi vom Heim wegzulocken war nicht schwer. Ich erzählte ihr von einem süßen Burschen, der sie unbedingt kennenlernen wollte. Er wäre ein wenig schüchtern und hätte mich deshalb gebeten, ein Treffen zu arrangieren. Im ersten Augenblick reagierte sie misstrauisch und wollte wissen, woher ich den Burschen kannte. Ich erzählte ihr, dass er uns auf dem Schulweg gemeinsam gesehen hätte. Seine jüngere Schwester ginge in dieselbe Schule. Er hatte diese an jenem Tag abgeholt und wäre ganz hin und weg gewesen, als er Babsi entdeckt hatte. Ich wusste, dass ich mich auf Babsis Eitelkeit verlassen konnte. Hannah hatte recht. Das war der Knopf, den man drücken musste. Sie musste diesen Burschen einfach kennenlernen!

Wir fuhren mit dem Bus in die Stadt und wanderten den Mönchsberg hinauf. Unter uns dehnte sich die Stadt aus wie ein lebendiges Spielzeugland. Wie Miniaturpuppen und Matchboxautos bewegten sich Menschen und Fahrzeuge am Boden. Eine Spielzeugwelt. Fast hatte ich das Gefühl, ich könnte eines der Fahrzeuge in die Hand nehmen und an anderer Stelle platzieren.

„Wo ist er denn jetzt?", fragte Babsi, die allmählich die Geduld verlor.

„Er wartet vorne beim Schloss Mönchstein", erklärte ich. „Es ist nicht mehr weit."

Wir spazierten noch ein Stück weiter, bis wir eine Stelle erreichten, die geradezu perfekt war.

„Wir sind da", verkündete ich feierlich.

Babsi blickte sich unsicher um. Weit und breit war keine Menschenseele zu sehen. Der Wind säuselte leise durch die Bäume wie ein wiederkehrendes Mantra.

„Er kommt bestimmt gleich", versicherte ich und holte meine Kamera aus dem Rucksack, um ein paar Fotos von der späten Nachmittagsstimmung zu machen.

Babsi begutachtete den Fotoapparat argwöhnisch. „Woher hast du den?"

„Ein Geburtstagsgeschenk", erwiderte ich wahrheitsgemäß. Eines der wenigen Dinge, die mir geblieben waren aus meinem früheren Leben. Einer Zeit, in der die Welt voller Liebe, Fröhlichkeit und dem Zauber jedes neuen Tages war.

„Lass mich ein paar Fotos von dir machen", schlug ich vor.

„Ich könnte tatsächlich ein paar neue Fotos von mir gebrauchen", entgegnete sie mit einem aufreizenden Lächeln. Sie stemmte eine Hand in die Hüfte, die sie leicht seitlich drehte und warf ihr blondes Haar über die Schulter. Ich drückte mehrmals ab und grinste zufrieden. Hinter ihr verbeugte sich die Abendsonne am Horizont und tauchte die Szene in ein warmes Licht.

„Dort oben auf der Balustrade", schlug ich vor und deutete auf die Mauer hinter ihr. „Da haben wir optimales Licht und einen grandiosen Hintergrund."

Babsi spähte über die Balustrade und zögerte. „Ich bin aber nicht schwindelfrei", erwiderte sie, als sie sah, wie tief sich der Abgrund unter ihr auftat.

„Ich helfe dir hoch", bot ich an und ging auf sie zu.

Sie lächelte und schwang sich auf den Mauervorsprung. Sie schwankte ein wenig, während ich ihre Hand fest umklammerte, bis sie schließlich ihr Gleichgewicht gefunden hatte.

„Alles in Ordnung?", fragte ich.

„Alles bestens." Babsi posierte aufreizend, hob ihren weitschwingenden Rock ein Stück an und entblößte ihren Oberschenkel. Dann schüttelte sie ihr Haar und bedachte mich mit einem strahlenden Lächeln. Ich drückte den Auslöser wieder und wieder. Dann machte ich einige Schritte auf sie zu, zoomte auf ihr Gesicht. Sie lachte. Jauchzte. Ich war jetzt nah an der Balustrade. Ganz nah. Babsi hob die Hände hoch über den Kopf. Ihr Haar wehte im Wind wie eine Fahne. *Knips. Knips. Knips.* Allmählich wurde Babsi übermütig. Sie hob das linke Bein und streckte es keck nach vorne. *Knips. Knips. Knips.* Plötzlich verlor sie das Gleichgewicht. Schwankte. Sie griff nach meiner Hand, tastete nach meinen Fingern. Ich fühlte die Feuchtigkeit auf ihrer Haut. Ihre Hand entglitt meiner. Sie griff erneut danach. Schrie. Ich starrte ihr in die Augen. Einen kurzen Moment. *Knips. Knips.* Ich sah ihre Angst, ihr Entsetzen.

„Bitte!", flüsterte sie.

Ihre Hand klammerte sich um meinen Unterarm. *Regle deine Angelegenheiten selbst und tue es gründlich.* Ich würde sie nicht vorwarnen, ihr nicht drohen, wenn sie mich künftig nicht in Ruhe ließe. Mit einem Ruck entriss ich ihr meinen Arm. Einen kurzen Moment lang hing sie in der Luft, starr vor Schreck. Ihr Mund formte ein überraschtes „O", ihre Augen fixierten mich. Dann fiel sie. Der Fall schien eine Ewigkeit zu dauern. Ich spähte über die Balustrade, staunte über die Endgültigkeit des Anblicks. Unten lag Babsi wie eine kaputte Puppe mit verdrehten Beinen. Unter ihrem Kopf hatte sich eine Blutlache gebildet, die mit jeder Sekunde größer wurde. Playmobilmenschen liefen auf ihren zerstörten Körper zu. Ich duckte mich hinter die Mauer, ehe mich jemand bemerken konnte. Mit klopfendem Herzen lief ich den Stadtberg hinunter und nahm den nächsten Bus in Richtung Kinderheim.

Alex

Theo tigerte vor seinem Schreibtisch auf und ab wie eine Raubkatze auf Speed.

„Irgendetwas Neues?", fragte sie ihn, obwohl sie die Antwort kannte.

Er schüttelte geknickt den Kopf.

„Ich statte Tims Chef einen Besuch ab", erklärte sie, während sie in ihre Daunenjacke schlüpfte. „Kommst du mit?"

„Klar." Theo folgte Alex, dankbar dafür, aus dem Büro rauszukommen.

„Ich bin inzwischen sicher, dass Tim etwas zugestoßen ist", sagte er leise, als sie auf die Autobahn fuhren.

Alex presste die Lippen aufeinander. Sie brachte es nicht übers Herz, ihrem Kollegen ausgerechnet jetzt mitzuteilen, dass Paul nach Tim Bergmann fahnden ließ. Und das nicht, weil er davon ausging, dass er das nächste Opfer war. Der Wind pfiff über den Asphalt und rüttelte den Dienstwagen durch. Alex krallte ihre Hände am Lenkrad fest.

Herr Karl war ein Mittfünfziger mit Glatze, dicken Brillengläsern und einem Wohlstandsbäuchlein. Das Büro des Chefredakteurs erinnerte an ein Archiv, das dringend aufgeräumt werden müsste. Überall stapelten sich Bücher und alte Ausgaben von Magazinen. Der Schreibtisch war unter einem Berg von Akten und Zeitungen praktisch verschwunden. Zudem drang durch die kleinen Fenster kaum Licht in den Raum.

„Haben Sie Neuigkeiten?", fragte der Mann ohne Umschweife.

„Leider nicht", gab Alex zu. „Wir würden uns gerne einen Eindruck verschaffen, woran Herr Bergmann während der letzten Wochen gearbeitet hat", erklärte Alex. „Unser IT-Spezialist möchte heute noch vorbeikommen, um die wichtigsten Daten von Herrn Bergmanns PC herunterzuladen."

Herr Karl rieb sich das Kinn. „Das wird nicht nötig sein", erwiderte der Chefredakteur. „Tim hat nur ein Notebook, das er privat, aber hauptsächlich für die Arbeit nutzt." Er klopfte auf einen silberfarbenen Laptop, der vor ihm auf einem Berg von alten Zeitungen lag. „Bitteschön." Er reichte Alex das Gerät. „Darauf sollten sie alles finden."

„Woran hat Tim denn zuletzt geschrieben?"

„Er wollte eine Reportage über ein Kinderheim in Aigen machen. Dazu hat er die Leiterin der Einrichtung interviewt. Außerdem wollte er mit einem Kind, das dort lebt, sprechen sowie einer ehemaligen Bewohnerin des Heims."

„Was war der Anlass für diese Geschichte?", fragte Alex.

Herr Karl hob die Schultern. „Tim hat mich gebeten, diese Story schreiben zu dürfen. Es schien ihm ein echtes Anliegen zu sein."

Alex warf Theo einen vielsagenden Blick zu. „Wenn ich Sie richtig verstehe, kam der Auftrag also nicht von Ihnen."

„Nein", antwortete Herr Karl. „Tim Bergmann ist einer meiner fähigsten Redakteure. Wenn er mir eine Geschichte so eindringlich ans Herz legt, hat er dafür einen triftigen Grund. Er hat einen ausgezeichneten Spürsinn für gute Storys."

„Haben Sie den Artikel gelesen?", erkundigte sich Alex. „Oder Teile davon?"

Herr Karl faltete die Hände über seinem Bauch und rutschte tiefer in den Stuhl. „Nein. Abgabetermin wäre erst morgen. Ich konnte ja nicht ahnen, dass er ... plötzlich verschwinden würde."

Theo senkte den Blick wie ein geprügelter Hund.

„Hat Herr Bergmann erwähnt, dass er erpresst wird?" Alex beobachtete Herrn Karl's Reaktion genau.

Die Augen des Chefredakteurs weiteten sich hinter den dicken Brillengläsern, bis er aussah wie ein verschreckter Uhu. „Um Himmels willen! Tim wurde erpresst?" Er blickte von Alex zu Theo. „Nein. Davon habe ich nichts gewusst."

„Wir haben bislang keine Beweise, dass dem so war. Wir würden Sie daher bitten ..."

„Selbstverständlich", fiel Herr Karl ihr ins Wort. „Sie können sich auf meine Verschwiegenheit verlassen."

Alex erhob sich und reichte dem Chefredakteur die Hand. „Eine Frage noch", begann sie, als sie bereits auf dem Weg zur Tür waren. „Was wissen Sie über Tim Bergmanns Privatleben?"

Die riesigen Augen des Mannes zuckten von Alex zu Theo. „Im Grunde nicht viel", erwiderte er. „Ich weiß natürlich, dass Sie", sein Kopf wippte in Theos Richtung, „Tims Bruder sind und dass Ihr gemeinsamer Vater noch lebt."

„Ich spreche von seinem Liebesleben", präzisierte Alex.

Herr Karl schluckte merklich. „Was meine Mitarbeiter privat treiben, geht mich nichts an."

„Das war nicht meine Frage."

Herr Karl seufzte. „Ich war ... mit Tim ... ein Bier trinken, nach der Arbeit."

„Und?"

„Er hat mir erzählt, dass er eine frühere Liebe wiedergetroffen hätte." Er überlegte einen Augenblick lang. „Cordula? Carola?"

„Claudia?", schlug Alex vor.

„So heißt sie. Claudia."

„Wann genau war das?", wollte Alex wissen.

„Vor zwei Wochen, vielleicht auch drei."

„Und weiter?"

Der Chefredakteur leckte sich über die Lippen. Feine Schweißtröpfchen tanzten auf seiner Stirn wie Glitzerpartikel. „Sonst weiß ich nichts."

Alex beugte sich über den zugemüllten Schreibtisch, bis die Eulenaugen nur mehr Zentimeter von ihrem Gesicht entfernt waren.

„Kommen Sie, Herr Karl! Herr Bergmann und Sie gehen nach der Arbeit auf ein Bier. Er erzählt Ihnen von seiner neuen Flamme und wechselt im nächsten Moment das Thema?"

Herr Karl zuckte die Achseln. „Er hat nur erwähnt, dass er die Frau von früher kannte. Sie sei Teil seiner Jugend-Clique gewesen. Mehr weiß ich wirklich nicht." Der Stuhl ächzte angestrengt, als er sich darin zurücklehnte.

„Und da sind Sie ganz sicher?", fragte Alex, die das Gefühl nicht loswurde, dass Herr Karl ihnen etwas verschwieg.

„Absolut", bestätigte der Mann. „Ich habe mich gefreut, dass er sich verliebt hat. Danach haben wir über die Arbeit geplaudert."

„Hat Tim Bergmann gesagt, dass er Claudia liebt?"

Herr Karl nickte, bis die Schweißperlen sich zitternd lösten und in seinen Augenbrauen versickerten. „So habe ich ihn verstanden."

Alex erhob sich. „Wir melden uns, wenn wir noch Fragen haben sollten."

Herr Karl stand ebenfalls auf. „Eine Sache hat mich allerdings gewundert."

Alex drehte sich an der Tür noch einmal um. „Ja?"

„Dass er eine andere Frau einige Tage lang bei sich wohnen ließ."

Alex erstarrte. „Wer soll das gewesen sein?"

Herr Karl hob die Achseln. „Sie fragen mich Sachen. Das weiß ich wirklich nicht."

„Tim hat keinen Namen genannt?"

„Nein oder ich habe ihn mir nicht gemerkt", erwiderte der Mann, dem der Schweiß nun aus allen Poren zu treten schien. „Aber an eine Sache kann ich mich erinnern. Die Frau gehörte ebenfalls zu dieser Clique."

„Denkst du, was ich denke?", fragte Alex ihren Kollegen, der hinter ihr zum Auto trottete.

„Die Damenkleidung in Tims Wohnung", erwiderte Theo leise.

„Wir sollten Rock und Bluse holen und ins Labor bringen. Vielleicht findet Mia etwas, das uns weiterhilft."

Sie fanden die Wohnung so aufgeräumt vor, wie sie sie verlassen hatten. Die benutzten Kaffeetassen standen ungerührt in der Spülmaschine. Kein Anzeichen, dass sich seit ihrem Besuch jemand in dem Apartment aufgehalten hatte. Alex drückte die Schlafzimmertür auf und erstarrte.

„Theo!"

„Was ist denn? Ich bin schon ...". Theo blieb hinter Alex stehen und folgte ihrem Blick. Der Kleiderständer stand am Fenster. Er war leer.

„Jemand hat ...", begann Theo.

„... die Bluse und den Rock mitgenommen", führte Alex den Satz zu Ende.

„Dann war die Frau noch einmal hier", schlussfolgerte Theo.

„Davon gehe ich aus."

Alex' Mobiltelefon klingelte. Es war Daniel.

„Gibt es Neuigkeiten?", fragte Alex.

„Allerdings. Ich habe Simone Strunz ausfindig gemacht", antwortete Daniel.

„Super! Wann können wir mit ihr sprechen?"

„Gar nicht", gab Daniel zu. „Vorerst. Sie lebt in Hamburg. Die deutschen Behörden haben das soeben bestätigt."

„Dann müssen wir sie eben bitten, nach Salzburg zu kommen", erwiderte Alex.

„Nicht nötig", erklärte Daniel. „Offenbar ist sie bereits vor vier Tagen nach Salzburg geflogen." Er machte eine Pause. „Alex, sie ist in Salzburg. Die deutsche Telefonnummer, die wir von Tims Telefonanbieter erhalten haben, gehört übrigens ihr."

„Okay. Und wo ist sie abgestiegen?"

„Ich habe keine Ahnung. Laut ihrer Kreditkartenabrechnung hat sie nur den Flug gebucht. Kein Hotel."

„Das ist seltsam", murmelte Alex. „Hat sie noch Familie in Salzburg?"

„Das überprüfe ich gerade."

„Wir sind in einer Viertelstunde auf der Dienststelle. Ich habe noch etwas für dich: Tim Bergmanns Notebook. Vielleicht bringen uns seine letzten Arbeitsaufträge weiter."

Alex legte auf. Ein vertrautes Brennen im Magen sagte ihr, dass es kein Zufall war, dass Simone Strunz in Salzburg war.

„Theo?" Alex packte ihren Kollegen am Oberarm.

„Ja?"

„Hat Simone Strunz Familie in Salzburg?"

Theo überlegte einen Moment lang. „Ich glaube nicht. Wenn ich mich richtig erinnere, ist ihr Vater kurz nach ihrer Geburt verschwunden. Ihre Mutter starb, als sie maturierte."

„Geschwister?"

Theo schüttelte den Kopf. „Nicht, dass ich wüsste. Wieso fragst du?"

Alex seufzte. „Weil Simone in Hamburg lebt, aber offenbar vor ein paar Tagen nach Salzburg geflogen ist."

„Und?"

„Und bislang hat Daniel kein Hotel gefunden, in dem sie untergekommen wäre."

Theo runzelte die Stirn.

„Wie sieht Simone aus?", fragte Alex mit einem Mal.

„Wie meinst du das? Hübsch. Damals jedenfalls. Langes Haar. Braun. Braune Augen."

Alex winkte ab. „Größe und Statur."

„Sie ist klein. Keine 1,60 Meter, würde ich schätzen. Höchstens. Sehr schlank. Zierlich, eigentlich."

Alex nickte, als hätte Theo ihre Vermutung bestätigt.

„Wir müssen Simone Strunz finden."

Theos Gesicht war ein einziges Fragezeichen.

„Ich denke, dass sie die Frau ist, die bei Theo übernachtet hat."

161

„Die Kleidungsstücke im Schlafzimmer. Du denkst, sie gehören Simone?"

„Ja, das denke ich."

„Aber wenn Theo verschwunden ist und sie nicht länger bei ihm wohnt, wo ist sie dann?"

Alex startete den Motor. „Genau das ist die Frage." Sie hatte kein gutes Gefühl. Irgendetwas stimmte hier ganz und gar nicht. „Und wenn du mich fragst: Wir sollten die Antwort lieber schnell finden."

Ich

Ich sitze da, ganz still, und lausche nach innen. Alles fühlt sich richtig an. An seinem Platz. Ich habe so lange darauf gewartet, dass sich der Knoten löst, dass das Ereignis, das mein Leben zerstört hat, gerächt würde. Jetzt stehe ich kurz davor. Ich seufze zufrieden. Ich öffne die Augen. Sie heften sich an die Wand, die mit Bildern, Notizen und Kritzeleien übersät ist. Eine Landkarte der Wut, der Verzweiflung und der bevorstehenden Erlösung.

Ich stehe auf, lasse einen Finger über eins der Bilder gleiten und lächle. Wie ich sein Gesicht liebe. Diese Augen, die mich früher wärmten, wenn ich vor Kälte oder Furcht fror. Daneben erstrecken sich Fotos der Täter, der Unfallverursacher und der Mitwisser. Es sind lachende Gesichter, die von der Sonne geküsst wurden. Und wahrscheinlich nicht nur von ihr. Es sind Gesichter, die von Glück und Freude erzählen. Ich ertrage es kaum, sie anzusehen. Eines hasse ich ganz besonders. Es ist das von Tim Bergmann. Sein selbstgefälliges Grinsen verhakt sich in meiner Brust, droht sie aufzureißen. Sie wird dir bald vergehen, die Selbstgerechtigkeit. Ich schließe die Augen und folge dem Film, der sich vor meinem geistigen Auge abspielt. Der Film, den ich seit Jahren steuere wie ein Regisseur. Jedes Mal verändere ich dabei das eine oder andere Detail, lege den Kopf schief und überlege, ob ich meine Rache noch wirkungsvoller inszenieren könnte. Ich bin quasi Produzent, Regisseur und Drehbuchautor in einem. Ich muss mich mit niemandem abstimmen, wenn ich Abläufe verändere. Und die Schauspieler sind Tim und seine ehemalige Clique oder das, was von ihr noch übrig ist. Und jeder Einzelne von ihnen wird tun, was ich ihnen sage.

Sie sitzt mir gegenüber. Sie ist zugegebenermaßen hübsch. Der Typ, der Männerherzen zum Schmelzen bringt. Aber das

163

hilft ihr im Augenblick nicht. Sie weiß es. Ihre Augen jagen von links nach rechts, verlieren mich dabei aber nie aus dem Blickfeld. Ein paar eingetrocknete Tränen verkrusten die Innenwinkel ihrer Augen. Gelegentlich murmelt sie etwas, aber ich kann sie nicht verstehen. Der Knebel drückt ihre Zunge an den Gaumen, erlaubt nicht mehr als ein Nuscheln. Ich tätschele ihre Hand. Sie zuckt zurück, als hätte ich sie verbrannt. Meine Mundwinkel kriechen Richtung Ohren. Ich hätte sie für zäher gehalten, kampflustiger. Wir werden trotzdem unseren Spaß haben.

Sie trägt den Rock und die Bluse, die sie in Tims Schlaf-zimmer an den Garderobenständer gehängt hat. Ich habe ihr von Tims Mobiltelefon eine Nachricht geschickt, dass ich meine Schlüssel wohl im Büro liegengelassen hätte. Sie möge mir die Tür öffnen. Sie tat wie ihr geheißen. Sie hielt mich schließlich für Tim. Als ich klingelte, war die Tür bereits angelehnt.

„Bin kurz im Bad!", rief sie gut gelaunt.

Schon war ich drinnen. Und damit war ihr Schicksal besiegelt. Ihre Sachen waren schnell zusammengepackt. Ich zwang sie, den Rock und die Bluse anzuziehen. Sie gehorchte stillschweigend, als ich die Pistole auf sie richtete. Eine halbe Stunde später war jede Spur von ihr aus Tims Wohnung verschwunden und wir auf dem Weg in mein klei-nes Reich.

Jetzt kleben ihre Augen an dem Messer, das auf dem Tisch vor ihr liegt. Bestimmt malt sie sich aus, was ich damit tun werde. Ich kann sehen, wie sie den Kopf leicht hin- und her-bewegt. Ich nehme das Messer in die Hand und halte es ins Licht. Die Klinge glänzt. Ich lecke mir die Lippen. Ihre Augen brüllen. Schon gut. Noch ist es nicht soweit. Ich fahre mit der Klinge sacht über ihren Unterarm. Eine feine Blutspur bildet sich auf der blassen Haut wie eine gemalte rote Linie. Unwillkürlich muss ich an meinen Buntstiftkasten denken, den ich für den Kindergarten bekommen hatte. Rot war meine Lieblingsfarbe. Damals schon. Tränen schlüpfen in ihre Augenwinkel und lösen die bereits vertrockneten auf. Ich lege das Messer zurück auf den Tisch. Lächle.

Ein lautes Rumpeln holt mich aus meinen Fantasien. Ich stehe auf, versichere mich, dass Knebel und Fesseln gut sitzen und verlasse den Raum. Ich sperre die Tür zweimal ab, drücke die Taste unter dem Tisch, sodass sich der Kasten im Nebenraum fast lautlos vor den Zugang schiebt und durchquere mein kleines Apartment im Souterrain. Als ich die Treppen nach oben hüpfe, nehme ich den Duft von frisch gekochtem Gulasch wahr. Oben angekommen, drehe ich auch den Schlüssel in der Tür um, die zu meiner kleinen Wohnung führt, und mache mich auf den Weg in die Küche.

Die Pflegerin steht vor dem Herd und verfeinert das Gericht mit frischen Kräutern. Als sie mich hört, dreht sie sich um. „Du kommst gerade rechtzeitig", erklärt sie. „Das Essen ist fertig."

„Wie geht es ihm heute?", frage ich und spüre mit einem Mal, wie hungrig ich bin.

„Heute hat er einen guten Tag", erklärt sie und reicht mir einen Löffel Gulasch, damit ich probiere.

„Das schmeckt wunderbar", antworte ich und nehme Besteck aus der Schublade, um den Tisch zu decken.

„Danke", erwidert sie. „Ich hole ihn. Er wird sich freuen, dich zu sehen."

Ich nicke, während ich Suppenteller aus dem Küchenschrank nehme und Semmeln in einen Korb fülle. Ja, das wird er, denke ich, dankbar, dass wir heute gemeinsam essen. Es gibt so viele Tage, an denen er kaum schlucken, geschweige denn eine Mahlzeit einnehmen kann. Ich zittere und klammere mich an der Anrichte fest. Aber heute ist ein guter Tag, versuche ich mich zu erinnern. Ich lächle, während sie ihn in die Küche schiebt. Er lächelt ebenfalls, auch wenn es mehr wie eine misslungene Grimasse anmutet. Ich küsse seine Wange. Sie ist trocken wie Löschpapier. Instinktiv streichle ich über seine Haut. Die Grimasse verstärkt sich. Er mag die Berührung.

Die Pflegerin füttert ihn. Der Anblick schmerzt wie eine eitrige Wunde. Wie stark er immer war. Selbstbewusst. Unerschütterlich. Mein Fels in der Brandung. Irgendwann ertrage ich den Anblick nicht mehr. Ich sehe weg, denke an die Frau im Raum hinter meiner Kellerwohnung und überlege, wie ich sie am besten töten werde.

Alex

Daniel hielt Alex einen Ausdruck entgegen. Sein langer schlaksiger Körper schien sich um den Türstock zu wickeln wie eine Schlange um einen Baum. „Die Flugbuchung von Frau Strunz", erklärte er. „Sie ist definitv vor drei Tagen aus Hamburg in Salzburg gelandet. Ich telefoniere nach den bekanntesten Hotels mittlerweile bereits Pensionen und Gaststätten ab, die Zimmer vermieten. Bislang ohne Erfolg."

„Wir glauben, dass sie bei Tim Bergmann übernachtet hat", erwiderte Alex.

„Wie? Ich dachte, der war mit Claudia Buchinger liiert."

Alex zuckte die Achseln. „Hat Simone Strunz einen Rückflug gebucht?"

„Ja." Daniel tippte mit dem Zeigefinger auf das Blatt, das er Alex gereicht hatte. „Sie fliegt morgen zurück."

„16:25 Uhr. Kannst du dich mit der Behörde am Flughafen in Verbindung setzen?", fragte Alex. „Falls wir sie bis dahin nicht finden, ist das vielleicht die letzte Chance, mit ihr zu sprechen."

„Klar. Kein Problem." Daniel wandte sich zum Gehen. „Ich könnte die Airline kontaktieren", schlug er vor. „Vielleicht checkt sie online ein. Das ist ab 24 Stunden vor Abflug möglich."

Alex reckte einen Daumen in die Luft. „Gute Idee!"

Angi streckte den Kopf zur Tür herein.

„Hast du etwas gefunden?"

„Im Archiv?" Sie schüttelte den Kopf. „Nichts Interessantes. Ich gehe später noch mal runter."

„Okay. Sonst noch was?"

„Herr Blaschke und Frau Süß sind da."

„Richtig." Alex warf einen Blick auf die Uhr und merkte, dass sie ihr Zeitgefühl völlig verloren hatte. „Theo?"

Theo schien sehr in seinen Bildschirm vertieft zu sein.

„Ja?"

„Beobachtest du das Gespräch bitte über den Monitor im Nebenraum?", wollte Alex wissen. „Könnte nützlich sein. Immerhin kennst du die beiden von früher."

Theo starrte sie verständnislos an. „Wem soll ich zuhören?"

Alex seufzte geräuschvoll. „Der Blaschke und die Süß sind hier. Schon vergessen?"

„Daran habe ich wirklich nicht mehr gedacht", murmelte er, folgte seiner Kollegin und nahm im Nebenraum Platz, von wo aus er der Vernehmung ungesehen folgen konnte.

„Alexandra Wild", stellte sie sich vor. „Vielen Dank, dass Sie sich die Zeit genommen haben."

„Sie haben uns wohl kaum eine Wahl gelassen", bemerkte Hannes Blaschke, ohne eine Miene zu verziehen.

Alex überging seine Bemerkung. „Da rein, bitte!" Sie wies auf ein geräumiges Zimmer, in dem ein großer Tisch mit sechs Stühlen stand.

„Ist es wahr?", fragte Sabine Süß leise. „Walli und Claudia sind tot?"

„Setzen wir uns erst einmal. Möchten Sie etwas trinken? Kaffee? Wasser?"

Sabine und Hannes schüttelten den Kopf, sie schüchtern, er genervt.

Angi nahm neben Alex Platz und taxierte die beiden eingehend. „Wenn Sie mit Walli Andreas Wallner meinen, dann ja, fürchte ich."

Sabine wurde blass. „Um Gottes willen! Wer würde denn so etwas ..."

„Das fragen wir uns natürlich auch", warf Alex ein. „Zumal wir es gleich mit zwei Gewaltverbrechen zu tun haben."

Sabine schluchzte leise auf. Hannes spielte mit einem Kugelschreiber. Alex war versucht, ihn aus seiner Hand zu schlagen.

„Wissen Sie etwas darüber?", fragte Alex geradeheraus.

„Nein! Um Himmels willen! Ich ..." Sabine wirkte ehrlich erschüttert.

„Verdächtigen Sie uns etwa?", fragte Hannes und seine Stimme klang eine Oktave höher als noch vor wenigen Minuten. In seinen Augen lag etwas Herausforderndes.

„Sollten wir?", schoss Alex zurück.

Herr Blaschke verzog angewidert den Mund. „Jetzt einmal im Ernst."

„Die Sache IST ernst, Herr Blaschke", schleuderte ihm Angi entgegen. „Vielleicht sollten Sie sich klarmachen, dass wir in zwei zusammenhängenden Mordfällen ermitteln."

„Schon gut", wiegelte der Mann ab. „Was ist mit Simone?"

Alex fixierte Hannes. „Offenbar denken Sie auch, dass die Morde etwas mit Ihrer früheren Clique zu tun haben."

„Zwei von uns sind tot. Theo, Sabine und ich sind hier. Bis auf Simone wären das alle. Natürlich geht es hier um unsere alte Clique. Nein", korrigierte Hannes sich. „Tim. Natürlich." Er wirkte nachdenklich. „Wo ist eigentlich Tim?"

„Tim ist derzeit unabkömmlich", wich Alex aus, die nicht beabsichtigte, den beiden mitzuteilen, dass Tim vermisst wurde. „Dann erzählen Sie uns doch mal, was damals passiert ist! Was könnte zwei Morde rechtfertigen?"

Sabine senkte scheu den Blick, als wagte sie es nicht, irgendeinem der Anwesenden ins Gesicht zu sehen. Hannes lehnte sich auf seinem Stuhl zurück und verschränkte demonstrativ die Arme vor seiner Brust.

„Brauche ich einen Anwalt?", fragte er schließlich.

Alex kniff die Augen zusammen, versuchte, in seinem Gesicht zu lesen. „Ich weiß nicht ... brauchen Sie einen?"

Hannes seufzte hörbar. Seine Fassade begann zu bröckeln. Alex bemerkte, dass er seine Hände festhielt, als wollte er ihr Zittern verstecken. „Es geht um die alte Geschichte, nicht wahr?"

Alex blätterte in ihren Unterlagen. „Erzählen Sie uns davon!"

Sabine vergrub ihr Gesicht in den Händen und schluchzte leise. „Ich habe immer gefürchtet, dass uns diese Sache einholt", presste sie hervor.

Hannes warf ihr einen angewiderten Blick von der Seite zu. Schließlich begann er, zu erzählen.

„Es war 1992. Im Juli. Wir haben ein verlängertes Wochenende in Jesolo verbracht."

„Wen meinen Sie mit ,wir'?", hakte Alex nach.

„Tim Bergmann, sein Bruder Theo, Claudia Wering, Simone Strunz, Andreas Wallner, Sabine und ich", führte er aus.

„Ist während des Urlaubs etwas Ungewöhnliches passiert?"

Hannes zögerte eine Sekunde, gerade lange genug, dass es Alex auffiel. „Nein. Wir verbrachten ein paar schöne Tage am Strand. Alles verlief normal, bis ..."

„... bis es auf dem Heimweg zu dem Unfall kam."

Hannes nickte. „Die Bundesstraße war schlecht beleuchtet. Wir waren lange unterwegs, wahrscheinlich übermüdet." Er kaute an seiner Unterlippe. „Er war so plötzlich da", flüsterte er, als erlebte er die Szene gerade noch einmal. „Ich habe ihn nicht gesehen, bis dieses furchtbare Geräusch ..."

Alex lehnte sich nach vorne. „Moment! Sie haben ihn nicht gesehen?"

„Das habe ich doch gesagt."

Alex notierte etwas. „Heißt das: Sie sind den VW-Bus gefahren?"

Hannes nickte. „Tim ist während des Fahrens eingenickt. Sekundenschlaf. Er dachte, ich hätte es nicht bemerkt. Habe ich aber. Claudia, er und ich saßen vorne. Ich habe ihn danach abgelöst, ihm gesagt, er solle sich ein wenig ausruhen, ein Nickerchen machen."

Alex zog einen dicken Kreis um diese Information. Sie musste nachher noch einmal mit Theo sprechen. Sie war sicher, dass er behauptet hatte, sein Bruder wäre zum Zeitpunkt des Unfalls gefahren.

„Haben Sie gleich bemerkt, dass Sie einen Menschen angefahren hatten?"

Hannes verschränkte die Finger ineinander, bis seine Knöchel weiß durch die Haut schimmerten. „Nicht sofort. Erst dachte ich, es wäre ein Reh, das wie aus dem Nichts auf der Fahrbahn aufgetaucht war." Er kramte in seinen Erinnerungen. „Es war so dunkel. Erst als ich das Fahrzeug abgestellt hatte und aus dem Wagen ausgestiegen war, wurde mir bewusst, dass ich einen Menschen angefahren hatte."

„War der Mann zu Fuß unterwegs?"

Hannes schüttelte den Kopf. „Sein Auto stand weiter weg am Fahrbahnrand. Ohne Beleuchtung. Sonst wäre ich wahrscheinlich achtsamer gewesen."

Alex runzelte die Stirn. „Irgendeine Idee, warum der Mann sein Fahrzeug verlassen hatte?"

„Vielleicht musste er seine Notdurft verrichten?", warf Sabine ein. Ihre Lippen bebten.

„Ich habe keine Ahnung", erwiderte Hannes. „Wenn er sich erleichtern wollte, hat er jedenfalls keine gut einsehbare Stelle gewählt. Der Aufprall ereignete sich nur rund 30 Meter nach einer Kurve. Zumindest hätte er die Warnblinkanlage seines Wagens einschalten müssen, um auf sich aufmerksam zu machen."

„Hmmm", machte Alex. „Okay, der Unfall war demnach nicht zu vermeiden gewesen. Warum zum Teufel haben Sie dann nicht die Polizei gerufen?"

Das Schweigen breitete sich in dem Raum aus wie giftiges Gas. Es schien sämtliche Umgebungsgeräusche aufzusaugen. Lediglich Sabines Atem war zu hören. Es kostete sie sichtlich Anstrengung, ruhig zu bleiben.

„Ist alles in Ordnung, Frau Süß?", fragte Alex.

Die Frau nickte heftig. Alex hatte den Eindruck, als würde sie gleich in Tränen ausbrechen.

„Also? Warum haben Sie keine Hilfe geholt?"

171

Herr Blaschke pulte an einem Fingernagel, als hätte er noch nie im Leben etwas Spannenderes entdeckt. Schließlich richtete er sich auf und blickte Alex direkt in die Augen.

„Wir waren total high. Die Polizei hätte nie im Leben geglaubt, dass das Ganze ein Unfall war", erwiderte er, als würde dieser Umstand die Tat rechtfertigen.

„Sie haben Drogen genommen?" Angi näherte sich Herrn Blaschkes Gesicht. Alex fasste nach der Schulter ihrer Kollegin und zog sie auf ihren Stuhl zurück.

„Naja, nicht im eigentlichen Sinne", erklärte Herr Blaschke unerschüttert. „Ein bisschen Gras. Mehr nicht."

„Mehr nicht?" Angi war von ihrem Stuhl aufgesprungen, der mit einem lauten Klappern auf den Holzboden krachte. „Haben Sie eine Ahnung, was Sie getan haben? Das war kein Unfall!" Angis Halsschlagader schwoll sichtlich an.

Alex packte ihre Kollegin am Arm. „Angi! Du brauchst eine Pause", zischte sie und deutete zur Tür.

„Jetzt wird es doch erst richtig amüsant", erwiderte Herr Blaschke mit einem Grinsen, das Alex ihm am liebsten aus dem Gesicht gewischt hätte.

Angi war drauf und dran, eine weitere Schimpftirade in Richtung des Manns loszulassen, als sich die Tür öffnete und Paul sie nach draußen bat. Wutschnaubend verließ Angi den Raum.

„Sie finden das also unterhaltsam?", fragte Alex so ruhig wie möglich.

Der Mann zuckte die Achseln. „Sie können uns nicht wegen des Vorfalls belangen", erklärte er trotzig. „Die Geschichte ist längst verjährt."

Alex verschränkte ihre Finger ineinander und nahm sich Zeit, ehe sie antwortete. „Das mag sein. Unser Rechtssystem erlaubt Menschen, straffrei davonzukommen, wenn ein Verbrechen viele Jahre zurückliegt. Aber aktuell ermitteln wir wegen zweifachen Mordes." Sie lehnte sich ein Stück über den Tisch, der sie und Herrn Blaschke voneinander trennte.

„Und glauben Sie mir, sollte ich herausfinden, dass Sie mit diesen beiden Verbrechen in irgendeiner Weise zu tun haben, ...“ Sie lächelte. „... dann sehen Sie die Salzach künftig nur mehr mit Eisengittern davor.“

Das süffisante Grinsen verschwand aus dem Gesicht des Befragten. Stattdessen blitzte ein anderer Gesichtsausdruck auf. Angst? Unsicherheit?

„Sie haben also entschieden, einem tödlich verletzten Mann abends auf der Bundesstraße die Hilfe zu verweigern“, fasste Alex zusammen. „In dem Wissen, dass er dann vermutlich sterben würde.“

Herr Blaschke presste die Lippen aufeinander. Er schwieg.

„Es ging alles so schnell“, presste Sabine hervor und strich sich eine Haarsträhne hinters Ohr. „Wir wollten ihm helfen.“ Sie suchte in Alex' Blick nach einem Hinweis, dass diese ihr glaubte. Vergeblich. „Wirklich!“, bekräftigte sie, als alles, was sie sah, Zweifel waren.

„Was hat Sie dann abgehalten?“

Frau Süß knetete ihre Finger. Sie erinnerte an eine Zehnjährige, die bei einer Lüge ertappt worden war.

„Wir waren uns uneinig. Zu viele Köpfe, zu viele Meinungen.“ Sie schluckte. „Wir mussten schnell entscheiden, was wir tun sollten. Hannes hat uns an die Drogen erinnert, die wir nicht nur geraucht, sondern auch im Wagen hatten. Es war nicht nur Gras, wir hatten in einer Diskothek in Jesolo Koks gekauft. Wir hatten noch einiges davon im Kofferraum. Es war eine furchtbare Situation.“

Frau Süß klammerte sich an den Henkel ihrer Handtasche. „Eine, in die man nie zu kommen hofft, und die einen jahrelang danach noch verfolgt.“

„Also haben Sie dem Mann aus Feigheit die Hilfe verwehrt. Aus Furcht vor den Konsequenzen.“

Die Frau starrte auf ihre Schuhe. „Wenn Sie es so sagen, klingt es so ...“, Sie suchte nach einem passenden Wort. „Schäbig.“

Alex hob eine Augenbraue und wartete, bis die Frau ihr schließlich ins Gesicht sah. „Was Sie getan haben", erklärte sie, „war nicht nur schäbig, sondern kriminell."

Frau Süß begann, leise zu weinen. Hannes Blaschke kauerte wie versteinert auf seinem Stuhl.

„Wenn Sie schon entschieden haben, dem Mann nicht zu helfen, warum haben Sie ihn dann auch noch den Abhang hinuntergeworfen? Wie ein Stück Müll?"

Alex' Blick war unerbittlich. Frau Süß schluchzte nun hörbar. Sie kramte nach einem Taschentuch, fand eines und schnäuzte sich geräuschvoll.

„Wir wollten einfach weg", entgegnete Herr Blaschke leise. „Verstehen Sie das nicht? Wir waren alle unter Schock. Wir hatten einen Menschen getötet. Wir waren überfordert, wussten nicht, was wir taten."

Alex leckte sich über die Lippen. Die ganze Geschichte stank zum Himmel.

„Das stimmt doch nicht", schluchzte die Befragte. „Wir wollten verhindern, dass ein nachkommender Autofahrer den Mann sofort findet."

Das erregte Alex' Aufmerksamkeit. „Warum denn das, bitte schön?"

„Wir hatten Angst, der Mann könnte ..."

Aus den Augenwinkeln nahm Alex wahr, wie Herr Blaschke seine Bekannte unter dem Tisch auf die Zehen trat. Sabine Süß wimmerte leise.

„Der Mann könnte was?"

Die Frau starrte durch einen tränenverhangenen Schleier durch Alex hindurch.

Plötzlich lehnte Hannes Blaschke sich ruckartig nach vorne. „Der Mann könnte uns erkennen. Aussagen. Gegen uns."

Alex' Augen weiteten sich. „Dann hat der Mann noch gelebt?"

Herr Blaschke wandte den Blick ab. Sabine Süß biss sich in die geballte Faust.

„Grundgütiger!", entfuhr es Alex.

„Wir haben einen furchtbaren Fehler gemacht", rechtfertigte Hannes Blaschke sich. „Wir waren jung, leichtsinnig, dumm. Wir haben erst später realisiert, was wir getan haben."

Nichts ist je vergessen.

„Und dann haben Sie sich alle geschworen, mit niemandem über den Vorfall zu sprechen, nicht wahr?", fragte Alex. „Jeder Einzelne musste schwören, dass er für immer schweigen würde."

Sabine zitterte am ganzen Körper. Alex goss ihr ein Glas Wasser ein.

„So war es nicht." Hannes Blaschke schlug mit der Hand auf den Tisch.

„Doch, Hannes!", widersprach Sabine Süß. „Genauso war es! Ich hatte jahrelang Alpträume, bin von einer Therapie in die nächste, weil ich nicht damit fertig wurde, dass wir einen Menschen getötet haben." Sie schniefte. „Und alles, weil du entschieden hast, wie wir mit dem Vorfall umzugehen haben."

„Ach, jetzt bin ich schuld oder was? Wir waren uns alle einig, dass es das Beste ist, wenn wir den Unfall einfach vergessen und nie mehr darüber sprechen."

Die Frau wollte etwas erwidern, doch Alex ging dazwischen.

„Die entscheidende Frage ist: Wer ist nach all diesen Jahren so wütend über diesen Vorfall, dass er Mitglieder der Clique töten würde?"

Hannes Blaschke atmete hörbar aus. „Sie denken, dass es einer von uns war?"

„Fällt Ihnen sonst jemand ein, der unter dem damaligen Unfall so gelitten hat, dass er Rache schwört?"

Er schüttelte den Kopf. Sabine Süß presste eine Hand vor den Mund.

„Sollen wir eine Pause machen?", fragte Alex.

Die Frau schüttelte den Kopf. „Haben Sie schon mit Simone gesprochen?", fragte sie leise.

„Nein", antworte Alex. „Wir haben Frau Strunz noch nicht erreicht. Haben Sie Ihre Telefonnummer?"

Die Mundwinkel der Befragtenzuckten. „Mehr als das", erwiderte sie und starrte in ihren Schoß. „Sie hat mir gerade geschrieben."

Sabine Süß hielt ihr Mobiltelefon in die Höhe. Das Display leuchtete bläulich. Alex nahm ihr das Telefon aus der Hand.

Musste Tims Wohnung verlassen. Bin in Schwierigkeiten. Heute um 20:00 Uhr? Unser alter Treffpunkt. Bitte lass mich nicht im Stich. Simone.

Ich

Der Alptraum klebt an mir wie das Netz einer Spinne an seiner Beute. Jedes Mal, wenn ich denke, ich hätte ihn abgeschüttelt, taucht er unverhofft wieder auf und erinnert mich daran, wie erbärmlich mein Leben nach dem Unfall geworden ist.

Der Traum begann nach Babsis Tod. Nicht, dass mich ihr Ableben besonders getroffen hätte, aber er hatte dafür gesorgt, dass das Jugendamt das Heim und Frau Jankovic näher unter die Lupe nahm. Für eine Weile stand fast jeden zweiten Tag eine Dame vom Jugendamt auf der Türschwelle des Heims, inspizierte die Räumlichkeiten und sprach mit den Jugendlichen. Nicht, dass auch nur einer von ihnen gewagt hätte, auszusprechen, was tatsächlich im Heim vor sich ging. Keiner erwähnte die Isolationszelle, die Schläge oder den verbalen Missbrauch, der auf der Tagesordnung stand. Die vergitterten Fenster erklärte Frau Jankovic damit, dass zahlreiche ihrer Schützlinge mit schweren psychischen Problemen zu kämpfen hätten. Es wäre grob fahrlässig, nicht sicherzustellen, dass keines ‚ihrer‘ Kinder davonlaufen oder sich aus dem Fenster stürzen könnte. (Dass ihre Schützlinge im Krankenhaus landeten, weil niemand es für nötig hielt, sie vor den Übergriffen der anderen Mitbewohner zu schützen, verschwieg sie.)

Als man Frau Jankovic‘ Fähigkeiten, dieses Haus zu leiten, in Frage stellte, wusste ich, dass sie mir diesen Vorwurf anlasten würden. Frau Jankovic sorgte dafür, dass alle Kinder und ihre Mitarbeiter bestätigten, dass sie ihre Aufgaben hier sehr ernst nahm und sie bestmöglich erfüllte. Auch ich. Nach einigen Wochen verlief die Untersuchung im Sand. Das Jugendamt tauchte nur mehr sporadisch auf und irgendwann gar nicht mehr.

Eines Tages rief Frau Jankovic mich zu sich ins Büro.

177

„Was hast du dir dabei gedacht?", herrschte sie mich an.

„Wobei?", fragte ich, denn ich wusste wirklich nicht, was sie von mir wollte.

„Mir das Jugendamt auf den Hals zu hetzen, du undankbares Gör!"

Ich schluckte. „Das habe ich nicht."

„Lüg mich nicht an!" Ihre Stimme donnerte durch den Raum wie ein Sommergewitter.

„Ich lüge nicht", beharrte ich.

Sie fixierte mich wie ein Greifvogel seine Beute.

„Zieh deine Hose aus!", forderte sie mich auf.

Jetzt zitterte ich. „Was??"

„Ausziehen! Sofort!"

Ich starrte sie an, als hätte sie den Verstand verloren. Meine Hände schwitzten. Ich tastete nach dem Bund meiner Jeans, rutschte jedoch ab, als wären meine Finger aus Gelee. Schließlich bekam ich den Stoff meiner Hose zu fassen und öffnete den obersten Knopf.

„Wird's bald?", herrschte mich Frau Jankovic an. Vor meinen Augen hatte sie das Gesicht eines Habichts, und ihr Schnabel wartete nur darauf, sich in mein Fleisch zu bohren.

Ich schob die Hose über meine schmalen Hüften.

„Da rüber!" Sie deutete mit dem Kopf auf ihren schweren Kirschholztisch. „Stütz die Hände auf."

Das war leichter gesagt als getan. Die Hose schlackerte zu meinen Füßen um die Beine und verhinderte, dass ich normale Schritte machen konnte. Meine Hände waren so feucht, dass ich auf dem Holz keinen rechten Halt finden wollte. Da bemerkte ich den Haselnussstecken, den sie vom Fensterbrett nahm. Mein Mund wurde trocken. Ein leises Pfeifen kündigte den ersten Schlag an, als der Stecken durch die Luft sauste. Der Schmerz fuhr mir bis in die Zehenspitzen. Ich presste die Lippen aufeinander, um nicht laut loszuschreien. Der nächste Schlag traf mich tiefer an den Oberschenkeln. Ich stöhnte leise auf.

„Na, wie gefällt dir das?", fragte Frau Jankovic. „Was hattet ihr überhaupt auf dem Mönchsberg zu suchen, Babsi und du?"

Ehe ich antworten konnte, prasselten einige weitere Schläge auf Po, Beine und Rücken. Ich schrie.

„Es gibt nur Schwierigkeiten, seit du hier bist", erklärte sie und schwang den Haselnussstecken, als wäre sie ein Samurai. „Aber ich werde dir deine Ungehörigkeiten schon austreiben!"

Irgendwann liefen mir Tränen und Rotz übers Gesicht. Es war weniger der Schmerz an sich, als die ungeheure Wut, die ich verspürte. Nach Minuten, die sich wie Stunden anfühlten, ließ sie endlich von mir ab. Meine Haut brannte wie damals, als ich bei einem Ausflug mit Papa auf dem Segelboot in der Sonne eingeschlafen und erst nach zwei Stunden wieder aufgewacht war. Ich schniefte, zog hastig meine Jeans hoch und versuchte, den Raum möglichst aufrecht zu verlassen.

„Wenn du mir noch einmal solchen Ärger machst, lernst du mich richtig kennen", drohte Frau Jankovic.

An diesem Punkt wache ich jedes Mal auf, schwitzend und schnell atmend, erleichtert, dass es nur ein Traum war. Kurz darauf realisiere ich, dass das nicht stimmte, dass ich das Geträumte wirklich erlebt habe. Mehrfach. Damals habe ich Frau Jankovic' Drohung kommentarlos hinuntergeschluckt. Ich wusste, dass der richtige Zeitpunkt kommen würde. Und dann würde es ihr und allen anderen leidtun.

Alex

„Soll das heißen, dass Sie die ganze Zeit mit Simone Strunz in Kontakt standen?" Alex baute sich vor Sabine auf, die in sich zusammenzufallen schien.

Sabine schüttelte energisch den Kopf. „Sie hat mir vor drei Tagen geschrieben, sie wäre in Salzburg und würde ein paar Tage bei Tim wohnen."

Alex stieß die angehaltene Luft aus. „Wieso erzählen Sie mir das erst jetzt?"

Sabine blickte unsicher zu Hannes, der ihr mit einer Geste zu verstehen gab, dass ohnehin alles egal sei.

„Jemand hat uns allen geschrieben und erklärt, er wisse, was wir damals getan hätten. Er hätte alles beobachtet, über die Jahre Beweise gesammelt. Er wollte sich mit uns treffen. Sonst ..."

Alex ließ sich auf den Stuhl sinken. „Sonst was?"

„Sonst würde er mit der Geschichte an die Öffentlichkeit gehen."

Alex runzelte die Stirn. „Und dann was?", fragte sie. „Sie haben doch selbst bemerkt, dass die Straftat verjährt ist. Was hätte diese Person Ihnen anhaben sollen?"

Sabine ballte die Hände zu Fäusten. „Unsere Leben zerstören. Unsere Reputation."

Alex stutzte. „Und das hat Ihnen Angst gemacht?"

„Naja", begann Sabine. „Tim ist ein preisgekrönter Journalist. Er ist für den Posten des Chefredakteurs im Gespräch. Hannes ist ein angesehener Kinder- und Jugendpsychologe. Denken Sie wirklich, dass er noch Klienten hätte, wenn die Öffentlichkeit davon Wind bekäme, was wir damals getan habe?"

„Was ist mit Simone Strunz?", wollte Alex wissen.

„Simone ist die Geschäftsführerin einer Einrichtung für beeinträchtigte Jugendliche in Hamburg. Können Sie sich

180

vorstellen, dass man jemanden, der einen Mann am Straßenrand sterben ließ, so eine Organisation leiten lässt?"

Alex schnaubte leise. „Und Sie?" Ihr Blick schien sich direkt in Sabines Brust zu bohren.

„Ich arbeite als Krankenpflegerin. Ich bin bei einem Mann angestellt, der vom Hals abwärts querschnittgelähmt ist."

Alex räusperte sich. „Diesen Job wären Sie dann wohl ebenfalls los. Und ich könnte mir denken, dass Sie auch Schwierigkeiten haben dürften, in einem Krankenhaus oder Altenheim eine Anstellung zu finden."

Sabine nickte schuldbewusst. „So ist es."

„Das heißt", schlussfolgerte Alex. „Sie haben uns belogen. Sie alle wussten, dass Tim erpresst wird." Sie machte eine Pause. „Weil sie selbst erpresst wurden."

Sabine hatte den Kopf gesenkt. „Ja. Das stimmt."

„Warum hat Simone bei Tim übernachtet? Sie hätte sich doch problemlos ein Hotelzimmer leisten können."

Sabine zögerte einen Augenblick lang. „Sie hatte Angst in ein Hotel zu gehen. Zumindest hat Tim mir das erzählt. Sie war früher mit Hannes zusammen und wollte deshalb nicht bei ihm schlafen. Und Claudia und Simone hatten schon immer so ihre Differenzen."

„Was ist mit Ihnen? Hätte sie nicht bei Ihnen übernachten können?", wollte Alex wissen.

Sabine schüttelte den Kopf. „Ich kümmere mich oft rund um die Uhr um meinen Patienten. Außerdem ist im Dachboden kaum genug Platz für mich selbst."

„Hmmm", machte Alex. „Dann hatten Sie also Kontakt zu Tim? Sie sagten, er hätte Ihnen von Simones Angst erzählt."

„Ja, das ist richtig. Ich habe ihn angerufen, nachdem ich das Schreiben erhalten hatte. Ich dachte, er könnte vielleicht seinen Bruder kontaktieren und um Hilfe bitten."

„Aber das wollte Tim nicht."

„Nein. Das wollte er nicht."

„Wie sind Sie von dieser Person kontaktiert worden? Per E-Mail?"

„Nein." Dieses Mal war es Hannes, der antwortete. „Wir haben alle ein Schreiben erhalten. An unsere Postanschrift."

Der letzte Satz schwebte einen Augenblick lang vor Alex' Gesicht, bevor er einsickerte. „Er weiß, wo Sie wohnen", stieß sie hervor. „Jeder von Ihnen."

Sabine knetete ihre Finger. „Ja."

„Haben Andreas Wallner und Claudia Buchinger dieselben Briefe erhalten?"

Sabine nickte. „Jeder von uns."

„Was haben Sie gemacht, nachdem Sie dieses Schreiben in Ihrem Briefkasten gefunden hatten? Haben Sie die anderen kontaktiert?"

„Ich habe Claudia angerufen", erwiderte Sabine. „Sie war früher meine beste Freundin." Sie tupfte sich mit einem zerknüllten Taschentuch über die Augen. „Claudia wiederum wusste von Tim, dass er dieselbe Nachricht bekommen hatte. Und Tim hatte mit Hannes gesprochen."

Alex notierte etwas. „Warum sind Sie nicht zur Polizei gegangen? Immerhin hat Tim einen Bruder, der für die Kripo tätig ist?" Alex konnte den Vorwurf, der in ihrer Stimme mitschwang, nicht unterdrücken.

„Das wollten wir. Zuerst. Doch dann haben wir begonnen, über die Konsequenzen nachzudenken, wenn derjenige Ernst machen sollte."

Es kostete Alex Mühe, nicht die Fassung zu verlieren. „Wie Sie mittlerweile wissen, hat er Ernst gemacht."

Sabine Süß weinte wieder. „Ja. Wir haben einen Fehler gemacht." Sie schnäuzte sich. „Schon wieder."

„Wir haben keine Garantie, dass er nicht sowieso vorhatte, Mitglieder der Clique zu töten", warf Hannes Blaschke ein.

„Da haben Sie vielleicht Recht", gab Alex zu, „aber wir hätten wenigstens eine Chance gehabt, sie alle zu beschützen. Wie viel Zeit ist bis zum Mord an Andreas Wallner vergangen, nachdem sie das Schreiben erhalten hatten?"

Sabine Süß blickte ihren Nebenmann ratlos an.

„Lassen Sie es mich anders formulieren", sagte Alex, „wann haben Sie die Briefe erhalten?"

Hannes Blaschke rechnete kurz im Kopf nach. „Das war vor vier Tagen."

Sabine Süß nickte bestätigend.

„Haben Sie dieses Schreiben noch?"

„Ja", erwiderte Herr Blaschke langsam. „Es ist Zuhause, in meinem Arbeitszimmer."

„Dann schicke ich meine Kollegin mit Ihnen mit, um es zu holen. Übrigens: Wo befindet sich der Treffpunkt, den Simone Strunz in ihrer Nachricht erwähnt hat?"

Frau Süß kräuselte die Nase, als müsse sie darüber nachdenken. „Es ist ein Schuppen in Salzburg-Sam. Dort hat sich die Clique früher oft getroffen. Er gehört zum Bauernhaus von Tims und Theos Vater."

„Und der Schuppen wird noch genutzt?"

Sabine Süß hob die Achseln. „Ich habe keine Ahnung, aber er steht noch. Ich arbeite ganz in der Nähe."

Alex erhob sich. „Entschuldigen Sie mich bitte einen Augenblick."

Alex verließ den Raum und ging zu Theo, der der Befragung fassungslos gefolgt hatte.

„Theo, falls du auch eines dieser Erpresserschreiben erhalten hast, ist jetzt der richtige Zeitpunkt, um die Karten auf den Tisch zu legen", erklärte Alex und stemmte ihre Hände in die Hüften.

„Spinnst du?", fragte ihr Kollege. „Das hätte ich dir doch gesagt."

Alex suchte nach einem Hinweis auf eine Lüge in Theos Stimme, fand aber nur Irritation.

„Na schön", meinte sie, „allmählich weiß ich nämlich nicht mehr, wem ich hier was glauben kann. Hast du mitbekommen, was die beiden zu dem Zeitpunkt ausgesagt haben, als sie die Briefe erhalten haben?"

Theos Kopf bewegte sich auf und ab. „Ja", erwiderte er leise. „Und wir wissen beide, was das heißt."

Alex biss sich auf die Unterlippe. „Ja. Es heißt, dass Andreas Wallner an dem Tag starb, an dem alle die Briefe erhielten."

„Der Täter hatte nie vor, sie alle am Leben zu lassen", schlussfolgerte Theo.

„Sieht ganz so aus", bestätigte Alex. „Ich wusste nicht, dass dein Vater einen Bauernhof hat."

„Hat er auch nicht. Mein Großvater war Getreidebauer. Der Hof wurde kurz vor seinem Tod verkauft. Mein Vater lebt im alten Bauernhaus. Eigentlich ist es mehr ein Häuschen mit kleinem Garten und kaum 80 Quadratmeter Wohnfläche. Warum fragst du?"

„Gehört ihm ein Schuppen, der sich in der Nähe des Hauses befindet?"

„Ja, das alte Ding wollte damals keiner der modernen Bauern kaufen. Deshalb hat mein Vater es behalten. Er lagert dort seine Gartenmöbel, den Rasenmäher und sein Werkzeug. Was ist damit?"

„Simone Strunz hat Sabine Süß während der Befragung eine Nachricht geschickt und sie um Hilfe gebeten. Heute Abend um 20:00 Uhr beim alten Treffpunkt eurer Clique."

„Der Schuppen", stieß Theo hervor.

Alex nickte. „Ich hoffe, du hast keine Pläne für heute Abend."

Theo dachte an Caroline, die sich immer beschwerte, wenn er länger arbeiten musste. „Nein. Ich bin dabei."

Alex kehrte in den Besprechungsraum zurück und entließ Hannes Blaschke und Sabine Süß. Sie bat die beiden, sich für weitere Fragen, zur Verfügung zu halten.

„Vorher sehen wir uns allerdings noch etwas anderes aus der Nähe an", erklärte Alex an Theo gewandt und schlang sich einen dicken Schal um den Hals.

„Und zwar?" Theo hastete mit seiner Daunenjacke in der Hand hinter Alex her.

„Das Kinderheim in Aigen."

Das Gebäude war ein riesiger Altbau, der von einem großen Garten umsäumt wurde. Die Fassade strahlte weiß und ließ vermuten, dass das Haus erst kürzlich gestrichen worden war. Die Bäume waren noch kahl, aber Alex konnte sich vorstellen, wie alles im Frühling und Sommer hier blühte. Auf dem Nebengrundstück befand sich ein kleines Häuschen, das man aufgrund der hohen Hecken nur von der Zufahrtsstraße aus, nicht aber vom Kinderheim selbst sehen konnte.

Als sie das Haus betraten, bestätigte sich die Vermutung, dass hier renoviert wurde. Es roch nach Farbe und Leim. In der Eingangshalle lehnten Holzbretter, Farbeimer und Teppichreste an einer Wand. Eine Frau Ende fünfzig mit rabenschwarzem Haar und blassem Teint begrüßte sie. Ihre ganze Erscheinung erinnerte Alex an die Gothic-Szene der 80er Jahre.

„Frieda Kastner", stellte sich die Frau vor und streckte Alex eine auffallend blasse Hand entgegen.

„Alexandra Wild", erwiderte Alex. „Das ist mein Partner Theo Bergmann. Wir sind vom Landeskriminalamt."

Die Frau zuckte zusammen. Ihre dunkel umrahmten Augen weiteten sich. „Mordkommission?"

„Wir untersuchen einen Fall, der uns im Zuge der Ermittlungen zu Ihrem Heim geführt hat."

„Das kann ich gar nicht glauben", entgegnete Frau Kastner und bat die beiden Beamten in ihr Büro. „Kann ich Ihnen etwas anbieten? Tee? Oder lieber Kaffee?"

„Ein Glas Wasser wäre schön", erwiderte Alex.

Die Frau schwebte aus dem Raum. Um ihre dünnen Beine flatterte eine schwarze Hose, die mindestens zwei Nummern zu groß war. Kurze Zeit später kehrte sie mit einer Wasserkaraffe, Gläsern und einer Schale Studentenfutter zurück.

„Wie kann ich Ihnen helfen?", fragte sie irritiert.

„Sie haben kürzlich mit einem Journalisten gesprochen. Er hat Sie für einen Artikel zu diesem Haus interviewt."

Frau Kastner goss ihren Besuchern ein Glas Wasser ein.

„Richtig!" Ein zaghaftes Lächeln umspielte ihre kajalgeschwängerten Augen. „Wusste ich doch, dass mir Ihr Name bekannt vorkommt", erklärte sie in Theos Richtung. „Der Mann hieß ebenfalls Bergmann."

Alex nickte. „Den meinen wir."

„Sind Sie mit ihm verwandt?"

„Mein Bruder", erklärte Theo, während er eine Salzmandel in den Mund steckte.

„Die Ähnlichkeit ist unübersehbar", meinte Frau Kastner.

„Was haben Sie Herrn Bergmann erzählt?", wollte Alex wissen.

Die Frau schielte von Theo zu Alex. „Ist alles in Ordnung? Sie machen mir Angst."

„Bitte versuchen Sie, sich an das Gespräch zu erinnern", forderte Alex sie auf, ohne auf ihre Frage einzugehen. „Alles, worüber Sie gesprochen haben, könnte wichtig sein."

Frau Kastner schloss kurz die Augen und presste ihre Hände gegen die Schläfen, als kostete es sie all ihre Kraft, das Gespräch zu rekapitulieren.

„Im Grunde waren es ganz harmlose Fragen, die Herr Bergmann mir gestellt hat. Wie lange es dieses Heim bereits gibt? Wie viele Kinder hier leben? Und ob es in den letzten Jahren ungewöhnliche Vorfälle gegeben hätte."

„Und?", fragte Alex. „Hat es die gegeben?"

Die Frau zögerte einen Moment lang. „Nicht seit ich die Leitung übernommen habe. Das ist immerhin 23 Jahre her."

„Wer hat das Haus davor geleitet?"

Frau Kastner stockte. „Frau Jankovic. Sie hat das Haus 25 Jahre lang geleitet."

„Lebt die Dame noch? Ich nehme an, sie ist damals in Pension gegangen."

Frau Kastner grub ihre Fingernägel in die Handflächen. „Dazu ist es nicht gekommen. Frau Jankovic ist tot." Sie blickte von Alex zu Theo. „Sie wissen es offensichtlich nicht."

„Wovon sprechen Sie?"

„Frau Jankovic ist hier auf dem Grundstück gestorben. Sie hat damals das Häuschen auf dem Nebengrundstück bewohnt."

„War die Dame krank?"

Frau Kastner schüttelte den Kopf. „Nein. Es war ein Stromschlag. Frau Jankovic lag in der Badewanne."

„Selbstmord?", hakte Alex nach.

„Das konnte nie einwandfrei geklärt werden. Möglicherweise war es ein Unfall."

„Möglicherweise?" Theo hatte das Studentenfutter beinahe aufgegessen.

„Eine Zeit lang stand im Raum, dass jemand den Wärmestrahler in die Wanne gestoßen haben könnte."

„Sie ist durch einen Wärmestrahler gestorben?"

Frau Kastner nickte eifrig. „Es war in jedem Fall ein tragisches Unglück. Niemand hat es für möglich gehalten, dass sich Frau Jankovic das Leben nehmen würde."

„Haben Sie damals bereits hier gearbeitet?", fragte Alex.

„Ja, bereits ein paar Jahre."

„Gab es damals sonst noch Vorfälle, die Ihnen in Erinnerung geblieben sind?"

Die riesigen Augen hefteten sich an Alex. „Jetzt, wo Sie danach fragen ... es gab ein Mädchen, das kurz vor dem Tod von Frau Jankovic tödlich verunglückt ist."

„Wie hieß dieses Mädchen?"

„Das ist so lange her. Barbara, glaube ich. Aber an den Familiennamen erinnere ich mich nicht mehr." Frau Kastner

erhob sich und ging zu einem Stahlschrank. Sie durchwühlte ein paar Schubladen, bis sie mit einem dicken
Ordner zurückkehrte. „Barbara Wirth."

„Darf ich?", fragte Alex und griff nach dem Ordner.
Kurz zögerte die Frau. Alex meinte, Furcht in ihrem Blick
aufflackern zu sehen. „Natürlich."
Alex blätterte durch den Ordner und stieß auf das Foto eines
hübschen Mädchens mit langen, blonden Haaren.

„Das Mädchen ist also verunglückt?"
Frau Kastner rieb sich nervös die Finger. „Ja, davon sind
die Behörden ausgegangen."

Alex bedankte sich und stand auf. Theo tat es ihr gleich.

„Eine Frage noch: Sagt Ihnen der Name Clausner etwas?"
Das Gesicht der Leiterin erhellte sich augenblicklich.
„Sicher! Herr und Frau Clausner haben über viele Jahre
Kinder unseres Heims in Pflege genommen."

„Sind Ihnen diesbezüglich auch irgendwelche Zwischen-
fälle bekannt?"

„Nicht, dass ich wüsste. Das Ehepaar Clausner ist sehr
gut mit den Kindern zurechtgekommen. Auch mit den
schwierigen."

„Wie viele Kinder hat die Familie im Laufe der Jahre bei
sich aufgenommen?"

Frau Kastner schüttelte den Kopf. „Das kann ich nicht
genau sagen. Es waren bestimmt sechs oder sieben, die
mehrere Jahre bei ihnen gelebt haben. Aber ich kann Ihnen
die Namen heraussuchen."

Alex reichte der Frau die Hand. „Das wäre sehr nett." Sie
drückte Frau Kastner ihre Visitenkarte in die Hand. „Bitte
senden Sie die Liste an diese Mailadresse. Und falls Ihnen
noch etwas einfällt, rufen Sie mich bitte an."

„Übrigens: Herr Bergmann hat auch noch mit einer ehemaligen Heimbewohnerin gesprochen. Wissen Sie, wer das
war?"

Frau Kastners Lippen zuckten. „Nein. Tut mir leid. Davon weiß ich nichts."

„Sie haben ihm keine Kontakte vermittelt?"

„Ich fürchte, ich kann Ihnen nicht helfen."

„Und hat er eins der hier lebenden Kinder befragt?"

Frau Kastner schüttelte energisch den Kopf. „Er hat mich darum gebeten, eins der Kinder interviewen zu dürfen. Das habe ich allerdings abgelehnt." Sie suchte in Alex' Blick nach Verständnis. „Es handelt sich immerhin um Minderjährige. Sie verstehen?"

Alex bedankte sich und folgte Theo Richtung Ausgang. Trotz der hellen Farben und frischen Renovierungsarbeiten haftete dem Haus etwas Düsteres, Bedrohliches an. Sie wurde das Gefühl nicht los, dass hier schlimme Dinge geschehen waren.

„Die Frau verschweigt etwas", bemerkte Theo, als er sich auf den Beifahrersitz schwang.

„Möglich", entgegnete Alex. „In jedem Fall hat sie Angst. Fragt sich nur wovor."

Elli

Scheiß drauf, dachte Elli und wählte Alex' Mobilnummer. Sie lauschte dem Klingeln, das in ihren Ohren widerhallte, ohne dass sie eine Reaktion erwarten durfte. Gerade, als sie auflegen wollte, vernahm sie eine atemlose Stimme.

„Elli?", keuchte Alex am anderen Ende in den Hörer.

„Schön, dass ich dich auch mal erreiche", antwortete Elli und ärgerte sich im gleichen Moment, dass es ihr nicht gelang, ihren Unmut zu verbergen. Gleichzeitig prickelten ihre Wangen vor Aufregung.

Schweigen. Dann: „Es tut mir leid, Elli, ich hätte längst ..." Alex suchte händeringend nach den richtigen Worten.

Unsere Verabredung einhalten sollen. Elli sprach ihre Gedanken nicht aus.

„Hör zu, ich weiß, dass du beschäftigt bist, aber ich muss dringend mit dir sprechen."

Sie hörte Alex' Atem. „Ja, ich weiß. Wir haben viel zu bereden. Es ist nur ... ich weiß im Moment nicht, wo mir der Kopf steht. Dieser Fall beansprucht mich fast rund um die Uhr."

Elli schluckte ihre Enttäuschung hinunter. „Das verstehe ich, Alex. Wirklich. Ich muss dir etwas erzählen. Etwas, was du wissen solltest. Hast du morgen mal eine Viertelstunde? Ein Kaffee? Mehr nicht."

Elli wappnete sich gegen die Abfuhr und den Schmerz, den die Enttäuschung mit sich bringen würde. Allein Alex' Stimme zu hören, warm und tief, brachte Schmetterlinge in ihrem Bauch zum Fliegen.

„Ich denke, das kriege ich hin", erwiderte Alex.

Elli hörte, wie sie lächelte.

„In der Bäckerei am Eck?", fragte Elli und ihre Stimme bebte angesichts der Vorfreude.

„Wo wir unser erstes Date hatten?" Alex schluckte. „Klar. Ist ja nicht weit von der Dienststelle. Mittagspause?"

„Abgemacht. Dann bis morgen!"

„Bis morgen!"

Elli hielt das Telefon noch ans Ohr gepresst, als Alex längst aufgelegt hatte. Das dunkle Timbre von Alex' Stimme vibrierte noch in ihrem Gehörgang. Manchmal hatte sie das Gefühl, dass Alex sich in ihr Herz tätowiert hatte. Sie wusste nicht, ob es ihr je gelingen würde, sie von dort zu verbannen. Elli seufzte leise. Ihre Gefühle mussten warten. Im Moment gab es Wichtigeres zu erledigen. Sie musste Alex warnen. Ihr erzählen, was sie beobachtet hatte.

Ellis Gedanken wanderten zu der Szene am Morgen, die sie aus der Ferne beobachtet hatte. Helga hatte Besuch bekommen. Die alte Dame hatte gestrahlt wie ein festlich geschmückter Christbaum. Elli hatte im Türrahmen gestanden und beobachtet, wie eine junge Frau Helgas Hand in ihre genommen und ihre Wange liebevoll gestreichelt hatte. Sie hatte einen beigefarbenen Wollmantel und eine Mütze mit einem dicken Bommel getragen. Sie hatte Elli den Rücken zugewandt. Elli hatte gelächelt. Die Szene hatte etwas unglaublich Friedliches. Helgas Lachen hatte den Raum erfüllt. Ihre Augen hatten vor Lebendigkeit gesprüht. Waren das die Augenblicke, für die man lebte, wenn man alt wurde? Ein paar wenige kostbare Minuten mit den Menschen, die man liebte? Für die man gekocht, gewaschen und geputzt hatte. Die man zur Schulaufführung und zum Arzt begleitet, deren Wunden man geküsst und verbunden hatte und deren ersten Liebeskummer man hatte ertragen müssen. Ellis Herz hatte sich mit einem Mal schwer angefühlt. Es war nicht gerecht, dass eine Frau, die liebevoll die Kinder anderer Menschen bei sich aufgenommen hatte, jetzt so oft einsam war.

Die junge Frau hatte etwas an sich, das Elli bekannt vorkam, vertraut. Elli hatte sich nicht erklären können, was es sein mochte. Herr Bauz war unvermittelt hinter ihr aufgetaucht.

„Elli, Sie werden in der Personalabteilung gebraucht", erklärte er.

Elli hatte genickt und einen letzten Blick auf Helga und ihren Besuch geworfen. In diesem Moment hatte die junge Frau ihren Mantel geöffnet. Etwas an der Art, wie sie sich bewegt hatte, hatte Elli stutzen lassen. Gerade als sie hatte gehen wollen, hatte die Frau sich die Mütze vom Kopf gezogen. Elli war erstarrt. Das konnte nicht sein. Oder doch? Sie kannte die Frau. Irgendetwas stimmte hier ganz und gar nicht.

Ich

Das Essen ist vorbei. Das Gulasch brennt auf meinen Lippen wie die Wut in meinen Eingeweiden. Er lächelt mich schief an, bevor die Pflegerin den Rollstuhl aus dem Zimmer schiebt. Alles kostet ihn unendliche Anstrengung. Nach dem Essen muss er ein wenig schlafen. Er sieht schlecht aus in letzter Zeit, auch wenn er es heute geschafft hat zu essen. Mein Herz krampft sich zusammen. Nicht daran denken. Nicht jetzt. Ich räume das schmutzige Geschirr in die Spülmaschine und wische den Tisch ab. Dann kehre ich zurück in den Keller, in mein kleines Reich, aus dem keine Geräusche nach oben dringen.

Sie kauert auf dem Stuhl. Ihr Kopf hängt träge nach unten. Sie ist eingenickt. Als sie mich hört, reißt sie die Augen auf. Es ist der gehetzte Blick eines Wildtiers, das seinen Jäger im Nacken spürt. Die Realität spült den Rest ihres Traums aus dem Gesicht. Sie hofft immer noch, jeden Moment aufzuwachen. Ich setze mich ihr gegenüber. Sekunden werden zu Stunden. Ihr Haaransatz ist feucht. Ich entferne den Knebel.

„Was haben Sie vor?", fragt sie mich. Ihre Stimme ist nicht mehr als ein Flüstern.

Ich stehe auf, steuere auf die Kommode in meinem Rücken zu und nehme ein Foto aus der obersten Schublade. Ich halte es ihr vors Gesicht. Sie schaut es an, runzelt die Stirn.

„Ich kenne die Frau", wispert sie.

Ich nicke. „Was ist mit dem Mann?", frage ich.

Sie sieht das Bild genauer an, prägt sich jede Einzelheit ein. Das grau melierte Haar. Die braunen, warmen Augen. Die Glieder, die schlaff im Rollstuhl hängen.

„Den Mann habe ich noch nie gesehen", behauptet sie schließlich.

„Blödsinn!", zische ich und meine Faust schlägt so hart auf den Tisch, dass die Gläser darauf leise scheppern.

Sie zuckt zusammen. „Ich schwöre, ich ..."

„Du solltest nicht schwören", erkläre ich ihr. „Ich weiß, dass du den Mann kennst."

Sie hebt die Achseln, als verstünde sie, dass es keinen Sinn hat, mit mir darüber zu diskutieren. „Wenn ...", beginnt sie erneut, „dann kann ich mich jedenfalls nicht erinnern."

Ich lege das Foto auf den Tisch und versuche, ihre Gedanken zu ergründen. Ich bin fast sicher, dass sie die Wahrheit sagt. Sie hat es verdrängt. Vergessen. Alle haben sie vergessen, was sie ihm angetan haben. Was sie mir angetan haben. Ich verschränke meine zitternden Hände vor der Brust.

„Es war 1992", beginne ich. „Im Juli." Ich sehe sie an. „Klingelt da etwas?"

Sie leckt sich über die Lippen. „Ich ...", stammelt sie.

Ich komme so nah an ihr Gesicht, dass ich spüre, wie ihr Atem aus den Nasenlöchern strömt. Ich rieche ihre Furcht.

„Du warst in einem hellblauen VW-Bus unterwegs", fahre ich ungerührt fort. „Mit Freunden."

Ihre Augen weiten sich. „Woher wissen Sie ...?"

Ich lehne mich in meinem Stuhl zurück. Meine Knie streifen ihre. „Ihr habt einen Mann angefahren. Erinnerst du dich?"

Ihre Mundwinkel zucken. Sie blickt in ihren Schoß, nickt.

„Was habt ihr dann gemacht?"

Sie hält den Blick gesenkt. „Nichts."

Meine Faust donnert auf die Tischplatte. Sie springt fast von ihrem Stuhl.

„Habt ihr Hilfe gerufen?"

Ihre Finger krallen sich ineinander. Eine Träne tropft in ihre Handfläche. „Nein", flüstert sie.

„Ich kann dich nicht hören", erkläre ich.

„Nein", wiederholt sie. Dieses Mal lauter.

„Warum nicht?", frage ich.

Sie sieht mich an. Ihre Augen schwimmen in einem See aus Tränen. „Wir haben einen Fehler gemacht."

„Einen Fehler!", schnaube ich, beruhige mich aber gleich wieder, „aber das war nicht der Grund, warum ihr darauf verzichtet habt, die Polizei zu rufen, nicht wahr?"

„Nein", gibt sie zu. Es gibt nichts mehr zu gewinnen. Oder zu verlieren. Sie weiß es.

„Was dann?"

„Wir ...", Sie verschluckt sich an ihrer Spucke, hustet und fährt mit belegter Stimme fort: „Wir waren betrunken. Und high. Wir hatten Angst, dass wir alle ins Gefängnis gehen würden, wenn wir Hilfe geholt hätten."

Ich beäuge sie einen Moment lang. Die Wahrheit. Ich spüre es und fühle mich dennoch kein bisschen besser.

„Es hat euch nicht genügt, den Mann hilflos liegen zu lassen", stelle ich fest. „Er sollte sterben."

„Nein!" Sie holt Atem wie eine Ertrinkende. „Das sollte er nicht. Wir wollten nicht, dass ..."

„... dass er stirbt?" Ich lache auf. Es klingt ungläubig. Gehässig. „Was dachtet ihr, was passieren würde, wenn ihr ihn den Abhang hinunterwerft?"

„Er war bereits tot", haucht sie kaum hörbar.

Sie versteht nicht, warum ich das alles weiß. Ich sehe ihre Gedanken rasen. Sie sucht nach dem Puzzlestück, das ihr fehlt, um zu verstehen, was hier vor sich geht, wer ich bin. Sie findet es nicht, kann es nicht finden. Sie hat mich noch nie gesehen. Sie ahnte nichts von meiner Existenz. Bis jetzt. Sie taucht ein in eine Ahnung, die sie nicht wahrhaben will.

Das kann nicht sein. Da war niemand. Oder doch?

„Nein", entgegne ich. „Er war nicht tot."

Sie starrt mich an. „Das kann nicht sein."

„Und doch ist es die Wahrheit", schleudere ich ihr entgegen.

Jetzt zittert sie.

„Du warst dort", raunt sie. Es ist eine Feststellung.

Ich lege die Handflächen aneinander und applaudiere.

„Das hat länger gedauert, als ich dachte", stelle ich fest.

„Ich habe niemanden gesehen", erklärt sie, während sie ihre Erinnerungen an jenen verhängnisvollen Abend durchwühlt.

„Keiner von euch hat das", bestätige ich. „Außer Theo."

Die Erwähnung des Namens schickt den Anflug eines Lächelns zu ihren Mundwinkeln. „Theo", wiederholt sie fast liebevoll. „Er war so ein lieber Bub."

Ich räuspere mich. Ich will nicht über Theo sprechen.

Sie erinnert sich an etwas. Die Aufregung erreicht ihr Gesicht. „Tim", nuschelt sie. „Tim ist nicht in seine Wohnung zurückgekehrt. Er hat mir eine Nachricht geschickt. Er hatte seinen Schlüssel vergessen."

Ich nicke. *Erzähl mir etwas Neues!*

Ihre Augen weiten sich. Sie begreift. „Was haben Sie mit ihm gemacht?"

Ich mache eine wegwerfende Handbewegung.

„Sie haben ihn umgebracht", behauptet sie. „Wie Andreas und Claudia."

„Nein", erwidere ich und stehe auf. Der Bildschirm hängt an der gegenüberliegenden Wand. Ich schalte ihn ein. Er flackert einen Moment lang, dann zeigt sich das Bild eines Raums in schwarz-weiß. Ein karg möbliertes, fensterloses Zimmer. Ein Mann liegt auf einem einfachen Bett und schläft. Es ist Tim. Seine Hände sind vor der Brust gefesselt.

„Sehen Sie", sage ich zu ihr. „Tim lebt. Er macht nur ein Nickerchen."

„Wo ist er?", will sie wissen. Die Erleichterung darüber, dass er lebt, glättet ihre gekräuselte Stirn.

„Er ist hier", erkläre ich.

Ihre Lippen beben. „Kann ich ihn sehen?"

Ich schüttle entschlossen den Kopf. „Das hier ist kein Klassentreffen, fürchte ich."

„Was tun Tim und ich dann hier?"

Ich genieße zu beobachten, wie sich ihre Stirn wieder in Falten legt. Nur ihre Zartheit verhindert, dass sie wie eine Englische Bulldogge aussieht. „Leiden", antworte ich schließlich. Sie zuckt vor mir zurück. „So wie ich damals gelitten habe."

Ihre Miene versteinert.

„Und Tim hat noch eine Aufgabe zu erledigen", füge ich hinzu.

Sie starrt mich an. „Was soll er für Sie tun?"

„Der Welt die Wahrheit erzählen. Eure Geschichte von dem Unfall. Und meine."

Sie schluckt. „Aber das ist so viele Jahre her", beginnt sie. „Was soll das bringen?"

Ich gehe vor ihr in die Hocke. Meine Nasenspitze berührt fast die ihre. „Was das bringen soll?", fauche ich ungläubig. „Wiedergutmachung", zische ich leise. „Niemand hat mir damals geglaubt, als ich erzählt habe, was ich gesehen habe. Niemand wollte mir zuhören, als ich gesagt habe, dass ich euch gesehen habe."

„Das tut mir sehr leid", stammelt sie.

„Halt's Maul!", fahre ich sie an. „Kein Mensch konnte glauben, dass eine Gruppe von jungen Menschen dazu in der Lage gewesen wäre, einen Mann anzufahren und ihn anschließend liegen zu lassen."

Ich stehe auf und laufe in dem kleinen Zimmer auf und ab. „Alle dachten, es war ein Betrunkener, der den Unfall gar nicht bemerkt hat. Man hat angenommen, ich hätte mir diese Geschichte ausgedacht. Im Schock, haben sie gesagt."

Sie sitzt da mit offenem Mund, wagt es aber nicht, etwas zu erwidern. Ich seufze, verlasse den Raum, um Tim zu wecken. Showtime. Zeit, ihm zu zeigen, wie es sich anfühlt, jemanden zu verlieren, den man sehr mag. Dabei zusehen zu müssen. Ich rüttle an seiner Schulter, bis er aus dem Schlaf hochfährt. Innerhalb von Sekundenbruchteilen begreift er,

197

wo er sich befindet. Er stellt mir keine Fragen, sieht mich nur argwöhnisch an. Ich drehe den Bildschirm im Zimmer in seine Richtung und den Lautstärkeregler hoch. Tim runzelt die Stirn. Ich beachte ihn nicht weiter, kehre in den anderen Raum zurück. Sie rüttelt an ihren Fesseln und schreit um Hilfe. Ich werfe ihr einen mitleidigen Blick zu und stecke ihr den Knebel wieder in den Mund. Nicht, dass sie jemand hören könnte, aber ich habe keine Lust auf ihr Gebrüll. Sofort gehen ihre Schreie in ein unverständliches Grunzen über.

Ich nehme das Messer vom Tisch und wiege es in der Hand. Es ist ein schönes Stück, das ich im Urlaub in der Türkei gekauft habe. Auf einem Bazar. Um den Preis habe ich mit dem Händler gefeilscht. Heute wird nicht verhandelt.

Aus den Augenwinkeln bemerke ich, dass Tim aufgesprungen ist. Sein linker Fuß ist an den Bettpfosten gekettet. Trotzdem springt er auf, fuchtelt mit den zusammengeknoteten Händen herum und brüllt etwas. Ich höre nicht, was er sagt. Ich habe den Ton an diesem Bildschirm auf stumm geschaltet. Der Eisenring muss sich schmerzhaft in seinen Knöchel bohren. Die Frau sieht mich flehentlich an. Ihre Worte versickern im Knebel, ohne mich zu erreichen. Sie versucht es mit Blicken. Ihre Augen sind gerötet. Ich verstehe, dass es ihr leidtut, aber es ist zu spät. Nichts kann ungeschehen machen, was ich durchleben musste. Ich umfasse den Ledergriff des Messers. Sie winselt. Ihre Augen quellen aus den Höhlen. Ich werfe einen letzten Blick auf Tim, der schreit und dessen Stimme sich fast überschlägt, um etwas zu tun. Irgendetwas. Fast tut er mir leid. Ich weiß genau, wie er sich fühlt. Hilflos, nutzlos, ohnmächtig. Ein einziger Schnitt reicht. Sie starrt mich überrascht an. Blut spritzt in einer Fontäne aus der rund zehn Zentimeter langen Wunde. Sie gibt ein gurgelndes Geräusch von sich. Ich sehe, wie sie nach vorne sackt. Binnen Sekunden ist sie bewusstlos. Ihr Hirn bekommt keinen Sauerstoff mehr. In ein paar Minuten wird sie verblutet sein. Ich werfe einen Blick auf die Uhr. Es ist schon spät. Ich habe heute noch etwas zu erledigen. Und Tim auch. Ich gehe in den Nebenraum, löse die Fessel seiner rechten Hand und reiche ihm das Notebook. Er weiß, was ich von ihm erwarte.

„Sieh zu, dass du den Artikel fertig kriegst", sage ich zu ihm, ehe ich ihn in dem Raum allein lasse. Ich brauche nicht zu fürchten, dass er Kontakt zur Außenwelt aufnehmen könnte. Internet gibt es hier unten keines. Ebenso gut hätte ich ihm ein Schreibheft samt Kugelschreiber geben können, aber mit Tastatur schreibt es sich deutlich schneller.

„Sie sind ein Monster", schleudert er mir angewidert entgegen, als ich den Raum verlassen will.

Ich drehe mich zu ihm um. „Sind wir das nicht alle, auf die eine oder andere Weise?"

Vom Keller führt ein Ausgang direkt zur Garage. Ich schlüpfe in Latexhandschuhe, schließe das Auto auf, lege die Rücksitze um und breite eine Plastikplane vom Kofferraum über die Rückbank aus. Als ich fertig bin, nicke ich zufrieden. Ich öffne das Garagentor. Dann kehre ich in meine Wohnung zurück. Es riecht wie in einer Metzgerei. Nach Blut und rohem Fleisch. Und Tod. Ich lege zwei Finger auf das linke Handgelenk der Frau, nur um sicherzugehen. Dann binde ich sie vom Sessel. Ihr Körper knallt auf den Boden. Als ihr Kopf aufschlägt, klingt es wie eine Wassermelone, die fallengelassen wurde. Ich hole eine alte Wolldecke und wickle sie ein. Obwohl die Frau kaum 50 Kilo wiegt, keuche ich, als ich sie hochhieve und zur Garage trage. Ich schnaufe, als ich das Auto erreiche und ihren leblosen Körper in den Fond des Wagens fallen lasse. Ein Bein hängt aus dem Kofferraum. Ich drücke es ins Innere des Autos und schließe rasch den Deckel des Kofferraums. Ich muss mich beeilen, denke ich, als ich den Zugang von der

Garage zum Vorzimmer meiner Wohnung versperre. Die Polizei wird bald am Treffpunkt auftauchen. Ich nehme das Mobiltelefon der Frau an mich, schalte es ein und presse ihren Daumenabdruck auf das Display. Ich lösche sämtliche Inhalte und setze das Handy zurück. Ich werde es im Haus von Theos Vater deponieren. Sie werden versuchen, das Handy zu orten. Vielleicht kann ich mir so etwas zusätzliche Zeit verschaffen. Aber ich bin nicht allein mit meinem Plan. Wenn die Polizei mir zu nahe kommt, werde ich es erfahren.

Ich denke an das Kinderbuch *Zehn kleine Negerlein*, das ich als Kind so gerne gelesen habe. Die Parallele lässt mich lächeln. Ich blicke hinter mich auf die Frau, die schlaff über der Rückbank liegt wie eine defekte Marionette.

Da waren es nur noch vier, denke ich, drehe den Zündschlüssel um und starte den Wagen.

Alex

Als Alex und Theo ins Büro zurückkehrten, kauerte Daniel gedankenversunken über Tims Laptop.

„Was machst du?", fragte Alex ihren Kollegen.

Daniel fuhr sich durch die blonde Mähne, die dringend gewaschen werden musste.

„Ich sehe mir Tim Bergmanns Notebook an."

„Irgendetwas Interessantes?"

Daniel kaute geräuschvoll Kaugummi.

„Wie man's nimmt", erklärte er. „Tim hat in den letzten Wochen viele Mails an Claudia geschrieben. Liebesbriefe. Mehr oder weniger."

„Wir wissen ja, dass er eine Beziehung zu Claudia Buchinger hatte."

Theo verließ das Büro und steuerte auf die Küche zu.

Daniel nickte. „Das stimmt. Was mir eigenartig erscheint, ist, dass Tim Simone gebeten hat, nach Salzburg zu kommen. Er hat ihr angeboten, während ihres Aufenthalts bei ihm zu wohnen."

Alex runzelte die Stirn. „Das ist allerdings seltsam. Gerade, wenn er mit Claudia zusammen war."

„Dasselbe habe ich auch gedacht. Denkst du, Tim ist der Täter?", flüsterte Daniel und blickte sich um, um sich zu vergewissern, dass Theo nicht in der Nähe war.

„Vielleicht hat er Simone nach Salzburg gebeten, damit er alle ehemaligen Mitglieder in der Nähe hat, um sich an ihnen zu rächen?"

„Möglich wäre es", erwiderte Alex. „Tim ist verschwunden. Er könnte das Schreiben an alle geschickt und die Erpressung vorgetäuscht haben. Die Frage ist: Warum sollte er das tun? Und wofür wollte er sich rächen? Er war schließlich selbst an dem Unfall beteiligt."

Daniel öffnete einen Ordner auf dem Notebook, der mit dem Titel *Therapie* versehen war. „Vielleicht deswegen", meinte er und drehte den Inhalt so, dass Alex ihn sehen konnte. Sie überflog den Text, offenbar der Befund eines Arztes oder Therapeuten, der bestätigte, dass Tim Bergmann unter einer massiven posttraumatischen Störung litt. Diese sei darauf zurückzuführen, dass er als junger Erwachsener einen Unfall hatte. Offensichtlich nahm er seit Jahren ein Antidepressivum, das unter anderem bei Schlafstörungen, Ängstlichkeit und depressiven Verstimmungen verschrieben wurde.

„Du denkst, er hat den Vorfall nie verkraftet. Als er merkte, dass er das Erlebte auch in einer Therapie nicht aufarbeiten kann, hat er begonnen, die Beteiligten nach und nach auszulöschen?"

Daniel hob die Schultern. „Ich habe schon erlebt, dass Menschen für weniger töten."

Alex kaute auf ihrer Unterlippe. Da war was dran. „Aber woher sollte Tim das exklusive Briefpapier der Rechtsanwaltskanzlei Clausner haben?"

Daniel schloss die Datei und öffnete eine andere. „Diese Frage kann ich, glaube ich, beantworten."

Alex starrte ungläubig auf ein Arbeitnehmerzeugnis, das Tim Bergmann im Jahr 1993 ausgestellt worden war. Offenbar hatte er damals einen Sommer lang als Ferialpraktikant für die Kanzlei Clausner gearbeitet.

„Das kann kein Zufall sein", murmelte sie, während sie das Zeugnis ausdruckte.

Daniel nickte zustimmend. „Noch etwas wird dir nicht gefallen ..."

Alex lehnte sich gegen die Schreibtischkante ihres Kollegen. Daniel öffnete erneut den Ordner mit dem Titel *Therapie* und scrollte bei dem Befund ganz nach unten. Alex' Augen hefteten sich an die Stelle, auf die Daniel den Cursor gerichtet hatte.

„Das ist allerdings interessant", stellte sie fest, während sie einen Blick auf die Uhr warf. Es war bereits 19:40 Uhr. „Ich glaube, wir sollten Hannes Blaschke noch einmal befragen."

„Theo? Wir müssen allmählich los!", rief sie in Richtung Küche.

„Konntest du das Mobiltelefon von Simone Strunz orten?"

Daniel schüttelte den Kopf. „Nein, tut mir leid. Es ist offenbar nicht eingeschaltet."

Alex seufzte. „Oder der Akku ist leer."

Theo streckte den Kopf zur Tür herein. „Fahren wir?"

Alex nickte und schnappte sich ihre Jacke.

„Alex, warte einen Moment!", rief Daniel, als sie eben den Raum verlassen wollte.

„Was gibt's?"

Daniel zeigte auf einen rot blinkenden Punkt auf seinem Bildschirm. „Das Handy von Simone Strunz." Er starrte ungläubig auf den roten Punkt. „Es wurde soeben aktiviert."

„Wo?", fragte Alex ungeduldig.

„Vielleicht wartet sie schon im Schuppen auf Sabine", meinte Theo, während er seinen PC herunterfuhr.

„Nein. Nein, dort ist sie nicht." Daniel zoomte ein bisschen näher heran. „Aber sie muss in einem Gebäude ganz in der Nähe sein. Vielleicht etwa vierhundert oder fünfhundert Meter vom Schuppen entfernt."

Theo warf einen Blick über Daniels Schulter. Sein Gesicht wurde bleich. „Das kann nicht sein ..."

„Alles in Ordnung?", fragte Alex, doch Theo war bereits zur Tür hinausgestürmt.

„Willst du mir nicht sagen, was los ist?", fragte Alex, als sie sich auf den Beifahrersitz schwang.

Theo startete den Wagen und schoss mit überhöhter Geschwindigkeit auf die Hauptstraße Richtung Autobahnauffahrt.

„Simone ist im Haus meines Vaters", flüsterte er fast tonlos.

„Was will sie dort?", wunderte sich Alex. „Sie hatte doch Sabine um Hilfe gebeten. Und die hätte Simone, wäre sie nicht heute bei uns zur Befragung gewesen, im Schuppen getroffen."

Theo überholte einen Fahrer, der die Geschwindigkeitsbeschränkung mehr als genau nahm und blinkte, um auf die Autobahn aufzufahren.

„Vielleicht hat sie meinen Vater zufällig getroffen?", schlug er vor. Er klang wenig überzeugt.

„Irgendetwas ist da faul", meinte Alex.

Der Abendverkehr hatte sich nahezu aufgelöst und sie kamen gut voran. Bei der Ausfahrt Salzburg Nord, verließen sie die Autobahn und reihten sich auf die linke Spur ein. Wenige Minuten später erreichten sie das kleine Häuschen, das Theos Vater bewohnte.

Als sie aus dem Wagen stiegen, kroch die Kälte Alex unter die Haut. Sie liefen über ein paar Pflastersteine bis zum Eingang des Hauses. Nirgends brannte Licht.

„Sieht nicht aus, als wäre dein Vater zu Hause."

Theo öffnete die Haustür. Sie war unverschlossen. „Das sieht meinem Vater gar nicht ähnlich."

Sie betraten das Vorzimmer. Alex hatte ein komisches Gefühl. Irgendetwas stimmte hier nicht. Im Schein der Deckenlampe bemerkten sie drei Paar Schuhe, die ordentlich nebeneinander auf einer Abtropftasse standen. Darüber hingen zwei Winterjacken und ein Trachtenjanker.

„Geht dein Vater abends irgendwohin? In einen Verein? Zum Sport?"

Theo schüttelte den Kopf. „Er ist eigentlich fast immer zu Hause. Und beim Einkaufen ist er um diese Zeit bestimmt nicht."

Alex ging vom Vorzimmer ins Wohnzimmer. Eine Hand hatte sie an ihrem Halfter. Alles war ruhig. Auch in der Küche, im Badezimmer und im Schlafzimmer war niemand.

„Er ist nicht hier", bemerkte Theo. Sein Gesicht war von hektischen roten Flecken übersät.

„Wir finden ihn", versicherte Alex. „Ruf Verstärkung!"

Theo wählte Pauls Nummer. Als er auflegte, war Alex sicher, dass etwas nicht in Ordnung war.

„Wir haben eine weitere Leiche", murmelte er.

„Wo?"

„Wir müssen zum Schuppen."

Alex schlug mit der Faust auf das Lenkrad. Wie hatten sie sich nur so austricksen lassen können! Warum zum Teufel waren sie nicht gleich zum Schuppen gefahren? Ihr Herz schlug bis zum Hals. Sie hoffte inständig, dass es nicht Theos Vater war, den sie dort fanden. Oder Tim. Und wo war Simones Handy? Theos Finger krallten sich in seine Oberschenkel. Aus den Augenwinkeln konnte sie sehen, wie sein Adamsapfel auf und ab hüpfte. Zwischendurch schloss er die Augen, als schickte er ein Stoßgebet zum Himmel.

Die Reifen schlitterten über den gefrorenen Boden, als Alex von der asphaltierten Straße in die Zufahrt zum Schuppen abbog. Sie stellte den Wagen ab und sprang ins Freie. Der Schuppen lag still und dunkel vor ihnen. Theo stürzte auf die Baracke zu.

„Wir brauchen Licht!", rief Alex und holte Taschenlampen aus dem Kofferraum.

Unbeirrt stolperte Theo zur Hütte. Die Tür klemmte, als er an ihr rüttelte. Schließlich ließ sie sich mit einem markdurchdringenden Quietschen öffnen. Um sie herum war alles still. Außer ihren Atemzügen war nichts zu hören.

„Papa! Bist du hier?", schrie Theo seine Angst in die Dunkelheit. Sein Lichtstrahl traf eine Stellage mit Werkzeug und Benzinkanistern, die aus der Finsternis ragte. Theo zuckte zurück. Niemand antwortete. Die Dunkelheit schien alles zu verschlucken, selbst die beiden Lichter tanzten verloren durch die Scheune wie zwei verirrte Glühwürmchen. Alex bewegte sich ein paar Schritte in die entgegengesetzte Richtung. Dabei stolperte sie beinahe über einen Eimer, der mitten im Raum stand. Fluchend trat sie nach dem Kübel, der daraufhin in eine Ecke flog und im Schwarz verschwand.

„Ist alles in Ordnung?", fragte Theo, dessen Lampe einen Rasenmähertraktor streifte.

„Alles in Ordnung. Ich bin nur ..." Alex' Stimme erstarb. Sie blieb stehen. Da war etwas. Sie richtete den Lichtschein auf das Hindernis, das sich vor ihr auftat. Ein Gartenstuhl. Die Lampe tauchte die schmutzigen Stuhlbeine in ein fahles Licht. Sie näherte sich langsam. Was zum Teufel ...?

„Alex?" Sie hörte Theos Schritte, die von links näherkamen.

„Theo? Was ist das?" Der Geruch von Blut stieg ihr in die Nase. Unwillkürlich rebellierte ihr Magen. Sie sprang an die Seite des Stuhls und unterdrückte mühsam einen Schrei. War das eine Puppe?

Theos Lampe tauchte den Stuhl und das, was darin kauerte, in ein gespenstisches Licht. „Mein Gott!", flüsterte er, als er begriff, was die Taschenlampe erfasst hatte.

Das braune Haar war mit der Wunde verklebt. Wie ein gefräßiges Loch klaffte der Schnitt, lang und tief, am Hals. Es war ein hässlicher Anblick, wie der Kopf schlaff auf die Brust hing. Die Augen starrten trüb ins Leere. Aus dem Mund ragte ein Zettel. Das Papier war zerknüllt. Alex schlüpfte in einen Latexhandschuh und zog das Blatt vorsichtig zwischen den Lippen der Toten hervor.

Die Rache ist mein

Sie war nicht besonders religiös, meinte aber, sich zu erinnern, dass dieser Vers aus der Bibel stammte. Alex beäugte Theo, der den Blick nicht von der Leiche wenden konnte. Er konnte, trotz des grausamen Anblicks, seine Erleichterung nicht verbergen. Der tote Körper gehörte weder seinem Vater noch seinem Bruder. Simone Strunz hingegen hatte nicht so viel Glück gehabt.

Ich

Ich hatte nicht damit gerechnet, dass der alte Mann mich bemerken würde. Ich hatte mich nur einen Moment an den Gartenzaun gelehnt, um das Mobiltelefon in seinem Postkasten verschwinden zu lassen. Im Haus brannte kein Licht. Zu spät bemerkte ich, dass er durch den Garten schlurfte, um Gott-weiß-was zu tun. Frische Luft schnappen? Zum Glück war die Straßenlaterne neben dem Gartentor defekt, sodass der Gartenzaun großteils im Dunkeln lag. Die Kapuze hatte ich tief ins Gesicht gezogen. Das und die dicke Daunenjacke dürften es schwierig machen, mich zu identifizieren. Dummerweise folgte er mir auf die Straße. Als er drohte, die Polizei zu rufen, wenn ich mich nicht sofort erklären würde, zückte ich die Taschenlampe und schlug sie ihm so fest auf den Kopf, dass er in sich zusammenfiel wie Eischnee.

Ich spähte in alle Richtungen, um mich zu vergewissern, dass mich niemand beobachtet hatte. Dann holte ich das Auto und fuhr direkt vor den Gartenzaun. Es kostete mich alle Kraft, den bewusstlosen Mann hochzuhieven und auf den Beifahrersitz zu schieben. Blieb nur zu hoffen, dass er nicht wieder zu sich kam, bis ich meine kleine Inszenierung im Schuppen vollendet hatte. Ich hätte den Mann lieber in seinem Garten gelassen, aber das Risiko, dass die Polizei ihn dort fand, war zu groß. Und ihn über den schneebedeckten Rasen zu zerren, hinterließ jede Menge Spuren. Er würde also eine kleine Runde mit mir drehen. Ich würde ihn später wieder bei seinem Haus abliefern. Vorsorglich spritzte ich ihm ein Schlafmittel, verband ihm Mund und Augen und fesselte seine Hände. Wenn ich etwas nicht brauchen konnte, war es ein wütender alter Mann, der mir die ganze Umgebung zusammenbrüllte, weil er zu früh wieder zu sich gekommen war. Fast tat er mir leid. Er erinnerte mich ein wenig an meinen Ziehvater.

Ich erinnerte mich an den Tag, an dem ich abgeholt wurde. Ich hatte nicht mehr damit gerechnet, aus dem Heim raus und in eine Pflegefamilie zu kommen. Das Ehepaar war nett, wenn auch schon recht alt. Der Mann war Ende Fünfzig, die Frau eine rüstige Mittfünfzigerin. Das Paar war wohlhabend, eigentlich reich, um genau zu sein. Das gefiel mir nicht. Reiche Menschen dachten, die Welt läge ihnen zu Füßen, alles wäre käuflich. Ich fragte mich, was ich für die beiden würde tun müssen. Ob der alte Herr glaubte, ich wäre Frischfleisch, das sein eingeschlafenes Liebesleben aufpeppen sollte? Eigentlich brauchte ich keine Familie mehr, immerhin war ich mittlerweile fünfzehn. Doch die Vorstellung, endlich aus dem Heim wegzukommen, Frau Jankovic nie wieder ertragen zu müssen, war verlockend. Außerdem hatte das Ehepaar noch weitere Kinder in Pflege. Vielleicht lag ihnen ja wirklich etwas daran, uns ein schönes Zuhause zu bieten?

Ich sollte an einem Samstagnachmittag im Mai abgeholt werden. Es hatte die ganze Nacht geregnet und das Gras auf der Wiese glitzerte im Licht der hervorbrechenden Sonne. Frau Jankovic lebte in einem kleinen Haus, dessen Grundstück an jenes des Kinderheims grenzte. Ich hatte mich schon früher ein paar Mal zu dem Haus geschlichen, um durch die Fenster zu spähen. Während wir auf durchgelegenen Matratzen hinter vergitterten Fenstern schliefen, bewohnte die Jankovic ein kleines, aber feines Haus mit schicken Möbeln. Das Türschloss war allerdings alt und ließ sich mit einer Haarnadel und einer Plastikkarte problemlos öffnen. Vom Heim aus konnte man das Haus nicht einsehen. Meterhohe Hecken schützten vor unerwünschten Blicken. Ich schlich mich in das Haus.

Von Weitem hörte ich die Jankovic ein Liedchen trällern. Die Stimme hallte von den Wänden wider. Sie war offenbar im Badezimmer. Auf Zehenspitzen stahl ich mich durch den dunklen Gang, der vor dem Bad endete. Die Tür war angelehnt. Mit angehaltenem Atem schob ich sie auf und hoffte inständig, dass sie nicht knarzte. Die Jankovic lag mit Gurkenscheiben auf den Augen und einer dicken Crememaske im Gesicht in der Wanne. Der Schaum kräuselte sich fast bis zum Hals. Es war kühl in dem Raum. Offenbar funktionierte die Heizung nicht. Auf einem Hocker rund einen halben Meter von der Wanne entfernt stand ein Heizstrahler, der leise vor sich hin brummte. Wenn ich mich, in dessen Richtung drehte, konnte ich die Wärme auf meinem Gesicht fühlen. Ich beobachtete die Frau, die mir viele Jahre das Leben zur Hölle gemacht hatte, während sie vor sich hin sang und die Lippen spitzte, als erwartete sie, jeden Moment von ihrem Liebhaber geküsst zu werden.

Plötzlich hielt die Jankovic inne. Sie hob den Kopf aus dem Badeschaum und lauschte. Hatte sie mich gehört? Ich wagte kaum zu atmen. Als die Frau ihr Lied erneut anstimmte, machte ich behutsam einen Schritt Richtung Tür. Zu spät spürte ich das Kabel, das unter die Spitze meines Schuhs geraten war. Ich taumelte.

„Wer ist da?", fragte die Jankovic spitz und zog blinzelnd eine Gurkenscheibe von ihrem Auge.

Einen Moment lang starrte sie mir direkt ins Gesicht. Gleichzeitig begriff ich, dass ich meine Pflegefamilie nie kennenlernen würde, dass ich verdammt wäre, bis zu meiner Volljährigkeit bei dieser Hexe zu leben und all ihre Schikanen zu ertragen. Als Frau Jankovic sich am Wannenrand abstützte, um aufzustehen, stürzte ich nach vorne. Das Kabel schlängelte sich um meinen Fuß und verhedderte sich zwischen dem Teppich und meinen Schnürsenkeln. Frau Jankovic und ich bemerkten den Ruck zeitgleich. Das Kabel spannte sich, der Heizstrahler rutschte in einer eleganten

Bewegung vom Hocker und hing für den Bruchteil einer Sekunde in der Luft. Gerade lange genug, dass ich das Begreifen in Frau Jankovic' Gesicht bemerkte. Sie schrie, tastete mit nassen Händen nach dem Gerät. Ein Platschen. Ein weitererer Schrei. Ein hässliches Zischen. Das Licht ging aus. Frau Jankovic zuckte wie bei einem schweren Anfall.

Dann versank der Heizstrahler und Frau Jankovic' Körper lag regungslos in der Wanne, einen erstaunten Ausdruck im mit Gurken bedeckten Gesicht. Ich schluckte. Machte einen Schritt zurück, dann noch einen. Das Lächeln kam wie ein unangekündigter Gast. Es dehnte sich von einem Mundwinkel zum anderen, erreichte schließlich meine Ohren. Ich konnte nicht anders. Ich lachte, bis mir die Tränen über die Wangen liefen. Mit pochendem Herzen verließ ich das Haus. In ein paar Stunden würde ich mein neues Leben beginnen. Und nichts und niemand würde mich daran hindern.

Alex

Innerhalb einer Viertelstunde wimmelte es von Polizeibeamten am Tatort. Die Kollegen von der Spurensicherung tapsten in weißen Schutzanzügen durch die Scheune, nahmen Spuren ab und sicherten Fußabdrücke. Wie eine Armee von Ameisen verrichtete jeder Einzelne seine Arbeit, in stillschweigender Koordination mit den Kollegen.

Alex lehnte an einem Kastanienbaum vor der Baracke. Dampfwölkchen schwebten vor ihrem Mund wie Sprechblasen in einem Comic. Sie rieb sich die klammen Finger. Theo rannte mit dem Mobiltelefon am Ohr auf und ab wie ein kopfloses Huhn. Die Erleichterung darüber, dass weder Tim noch sein Vater tot in dem Gartensessel kauerten, war der Erkenntnis gewichen, dass der Täter einen weiteren Menschen getötet hatte. Eine Bekannte. Offenbar fühlte der Mörder sich so überlegen, dass er den Tatort praktisch angekündigt hatte.

„Ich kann meinen Vater noch immer nicht erreichen." Theos Anspannung war greifbar.

„Wir finden ihn. Ich lasse Daniel sein Handy orten", versprach Alex und wählte dessen Nummer.

„Lass gut sein", erwiderte Theo. „Papas Telefon lag in der Küche. Wo immer er ist, er hat es nicht mitgenommen."

„Oh", machte Alex und ärgerte sich, dass ihr dieses Detail entgangen war. „Brauchst du uns im Moment hier?", fragte sie Paul, der versuchte, sich einen Überblick zu verschaffen.

„Warum?" Paul sah sie irritiert an. „Noch Pläne heute?"

Alex schüttelte den Kopf. „Theos Vater ist verschwunden. Wir haben Simone Strunz' Mobiltelefon dort geortet, es jedoch nicht gefunden. Die Tür seines Hauses war unverschlossen. Theo macht sich große Sorgen."

„Dann los!", rief Paul.

„Wir sehen uns nachher auf der Dienststelle", versprach Alex und zog Theo von dem hektischen Treiben fort.

***

Das Haus lag so dunkel vor ihnen wie zuvor. Theo öffnete das Gartentor und atmete tief aus. Alex spitzte die Ohren. Der einzige Laut, der zu ihnen drang, war der Ruf eines Kuckucks aus dem nahegelegenen Wald. Alex' Haut prickelte. Die Atmosphäre hatte sich verändert. Sie versuchte auszumachen, woran das lag. Theo stürzte derweil erneut auf die Haustür zu und rief nach seinem Vater. Alex schloss die Augen, sog die abendliche Stille in sich auf. Als sie ihren Blick auf den Eingang richtete, bemerkte sie eine Bewegung an der rechten Hauswand. Sie tastete nach ihrer Glock und zog die Waffe aus dem Halfter. Fast lautlos näherte sie sich der Stelle, an der sie die Bewegung bemerkt hatte. Gegen die Hauswand hob sich etwas dunkel ab. Alex' Herz klopfte schneller. Als sie näherkam, nahm sie die Silhouette einer Gestalt wahr, die an der Wand lehnte.

„Polizei!", rief sie und richtete die Waffe auf die Gestalt.

Ein leises Stöhnen. Sie erkannte das Gesicht eines älteren Mannes. Sie stürzte auf ihn zu und legte ihm zwei Finger an den Hals. Das rhythmische Schlagen des Herzens beruhigte ihren eigenen Puls.

„Theo!", schrie sie, „Im Garten!"

Sekunden später tauchte ihr Kollege neben ihr auf und fiel auf die Knie. „Papa!", flüsterte er. „Lebt er?"

Alex nickte. „Ich rufe einen Krankenwagen."

Während Theo sich neben seinen Vater setzte und dessen Kopf in seinen Schoß bettete, kehrte Alex zum Hauseingang zurück. Sie inspizierte den Weg, der zum Haus führte und untersuchte die Tür, wobei sie zum selben Ergebnis kam wie schon vorhin: Die Tür war nicht gewaltsam geöffnet worden. Offenbar hatte Theos Vater sie selbst aufgemacht. Alex rief

213

Paul an und erklärte ihm, dass sie Herrn Bergmann senior gefunden hatten. Paul versprach, einen Kollegen von der Spurensicherung zum Haus zu schicken. Als der Krankenwagen eintraf, begann der alte Mann, sich langsam zu erholen. „Was ist passiert?", fragte er verwirrt. Offenbar konnte er sich an nichts erinnern.

„Das ist normal", erklärte der Notarzt. „Er hat einen heftigen Schlag auf den Hinterkopf bekommen. Sehen Sie: hier!" Er zeigte auf eine mit Blut verklebte Stelle. „Und hier ist eine Einstichstelle." Im Licht des Krankenwagens war der gerötete Punkt deutlich erkennbar.

„Dann hat ihm jemand etwas gespritzt?", wollte Theo wissen.

„Davon gehe ich aus", erwiderte der Arzt. „Vielleicht können wir noch feststellen, um welche Substanz es sich handelt."

„Ich will nicht ins Krankenhaus", nuschelte Theos Vater. „Es geht mir gut. Ich bin nur müde."

„Wir müssen Sie wirklich durchchecken, Herr Bergmann", erklärte der Arzt bestimmt. „Wir wissen nicht, was der Täter Ihnen verabreicht hat. Außerdem könnten Sie eine Gehirnerschütterung haben."

Der alte Mann brummte etwas Unverständliches.

„Wieso begleitest du deinen Vater nicht ins Krankenhaus?", fragte Alex ihren Kollegen. „Ich sehe mich hier noch ein wenig um. Wir treffen uns dann später im Büro."

Theo nickte. Er wirkte mitgenommen, als er zu seinem Vater in den Krankenwagen stieg.

Alex zückte ihre Taschenlampe und richtete den Strahl auf die Erde. Vielleicht fand sie hier irgendwo die Tatwaffe, mit der der alte Herr Bergmann niedergeschlagen worden war. Der Kollege der Spurensicherung inspizierte in der Zwischenzeit das Haus. Eine halbe Stunde später hatte sie erfolglos den ganzen Garten durchkämmt. Wahrscheinlich hatte der Täter den Gegenstand mitgenommen. Gerade als sie zurück ins Büro fahren wollte, fiel ihr Blick auf einen Fleck am Gartenzaun. Sie ließ den Lichtstrahl darüber gleiten. Alex war ziemlich sicher, dass es sich um Blut handelte.

„Stefan!", rief sie in Richtung Haus. „Ich glaube, ich habe hier was."

Der im weißen Schutzanzug vermummte Kopf des Kollegen tauchte im Hauseingang auf.

„Das ist definitiv Blut", bestätigte Stefan und machte Aufnahmen von der Spur. Dann tränkte er ein spezielles Wattestäbchen mit Trägerflüssigkeit und fuhr behutsam über den Fleck. „Mal sehen, ob wir in unserer DNA-Datenbank fündig werden", meinte Stefan und sah sich nach weiteren Spuren um.

Als er die Taschenlampe auf die oberen Latten des Holzzauns richtete, zuckte Alex zusammen. Wieso war ihr das nicht früher aufgefallen? Die Klappe des Postkastens war nicht ganz geschlossen, so als hätte jemand etwas hineingeworfen. Natürlich war es möglich, dass Theos Vater den Briefkasten heute nicht geleert hatte, aber da er zu Hause gewesen war, eher unwahrscheinlich. An der Außenseite stand in großen Lettern KEINE WERBUNG.

Sie stapfte zum Haus und blickte sich nach Herrn Bergmanns Schlüsselbund um. In einer bunten Keramikschüssel auf dem Schuhschränkchen wurde sie fündig. Sie packte den Bund und kehrte zum Gartenzaun zurück. Der zweite Schlüssel passte. Als sie die Klappe öffnete, bemerkte sie, dass der halbe Postkasten - trotz des Schriftzugs an der Außenseite – mit Werbematerialien angefüllt war. Offenbar weigerte sich Herr Bergmann, die Werbeflyer mit ins Haus zu nehmen. Alex leuchtete ins Innere des Kastens und bemerkte einen rechteckigen Gegenstand, der zwischen zwei Prospekte gerutscht war. Als sie danach tastete, leuchtete er auf. Die Härchen in Alex' Nacken stellten sich auf. Sie holte ihn hervor und reichte ihn ihrem Kollegen.

„Noch mehr Arbeit für dich."

„Ein Handy im Briefkasten?"

„Der Täter hat uns damit hierher gelockt", erklärte Alex nachdenklich. „Möglicherweise, um Zeit zu gewinnen", mutmaßte sie. „Oder um uns auf eine falsche Fährte zu locken."

„Wem gehört es?"

Alex blickte auf das leuchtende Display, von dem ihr das hübsche Antlitz einer jungen Frau entgegenlachte.

Sie seufzte. „Simone Strunz."

Stefan runzelte fragend die Stirn.

„Sie ist da hinten in der Scheune." Alex deutete vage in die Richtung, aus der Stefan vorhin gekommen war. „Oder sollte ich sagen: ihre Leiche."

Ich

Die Pinnwand ragt mir entgegen wie ein imposanter Felsvor-
sprung aus einem Klettersteig. Meine Finger fahren über die
Fotos, die ich mit roten Linien verbunden und mit unleser-
lichen Kritzeleien ergänzt habe. Wie bei einem Puzzle habe
ich in mühsamer Kleinarbeit hunderte von Teilchen gesucht,
gesammelt und zusammengefügt. Die Filmdose, die ich am
Unfallort fand, als der VW-Bus mit quietschenden Reifen
davonraste, liegt wie ein Souvenir auf einer Kommode unter
der Pinnwand.

Als ich den Film Jahre später entwickeln ließ, waren viele
der Fotos unbrauchbar. Manche waren verwackelt, einige in
relativ gutem Zustand. Auf einem posierte die Gruppe vor
dem Heck des babyblauen VW-Bus. Das Kennzeichen war
komplett zu sehen. Es war ein Leichtes, herauszufinden,
dass das Kennzeichen nicht mehr auf den VW-Bus zugelassen war. Dafür fuhr es nun mit einem Audi A4 durch die
Gegend, der Tim Bergmann gehörte. Ich hatte den Namen
schon einmal gehört. Im Zusammenhang mit einem Medien-
preis. Ein paar Recherchen später wusste ich, dass Tim
Journalist war. Ich verglich sein XING-Profil mit dem Foto
aus seiner Jugend. Zweifellos war es derselbe Mann. Ich
fand heraus, welches Gymnasium er besucht hatte und dass
er damals mit Claudia Wering liiert war. Durch einen Zufall
entdeckte ich, dass Tim Bergmann zu Beginn seines Studiums in der Kanzlei Clausner ein Praktikum machte. Er
hatte sich damals offenbar nicht zwischen der Juristerei und
dem Journalismus entscheiden können. Jedenfalls fand ich
heraus, dass er drei Semester Jus studiert und sich dann
entschieden hatte, das Studium zugunsten der Kommunikationswissenschaften abzubrechen. Diese Tatsache brachte
mich auf die Idee, das alte Briefpapier der Kanzlei zu
benutzen. Es lagerte immer noch in großen Mengen in ver-

staubten Pappschachteln auf dem Dachboden der Villa der Clausners. Aus irgendeinem Grund hatte Helga das Haus nicht veräußert, selbst nachdem sie nicht länger in der Lage war, dort zu leben. Vielleicht wollte sie es nach ihrem Tod an ihre Adoptivtochter vererben? Mir war es einerlei. Es erleichterte mir allerdings, an die Unterlagen heranzukommen. Ich wusste, dass zumindest Tim hochnervös würde, wenn er bemerkte, auf wessen Papier er die Nachricht erhielt. Er würde sich fragen, wer von seiner Ferialstelle in der Kanzlei wusste, und was diese mit der Nachricht zu tun hatte. Aber ich war noch einen Schritt weitergegangen: Ich hatte dafür gesorgt, dass seine Fingerabdrücke auf einem Bogen des Briefpapiers gefunden würde. Dazu brauchte ich etwas Hilfe. Jemanden, der Tim einen der Bögen in die Hand drückte, ohne dass er merkte, worum es sich dabei handelte. Jemanden, dem er vertraute. Und dem ich trauen konnte. Ich wusste genau, wer diese Aufgabe übernehmen würde. So aber war sichergestellt, dass die Polizei Tim verdächtigen würde. Sollte mein Plan scheitern, so würde er wegen Mordes angeklagt, selbst wenn feststand, dass er sich vor Gericht nie wegen des Unfalls würde verantworten müssen.

Claudia hatte ein Facebook-Profil. Sie hatte sich verändert, aber Kennzeichen wie die Höhe der Wangenknochen, der Abstand zwischen Nase und Mund und die Stelle, an der die Ohren sitzen, waren unverkennbar dieselben. Tims Bruder besuchte damals die Polizeischule. Aus irgendeinem Grund hatte sich sein Gesicht besonders in meine Erinnerungen eingebrannt. Vielleicht, weil er nur unwesentlich älter war als ich? Weil er mich gesehen hatte? Weil ich gehofft hatte, er würde die anderen aufhalten? Sie bitten, mir zu helfen? Mich nicht allein zu lassen? Ich weiß es nicht. In meinen Alpträumen taucht sein Gesicht noch heute auf, wie er mit zusammengekniffenen Augen in meine Richtung starrt, wie er im Moment des Erkennens, dass da draußen ein Kind ist, zusammenzuckt. So wie er selbst. Begreift, dass es von diesem Augenblick an alleine ist, auf sich gestellt, dass es zu dem Unfallopfer gehört.

Andreas Wallner besuchte dieselbe Klasse wie Tim Bergmann. Nur Hannes Blaschke war auf eine andere Schule gegangen. Dennoch war es nicht schwer, ihn ausfindig zu machen. Immerhin hatte er als Psychotherapeut seine eigene Praxis. Einmal suchte ich ihn sogar auf. Ich wollte wissen, wie jemand, der das Leben eines anderen auf dem Gewissen hat, so als Psychologe ist. Wie er damit leben kann. Hannes Blaschkes Ego hätte es problemlos mit dem von Donald Trump aufnehmen können. Zweifellos machte er sich keine Gedanken über Fehler, die er begangen haben könnte oder über Vergehen, die in seiner Vergangenheit lagen. Er war mehr als überzeugt von sich selbst. Obwohl, wenn man ein wenig unter der Schutzschicht aus Überheblichkeit und Narzissmus kratzte, kam am Ende doch ein von Selbstzweifel zerfressener Mann zum Vorschein, der sich eingestehen musste, dass seine Berufswahl jenem verhängnisvollen Sommertag im Jahr 1992 geschuldet war.

Simone Strunz lebte mittlerweile in Deutschland. Sie leitete eine Einrichtung für schwerbehinderte Menschen in Hamburg. Auf der Website strahlte mir eine attraktive Frau mit rehbraunen Augen und vollen Lippen entgegen. Fast musste ich lachen. Ausgerechnet einer der Menschen, die meinen Vater zu einem Leben mit schwersten Behinderungen verdammt hatten, kümmerte sich beruflich um beeinträchtigte Menschen.

Sabine Süß war tatsächlich zufällig in mein Leben gepurzelt. Sie hatte geheiratet, als sie Anfang Zwanzig war und damit einen anderen Familiennamen angenommen. Ich hatte monatelang nach ihr gesucht. In Internetforen, in sozialen Medien und sogar über das Meldeamt. Nichts. Es war mein Glück, dass sie sich kaum verändert hatte, seit jenem furchtbaren Tag. Ein paar Lachfältchen schmückten ihre blitzenden Augen. Ansonsten sah sie aus wie damals.

Zumindest so weit ich das von dem Foto her beurteilen konnte. Sie arbeitete als Diplomkrankenschwester und war auf der Suche nach einer neuen Herausforderung. Die starren Strukturen im Krankenhausbetrieb gingen ihr zunehmend auf die Nerven. Sie suchte eine Anstellung, die es ihr ermöglichte, ihre Patienten bestmöglich zu versorgen, ohne dass ihr eine Chefin im Nacken saß, die erklärte, warum diese und jene Behandlung zu kostspielig oder schlichtweg nicht vorgesehen war. Sie wollte etwas bewegen. Erfolge bei ihren Patienten sehen. So war es nicht weiter verwunderlich, als sie sich auf meine Anzeige hin meldete. Edyta, die polnische Pflegekraft, die ich bis dahin beschäftigt hatte, hatte plötzlich verkündet, dass sie heiraten und in ihre Heimat zurückkehren würde. Im ersten Moment war ich vollkommen überfordert. Wo sollte ich binnen weniger Wochen eine kompetente, loyale Pflegekraft finden? Ich probierte es übers Arbeitsmarktservice, stellte jedoch schnell fest, dass die Gehaltsvorstellungen meine Möglichkeiten bei Weitem überstiegen. Schließlich versuchte ich es mit einer Stellenanzeige.

Als Sabine vor meiner Tür auftauchte, zog es mir beinahe den Boden unter den Füßen weg. Die Ähnlichkeit mit der jungen Frau auf dem Gruppenfoto war so frappierend, dass ich mich zwingen musste, nicht laut nach Luft zu schnappen. Es fühlte sich an, als stünde eine alte Bekannte nach vielen Jahren vor der Tür. Neben einem unbestimmten Gefühl der Vertrautheit kochten unvermittelt Wut und Hass in mir hoch. Ich schluckte schwer.

„Bin ich zu früh?", fragte Sabine und warf einen verunsicherten Blick auf ihre Armbanduhr.

Ich setzte mein strahlendstes Lächeln auf. „Nein, Sie sind genau richtig. Kommen Sie bitte herein!"

Während Sabine ihren Mantel ablegte und sich scheu umblickte, bohrte sich mein Blick in ihren Rücken wie ein Dolch. Mein Herz schlug schmerzhaft gegen meine Rippen.

Damit hatte ich nun nicht gerechnet! Was für eine Ironie des Schicksals.

„Kaffee?", fragte ich und drückte automatisch die Einschalttaste der Maschine.

„Gerne." Sabine setzte sich an den Rand der Eckbank. „Hübsch haben Sie es hier."

Ich lächelte. „Danke. Es war nicht leicht ein Haus zu finden, das behindertengerecht ist."

„Das kann ich mir vorstellen."

Ich platzierte zwei Tassen dampfenden Kaffees auf dem Tisch und nahm Sabine gegenüber Platz.

„Lassen Sie mich ehrlich sein", begann ich. „Ich kann Ihnen wahrscheinlich nicht das gleiche Gehalt zahlen, das Sie im Krankenhaus bekommen haben."

Sabine nippte an ihrem Kaffee und lächelte. „Ich bin auf der Suche nach einem Neuanfang", erklärte sie. „Geld spielt eher eine zweitrangige Rolle. Allerdings sind Wohnungen in Salzburg teuer." Sie setzte die Tasse ab.

„Ich hätte hierzu einen Vorschlag", erklärte ich und überlegte fieberhaft, ob ich diesen gleich bereuen würde. „Der Dachboden des Hauses wurde von den Vorbesitzern ausgebaut. Es ist nur ein Raum mit kleiner Küche und einem separaten Bad, aber er wurde kaum benutzt und ist bereits möbliert."

Sabine zögerte einen Moment. „Das klingt toll!", erwiderte sie und strahlte. „Darf ich ihn mir ansehen?"

„Sie möchten ihn bestimmt kennenlernen", meinte ich, als wir uns bezüglich der Rahmenbedingungen geeinigt hatten.

„Das würde ich sehr gerne." Sie lächelte. „Aber ich muss jetzt los. Wenn es Ihnen Recht ist, beginne ich meinen Dienst am Montag. Dann ist immer noch genügend Zeit, ihn kennenzulernen."

Ich starrte sie ungläubig an. „Sie wollen den Job annehmen, ohne dass Sie sich den Patienten angesehen haben?"

„Ist das ein Problem?" Sie schlüpfte in ihren Mantel und öffnete die Haustür.

„Was ist, wenn Sie nicht mit ihm zurechtkommen?"

Sabine lachte auf. „Machen Sie sich keine Sorgen. Das werde ich!"

Ich stand in der offenen Tür und beobachtete die schlanke Frau, deren Kopf mit einem letzten Winken in einem alten Renault Clio verschwand. Fassungslos starrte ich in die beginnende Dämmerung. Das gab es doch nicht wirklich! Dass das einzige Mitglied der Clique, das ich händeringend gesucht und nicht gefunden hatte, über eine Stellenanzeige zu mir fand und in mein Haus spazierte. Auf dem Silbertablett serviert. Ich konnte mein Glück kaum fassen.

Elli

Elli war zu früh. Wie immer. Sie bestellte einen Früchtetee mit Zitrone, öffnete die aktuelle Ausgabe der *Salzburger Nachrichten*, die auf einem Tischchen neben dem Eingang lag, überflog ein paar Zeilen und klappte sie wieder zu. Es half nicht. Sie war nervös. Vorsichtig nippte sie an dem Tee und verbrannte sich prompt den Gaumen. Das nächste Mal würde sie später kommen, würde sie diejenige sein, die Alex warten ließ und mit hochroten Backen hereinschneite, um leichthin zu fragen: „Ach, du bist schon hier? Wartest du schon lange?"

Gerade als sie zum gefühlt zehnten Mal auf die Wanduhr starrte, die mit einem unbeeindruckten Tick-Tick von einer Sekunde zur nächsten hüpfte, bemerkte sie eine vertraute Gestalt, die mit eingezogenem Kopf auf die Bäckerei zusteuerte. Elli atmete geräuschvoll aus.

„Wartest du schon lange?", keuchte Alex und wickelte ihre rote Nase aus dem dicken Wollschal.

Elli lächelte. „Nein, gar nicht. Bin gerade erst gekommen."

Alex hängte ihre Jacke an den Kleiderhaken und umarmte Elli. Ellis Herz klopfte bis zum Hals. Sie verharrten einen Moment länger in der Umarmung als üblich, bis ein leises Räuspern sie aus der intimen Geste riss.

„Was darf ich Ihnen bringen?", fragte Maria, die Besitzerin der Bäckerei.

„Espresso", erwiderte Alex und löste sich widerwillig aus der Umarmung. „Einen doppelten, bitte."

Maria grinste. „Lange Nacht gehabt?"

Alex antwortete nicht. „Und ein Schinken-Käse-Sandwich."

„Für mich auch, bitte", sagte Elli, als ihr Magen leise knurrte.

„Schön, dich zu sehen."

„Das finde ich auch." Elli strahlte. „Harter Fall, was?"

Alex hob die Augenbrauen. „Das kann man wohl sagen. Wir haben gestern eine weitere Leiche gefunden."

Elli öffnete leicht den Mund. „Derselbe Mörder?"

„Sieht zumindest ganz so aus."

„Ein Serienkiller? In Salzburg? Das ist ja furchtbar."

Alex nahm einen großen Schluck von ihrem Espresso. „Das kann man wohl sagen."

„Du bist doch vorsichtig, ja?" Elli konnte die Sorge um Alex nicht verbergen.

„Das bin ich doch immer", beruhigte Alex ihre Ex-Freundin.

Die Luft knisterte leicht, als würde wenige Meter von ihnen entfernt ein Lagerfeuer glosen.

„Ich könnte es nicht ertragen, wenn ..." Ellis Stimme brach.

Unwillkürlich tastete Alex nach Ellis Hand. Ihre Finger fanden sich, wickelten sich ineinander wie Wolle um eine Stricknadel. Die Erinnerung an Ellis Entführung war noch so präsent, dass Alex Ellis Angst genau nachempfinden konnte. Sie wusste noch genau, wie sie sich gefühlt hatte, als sie befürchten musste, Elli nicht mehr lebend wiederzusehen. Ellis ehemalige Kollegin Kathrin hatte sie in ein Kellerverlies in ein Bürogebäude in Bergheim verschleppt und sie dort tagelang gefangen gehalten.

Alex' Mund war trocken. Sie leerte das kleine Glas Wasser, das Maria ihr zum Espresso serviert hatte, in einem Zug.

„Ich kann wirklich gut auf mich aufpassen", versicherte Alex. „Lass uns über etwas anderes sprechen. Du wolltest mir doch etwas erzählen."

Elli lächelte ein wenig gezwungen. „Vielleicht hat es gar nichts zu bedeuten", begann sie. „Ich bin kürzlich für eine Kollegin eingesprungen. Im Altersheim. Dabei habe ich eine alte Dame betreut, die ich bis dahin nur vom Sehen her kannte."

Alex blickte Elli aufmunternd an. Sie liebte es, Elli beim Sprechen zuzuhören. Ihre weiche Stimme. Die Variation in der Intonation, wenn sie aufgeregt wurde. Ihre Augen, die sich weiteten oder klein wurden, je nachdem, wovon sie gerade erzählte.

„Jedenfalls heißt die Frau Helga." Elli grinste beim Gedanken an die alte Dame. „Sie ist geistig noch sehr wendig. Wir haben uns eine Weile unterhalten. Vor ungefähr zehn Jahren hat sie ihren Mann verloren."

Alex hörte geduldig zu, fragte sich allerdings, ob die Geschichte auch eine Pointe hatte. „Und?"

„Da habe ich sie gefragt, ob sie Kinder hätte." Ellis Blick hielt Alex fest.

„Und?"

Elli nickte. „Allerdings keine leiblichen. Sie hat eine Adoptivtochter. Offenbar hatten sie und ihr Mann Schwierigkeiten, eigene Kinder zu bekommen."

„Was ja nicht so ungewöhnlich ist", bemerkte Alex.

„Richtig", bestätigte Elli, bevor sie den Faden wieder aufnahm. „Helga und ihr Mann hatten zudem mehrere Kinder in Pflege."

Der Espresso stieß Alex sauer auf. Ihr Magen zwickte. Sie wusste nicht, warum ihr der Kaffee nicht bekam. Normalerweise hatte sie damit nie Probleme.

„Jedenfalls war ich beruhigt, dass sie nicht allein ist auf der Welt, dass es, seit dem Tod ihres Mannes, noch jemanden gibt, der sich um sie kümmert. Sie meinte, ihre Adoptivtochter käme jede Woche zu Besuch in die Seniorenresidenz."

„Das ist wunderbar", meinte Alex, die sich das hartnäckige Nagen in ihrem Magen nicht erklären konnte. Es war, als hätte sich die Atmosphäre in dem kleinen Café verändert. Das Knistern war verschwunden, dafür stellten sich die Härchen in Alex' Nacken und auf ihren Armen auf.

„Letztens habe ich Helga wieder gesehen", fuhr Elli fort. „Ich wollte schon zu ihr gehen und sie fragen, ob ich ihr ein wenig Gesellschaft leisten sollte, als ich merkte, dass sie Besuch hatte." Elli hielt inne.

Alex warf einen raschen Blick auf die Uhr, die über der Brottheke hing.

„Musst du los?", fragte Elli.

Alex biss sich auf die Lippe. „In ein paar Minuten. Entschuldige, bitte. Der Fall." Alex kramte eine Tablette gegen Sodbrennen aus ihrer Tasche hervor und zerkaute sie hastig. „Er fordert uns alle wirklich sehr!"

Sie winkte Maria heran, um zu zahlen. „Aber es gibt bestimmt einen Grund, warum du mir von Helga erzählt hast." Alex blickte Elli fragend an.

„Ja." Ellis Stimme brach. „Der Besuch, den sie hatte ..." Elli fürchtete Alex' Reaktion. „Es war Iris."

Alex riss die Augen auf. „DIE Iris?", fragte sie sicherheitshalber nach.

Elli nickte.

„Elli", sagte Alex ernst. „Diese Helga. Wie lautet ihr Familienname?"

Ellis Wimpern flatterten. Alex' Aufregung machte sie nervös. „Ihr Nachname ist Clausner."

Alex' Mund blieb offenstehen. „Ich muss los!", keuchte sie und stolperte aus der Bäckerei.

„Ich ruf dich an!", rief Elli ihr hinterher, doch Alex war bereits in die Kälte getaucht und sprintete den Gehweg entlang in die Richtung, in der ihre Dienststelle lag.

Alex

„Wie geht es deinem Vater?", fragte Alex, als sie sich außer Atem neben Theo auf ihren Drehstuhl fallen ließ.

„Besser", erwiderte er erleichtert. „Er hat eine leichte Gehirnerschütterung und seine Erinnerungen sind recht konfus, aber die Ärzte meinen, dass sich das wieder legt." Er beäugte Alex eingehend. „Sag mal, kommst du vom Sport?"

Alex schüttelte den Kopf. „Nein. Von einem Kaffee mit Elli."

„Wiedervereinigung?", fragte Theo mit einem süffisanten Grinsen.

Alex stieß ihm den Ellenbogen in die Seite. „Sie wollte mir etwas erzählen."

„Und? Was Wichtiges?"

„Ich denke schon", entgegnete Alex, während sie ihren PC hochfuhr. „Ich wusste nicht, dass Iris adoptiert wurde."

„Iris? Deine rothaarige Flamme?"

Alex verdrehte die Augen. „Sie ist nicht ...". Sie brach ab. „Vergiss es! Rate mal, wer sie vor Jahren adoptiert hat!"

Theo starrte sie an, als hätte sie ihn aufgefordert, die Anzahl aller Sandkörner an der Adria zu beziffern.

„Das Ehepaar Clausner."

Theo runzelte die Stirn. „Wie jetzt?"

„Du hast mich schon verstanden."

„Das gibt's doch nicht!"

„Dasselbe habe ich auch gedacht."

„Und ich weiß ja, was du von Zufällen hältst."

Alex gab Iris' Namen in eine Suchmaschine ein.

„Ich garantiere dir: Das hier ist alles, nur kein Zufall."

„Davon können wir ausgehen", murmelte Theo. „Hast du schon mit Iris gesprochen?"

„Sie geht nicht ran", erwiderte Alex. „Vielleicht hat sie ja den Braten gerochen?"

„Du meinst, sie weiß, dass Elli sie im Altenheim gesehen hat?"

Alex zuckte die Achseln. „Möglich wäre es. Allerdings wüsste ich nicht, warum sie das stören sollte."

Angi fegte zur Tür herein wie eine herbstliche Windböe. Die Kälte hing in ihrer Kleidung und brachte einen Hauch Kühle mit sich in das überheizte Büro.

„Hier." Sie legte ein Schreiben auf Alex' Schreibtisch. „Die Nachricht, die der Mörder allen Mitgliedern der Clique geschickt hat."

Alex rutschte auf ihrem Stuhl in eine bequeme Position.

Schuld ist wie ein Schatten, der dir lebenslänglich folgt. Sie verjährt nie. Das war kein Unfall. Aber das wisst ihr natürlich. Ihr habt in Kauf genommen, dass ein Unschuldiger hilflos stirbt. Zeit, Farbe zu bekennen. Zeit, Verantwortung zu übernehmen. Nichts ist je vergessen. Sonst sind es eure Lieben, die dran glauben müssen. Ich werde euch wissen lassen, wo und wann wir uns treffen. Seid kommende Woche alle in Salzburg. Und denkt dran: Ich weiß, wen ihr liebt. Ein Leben ist so schnell ausgelöscht. Die Rache ist mein. Ihr hört von mir.

Alex umfasste eine Ecke des Papiers mit einem Latexhandschuh, als sie es an Theo weiterreichte.

„Ich verstehe das nicht", meinte sie stirnrunzelnd. „Das klingt, als drohte der Täter, die Angehörigen zu töten, nicht die Mitglieder der Clique selbst."

Theo las den Brief zweimal. „Es sei denn", gab er zu bedenken, „dass das ein Trick war. Vielleicht hatte er nie vor, sie zur Verantwortung zu ziehen. Vielleicht wollte er sie einfach nur alle hier in Salzburg haben, um sie zu töten."

„Warum dann dieser Aufwand?", wunderte sich Alex. „Er hätte sie doch nicht vorwarnen müssen."

„Er spielt mit ihrer Angst. Er genießt es, sie zu quälen."

Alex zuckte die Achseln. „Kann sein. Er will sichergehen, dass sie ihn ernst nehmen. Deshalb auch die Drohung, den Menschen, die sie lieben, etwas anzutun. Soweit ich weiß, hat er keinen einzigen Angehörigen bedroht."

„Wenn man davon absieht, dass Tim und ich Brüder sind und mein Vater am Todestag von Simone Strunz verletzt wurde, dann nicht."

Alex antwortete nicht. Sie fürchtete, dass Theo eine böse Überraschung erleben könnte, wenn er feststellen würde, dass sein Bruder hinter den Morden steckte.

„Ich verstehe sowieso nicht, was jemanden bewegt, nach so vielen Jahren, Rache zu nehmen. Das ist doch mehr als verrückt", meinte Theo.

„Möglicherweise war der Täter zum Zeitpunkt des Unfalls nicht in der Lage, sich zu rächen", schlug Angi vor.

„Weil?" Alex wandte ihren Kopf der Kollegin zu.

Diese zuckte die Achseln. „Vielleicht war er schwer traumatisiert. Oder ... Sie trommelte mit den Fingern auf die Holzplatte des Schreibtisches. ... er war damals selbst ein Kind."

Alex dachte einen Moment lang über diesen Gedanken nach. „Das wäre zumindest eine Möglichkeit", gab sie zu. „Aber hätte er seinen Plan dann nicht viel früher umgesetzt? Als junger Erwachsener?"

Angi hob die Schultern. „Was weiß ich, was in jemandem vor sich geht, der offenbar nicht alle Tassen im Schrank hat."

„Da könnte was dran sein", murmelte Alex. „Daniel!", rief sie, als der junge Mann schlaksigen Schrittes ins Büro spazierte.

„Hmmm?", machte dieser.

„Kannst du etwas für mich überprüfen?"

„Klar!", antwortete Daniel, ehe er eine riesige Kaugummiblase produzierte.

„Prüf mal nach, ob du irgendwelche Hinweise findest, dass das Unfallopfer ein Kind hinterlassen hat."

„Kein Problem!", erwiderte Daniel. Die Kaugummiblase platzte mit einem lauten Plopp. „Übrigens: Ich habe Tim Bergmanns PC fast durch."

„Hast du noch etwas gefunden?"

„Möglicherweise." Daniel kratzte sich am Hinterkopf und warf Theo einen entschuldigenden Blick zu. „Tim war Kunde einer Plattform, die exklusive Begleiterinnen vermittelt. Ich habe Buchungsbestätigungen und Rechnungen auf seinem Laptop gefunden."

Er hob die Hand zum Zeichen, dass die anderen warten sollten, verschwand kurz und kehrte mit Tims Notebook zurück. Nach ein paar Klicks baute sich eine Website auf, die Begleiter und Begleiterinnen für jede Gelegenheit anbot. Alex starrte über die Schulter ihres Kollegen. Daniel gab etwas in die Suchmaske ein. Das Foto einer attraktiven Rothaarigen erschien auf dem Bildschirm. Sie hatte ebenmäßige Züge, volle Lippen und Augen, die so manchem Verehrer den Verstand rauben konnten. Alex schnappte nach Luft.

„Tim hat sich mit dieser Frau getroffen?"

Daniel nickte.

Theo spähte nun ebenfalls auf das Display. „Das ist doch…"

„… Iris!", rief Alex und spürte, wie sich ihre Wangen röteten. Sie versuchte, ihre Bekannte telefonisch zu erreichen, landete aber nur auf der Mobilbox. Auch ihr zweiter Anrufversuch, eine Viertelstunde später, war erfolglos. Wütend knallte Alex ihr Mobiltelefon auf den Schreibtisch.

„Angi, könntest du bitte bei Iris vorbeischauen? Vielleicht ist sie zu Hause und schläft. Offenbar hat sie einen Job, der sie nachts des Öfteren wachhält."

Angi schlüpfte wieder in ihre Jacke und eilte zur Tür. „Ich gebe Bescheid, sobald ich sie gefunden habe."

„Ist die Fahndung nach Tim Bergmann eigentlich noch aufrecht?", fragte Daniel.

Theo erstarrte. „Was sagst du da?"

Alex' Wangen glühten. Sie hatte es bislang vermieden, Theo davon zu erzählen.

„Lass uns unter vier Augen sprechen", schlug sie vor und griff nach Theos Arm.

„Du wusstest davon?" Theo schüttelte ihre Hand ab. „Und hast es nicht für nötig erachtet, mich zu informieren?"

„Theo, ich ..."

Theo griff nach seiner Jacke und stürmte auf den Ausgang zu. „Ich mache mir Sorgen um Tim, kapierst du das? Er würde niemals jemanden töten."

Er wandte sich zu Alex um. Seine Augen spuckten Feuer. „Wahrscheinlich ist er längst tot", schrie er außer sich. „Aber du glaubst mir ja erst, wenn wir seine Leiche finden." Damit krachte die Tür hinter ihm ins Schloss.

Paul streckte den Kopf aus seinem Büro. „Was ist denn hier los?"

„Theo hat gerade erfahren, dass wir offiziell nach Tim Bergmann fahnden."

Paul seufzte. „Verstehe. Er wird sich schon wieder beruhigen. Gib ihm etwas Zeit."

Alex folgte Paul in sein Büro. „Was, wenn Theo Recht hat? Was, wenn Tim das nächste Opfer ist und wir in eine völlig falsche Richtung ermitteln?"

„Wie kommst du darauf?"

Alex brachte Paul auf den neuesten Stand und berichtete ihm von Iris, die nicht nur die Adoptivtochter des Ehepaars Clausner war, sondern zudem Tim Bergmann kannte. Abschließend erzählte sie ihm von dem Schreiben, das an die Mitglieder der Clique geschickt worden war.

„Denkst du, dass diese Iris sich an der Clique rächen will?", fragte Paul.

„Ich weiß überhaupt nicht, was ich noch glauben soll", erklärte Alex. „Fest steht, dass es ein eigenartiger Zufall ist, dass sie Tim Bergmann kennt."

Sie seufzte leise. „Außerdem hat Iris mich vor Kurzem aufgesucht", gab Alex zu. „Ich kann nicht ausschließen, dass mehr hinter ihrem plötzlichen Auftauchen steckt."

„Wie meinst du das?", fragte Paul.

Alex erzählte Paul von ihrer Affäre mit Iris vor einigen Jahren und davon, dass sie sie vor wenigen Tagen kontaktiert hatte.

„Wieso denkst du, dass diese Frau dich aus anderen als rein privaten Gründen angerufen hat?"

„Ich habe die Nacht bei ihr verbracht", gab Alex leise zu. „Als ich ihre Wohnung verlassen wollte, konnte ich mein Mobiltelefon nicht finden. Ich bin fast sicher, dass ich es nicht dorthin gelegt habe, wo ich es schließlich fand."

Paul stöhnte auf. „Ich sollte das alles gar nicht wissen. Du denkst, sie hat möglicherweise nach Informationen auf deinem Telefon gesucht?"

Alex zuckte die Achseln. „Möglich wäre es. Anruflisten. Kontaktdaten. Ich habe keine Ahnung, wonach sie gesucht haben könnte."

„Wir müssen diese Iris dringend finden. Offenbar ist sie ein Bindeglied zum Ehepaar Clausner und damit zum Kinderheim in Aigen. Außerdem kennt sie Tim Bergmann. Wir müssen dringend mit der Frau sprechen."

Alex nickte.

„Und wir müssen herausfinden, wer das Unfallopfer war und ob es Kinder hatte", schlussfolgerte Paul nach einer kurzen Pause. „Möglicherweise hat diese Iris ihren Vater bei dem Unfall vor vielen Jahren verloren und den Verlust nie überwunden."

„Das sehe ich genauso. Wenn der Mörder keiner aus der Clique ist, dann hat die Person, die damals gestorben ist-

232

möglicherweise ein sehr wütendes Kind hinterlassen", erwiderte Alex.

Paul nickte nachdenklich. „Eines, das bereit ist, noch Jahrzehnte später aus Rache zu morden."

Ich

Mir gefällt die Vorstellung, dass nach Tim Bergmann gefahndet wird. Gestern habe ich das Fahndungsfoto mit einer knappen Beschreibung in den Nachrichten gesehen. Geschieht ihm Recht, dass die Polizei ihn verdächtigt. Im Grunde ist er nicht besser als ich. Nicht ein bisschen.

Ich öffne die Tür zu seinem Gefängnis. Tim kauert auf der Pritsche, ein Notebook auf seinen Knien. Er tippt mit zehn Fingern, runzelt die Stirn, löscht den letzten Absatz.

Er hat längst begriffen, dass der Raum schalldicht ist. Wahrscheinlich hat er zu Beginn seiner Gefangenschaft versucht, zu schreien, bis sich seine Lungen anfühlten, als würden sie platzen und seine Stimme nicht mehr als ein Krächzen war. Er betrachtet mich argwöhnisch.

„Wo haben Sie Simone hingebracht?", fragt er, als erwartete er eine Antwort.

„Was für eine Rolle spielt es?", frage ich.

Er schüttelt den Kopf, als wäre alles egal. „Sie haben Claudia getötet", flüstert er.

Ich gehe vor ihm in die Hocke und zwinge ihn, mir in die Augen zu sehen. „Und Andreas, aber ich nehme an, das ist dir nicht so wichtig."

Sein Kehlkopf hüpft nervös auf und ab. „Warum?", keucht er.

„Weil ihr mir alles genommen habt. Meinen Vater. Meine Kindheit. Mein Leben." Ich rücke noch ein Stück näher an ihn heran. „Jetzt ist es an euch, dafür zu bezahlen."

„Aber ich habe den Artikel für Sie geschrieben. So wie Sie es verlangt haben. Ich werde ihn veröffentlichen. Mein Chefredakteur lässt mir freie Hand." Tim schluckt. „Alle Welt wird erfahren, was wir getan haben. Was wir Ihnen angetan haben." Er dreht das Notebook so, dass ich es sehen kann.

Ich suche nach einer Lüge in Tims Gesicht, doch er sagt die Wahrheit.

„Ja", sage ich. „Die Welt wird die Wahrheit erfahren. Allerdings nicht von dir. Oder von einem der anderen." Ich lächle. „Ich werde meine Geschichte der Welt erzählen. Ich allein. Aber ich bin sehr gespannt auf deine Variante der Geschichte."

Ich nehme ihm das Notebook ab und fessle eine seiner Hände an das obere Ende des Bettgestells.

„Was mache ich dann hier?", fragt Tim und reißt im selben Moment die Augen auf. Er begreift, dass er nicht hier ist, um mir zu helfen oder um etwas zu gestehen.

Ich nicke. „Ich sehe, wir verstehen uns."

„Ich werde sterben", erwidert Tim fast tonlos. Es ist keine Frage.

Die Antwort bleibt in der Luft hängen wie die Angst, die den kleinen Raum ausfüllt.

„Du kannst mir helfen", erkläre ich ihm und ziehe ein Kuvert aus der Gesäßtasche meiner Jeans.
Er sieht mich an wie ein zum Tode Verurteilter, der mit Appetit seine Henkersmahlzeit verspeisen soll. Ich hole vier zusammengefaltete Stück Papier aus dem Umschlag und halte sie mit einer Hand hoch.

„Was ist das?", fragt er misstrauisch.

„Die Reihenfolge", erkläre ich, während ich ihm die Zettel entgegenstrecke.

„Wovon?"

Ich seufze, als müsste ich einem Kind erklären, dass es den Osterhasen nicht gibt.

„Hast du dich nie gefragt, warum Andreas zuerst sterben musste?"

Tim reißt die Augen auf.

„Und dann deine geliebte Claudia?"

235

Seine Augenwinkel werden feucht. „Sie losen aus, wer wann sterben soll?" Die Empörung schwappt über seine vertrockneten Lippen wie Suppe über einen zu vollen Teller.

„Das ist wesentlich gerechter, als würde ich die Reihenfolge festlegen", erwidere ich ungerührt.

Tims Lippen beben. „Sie könnte also noch leben", schlussfolgert er.

„Wer? Claudia?" Ich kichere. „Natürlich könnte sie. Es war schlichtweg Pech, dass ich sie als Zweite gezogen habe."

Ein gequälter Laut entschlüpft Tims Mund. „Sie sind krank, wissen Sie das?"

„Mag sein", entgegne ich. „Was krank ist und was nicht, ist nicht immer leicht zu entscheiden, nicht wahr?" Ich halte seinem Blick stand. „Manch einer würde behaupten, dass es krank ist, einen Mann mitten in der Nacht anzufahren und ihn zum Sterben den Abhang hinunterzustoßen. Aber was weiß ich schon."

Ich schiebe meine Hand mit den vier Zetteln direkt unter sein Gesicht. „Jetzt darfst du Gott spielen", erkläre ich ihm. „Wie sich das anfühlt, weißt du ja bereits."

Tim schließt die Augen. Ich kann sehen, wie sehr er sich von hier fortwünscht. Ich verstehe ihn. Ich kenne dieses Gefühl gut.

„Los!", sage ich. „Zieh einen Zettel!"

Tim schüttelt den Kopf. „Das kann ich nicht", jammert er. „Ich kann doch nicht darüber entscheiden, wer leben darf und wer nicht."

Ich verziehe den Mund. „Ich finde, das konntest du ganz gut." Ich tätschele seine Hand. „Im Übrigen wird der Zufall Regie führen", erkläre ich. „Du weißt ja nicht, wessen Schicksal du besiegelst."

„Mein Bruder", presst Tim hervor. „Steht sein Name auch auf einem der Zettel? Er war damals noch ein Kind. Er hatte nichts mit dem Unfall oder der unglückseligen Entscheidung, Ihren Vater zurückzulassen, zu tun."

Ich lege den Kopf schief, versuche festzustellen, ob er das wirklich denkt.

„Ich war auch ein Kind damals", erwidere ich ungerührt. „Keiner von euch hatte Skrupel, mich allein zurückzulassen."

Tim schnappt nach Luft. „Aber wir wussten nichts von Ihnen. Hätten wir gewusst, dass der Mann ein Kind dabei hatte, ..."

Ich lache laut auf. „Siehst du, da wären wir wieder bei deinem Bruder. ER wusste, dass ich dort war", schleudere ich ihm entgegen. „Theo hat mich gesehen."

Es ist still in dem Raum. Die gepolsterten Wände schlucken sogar unsere Atemzüge. Ich habe Jahre damit verbracht, dieses Gefängnis vorzubereiten.

Tims Kopf sinkt auf seine Brust. Kapitulation. Er diskutiert nicht länger mit mir, dass Theo möglicherweise unter Schock stand und verabsäumt hatte, die Erwachsenen zu informieren. Dass er auch nach ihrer Rückkehr in ihr wohlbehütetes, unbeschädigtes Zuhause nie erwähnt hatte, dass dort noch ein Kind war, das mitten in der Nacht allein in der Dunkelheit zurückgeblieben war. Auf einer Bundesstraße. Weil eine Gruppe kokainbenebelter und betrunkener Jugendlicher seinen Vater angefahren und einen Hang hinabgestoßen hatte.

„Zieh einen Zettel!", fordere ich ihn erneut auf.

Er hebt den Kopf. Seine Augen sind leer. „Nehmen Sie mich", schlägt er vor. „Ich sterbe ja sowieso."

Ich kann die Hoffnung sehen, dass die anderen – allen voran sein Bruder – auf wundersame Weise gerettet werden. Dass es ihnen gelingen möge, mir zu entkommen. Und damit dem sicheren Tod.

Eine dicke Falte nistet sich zwischen meinen Augenbrauen ein. „So funktioniert das nicht", erkläre ich ihm und komme seinem Gesicht bedrohlich nahe.

„Dann ziehen Sie Ihren Scheiß-Zettel doch selbst!", faucht er mich an. „Ich mache jedenfalls nicht mit bei Ihrem kranken Spiel."

Meine Mundwinkel wandern nach oben, erreichen jedoch meine Augen nicht.

„Wie du willst", erkläre ich und ziehe meine Hand mit den Kärtchen zurück. „Alles hat Konsequenzen", erkläre ich ihm. „Ich hoffe, du kannst mit dieser leben." Ich plumpse auf den Stuhl, der seinem Bett gegenübersteht und betrachte die vier Papierschnipsel eingehend.

„Ine-ane-u und raus bist du", flöte ich und entferne den Zettel, bei dem ich mit meinem Sprüchlein stehengeblieben bin. So fahre ich mit den drei anderen fort, bis ich nur noch einen Zettel zwischen Zeigefinger und Daumen halte. Ich beobachte Tim, der angespannt auf dem Bett kauert. Ich drehe das Papier zwischen den Fingern hin und her, falte es auseinander und werfe einen Blick hinein. Dann stecke ich die drei verbliebenen Namen zurück in das Kuvert, schiebe es zurück in die Gesäßtasche und stehe auf. Die Spannung ist fast greifbar. Als ich die Tür erreiche und die Klinke hinunterdrücke, ruft Tim mir nach.

„Warten Sie!"

Langsam drehe ich mich zu ihm um. Er schwitzt. Seine Pupillen sind riesengroß. „Wer ist es?"

Ich lächle. „Ich sagte doch, dass jede Entscheidung Konsequenzen hat." Die Tür öffnet sich. Ein breiter Streifen hellen Lichts fällt in den Raum.

„Nein! Bitte! Ich muss wissen ..." Jetzt schreit Tim. Seine Stimme überschlägt sich beinahe.

Ich presse mitleidig die Lippen aufeinander. Dann schließe ich die Tür.

Alex

Alex war so müde, dass ihr beinahe die Augen zufielen. Auch der vierte Kaffee konnte heute nichts gegen die Erschöpfung ausrichten, die sich wie flüssiges Blei durch ihre Gliedmaßen schlängelte. Zudem hatte sie ihren Kollegen zutiefst verletzt. Sie hätte gleich offen mit ihm sprechen sollen. Im Nachhinein war man immer klüger. Sie seufzte. Sie würde ihm ein paar Stunden Zeit geben, um sich zu beruhigen. Dann würde sie ihm erklären, warum Paul und sie beschlossen hatten, die Fahndung nach Tim vorerst für sich zu behalten.

Erst jetzt bemerkte sie eine ausgedruckte E-Mail auf ihrem Schreibtisch. Die Nachricht kam von Frieda Kastner, der Leiterin des Kinderheims in Aigen. Neben einer kurzen Nachricht war eine Tabelle mit den Namen der nunmehr erwachsenen Kinder angefügt. Zwei Namen waren im Fließtext erwähnt. Es handelte sich um die beiden Pflegekinder, die bereits verstorben waren. Blieben vier Namen, die sie überprüfen mussten. Neugierig wanderte Alex' Blick über die Liste. Ihr Herzschlag beschleunigte. Ob sie einen der Namen kannte?

Georg Müller
Lilia Kratzer
Klaus Bartsch
Martina Seifert

Ernüchtert stellte Alex fest, dass es wohl nicht so einfach werden würde. Sie hatte erwartet, Iris' Namen auf der Liste der Pflegekinder zu finden. Hatte Elli nicht gemeint, Iris wäre vom Ehepaar Clausner adoptiert worden? Das würde das handgeschöpfte Papier erklären. Andererseits, jedes der Pflegekinder hatte theoretisch die Möglichkeit gehabt, an

Briefpapier der Rechtsanwaltskanzlei zu kommen. Und Tim, dachte sie im Stillen. Immerhin hatte er dort zu Beginn seines Studiums ein Praktikum absolviert. Bestimmt konnte die Leiterin des Kinderheims beantworten, ob Iris vom Ehepaar Clausner adoptiert worden war. Sie wählte Frau Kastners Nummer. Die Sekretärin hob nach dem sechsten Läuten ab und erklärte ein wenig genervt, dass Frau Kastner bei einer zweitägigen Fortbildung wäre. Alex ließ sich die Mobilnummer geben, erreichte aber auch hier nur den Anrufbeantworter.

Sie beschloss, Frau Clausner einen Besuch im Altersheim abzustatten.

„Angi!", rief sie ihrer Kollegin zu, die gerade ihre Kaffeetasse in die Spülmaschine räumte. „Ich fahre in die Seniorenresidenz. Ich möchte mit Frau Clausner reden. Kommst du mit?"

„Das würde ich gerne, aber Paul hat mich gebeten, ein Auge auf Hannes Blaschke zu haben."

„Aha", erwiderte Alex, die davon nichts mitbekommen hatte. „Na gut. Frag ihn bei der Gelegenheit nach Tim. Er war, soweit wir wissen, vor einigen Jahren bei Herrn Blaschke in Behandlung. Dann treffen wir uns später wieder hier."

Angi streckte einen Daumen in die Luft und lächelte.

„Soll ich dich begleiten?", fragte Daniel, als Alex zum Ausgang eilte.

„Wenn ich ehrlich bin, wäre ich dir dankbar, wenn du nochmal recherchieren könntest, ob wir weitere Details zu dem Unfall finden können. Irgendjemand muss das Unfallopfer damals gefunden haben. Demnach muss es auch irgendwelche Akten dazu geben."

„Klar", erwiderte Daniel. „Ich gebe dir Bescheid, wenn ich etwas herausfinde."

„Und falls du noch Zeit haben solltest …", Alex reichte ihm eine Kopie der Namensliste der Pflegekinder. „ … das hier sind die Namen der Kinder, die beim Ehepaar Clausner gelebt haben. Wenn du die ausfindig machen könntest, das wäre großartig!"

„Ich sehe, was ich machen kann", versprach Daniel zwischen einer riesigen Masse rosa Bubble Gum.

Alex fragte sich, ob ihr Kollege irgendwo in der Pubertät hängengeblieben war. Sie fand es fragwürdig, dass ein erwachsener Mann, ständig Kaugummi kaute. Sie seufzte und lenkte den Wagen aus der Parklücke vor der Dienststelle. Vielleicht hatte sie Glück und Elli war im Dienst. Bei dem Gedanken schlug ihr Herz Purzelbäume.

Der Himmel begann sich zu lichten, als Alex die Seniorenresidenz erreichte. Die Sonne drängte sich zwischen dicken Wolken hervor, als wollte sie dem Winter eine Absage erteilen. Auch wenn die nächsten Wochen noch Schnee und Kälte bringen konnten, so war Ende Februar der Winter großteils überstanden. Alex steuerte auf den weiß getünchten Bau zu. Ein paar Senioren nutzten die Sonnenstrahlen für einen Spaziergang im Park, der das Gebäude umgab. Ein alter Herr tippte sich an den Hut, als Alex ihn passierte. Sie betrat das Haus und wandte sich direkt an die Rezeptionistin.

„Alexandra Wild. Landeskriminalamt. Ich möchte zu Frau Clausner."

Die Rezeptionistin wurde bleich. „Landeskriminalamt? Um Himmels willen! Frau Clausner ist immer im Haus. Sie kann in keine kriminellen Machenschaften verwickelt sein!"

Alex verzog den Mund, ersparte sich aber, der Dame zu erklären, dass eine Ermittlung nicht zwingend bedeutete, dass der Befragte für schuldig gehalten wurde.

„Wo finde ich die Dame?"

Die Rezeptionistin wandte sich irritiert ihrem Bildschirm zu und tippte etwas in die Tastatur. „Frau Clausner bekommt gerade eine Moorpackung. Sie ist in Raum Nummer 107. Aber Sie können da jetzt nicht rein!"

Alex nickte und steuerte auf einen Gang zu, von dem mehrere Behandlungsräume abgingen. Sie setzte sich auf einen der Stühle direkt gegenüber vom Raum 107 und nickte einer älteren Dame zu, die offenbar auf ihre Behandlung wartete.

Nach zehn Minuten öffnete sich die Tür und eine adrette alte Dame spazierte heraus. Sie war in Begleitung einer Pflegerin. Es war Elli.

„Alex!", rief Elli überrascht. „Was machst du denn hier?"

„Ich muss mit Frau Clausner sprechen", erklärte Alex. „Gibt es einen Raum, wo wir uns in Ruhe unterhalten können?"

Frau Clausner beäugte Alex misstrauisch, ehe die Polizeibeamtin sie schließlich aufforderte, ihr zu folgen. „Lassen Sie uns in mein Zimmer gehen", entgegnete sie. „Aber Elli soll dabei sein."

Alex nickte und folgte der resoluten Frau zum Aufzug, der in den ersten Stock führte. Sie betraten einen hell möblierten Raum, der für eine Seniorenresidenz recht modern wirkte.

„Schön haben Sie es hier", stellte Alex fest.

Die alte Dame kniff die Augen zusammen und schob ihre Brille auf die Nase. „Aber Sie sind nicht hier, um die Räumlichkeiten zu bewundern, nicht wahr?"

„Nein", bestätigte Alex. „Natürlich nicht."

„Elli", fragte Helga. „Würden Sie Teewasser aufsetzen? Ich habe das Gefühl, ich könnte eine Tasse brauchen."

„Natürlich."

„Also", sagte Helga. „Was führt Sie zu mir?"

„Ich bin von der Polizei", erklärte Alex.

„Das dachte ich mir schon", erwiderte Helga und breitete eine Decke über ihrem Schoß aus.

„Sie haben früher Pflegekinder betreut."

Die alte Dame nickte. „So ist es." Sie beobachtete Alex genau. „Warum interessiert sich die Polizei für meine Kinder?"

Alex räusperte sich. „Wir ermitteln in einem Fall, der uns zum Kinderheim in Aigen geführt hat."

Elli stellte drei Tassen Tee auf den Tisch und setzte sich.

„Und weiter?"

„Die Kinder, die Sie aufgenommen haben, lebten doch davor in diesem Heim?"

Helga nahm einen Schluck von ihrem Tee, ohne Alex aus den Augen zu lassen. „Das ist viele Jahrzehnte her. Ich wüsste nicht, was das mit Ihrem Fall zu tun haben könnte."

Alex versuchte es anders. „Sie haben eins der Kinder adoptiert, nicht wahr?"

Ein scheues Lächeln huschte über das Gesicht der alten Frau. „Ja. Eines der Mädchen."

„Wieso haben sie kein weiteres Kind adoptiert?", fragte Alex.

Ein schmerzerfüllter Ausdruck verdunkelte Helgas Gesicht. „Das wollten wir. Mein Mann Ferdi und ich." Bei der Erwähnung seines Namens erhellten sich ihre Züge. „Aber die Behörden haben uns einen Strich durch die Rechnung gemacht."

„Warum das?", wollte Alex wissen. „Sie hatten doch schon ein Kind adoptiert."

„Kurz nach der Adoption erlitt Ferdi einen Herzinfarkt. Er überlebte nur knapp. Er verbrachte viele Wochen im Krankenhaus und Monate in der Reha. Danach wollte man uns keine weitere Adoption ermöglichen."

„Sie hätten die anderen Kinder gerne adoptiert", stellte Alex fest.

Helga nahm einen weiteren Schluck Tee. Sie zögerte. „Ja. Wahrscheinlich hätten wir das", presste sie schließlich hervor.

Alex zog die Namensliste aus ihrer Jacke hervor und faltete sie auseinander. „Diese Liste hat Frau Kastner mir geschickt. Sind das die Kinder, die bei Ihnen in Pflege waren?"

Helgas Hände zitterten leicht, als sie das Papier entgegennahm. Ihre Lesebrille baumelte an einer goldenen Kette um ihren Hals. Sie überflog die Namen, presste die Lippen aufeinander. „Ja", erwiderte sie. „Das sind meine Kinder."

Alex entging das leichte Zögern nicht. Täuschte sie sich oder verbarg die alte Dame etwas vor ihr?

„Stehen Sie noch zu allen in Kontakt?"

„Nur zu meiner Adoptivtochter und gelegentlich kommt Martina zu Besuch." Helga begann, sich sichtlich zurückzuziehen.

„Was ist mit den Männern? Georg und Klaus?"

„Klaus lebt in den USA", erklärte Helga. „Er schreibt mir jedes Jahr zu Weihnachten und zu meinem Geburtstag."

„Und Georg?"

Helgas Gesichtszüge verhärteten sich. „Zu Georg habe ich keinerlei Kontakt", erwiderte sie leise. „Er ist ein schwieriger Mensch."

Alex spürte, dass das Verhältnis zu diesem Pflegekind Helga in große Aufruhr versetzte.

„Wenn Sie mich jetzt bitte entschuldigen würden", sagte die alte Frau. „Ich bin wirklich sehr müde."

Alex wollte etwas erwidern, aber Elli kam ihr zuvor.

„Danke Helga, dass Sie sich Zeit genommen haben. Ich sehe dann später nach Ihnen." Damit schob sie Alex aus dem Zimmer.

„Sie verheimlicht etwas", stellte Alex fest.

„Sie wird dir nicht mehr erzählen, wenn sie nicht dazu bereit ist."

Alex' Finger kribbelten. Drei Menschen waren tot. Es bestand eine Verbindung zum Kinderheim in Aigen und zur

Familie Clausner. Die Zeit lief ihr davon. Sie musste einen Serienmörder fassen, bevor es weitere Tote gab.

„Kannst du sie später noch einmal auf Iris ansprechen? Ihr Name steht nicht auf der Liste. Und vielleicht erzählt sie dir ja, wie wir Martina erreichen können, mit der sie nach wie vor in Kontakt steht."

Elli seufzte. „Ich tue mein Bestes. Allerdings wird sie mir nichts erzählen, bevor sie nicht ein wenig geschlafen hat."

„Ruf mich an, wenn du etwas erfährst!"

„Klar. Mach ich!"

Alex beugte sich zu Elli hinüber und streifte ihre Lippen. Eine sachte Berührung. Tausende Nerven, die allesamt synchron explodierten. Alex und Elli starrten sich staunend an. Elli streichelte Alex über die Wange.

„Du musst los!", flüsterte Elli.

„Ja", raunte Alex. „Du hast Recht." Sie drückte Ellis Hand und schlüpfte an ihr vorbei zum Aufzug. Sie hatte das Gefühl, dass jedes Mal, wenn sich die Gelegenheit bot, ihre Beziehung mit Elli zu klären, etwas dazwischenkam. Sie musste diesen Fall abschließen. Und dann musste sie endlich reinen Tisch mit Elli machen.

Ich

Zwei Dinge locken Menschen immer wieder in eine Falle. Das eine ist Neugierde. Die meisten Menschen halten es nicht aus, etwas nicht zu wissen. Nicht zuletzt deshalb ist es oft die Ungewissheit, die Angehörige umbringt, wenn ein lieber Mensch verschwindet. Das Nicht-Wissen, was mit jemandem geschehen ist, den man liebt, ist wie ein innerliches Sterben. Selbst die furchtbarste Wahrheit ist erträglicher, als sich in einer Endlos-Schleife vorzustellen, was passiert sein könnte. Was irgendein Monster dem Liebsten angetan hat. Was er erleiden musste. Oder vielleicht noch muss. Hoffnung kann grausam sein.

Die andere Sache, die uns in die Falle tappen lässt, ist Narzissmus. Wer ein überschwänglich positives Selbstbild von sich hat, wird immun gegenüber negativer Kritik. Wer bewundert werden will wie ein Pfau und sich selbstverliebt betrachtet, der kann mit ein wenig Schmeichelei leicht ausgetrickst werden. Menschen wollen nicht gut, sondern großartig sein. Sie wollen gebauchpinselt werden. Geliebt. Bewundert. Für ihre Arbeit. Ihre Erfolge. Ihr Aussehen. Ihren Charakter. Um ihrer selbst willen. All das ist zutiefst menschlich, solange es ein gewisses Maß nicht übersteigt.

Bei ihm wusste ich gleich, dass sein Narzissmus überproportional ausgeprägt war. Er war ein Gockel, der sich aufplusterte, um allen zuzurufen: „Seht her, was für ein prächtiges Exemplar ich bin! Und auf meinem Fachgebiet bin ich unschlagbar."

Es brauchte nicht mehr als ihm ein wenig Honig um den Mund zu schmieren. Dass er einzigartig sei. Grandios. Gepaart mit einer Bitte um Hilfe auf seinem Fachgebiet, konnte er den Köder, den ich vor seiner Nase baumeln ließ, einfach nicht widerstehen. Er folgte mir. Widerstandslos, ja nahezu euphorisch. Er brannte darauf, den Patienten zu sehen, mit ihm zu sprechen, ihn zu analysieren. Ein ganz und gar hoffnungsloser Fall sei er, hatte ich ihm versichert.

„Hoffnung gibt es immer", hatte er mir erklärt.

Ich konnte faktisch hören, wie er ein *„Immerhin habe ich ihn noch nicht behandelt"*, hinunterschluckte.

Als wir uns dem Haus nähern, denke ich an Andreas Wallner. Walli. Er war kein Narzisst. Es war wesentlich schwieriger, ihn zu einem Treffen zu überreden. Also wühlte ich mich durch sein Leben, durchforstete die Zeit seines Studiums, die Phase, als er seine Frau kennenlernte und seine Praxis eröffnete. Nichts. Der Mann war wie ein unbeschriebenes Blatt, ein Buch voller leerer Seiten. Ich beschloss, tiefer zu graben. Ich folgte ihm einige Tage auf Schritt und Tritt. Er kam gegen 9 Uhr in die Ordination und verließ sie selten vor 19 Uhr. Danach fuhr er auf direktem Wege nach Hause zu seiner Frau. Als ich bereits aufgeben wollte und mir einen Plan B zurechtlegen wollte, kam er eines abends mit einer blutjungen Frau aus seiner Praxis. Er hatte den Arm um sie gelegt. Sie schmiegte sich an ihn. Ich zückte meine Kamera und hielt die Szene fest. Zu meinem Entzücken ließ er sich hinreißen, die Frau, die bestenfalls volljährig sein konnte, lang und innig zu küssen. Ich hatte einen sauren Geschmack im Mund. Was fand diese Schönheit an einem Mann mittleren Alters mit Bierwampe und schütterem Haar? Ich schob den Gedanken beiseite und packte meine Kamera ein. Jetzt hatte ich ihn. Mir war klar, dass Andreas Wallner nicht der Typ war, der seine Ehe ernsthaft aufs Spiel setzen würde. Als ich drohte, seiner Frau die Fotos zukommen zu lassen, war er schnell bereit, sich mit mir zu treffen. Die Andeutung, dass die junge Frau kaum volljährig war, erhöhte seine Bereitschaft noch zusätzlich.

Ich bestellte ihn für den nächsten Tag zur Bushaltestelle der Linie 4 in Mayrwies. Ich wusste, dass die O-Busleitungen auf diesem Streckenabschnitt gerade erneuert wurden. Aus diesem Grund war der Fahrplantakt reduziert worden. Im Augenblick fuhr ein benzinbetriebener Bus nur zweimal pro Stunde, nach 18 Uhr sogar nur stündlich. Das Risiko, abends in diesem Bereich auf Zuschauer zu treffen, war daher gering.

Walli war pünktlich. Eine Eigenschaft, die ich an Menschen sehr schätze. In diesem Fall war ich mehr als erleichtert, dass er zum vereinbarten Zeitpunkt vom gegenüberliegenden Wirtshaus aus die Hauptstraße Richtung Bushaltestelle überquerte. Fast hätte ich ihn übersehen. Ich warf einen raschen Blick nach links und rechts und vergewisserte mich, dass uns niemand beobachtete. Zur Sicherheit trug ich einen Kapuzenpulli, der mir tief in die Stirn reichte. Ich ließ den Wagen in einer Seitengasse anrollen, dann stieg ich ins Gas. Die Reifen quietschten. Andreas Wallner hatte das Geräusch gehört. Der Schreck ließ ihn mitten auf der Straße stehenbleiben. Die Augen weit aufgerissen, der Mund geöffnet. Starr vor Angst. Begreifen. Mit einem dumpfen Geräusch traf der Wagen seinen Körper. Durch die Wucht wurde er durch die Luft geschleudert. Wie eine Schaufensterpuppe. Er kam in der Nähe der Haltestelle zum Liegen. Ich drehte mich um, blickte durch die Heckscheibe. War da eine Bewegung? Mein Herz raste. Im Adrenalinrausch zuckten meine Finger. Meine Zehen ertasteten das Gaspedal, meine Hand legte den Rückwärtsgang ein. Ich schluckte. Ich konnte kein Risiko eingehen. Der Wagen machte einen Ruck, dann donnerte er rückwärts. Ich schloss die Augen, als ich den Körper ein zweites Mal überrollte. Ein Rumpeln. Ein Schrei. Mein Blick huschte in Panik hin und her. Da erst sah ich sie. Eine alte Frau an der Bushaltestelle. Sie fuchtelte in ihrer Handtasche herum und zog zitternd ein Mobiltelefon hervor. Wie gerne hätte ich mich vergewissert, dass er tot war! Dass er meine Nachricht bei sich trug. Seine Frau Martina hatte den Zettel gefunden und weggeworfen. Wie dumm von mir, ihn gut sichtbar hinter seinen Scheibenwischern anzubringen. Ich hatte Martina Wallner beobachtet, wie sie die Nachricht gelesen, die Hand vor den Mund geschlagen und entsorgt hatte. Also startete ich einen zweiten Versuch. Dieses Mal ließ ich ihm die Nachricht in die Ordination zustellen. Ich ließ Andreas Wallner wissen, dass er die Nachricht zum Treffen mitbringen solle. Dennoch hätte ich mich gerne vergewissert, dass er sie auch wirklich bei sich trug.

Es blieb keine Zeit. Ich musste weg. Ich legte den Vorwärtsgang ein und preschte davon. Ich wusste, dass die alte Frau das Kennzeichen nicht hatte lesen können. Sie trug Brillengläser, die in der Kälte durch ihren warmen Atem angelaufen waren. Außerdem hatte ich dafür gesorgt, dass das Kennzeichen so dreckig war, dass man die Ziffern und Buchstaben nicht erkennen konnte. Blieb nur zu hoffen, dass sie den Beamten keine genaue Beschreibung des Autos geben konnte.

***

Ich öffne die Haustür, lasse ihn vorgehen, den grandiosen Psychotherapeuten. Das Haus liegt still vor uns. Um diese Zeit schläft mein Vater meistens. Ich bete, dass Sabine nicht plötzlich auftaucht. Normalerweise müsste sie in ihrer kleinen Wohnung sein. Ich lausche. Kein Laut. Ich entspanne mich ein wenig.

„Wo ist er denn jetzt, der hoffnungslose Patient?", fragt er mich und lächelt herausfordernd.

„Folgen Sie mir!"

Ich sperre die Tür zum Keller auf. Einen Moment zögert er, dann steigt er die Stufen eine nach der anderen hinunter. Der vordere Bereich meiner Wohnung ist gemütlich eingerichtet. Es gibt eine bequeme Couch mit grünen Dekokissen, eine Wohnwand mit vielen Büchern und einen kleinen Essbereich. Auf dem Herd in meiner kleinen Kochnische steht noch die Pfanne vom Frühstücksomelett. Er sieht mich fragend an.

„Wo sind wir hier?"

„Das hier ist mein Reich." Ich lächle ihn aufmunternd an. „Gehen Sie weiter! Die Tür da vorne."

Er sieht mich noch einmal an, als verstünde er nicht, was er hier solle. Ich kann sein Unbehagen spüren. Das nervöse Nagen in seinem Magen. Er geht dennoch weiter. Es ist erstaunlich, wie oft Menschen ihre Instinkte ignorieren. Sie spüren, dass etwas nicht stimmt. Sie riechen die Ausweglosigkeit, aber sie gehen weiter, laufen schnurstracks in ihr Verderben. Weil die Neugier sie antreibt. Oder die Selbstverliebtheit. Die Vorstellung, dass nur sie etwas erledigen können, etwas, das niemand sonst übernehmen kann, lässt sie ihr Misstrauen ignorieren.

In dem Augenblick, da er die Tür öffnet, weiß er es. Er ist in eine Falle getappt. Er dreht sich zu mir um, holt aus. Er fühlt sich überlegen, will seine Kraft ausspielen, seine körperliche Überlegenheit nutzen. Sie lag auf der Küchenanrichte und wartete nur auf ihn. Die Spritze, angefüllt mit Propofol. Er hat sie nicht bemerkt. Er war zu beschäftigt, gegen seine Instinkte anzukämpfen. Erklärungen für diesen seltsamen Raum zu finden. Ich ducke mich unter seiner Hand weg. Der Schlag geht ins Leere. Der Schwung lässt ihn taumeln. Ich richte mich auf und ramme ihm die Spritze in den Hals. Er ächzt. Seine Hand erschlafft in der Bewegung. Er taumelt, versucht, sich an mir abzustützen. Dann fällt er. Sein Mund öffnet und schließt sich. Er will etwas sagen, aber kein Laut kommt über seine Lippen. Jetzt wird er erst einmal eine Weile schlafen. Ich verschließe die Tür und gehe nach oben. Zu dem Patienten. Meinem Vater.

Alex

Theo hob auch beim fünften Anruf nicht ab. Das sah ihm gar nicht ähnlich. Sie hatte ihn gekränkt. Sie würde später bei ihm vorbeischauen, aber erst musste sie Iris finden. Sie fuhr nach Lehen zu Iris' Apartment. Niemand öffnete. Eine Nachbarin spähte durch den Türspalt.

„Sie suchen die Iris, nicht wahr?"

Alex nickte. „Wissen Sie, wo ich sie finden kann?"

Die alte Frau schnaubte. „Wahrscheinlich ist sie wieder mit einem ihrer Männer unterwegs."

Alex hob interessiert eine Augenbraue.

„Na ja, Sie wissen schon. Sie ist ja so was wie eine Prostituierte", erklärte die Alte. „Eskortdame, nennt man das heutzutage." Die Frau schnaubte verächtlich. „Als wäre es was Besseres, nur weil es einen vornehmeren Namen erhält."

„Und bringt Iris ihre Männerbekanntschaften mit nach Hause?"

Die Frau öffnete die Tür ein Stück weiter. Ein geblümtes, mit Kaffeeflecken übersätes Hauskleid kam zum Vorschein. Dazu ein faltiges Gesicht mit Haaren an Stellen, die keiner Frau schmeichelten.

„Sonst wüsst' ich ja nichts von den ganzen Herren." Die Frau verzog angewidert den Mund. „Es lässt sich nicht leugnen, dass die Iris a fesches Hos' is, aber, dass es jede Nacht ein anderer sein muss, das werd' ich nie verstehen."

Alex lächelte gezwungen. „Danke für Ihre Hilfe." Sie wandte sich zum Gehen.

„Sie, junge Frau!", rief ihr die Alte nach, als Alex die Treppe hinunterlaufen wollte.

Alex hob den Kopf.

„Probieren Sie es mal im Café Klein. Dort trifft sie sich häufig mit ihren Männern."

„Wo ist dieses Café?", wollte Alex wissen.

„Die Straße runter, auf der linken Seite. Keine 200 Meter von hier."

„Danke." Alex wunderte sich, dass die Nachbarin wusste, wo Iris ihre Bekanntschaften traf, beließ es aber dabei.

Alex erinnerte sich, schon einmal im Café Klein gewesen zu sein. Die dunklen Räumlichkeiten mit den niedrigen Decken sorgten nicht gerade für Behaglichkeit, dafür abends wohl umso mehr für die unter den Gästen gewünschte Diskretion. Um diese Zeit waren nur wenige Besucher hier. Iris war nicht darunter. Einen Moment lang überlegte Alex, gleich wieder zu gehen, dann entschied sie sich, an der Bar einen doppelten Espresso zu bestellen.

„Zum ersten Mal hier?", fragte der Barkeeper, ein kahlköpfiger Muskelprotz, der ein ärmelloses Shirt trug, um sowohl seinen beachtlichen Bizeps als auch seine zahlreichen Tattoos zur Schau zu stellen.

Alex nickte. „Ich hatte gehofft, meine Freundin wäre vielleicht hier."

Der Mann hob eine Augenbraue. „Und wer ist deine Freundin?"

Alex holte ihr Handy aus der Jackentasche und zeigte ihm ein Bild von Iris und sich selbst.

„Deine Freundin hat viele Freundinnen", erklärte er grinsend. „UND Freunde."

„Tatsächlich?" Alex bemühte sich um einen lasziven Augenaufschlag.

„Allerdings." Er grinste anzüglich. „Aber ich nehme an, du weißt, wie sie ihre Kohle verdient."

„Klar", bestätigte Alex und nahm einen Schluck von ihrem Espresso.

„Wieso rufst du sie nicht einfach an?", fragte der Barkeeper misstrauisch.

Alex machte eine wegwerfende Bewegung. „Hat keine Eile. Ich war gerade in der Nähe und da dachte ich, ich schau mal in ihr Stammlokal."

„Tja, du hast sie knapp verpasst", meinte der Barkeeper, während er ein Weinglas auf Hochglanz polierte. „Die liebe Iris war vorhin hier, aber plötzlich hatte sie es ganz schön eilig."

„War sie alleine?"

Der Barkeeper grinste. „Das kostet extra."

Alex legte einen 50-Euro-Schein auf den Tresen. „Also?"

„Kein Typ, wenn du das meinst. Sie war mit ihrer Busenfreundin hier. Du weißt ja. Die beiden gibt es praktisch nur im Zweierpack."

Alex hob eine Augenbraue. „Ach ja?"

Der Glatzkopf beäugte sie misstrauisch. „Du kennst Lina nicht?"

„Doch, klar." Alex lachte auf und legte noch ein paar Euro-Münzen für den Espresso auf die Theke.

„Soll ich Iris sagen, dass du sie suchst, wenn sie noch mal auftaucht?"

Alex schüttelte den Kopf. „Nicht nötig. Ich finde sie schon."

„Hmmm", brummte der Barkeeper und räumte ein paar Gläser in den Schrank.

„Wenn du Iris zuerst siehst", fügte der Muskelprotz hinzu, „sag ihr, dass sie das nächste Mal ihren Streit woanders austragen sollen."

„Streit?"

„Iris ist sich mit Lina ganz schön in die Haare gekommen. Hier im Lokal." Der Mann schnalzte mit der Zunge. „So was geht gar nicht vor den Gästen."

„Worüber haben sich die zwei denn dieses Mal gestritten?", fragte Alex und versuchte, so unschuldig wie möglich zu klingen.

Der Kahlköpfige zuckte die Achseln. „Ich habe nicht viel mitbekommen." Er rieb sich über das stoppelige Kinn.

„Wenn ich mich nicht täusche, war von einer Clique die Rede."

Er stopfte den 50-Euro-Schein in sein Jackett. „Aber richtig aufgeregt hat sie sich, als Lina von einem Typ namens Tim gesprochen hat."

Alex konzentrierte sich auf ihren Espresso. „Ich glaube, den kenne ich", erklärte sie leichthin. „Was hat er denn angestellt?"

Falten kräuselten sich auf der Stirn des Barkeepers. „Ich habe keine Ahnung. Muss aber was Heftiges gewesen sein. Lina war entschlossen, den Typen zu eliminieren."

„Eliminieren?"

„Ich bin mir ziemlich sicher, das war genau der Ausdruck, den sie verwendet hat."

***

Alex suchte nach dem Begleitservice, für den Iris tätig war. Unter dem Namen Iris Berger, der an ihrer Wohnungstür stand, war niemand angeführt. Aus einem Bauchgefühl heraus gab sie den Namen Clausner ein. Als sich das Konterfei von Iris auf dem Display aufbaute, staunte sie nicht schlecht. Offenbar benutzte sie tatsächlich den Namen ihrer Adoptiveltern für ihre Tätigkeit als Begleitdame. Ob Helga Clausner wusste, was ihre Adoptivtochter beruflich machte? Alex trommelte mit ihrem Kugelschreiber auf die Tischplatte. Irgendetwas nagte an ihr. Etwas, das Daniel vorhin gesagt hatte. Das tat es stets, wenn sie versuchte, neue Informationen mit alten abzugleichen. Sie wurde das Gefühl nicht los, dass ihr etwas davon bekannt vorkommen sollte. In ihrem Magen rumorte es. Ein untrügliches Zeichen, dass etwas im Busch war. Sie stand auf, ging ein paar Schritte und setzte sich wieder. Je mehr sie sich bemühte, darauf zu kommen, desto weniger gelang es ihr. Es war zum Aus-der-Haut-Fahren.

Daniel schlurfte kaugummikauend ins Büro. Als er Alex bemerkte, hielt er inne. „Gut, dass ich dich treffe. Ich hab was für dich."

„Ja?"

„Ich habe das Archiv noch mal auf den Kopf gestellt", begann er. „Ziemlicher Saustall dort unten, übrigens."

„Komm auf den Punkt", forderte Alex ihn auf.

„Ich kann nicht verstehen, dass Angi nichts gefunden hat", fuhr er fort. „Mir sind gleich mehrere Artikel aufgefallen, in denen die Identität des Unfallopfers genannt wurde. Zumindest teilweise."

Alex runzelte die Stirn. „Vielleicht hat sie einfach falsch gesucht", schlug sie vor.

„Außerdem haben die Salzburger Nachrichten und die Kronenzeitung auf deine Anfrage reagiert und die Berichte von damals geschickt." Daniel legte zwei Ausdrucke vor Alex auf den Tisch.

„Wer war das Opfer?"

„Das ist die falsche Frage", antwortete Daniel.

„Wie bitte?"

Daniel kaute lässig an seinem Bubble Gum. Alex überlegte, ob sie ihm sagen sollte, dass diese pubertäre Angewohnheit für einen Polizeibeamten deplatziert war.

„Die Frage muss heißen: Wer IST das Opfer?"

„Und warum, wenn ich fragen darf?"

Daniel grinste keck. „Weil das Opfer noch am Leben ist."

„Sag das noch einmal", forderte Alex ihn auf.

„Weil das Opfer ..."

„Schon gut, schon gut." Alex winkte ab.

„Wie heißt der Mann?"

„Alfred M."

„Wie lautet sein Familienname?", fragte Alex, die allmählich die Geduld verlor.

„Makatsch. Alfred Makatsch."

„Woher hast du diese Information?"

„Nachdem ich den Vornamen und den Anfangsbuchstaben seines Familiennamens in einem Artikel gefunden hatte, war es nicht mehr so schwer. Ich habe die in Frage kommenden Krankenhäuser abtelefoniert, in die der Mann damals eingeliefert hätte werden können."

„Und die haben dir so einfach Informationen gegeben?"

„Erst nachdem Paul mit dem Geschäftsführer der Landeskliniken telefoniert hatte. Offenbar ein Freund von ihm."

Alex pfiff leise durch die Zähne. „Und du sagst, der Mann lebt?"

Daniel nickte. „Er wurde damals schwer verletzt, lag wochenlang im Koma. Mehr wollte man uns nicht mitteilen."

„Haben wir eine Adresse?"

Daniel schüttelte den Kopf. „Ich arbeite daran", erklärte er und verschwand laut schmatzend aus dem Büro.

„Ich will sofort Bescheid wissen, wenn du etwas hast", rief Alex ihm hinterher. Sie überflog die Zeitungsartikel aus dem Jahr 1992, die aber keine weiteren Erkenntnisse brachten.

Ihr Mobiltelefon klingelte. Iris' Name flimmerte über das Display.

„Iris!", keuchte sie in den Hörer. „Ich versuche schon die ganze Zeit, dich zu ..."

Keine Antwort. Es knackte in der Leitung. Schritte. Etwas raschelte.

„Iris?", rief Alex erneut.

Keine Reaktion. Sie hörte jemanden schwer atmen. Es klang, als würde jemand nach Luft ringen.

„Iris? Kannst du mich hören?"

Gedämpfte Stimmen. Alex versuchte, etwas zu verstehen.

Tu das nicht. Bitte!

Alex spürte, wie sich die Härchen auf ihren Armen aufstellten.

„Iris! Hörst du mich, verdammt?" Alex ballte die Hand zu einer Faust. „Rede mit mir!"

Keine Antwort.

„Wo bist du, Iris? Ich komme zu dir!", rief Alex ins Mikrophon.

Ein gellender Schrei. Ein dumpfes Geräusch. Dann war die Leitung tot.

Ich

Blut ist dicker als Wasser, sagt man. Das mag stimmen, auch wenn es jemanden gibt, den ich fast ebenso sehr liebe wie meinen Vater. Es braucht Helfer, wenn man einen Plan wie diesen in die Tat umsetzen möchte. Es braucht jemanden, auf dessen Loyalität man sich zu hundert Prozent verlassen kann. Ich habe zwei von diesen Menschen in meinem Leben. Das ist mehr, als viele von sich behaupten können. Die meisten Menschen können sich nur auf sich selbst verlassen. Ich habe großes Glück. Oder zumindest hatte ich das. Einer der beiden Menschen, auf die ich immer zählen konnte, wollte mich verraten, mir in den Rücken fallen. Das konnte ich nicht zulassen. Manchmal bringt ein Plan Kollateralschäden mit sich. Das war so einer. Ein bisschen wehmütig bin ich schon, angesichts der vielen Jahre, in denen wir uns bedingungslos vertrauten. Jetzt gibt es nur mehr eine Verbündete, die mir dabei helfen kann, zu Ende zu bringen, was ich begonnen habe.

Ich schlüpfe aus meinem Wohnbereich und verriegle sorgfältig die Tür. Hannes dämmert vor sich hin. Das Schlafmittel zeigt noch Wirkung. Zum Glück haben wir ausreichend Beruhigungsmittel im Haus. Tim hat resigniert. Er weiß, was ihm bevorsteht. Ihm und der ganzen Bande. Sein Kopf lehnt an der Wand. Wenn ich den Raum betrete, öffnet er nur kurz die Augen. Er spricht nicht mit mir. Er wirkt, als hätte er sich mit seinem Schicksal abgefunden. Ich werde später noch einmal nach ihnen sehen. Selbst wenn Hannes aufwachen und um Hilfe rufen sollte, hören kann ihn dort unten ohnehin niemand.

Bald ist es geschafft. Bald habe ich sie alle hier versammelt. Fehlt nur noch Theo. Der liebe kleine Theo mit den großen, unschuldigen Augen. Nie werde ich seinen erschrockenen Blick vergessen, als er mich damals am Waldrand entdeckte. Für einen kurzen Augenblick nur, aber lange genug, dass er sich ein Leben lang fragen sollte, ob da jemand war oder ob ihm seine Sinne einen Streich gespielt hatten. Wie ahnungslos er ist! Fast so naiv wie damals mit zwölf Jahren. Wie ihm wohl die Wiedervereinigung mit seinem Bruder gefallen wird?

Es gibt nur eine Person, die ich vielleicht verschonen werde. Das hängt davon ab, ob ich sie weiterhin brauche. Ich schleiche die Treppe nach oben und verharre einen Moment am Treppenabsatz. Die Stille drängt in meine Ohren wie Watte. Ich schlucke und gehe weiter ins Wohnzimmer und von dort ins Schlafzimmer meines Vaters. Er ist wach. Seine Augen lächeln, als er mich sieht. Ich streichle sanft über seine Wange.

„Wie geht es dir, Paps?", frage ich und dränge die Tränen zurück, die sich im Augenwinkel sammeln. Er blinzelt. Seine Art, mir zu sagen, dass alles in Ordnung ist. Er kommuniziert über seine Atmung mit mir. Die Atmung und die Bewegung seiner Augen sind fast die einzigen Körperfunktionen, die er bewusst steuern kann. Früher war das nicht möglich, aber seit einigen Jahren gibt es ein Gerät, das Atemstöße in elektrische Signale umwandelt. Eine dünne Kanüle steckt in seiner Nase. Über diese können die winzigen Unterschiede des Luftdrucks beim Atmen erfasst und an den Computer weitergeleitet werden, der die Impulse für mich übersetzt. So kommunizieren wir.

„Gut. Und dir?"

Ich habe mich daran gewöhnt, dass es quälend lange dauert, bis seine Antworten mich erreichen.

„Alles bestens, Paps", erwidere ich und streiche eine abstehende Strähne seines ergrauten Haars zur Seite.

Es fehlt mir, seine Stimme zu hören. Sie ist in seinem Körper eingesperrt. So wie alles, was meinen Vater früher ausmachte. Er ist nur mehr ein Schatten seiner selbst. Viel zu lange lebt oder sollte ich sagen – vegetiert - er schon in diesem Zustand vor sich hin. Die Ärzte meinen, es sei ein Wunder, dass er überhaupt noch lebt, dass seine Organe noch nicht versagt haben. Das verdankt er guten Genen. Und der zeitintensiven Pflege. Massage. Physiotherapie. Osteopathie.

Doch in letzter Zeit geht es ihm deutlich schlechter. Nicht nur einmal musste er auf die Intensivstation gebracht werden, weil seine Nieren versagten. Sein Körper vergiftet allmählich. Ich denke jedes Mal, wenn ich ihn sehe, dass es vielleicht das letzte Mal ist. Dabei wäre er längst tot, wenn es Helga und Ferdinand nicht gegeben hätte, wenn sie nicht für die kostspielige Pflege und die teuren Spezialgeräte aufgekommen wären. Dafür werde ich den beiden auf ewig dankbar sein.

Ich spüre ihre Anwesenheit, obwohl sie sich lautlos genähert hat. Ich drehe mich um und lächle.

„Ich habe dich über das Babyphon gehört", erklärt sie und tastet instinktiv nach der Hand meines Vaters. Als sie deren Kühle spürt, nimmt sie eine Decke vom Regal und legt sie sanft über seinen Oberkörper. Sie zieht die Socken von seinen Füßen und schiebt die graue Jogginghose über seine mageren Waden. Dann beginnt sie, mit gezielten Griffen, seine Unterschenkel zu massieren. Es sieht aus, als bewege sie faltige Haut über einem Hähnchenknochen hin und her. Mein Vater lacht. Das sehe ich an den tiefen Fältchen, die sich links und rechts seiner Augen kräuseln. Er mag sie. Sehr sogar. Ich blicke sie von der Seite an, wie sie mit geübten Griffen seine Beine und Füße massiert, die Zehen bewegt und die Knie beugt. Sie bittet mich, kurz den Raum zu verlassen. Ich weiß, was das bedeutet. Es ist Zeit, seine Windel zu wechseln. Ich warte vor dem Schlafzimmer, bis sich die Tür öffnet. Ein leicht säuerlicher Geruch erfüllt die Luft. Sie zieht die Vorhänge zur Seite und öffnet das Fenster.

„Dann wollen wir mal für ein bisschen frische Luft sorgen."

Mein Vater reckt die Nase in die Luft und schnuppert, schließt die Augen. Ich erinnere mich, wie sehr er es immer geliebt hat, draußen zu sein. Spaziergänge. Radtouren. Angelausflüge. Ich erinnere mich, als wir im Sommer mit dem Rad zum Hintersee fuhren. Papa hatte die Angel dabei und zeigte mir, wie ich den Köder für die Bachforellen, Saiblinge und Flussbarsche anbrachte. Dann warf er die Angel aus. Wir saßen am Seeufer, kauten Sauerampfer und beobachteten die Wasseroberfläche, die still dalag wie ein eigenes kleines Universum, bis schließlich ein heftiges Zupfen an der Schnur erkennen ließ, dass ein Fisch angebissen hatte.

„Ich gehe ein wenig mit ihm spazieren", erklärt sie. „Hilfst du mir, ihn in den Rollstuhl zu heben?"

Ich nicke und hole den Spezialstuhl aus dem begehbaren Kleiderschrank. Als wir ihn hochheben, bemerke ich, dass er an Gewicht verloren hat. Er wiegt kaum mehr als ein Volksschulkind. Ich schlucke. Er verschwindet. Löst sich auf. Vor meinen Augen. Jeden Tag ein wenig mehr. Ich bemerke, wie gelb seine Augen sind. Die Leber versagt. Alle Organe stellen allmählich ihre Funktionen ein. Es ist ein Wunder, dass er noch lebt, sagen die Ärzte.

„Bis später!", sagt sie und schiebt den Stuhl aus der Tür.

Ich eile ihr nach, ziehe sie in den Vorraum zurück.

„Es geht ihm schlechter, nicht wahr?"

Sie beißt auf ihre Unterlippe, kann mich kaum ansehen.

Sie nickt. „Es geht ihm wirklich schlecht."

„Wie lange?", frage ich sie und die leise Hoffnung ertrinkt in meinen Tränen.

Sie zuckt die Achseln. „Es kann ganz schnell gehen." Sie berührt mich sacht am Arm. „Aber das sagen sie uns schon seit vielen Jahren."

„Aber jetzt ist es schlimm, oder?"

Sie nickt.

„Was denkst du?", frage ich und zwinge sie, mir in die Augen zu sehen.

„Er ist ein Kämpfer", sagt sie leise. „Aber er kämpft schon zu lange. Er weiß, dass es zu Ende geht."

„Monate? Wochen?" Ich starre sie an, wünsche mir, dass sie der verzweifelten Hoffnung etwas Nahrung gibt.

Sie schüttelt den Kopf. „Tage", flüstert sie. „Du musst dich wappnen."

Die Tür fällt ins Schloss und die Einsamkeit presst die Luft aus meinen Lungen. Ich beobachte durch die halb geöffneten Gardinen in der Küche, wie sie den Rollstuhl mit meinem Vater die Straße entlang in Richtung Park schiebt. Er verliert sich fast in dem großen Stuhl. Mein Vater mag sie. Sabine. Das tue ich auch. Sie hat viel für ihn getan. Für uns. Aber ich kann nicht vergessen, dass auch sie Schuld ist, dass er in diesem Zustand leben muss. Dass er ein Krüppel ist. Dass sie mir meine Familie genommen hat. Sie weiß nicht, dass sie bei dem Mann gelandet ist, den sie zum Krüppel gemacht hat. Sie und der Rest dieser gottverdammten Bande! Obwohl ich mich das eine oder andere Mal gefragt habe, ob sie doch nicht zufällig in diesem Haus gelandet ist. Vielleicht ist es ihre Art der Buße?

Was mache ich mit ihr, wenn er stirbt? Lasse ich sie gehen? Die Klingel der Haustür reißt mich aus meinen Gedanken. Ich lächle, als ich die Verräterin sehe. Iris steht vor mir. Ihre rotwallende Mähne füllt den Türrahmen aus. Das geht einfacher als gedacht.

„Schön, dass du da bist", sage ich.

„Ich bin froh, dass wir noch einmal in Ruhe miteinander reden können. Ich möchte wirklich nicht, dass du den Eindruck bekommst, ich würde dich nicht unterstützen", platzt es aus Iris hervor.

„Ich verstehe schon", erkläre ich großmütig. „Mach dir nicht so viele Gedanken."

Iris lächelt erleichtert. „Ich dachte schon, du nimmst es mir übel, dass ich dir nicht helfen kann. Aber du weißt ja, Tim ist seit vielen Jahren mein Kunde. Ich mag ihn wirklich."

Ich bringe ein nachsichtiges Lächeln zustande. „Schon vergessen. Wollen wir?"

Iris nickt. Ihr Parfum wabert um ihren Oberkörper wie feiner Sprühnebel. „Lass uns meinen Wagen nehmen", sagt sie.

„Gerne!"

Damit steigen wir in ihren weißen VW Golf und fahren zu ihrer Wohnung. Es wird das letzte Mal sein, dass ich diese betrete. Iris hingegen wird sie nie wieder verlassen.

263

Theo

Die Wohnung war leer, als Theo nach Hause kam. Vergeblich suchte er nach einer Nachricht auf dem Küchentisch oder an der Pinnwand im Vorzimmer. Ob sie es vergessen hatte? Er stellte die Einkäufe auf die Anrichte und begann, sie auszupacken. Frisches Lachsfilet. Weißwein. Blattspinat. Frühkartoffeln. Er legte den Fisch und die Weinflasche in den Kühlschrank und wählte Carolines Nummer. Nachdem es ein paar Mal geläutet hatte, meldete sich die Mobilbox. Ihre weiche Stimme jagte ihm einen Schauer den Rücken hinunter. Unwillkürlich spürte er ein Ziehen in den Lenden. Was war heute? Dienstag? War sie da bei der Kosmetikerin? Er versuchte, sich zu erinnern, ob sie ihm einen Termin mitgeteilt hatte. Wahrscheinlich würde sie bald da sein. Im Gegensatz zu ihm vergaß sie selten einen Termin. Ganz bestimmt hatte sie ihren gemeinsamen Kochabend nicht vergessen.

Bevor Theo das Mobiltelefon in die Tasche seiner Hose gleiten ließ, bemerkte er mehrere Anrufe und Nachrichten von Alex. Einen Moment lang schwebte sein Finger über ihrer Nummer. Wahrscheinlich sollte er sie zurückrufen. Immerhin war sie seine Partnerin. Schließlich ließ er die Hand sinken und versenkte das Handy in der Gesäßtasche seiner Jeans. Sie hatten einen schlechten Start gehabt, damals vor über einem halben Jahr. Es war kein Geheimnis, dass Alex und er sich anfangs nicht riechen konnten. Nicht, dass er ein Problem mit Lesben hätte...! Aber ihre direkte Art und das burschikose Auftreten hatten ihn schon so manches Mal an seine Grenzen gebracht. Alex schien es genauso zu gehen. Offenbar hielt sie ihn für einen ausgemachten Macho, der hinter jedem Rock her hechelte! So viel zum Thema Vorurteile!

Mittlerweile kamen sie gut miteinander aus, ja, im Grunde schätzten sie sich gegenseitig. Umso mehr verletzte es ihn, dass Alex ihm verschwiegen hatte, dass sie und Paul Tim für einen Serienkiller hielten und zur Fahndung ausgeschrieben hatten. Selbst wenn es dafür gute Gründe geben mochte, er war doch kein Kleinkind, das man in dieser Sache übergehen konnte! Es war sein Job, diesen Fall zu untersuchen. Egal, was dabei herauskam. Zwar war Theo überzeugt, dass Tim unschuldig war, aber sollten die Beweise ihn überführen, würde er nicht zögern, seinem Bruder das Handwerk zu legen. Das mussten Alex und Paul doch wissen!

Theo warf einen Blick auf die Uhr. Vielleicht sollte er schon einmal mit dem Kochen anfangen? Er wusch die Kartoffeln und stellte einen Topf mit Wasser auf die Herdplatte. Dann begann er, Zwiebeln und Knoblauch für den frischen Blattspinat zu würfeln. Als seine Augen tränten, verließ er kurz die Küche und ging ins Schlafzimmer, um sich umzuziehen. Wohin hatte er nur seine Jogginghose gelegt? Er war sicher, dass er sie auf dem Bett gelassen hatte. Er warf einen Blick in den Schmutzwäschekorb. Doch auch dort war seine Hose nicht. Kurz blickte er in seinen Kleiderschrank. Fehlanzeige. Ob Caroline sie versehentlich zu ihren Sachen geräumt hatte? Er öffnete ihren Schrank und staunte nicht zum ersten Mal über die penible Ordnung, die darin herrschte. Blusen, Hosen, Röcke und Kleider hingen fein säuberlich nach Farben sortiert auf Bügeln. Kein einziges Kleidungsstück wies Knitterfalten auf. Theo sank auf das Bett und verglich die beiden Kästen. Seiner war ein Durcheinander aus Farben und unterschiedlichen Kleidungsstücken, die teilweise auf den Boden des Schranks gefallen waren. Er musste dringend aufräumen. Als er zwei T-Shirts aufhob, die offensichtlich vom Kleiderbügel gerutscht waren, bemerkte er seine Jogginghose, die unter dem Bett hervorlugte. Seufzend bückte er sich, zerrte die Jeans von den Hüften und schlüpfte in die Sweathose. Dabei

265

fiel sein Blick auf eine weiße Schachtel, die jemand unters Bett geschoben hatte. Theo versuchte, sich zu erinnern, ob er die Kiste irgendwann dort verstaut hatte. Er zog die Schachtel unter dem Bett hervor und öffnete den Deckel. Obenauf lag ein Packen teures Briefpapier. Theo runzelte die Stirn und fuhr mit dem Finger über die oberste Seite. Irgendetwas kam ihm daran bekannt vor. Ein Geräusch aus der Küche lenkte ihn ab. Er erhob sich und lief zum Herd, wo der Topfdeckel sich durch das mittlerweile kochende Wasser klappernd hob und senkte. Theo nahm den Deckel ab und drehte die Temperatur zurück. Es klingelte an der Tür. Theo wischte sich die Hände an einem Geschirrtuch ab und ging ins Vorzimmer. Ob Caroline ihre Schlüssel vergessen hatte? Er warf einen hastigen Blick in die kleine Keramikschüssel auf dem Schuhschrank, wo sie ihren Schlüsselbund normalerweise ablegte. Die Schüssel war leer.

Als er die Tür öffnete, klappte sein Mund auf.

„Du?"

Später würde er sagen, dass er keinen Grund gehabt hatte, argwöhnisch zu sein, dass Misstrauen im Falle eines vertrauten Gesichts nicht angebracht gewesen war. Doch im Nachhinein musste er zugeben, dass er eine Reihe von Fragen unbeantwortet gelassen und die leise Sorge, die sich durch sein Inneres fraß, schlichtweg ignoriert hatte.

Alex

Daniel brauchte kaum zehn Minuten, um Iris' Mobiltelefon zu orten. Sie musste nach Hause gegangen sein, nachdem Alex sie dort gesucht hatte. Die Wohnungstür stand offen, war aber unbeschädigt.

Iris hatte offenbar versucht, sich vor ihrem Angreifer ins Badezimmer zu retten. Dort lag sie mit eingeschlagenem Schädel auf den Fliesen. Eine rote Lache hatte sich unter ihrem Kopf gebildet. In ihrem Schädel klaffte ein Loch. Ihre Augen starrten zur Tür. Ihre Hände wiesen einige Kratzer und Blutspuren auf. Wahrscheinlich hatte sie versucht, ihren Angreifer abzuwehren.

„Ruf die Spurensicherung!", wies sie Daniel an, während sie Angis Nummer wählte. „Vielleicht finden wir DNA-Spuren des Täters unter ihren Fingernägeln. Und sieh dich mal um, ob du ihr Mobiltelefon findest."

Es läutete zweimal. Dann wurde die Nummer weggedrückt.

„Das gibt's doch nicht", meinte Alex und starrte ihr Display ungläubig an.

„Bin schon hier!", flötete Angi fröhlich, die sich Latexhandschuhe überzog, während sie das Badezimmer betrat.

„Wo zum Teufel warst du?", fragte Alex, die ihren Ärger nur schwer verbergen konnte.

Angi zog überrascht eine Augenbraue hoch.

„Paul hatte mich doch gebeten, bei Hannes Blaschke vorbeizuschauen."

„Hast du etwas herausgefunden?"

Angi schüttelte den Kopf. „Hannes Blaschke behauptet, dass Tim nur eine Sitzung bei ihm gemacht hat."

„Wieso hat er Tim behandelt, wenn sie doch beide in die Geschichte verstrickt waren? Hätte er ihn da nicht an jemand anderen verweisen müssen?"

267

„Wahrscheinlich schon", erwiderte Angi. „Offenbar war es weniger eine Therapie als vielmehr regelmäßige Treffen der beiden. Tim dürfte offenbar noch Jahre später unter ihrer Entscheidung gelitten haben und wollte Selbstanzeige erstatten."

„Und Hannes Blaschke wollte nichts davon wissen."

„So ungefähr. Stattdessen hat er Tim Psychopharmaka verschrieben, weil ihm die Folgen dieses Vorfalls schwer zu schaffen machten."

„Toller Freund!"

„Ja, er scheint weder als Freund noch als Therapeut ein echter Gewinn zu sein", bestätigte Angi.

Alex grunzte leise. „Schau dich mal um, ob du die Tatwaffe hier irgendwo findest."

„Wird erledigt", erklärte Angi betont gut gelaunt.

Alex schluckte ihren Ärger darüber, dass ihre Kollegin verspätet am Tatort erschienen war, hinunter. Es half nichts, wenn sie sich im Team jetzt auch noch zerstritten, umso mehr, weil ihr Partner ohnehin schon fehlte.

„Daniel! Kannst du es bitte noch einmal bei Theo versuchen? Wir könnten wirklich noch Hilfe brauchen!"

Daniel stand auf und nickte. Kurze Zeit später kehrte er ins Badezimmer zurück. „Negativ. Ich kann Theo nicht erreichen."

Alex nickte. „Lass uns noch ein paar Fotos vom Tatort und..." Sie schluckte. „... der Leiche machen."

Auch wenn Iris ihr gehörig auf die Nerven gegangen war weil sie just immer dann aufgetaucht war, wenn Elli in der Nähe war, das hier wünschte sie niemandem. Am Allerwenigsten jemandem, den sie persönlich näher kannte.

Daniel wechselte das Objektiv und begann, Iris und das Badezimmer in allen Details einzufangen. Von Iris' Mobiltelefon fehlte jede Spur. Wahrscheinlich hatte der Mörder es mitgenommen. Alex spürte einen Anflug von Übelkeit und flüchtete aus dem kleinen Raum, der nicht einmal über ein

Fenster verfügte. Sie stürzte zur Haustür und sog gierig die kalte Luft ein, die ihr entgegenschlug. Allmählich beruhigte sich ihr Herzschlag wieder und ihr Magen hörte auf, zu rebellieren.

Alex zuckte zusammen, als Angi plötzlich hinter ihr auftauchte. „Alles in Ordnung?"

Alex nickte hastig.

„Du hast sie gekannt, nicht wahr?"

Alex seufzte. „Ja, das habe ich."

„Standet ihr euch nah?"

Alex zögerte. Einerseits ärgerte sie sich über die Aufdringlichkeit ihrer Kollegin, andererseits fand sie es schön, dass ihr Team sich umeinander kümmerte. Umso mehr, als Angi sich außerhalb der dienstlichen Anforderungen wenig einbrachte.

„Nicht wirklich." Sie biss sich auf die Lippe. „Oder vielleicht doch. Früher einmal."

„Eine Ex, was?" Angi lächelte mitfühlend und drückte Alex' Arm. „Komm mal mit, ich muss dir etwas zeigen."

Sie kehrten in die Wohnung zurück. Der metallische Geruch von Blut erfüllte die Luft. Alex zwang sich, durch den Mund zu atmen. Der Anblick von Iris' eingeschlagenem Kopf tauchte vor ihrem Auge auf. Angi ging voraus. Sie drückte die Schlafzimmertür auf und steuerte auf einen etwa kniehohen Bastkorb zu. Als sie den Deckel hochhob, zuckte Alex zurück. In dem Korb lagen ein paar Schmutzwäschestücke, darauf ein Hammer, der mit Blut befleckt war, ebenso wie die hellen Kleidungsstücke, die sich mit der Flüssigkeit vollgesogen hatten.

Alex blickte sich in dem Schlafzimmer um. Der Werkzeugkasten stand zwischen Bett und Nachtkästchen, auf dem ein paar Nägel lagen. Ein gerahmtes Foto, das Iris zeigte, lehnte schief am Kleiderschrank.

„Sie war wohl gerade dabei, das Bild aufzuhängen", schlussfolgerte Angi.

„Vielleicht wurde sie von ihrem Mörder unterbrochen", ergänzte Alex.

„Aber die Tür wurde nicht aufgebrochen. Es gibt kein Anzeichen dafür, dass sich jemand daran zu schaffen gemacht hätte."

Alex verzog den Mund. „Sie hat ihren Mörder selbst hereingelassen."

„Wie Claudia Buchinger", fügte Angi leise hinzu.

„Sie hat ihn gekannt." Alex ließ sich aufs Bett sinken und betrachtete das Foto von Iris. Es war ein Foto in schwarzweiß. Iris trug ein hautenges Abendkleid. Ihr Haar war in weiche Wellen gelegt und fiel samtig über ihre rechte Schulter. Auf der linken Seite war es mit einer Schmuckspange nach hinten gehalten. Sie lächelte.

„Soll ich dich alleine lassen?", fragte Angi.

„Schon gut, danke."

Alex stand auf. Stimmen und Schritte erfüllten den Eingangsbereich der Wohnung. Ein Kollege der Spurensicherung streckte den Kopf ins Schlafzimmer. Er war von Kopf bis Fuß in einen Schutzanzug gehüllt.

„Frau Wild", begrüßte er sie lächelnd. „Man hat mir gesagt, ich würde Sie hier finden."

Alex reichte dem Kollegen die Hand.

„Die Tote ist im Badezimmer", erklärte sie kraftlos. „Und meine Kollegin hat die mutmaßliche Tatwaffe gefunden." Alex deutete auf den Schmutzwäschekorb in einer Ecke des Raums. „Die Tote wurde offenbar mit einem Hammer erschlagen."

Der Mann im Schutzanzug nickte. „Wir kümmern uns darum. Ich gebe Ihnen Bescheid, falls wir brauchbare Spuren finden. Wenn es Ihnen nichts ausmacht, wir brauchen jetzt etwas Raum für unsere Arbeit."

„Natürlich", erwiderte Alex, die wusste, dass der weitere Verlauf eines Falls nicht selten davon abhing, wie gründlich die Spurensicherung ihre Arbeit erledigte.

„Ich muss unbedingt noch einmal mit Frau Clausner sprechen", erklärte Alex an Angi gewandt. „Kommst du mit?"

Angi schüttelte bedauernd den Kopf. „Ich muss dringend zurück ins Büro. Paul Bericht erstatten."

„Verstehe. Dann nehme ich Daniel mit", erwiderte Alex.

„Kommst du klar?", fragte Angi, bevor sie die Wohnung verließ.

„Ja sicher. Es geht mir gut."

„Dann sehen wir uns später." Angi drückte Alex' Schulter und lief die Treppe hinunter zum Ausgang.

Die Seniorenresidenz thronte wie ein altherrschaftliches Anwesen in dem riesigen Park. Die Wintersonne brachte die weiße Fassade zum Leuchten. Noch waren die Bäume kahl, doch hier und da zeigten sich bereits erste Vorboten des Frühlings, die an einigen Stellen aus der Erde drängten. Alex bemerkte ein paar Schneeglöckchen, die aus den Beeten nahe dem Eingang sprossen. Sie legte für einen Moment den Kopf in den Nacken und spürte die Wärme der Sonne auf ihrem Gesicht. Der Frühling war nicht mehr fern, der Winter bald überstanden. Daniel folgte ihr auf dem Fuß.

Alex klopfte energisch an der Tür vom Leiter des Altenheims. Herr Bauz starrte sie an, als wäre ein Alien in seinem Heim gelandet.

„Frau Wild?" Der Mann erhob sich. Wie immer wirkte er nervös. „Wie kann ich Ihnen heute helfen?" Er betonte das Wort HEUTE, als würde die Polizeibeamtin ihn nahezu täglich heimsuchen.

„Wir müssen mit Frau Clausner sprechen. Es ist dringend", erklärte Alex knapp.

„Aha." Herr Bauz rückte die Brille auf seiner Nase zurecht. „Worum geht es, wenn ich fragen darf?"

„Wir ermitteln in einem Mordfall. Um genau zu sein: In einer Mordserie. Es eilt!"

Der Mann verschränkte umständlich die Finger ineinander.

„Sie werden verstehen, dass ich unsere Bewohner beschützen muss. Sie sind betagt. Die meisten von ihnen sind nicht gesund. Ich kann Sie nicht einfach ..."

„Wo finden wir Frau Clausner?" Alex' Gesicht hatte sich dem von Herrn Bauz genähert, sodass er verschreckt zurückwich. „Das war keine Bitte!", schickte sie nach.

Herr Bauz räusperte sich pikiert. Dann schritt er auf die Tür zu. „Folgen Sie mir!"

„Na, geht doch!", erwiderte Daniel lächelnd und produzierte eine ansehnliche Blase mit seinem Kaugummi.

Alex klatschte die Blase platt, so dass sich der Bubble Gum über Mund, Kinn und Nase verteilte.

„Nimm das Zeug aus dem Mund", zischte sie ihn an, während sie Herrn Bauz die Treppen in den ersten Stock hinauf folgten. „Das hier ist eine Befragung, kein Kindergeburtstag, verstanden?"

Damit wischte sie Daniels Grinsen aus dem Gesicht, das stattdessen eine zarte Rottönung annahm. Er fischte ein Taschentuch aus seiner Jeans und spuckte den Kaugummi aus.

„Frau Clausner", flüsterte Herr Bauz, als die alte Dame auf sein Klopfen hin die Tür öffnete. „Sie haben Besuch."

Die Frau spähte über Herrn Bauz' Schulter hinweg und erkannte Alex.

„Die Polizei", seufzte sie. „Schon wieder!" Sie gab die Tür frei. „Na dann kommen Sie bitte herein."

Alex und Daniel folgten ihrer Aufforderung, aber nicht ohne die unerwünschte Begleitung des Heimleiters.

„Wir kommen jetzt ohne Sie zurecht", erklärte Alex, in der Hoffnung, Herr Bauz würde den Wink verstehen.

„Es ist besser, wenn ich bleibe", meinte der Leiter der Seniorenresidenz.

„Das ist nicht nötig", erwiderte Frau Clausner. „Frau Wild und ich kennen uns."

„Frau Clausner, es ist bestimmt sinnvoll, wenn ich ..."

„Danke, Herr Bauz", fiel ihm die rüstige Seniorin ins Wort. „Ich komme zurecht."

Herr Bauz räusperte sich. „Wie Sie meinen." Damit verabschiedete er sich von Alex, Daniel und Frau Clausner und trat den Rückzug an.

„Wollen wir uns nicht setzen?", schlug die alte Dame vor.

„Gerne."

Alex und Daniel setzten sich auf die ihnen angebotenen Stühle. In diesem Moment klopfte es an der Tür.

„Elli!", rief Frau Clausner aus, als sie das Gesicht der Pflegerin sah. „Kommen Sie herein!"

Alex lächelte Elli verwirrt zu. „Kannst du die Therapie eine Viertelstunde verschieben? Wir müssen kurz mit Frau Clausner sprechen."

Elli setzte sich neben die alte Frau auf die Couch. „Ich weiß", erklärte sie unbeeindruckt. „Deswegen hat Helga mich angerufen."

„Aber woher wussten Sie ...?" Alex blickte von ihrer Ex-Freundin zu Frau Clausner.

Die Frau beugte sich ein Stück weit über den Tisch. „Frau Kommissarin. Ich mag alt sein, aber dämlich bin ich nicht. Ich habe Sie mit Ihrem Kollegen auf den Parkplatz fahren sehen. Da war mir klar, dass Sie zu mir wollen."

Alex unterdrückte ein Schmunzeln.

„Wie kann ich Ihnen also helfen?"

Alex knetete ihre Finger. Es war nie einfach, jemandem eine schlechte Nachricht zu überbringen.

„Es geht um ihre Adoptivtochter. Iris. Ich fürchte, ich habe schlechte Nachrichten."

Frau Clausner hielt ihrem Blick stand, aber ihre Augen wirkten leer.

„Sie ist tot, nicht wahr?", flüsterte die alte Dame, als Alex nicht weitersprach.

Alex nickte. „Es tut mir sehr leid."

Die Frau sprang auf und wandte sich ab. In der Kochnische stellte sie einen Kessel mit Wasser auf.

„Nach Iris' letztem Besuch hatte ich es fast schon befürchtet."

„Was haben Sie befürchtet?"

„Dass ihr etwas zustoßen würde." Die Frau schluchzte leise auf.

„Wieso haben Sie das gedacht?"

„Sie hat ein paar Andeutungen gemacht, als sie mich letztens besucht hat. Sie meinte, dass sie in ernsthaften Schwierigkeiten sei."

„Hatte Sie Feinde? Gab es jemanden, der ihr schaden wollte?"

Frau Clausner seufzte. „Nicht, dass ich wüsste, aber allein die Tatsache, dass sie für einen Eskortservice ...", sie spie das Wort geradezu aus. „... gearbeitet hat, lässt vermuten, dass sie es mit zwielichtigen Gestalten zu tun hatte."

„Sie wussten also, wie Iris ihr Geld verdient hat."

Die alte Dame nickte. „Ich habe es allerdings nie verstanden. Iris war auf das Geld gar nicht angewiesen. Ferdi und ich haben sie mehr als großzügig abgesichert."

„Dann haben Sie wahrscheinlich auch keine Idee, wer Iris getötet haben könnte?"

Die alte Dame presste ein Taschentuch vor den Mund. „Nein, tut mir leid. Ich kann mir nicht vorstellen, wer sie umbringen sollte."

Alex wurde das ungute Gefühl nicht los, dass Frau Clausner nicht die ganze Wahrheit sagte.

„Wir sollten uns noch einmal über ihre anderen Kinder unterhalten", forderte Alex. „Sie sagten, Klaus Bartsch lebt im Ausland und würde sich zweimal im Jahr bei Ihnen melden?"

„Das ist richtig. Klaus war ein lieber Junge. Es hat ihn immer in die Ferne gezogen. Ich wusste immer, dass er Salzburg eines Tages verlassen würde."

„Hatte Klaus Kontakt zu Iris?"

Frau Clausner zuckte die Achseln. „Ich glaube nicht. Klaus war deutlich älter als Iris. Er und Iris haben kaum ein Jahr miteinander in unserem Haus verbracht. Sie standen sich nie besonders nah."

„Was ist mit Georg Müller? Sie sagten, er wäre schwierig." Der Kessel begann zu pfeifen. Elli bedeutete Frau Clausner sitzen zu bleiben, sie würde sich um den Tee kümmern.

„Das stimmt. Von all meinen Kindern war Georg immer die größte Herausforderung. Er war oft aggressiv, dann wieder verschlossen. Ferdi und ich hatten unsere liebe Mühe, einen Zugang zu ihm zu finden."

„Was macht er heute?"

Die alte Dame seufzte, während Elli Teetassen auf den kleinen Tisch stellte. „Er hat nie eine Ausbildung abgeschlossen. Dabei hatte er damals alle Möglichkeiten. Er war im Grunde ein kluger Kopf."

Sie nahm einen Schluck von ihrem Tee, verzog den Mund und häufte Zucker auf einen Löffel, den sie in die grüne Flüssigkeit rührte.

„Er hat immer wieder Hilfsarbeiten angenommen. Am Bau. In der Gastronomie. Leider konnte er sich nie lange vom Alkohol fernhalten. Die meisten Arbeitgeber schätzen das nicht besonders."

„Er ist arbeitslos", schlussfolgerte Alex.

Frau Clausner nickte. „Soweit ich weiß, ja. Er lebt von Sozialhilfe, ist ein körperliches Wrack. Ich habe versucht, ihm zu helfen, habe ihm ein-, zweimal eine Entzugsklinik ermöglicht, ihn finanziell unterstützt, aber es dauerte stets nur wenige Wochen, bis er wieder begonnen hat, zu trinken."

„Sie haben ihn aufgegeben", stellte Alex fest.

Etwas blitzte im Gesicht der alten Dame auf. „Nein", erklärte sie bestimmt. „Das hat Georg ganz alleine. Ich habe lediglich irgendwann akzeptiert, dass ich nichts daran ändern kann."

„Ich verstehe. Ich wollte Ihnen nicht zu nahe treten."

Frau Clausner winkte ab. Es war offensichtlich, dass sie nicht länger über Georg sprechen wollte.

„Iris ist nicht auf der Namensliste vermerkt, die ich vom Kinderheim erhalten habe", fuhr Alex fort.

Die alte Dame runzelte die Stirn. „Haben Sie die Liste dabei?"

Alex zog ein Stück Papier aus der Innenseite ihrer Jacke.

Die alte Frau schob ihre Lesebrille auf die Nase, die an einer goldenen Kette über ihrer Brust baumelte.

„Hier!", erklärte sie und fuhr mit dem Finger auf einen der Namen. „Das ist Iris."

Alex beugte sich über den Zettel. „Sie hieß Lilia Kratzer, als sie zu Ihnen kam?"

„Das ist richtig."

„Wieso haben Sie ihren Namen geändert?"

Die alte Frau nahm die Brille ab und strich ihren Rock glatt. „Lilia wollte den Namen nicht behalten", erklärte sie. „Sie wollte ihr altes Leben, vor allem das Heim, hinter sich lassen."

„Was war denn so furchtbar im Heim?", fragte Daniel mit einem Mal.

Frau Clausner wurde blass. Elli tastete besorgt nach der Hand der alten Dame.

„Ich glaube, wir sollten diese Befragung beenden", erklärte Elli leise. „Ich kann nicht zulassen, dass ihr meine Patientin aufregt."

Alex atmete tief ein. „Es liegt uns fern, Frau Clausner aus der Fassung zu bringen", meinte sie. „Aber wir ermitteln hier in einer Mordserie. Wir können nicht auf wertvolle Informationen verzichten."

Frau Clausner lächelte Elli zu. „Schon in Ordnung. Ich will ja helfen, wenn ich kann."

Sie nahm einen Schluck von ihrem Tee und schloss die Augen. „Wir haben stets gute Erfahrungen mit dem Kinderheim gemacht", behauptete sie, „aber es gab Gerüchte."

„Was für Gerüchte?", hakte Alex ein.

„Es wurde gemunkelt, dass die damalige Leiterin des Heims, Frau Jankovic, die Kinder hart bestrafte."

„Wie zum Beispiel?"

„Angeblich wurden sie in einem schalldichten Raum im Keller eingesperrt, wo sie die ganze Nacht bleiben mussten." Frau Clausner blickte beschämt in ihren Schoß. „Auch von Schlägen war die Rede."

„Haben Ihre Kinder Ihnen davon erzählt?"

Die alte Dame nickte. „Später. Sehr viel später."

„War das der Grund, weshalb sie aufgehört haben, weitere Kinder in Pflege zu nehmen."

Frau Clausner hob langsam den Kopf. „Unter anderem, ja. Wie ich Ihnen bereits erzählt habe, wurden wir zudem einfach zu alt, um Teenager zu bändigen. Ferdi war nicht mehr gesund. Es wurde einfach zu anstrengend."

„Aber Sie haben die Vorwürfe nie gemeldet", stellte Alex leise fest.

„Nein", erwiderte die alte Dame. „Das hätten wir tun sollen, aber wir hatten keine Beweise, lediglich die Behauptungen ein paar Jugendlicher. Zudem waren die Kinder bereits jahrelang bei uns, ehe sie uns von den Zuständen im Heim erzählten."

„Und Sie hatten nicht das Gefühl, dass Sie mit einer Aussage den anderen Kindern im Heim helfen sollten?", fragte Daniel fassungslos.

Frau Clausner starrte aus dem Fenster. Es schien, als tauchte sie in eine andere Welt ein.

„Die ehemalige Leiterin starb zu der Zeit, als wir das letzte Kind in Pflege nahmen. Wir dachten, damit würden sich die Zustände im Heim deutlich verbessern."

„Aber sicher konnten Sie nicht sein." Daniels Gesicht war gerötet.

„Nein, junger Mann, sicher konnten wir nicht sein."

Einen Moment lang schwiegen alle vier.

„Haben Sie Lilia ihren neuen Namen gegeben?", fragte Alex, um die unangenehme Stille zu durchbrechen.

Ein Lächeln huschte über das Gesicht der alten Dame. „Den haben wir gemeinsam ausgesucht."

Sie goss sich etwas Tee nach.

„Kennen Sie den Ursprung des Namens Iris?" Sie blickte erwartungsvoll in die Runde.

„Er stammt aus der griechischen Mythologie. Dort war Iris die Götterbotin und wurde mit dem Regenbogen dargestellt, quasi als Verbindung zwischen Himmel und Erde."

Sie trank einen Schluck. „Nach Iris wurde auch eine Pflanzengattung benannt, die Schwertlilie, weil sie in so kraftvollen Farben blüht und an die Farbenvielfalt des Regenbogens erinnert. So kamen wir von Lilia über die Schwertlilie auf Iris."

„An Iris' Haustür steht der Name ‚Berger'. Wieso hat sie ihren Nachnamen geändert?"

Helga räusperte sich. „Es ist der Name ihres Ex-Ehemannes."

Alex verschluckte sich fast. „Iris war verheiratet?"

Frau Clausner nickte. „Kaum ein halbes Jahr, ja. Wie gesagt, sie hatte ihren eigenen Kopf. Ist mit kaum zwanzig Jahren mit diesem Mann durchgebrannt. Als sie zurückkam, hatte sie einen Ring am Finger."

Elli tätschelte Helgas Hand. Sie bedeutete Alex wortlos, dass sie allmählich zu einem Ende kommen mussten.

„Was können Sie mir über Martina Seifert sagen?"

Frau Clausner lächelte. „Martina hatte es wirklich nicht leicht. Ihre Eltern lebten und haben sie dennoch in ein Heim gesteckt." Sie klang bitter. „Sie war im Heim offenbar sehr schwierig. Unzugänglich und leicht beeinflussbar. Frau Jankovic hat mir berichtet, dass sie gemeinsam mit einem anderen Mädchen ständig in Schwierigkeiten geriet. Offensichtlich stand sie unter der Fuchtel des Mädchens."

„Wer war dieses Mädchen?"

Die alte Frau zuckte die Achseln. „Ich habe keine Ahnung. Soweit ich weiß, ist es später bei einem tragischen Unglück gestorben."

Alex hob eine Augenbraue. „War Martina in diesen Zwischenfall verwickelt?"

„Ich glaube nicht. Frau Jankovic hat nie etwas Derartiges erwähnt."

„Steht Martina noch in Kontakt zu ihren anderen Kindern?"

„Gelegentlich, soweit ich weiß. Iris und sie haben sich immer gut verstanden."

„Gibt es irgendeins Ihrer Kinder, dem Sie zutrauen würden, dass es einen Mord begeht? Oder eins, das Grund hätte, sich zu rächen?"

Die alte Frau zögerte den Bruchteil einer Sekunde. Dann zog sie erschrocken die Augenbrauen hoch. „Nein! Nein, das kann ich mir wirklich nicht vorstellen! Georg hat am ehesten noch aggressive Tendenzen, aber ich bezweifle, dass er körperlich in der Lage wäre, jemandem etwas anzutun."

„Na gut, Frau Clausner", sagte Alex und erhob sich. „Dann möchten wir Sie nicht länger stören. Wenn Ihnen doch noch etwas einfällt, rufen Sie mich bitte an! Jederzeit. Tag und Nacht. Wir fürchten, dass noch mehr Menschen sterben könnten." Alex legte eine Visitenkarte in die Mitte des kleinen Tisches.

„Warten Sie einen Augenblick!", rief die alte Frau, als Alex bereits an der Tür war.

„Diese Liste", erklärte die alte Dame. „Sie ist unvollständig."

„Wie meinen Sie das?"

„Es fehlen zwei Namen. Ferdi und ich hatten insgesamt acht Pflegekinder. Zwei sind bereits verstorben. Auf Ihrer Liste stehen vier Namen, aber zwei fehlen."

Alex warf erneut einen Blick auf die Liste. „Tatsächlich? Das ist ja eigenartig, zumal wir die Liste direkt von der Leiterin des Kinderheims erhalten haben."

Frau Clausner runzelte die Stirn. „Hannah und Lina." Sie lächelte versonnen. „Ihre Namen fehlen. Es waren die letzten beiden Kinder, die wir in Pflege genommen haben. Die zwei waren die besten Freundinnen."

„Besuchen die beiden Sie heute noch?"

Frau Claunser nickte eifrig. „Hannah kommt jede zweite Woche vorbei. Sie bringt mir immer Butterkekse und Punchkrapfen. Sie weiß, dass ich diese Leckereien liebe. Und Lina schaut fast jede Woche vorbei."

„Wie lautet Hannahs Familienname?", fragte Alex.

„Koller. Hannah Koller."

Der Name sagte Alex nichts.

„Und Lina, sagten Sie? Wissen Sie, ob Hannah und Lina noch in Kontakt stehen?"

Frau Clausner lachte laut auf. „In Kontakt stehen." Sie schüttelte den Kopf. „Sie sind gut! Die zwei sind wie Pech und Schwefel. Ich würde meinen, es vergeht kein Tag, an dem die beiden sich nicht sehen."

Alex zog einen Kugelschreiber aus der Innenseite ihrer Jacke. „Könnten Sie die Namen bitte auf der Liste ergänzen?"

Frau Clausner setzte ihre Brille auf und zog den Zettel näher zu sich heran. Mit zittrigen Händen schrieb sie Buchstaben in Blockschrift auf das Papier, bemüht, die Schriftzeichen nicht zu verwackeln.

„Können Sie das lesen?", fragte die alte Dame an Alex gewandt.

„Ja. Vielen Dank!"

Sie blickte auf die krakelige Schrift der alten Dame. Hannah Koller. Lina. Makatsch. Irgendeine Erinnerung blitzte in ihrem Kopf auf. Wo hatte sie das schon einmal gehört?

Aus Erfahrung wusste Alex, dass der Versuch, eine Erinnerung zu erzwingen, meist nichts brachte. Sie würde zu gegebenem Zeitpunkt von selbst auftauchen. Sie lächelte Elli zu, bevor sie das Zimmer verließen. Sie konnte nichts dagegen machen. Jedes Mal, wenn sie Elli sah, wurde sie von einer Woge der Zärtlichkeit geflutet. Elli hob zum Abschied die Hand.

„Darf ich mal sehen?", fragte Daniel, als sie die Treppe ins Erdgeschoß hinunterliefen.

Alex reichte ihm das Blatt Papier.

„Das gibt's doch nicht!", schrie Daniel so laut, dass er die Aufmerksamkeit einiger Bewohner und Pfleger auf sich zog.

„Was ist denn los?"

„Makatsch. Das ist doch kein Zufall!"

„Was meinst du?"

„Sag mal, hörst du mir überhaupt mal zu?", fragte Daniel seine Kollegin.

Sie warf ihm nur einen fragenden Blick zu.

„Das ist der Name des Unfallopfers. Des Mannes, der 1992 verunglückt ist."

Alex blieb unvermittelt stehen. „Das ist nicht dein Ernst!"

Daniel hob die Schultern.

Alex rannte zum Dienstwagen und startete den Motor. „Ruf im Meldeamt an! Wir brauchen dringend die Adresse von Lina Makatsch."

Daniel tat wie ihm geheißen. Alex trat das Pedal voll durch. Sie mussten sofort zurück ins Büro und Paul über die neuesten Entwicklungen in diesem Fall informieren. Vielleicht hatten sie endlich eine Spur. Die Verbindung zwischen dem Unglück im Jahr 1992 und den Morden, die jetzt stattfanden. Wenn sie sich beeilten, konnten sie vielleicht weitere Opfer verhindern. Wie sehr sie sich irren sollte!

Ich

Ich gebe zu, dass ich falsch gespielt habe, als ich Tim gegenüber einen Namen gezogen habe. Ich habe Sabine erwischt. Die gute Seele dieses Hauses, die sich seit Jahren tagein, tagaus um einen Mann kümmert, der kein Leben hat, dessen tägliche Highlights ein paar Berührungen im Gesicht oder ein paar Körperübungen sind. Sie war immer für meinen Vater da. Egal, was sie getan hat, sie hat vieles davon wieder gut gemacht. Aus rein egoistischen Gründen habe ich ihren Zettel zerrissen. Ich werde noch einmal ziehen müssen.

Ich frage mich, ob die Polizei Iris' Leiche bereits gefunden hat. Sie war viele Jahre lang eine wichtige Vertraute. Wie eine Schwester. In gewisser Weise war sie das auch. Es fiel mir deutlich schwerer als gedacht, sie umzubringen. Sie hätte so hilfreich sein können, eine direkte Verbindung zu Alex Wild. Ich hätte jederzeit wissen können, was die Polizeibeamtin denkt, was sie als Nächstes vorhat. Aber Iris hat versagt. Sie hat meine Pläne durchkreuzt, hat mir plötzlich mitgeteilt, dass sie nichts mehr mit der Sache zu tun haben wolle. Sie würde sich auch nicht länger an Alex dranhängen. Es sei offensichtlich, dass Alex und Elli zusammengehörten. Sie würde ihrem Glück nicht länger im Weg stehen. Und dann war da Tim, der viele Jahre lang ihr Kunde war. Tim buchte Iris regelmäßig für besondere Anlässe, wenn er eine attraktive Begleiterin benötigte. Bestimmt gab es für ein paar extra Scheine auch eine schnelle Nummer danach. Jedenfalls sträubte Iris sich energisch, als ich ihr mitteilte, dass Tim und sein Bruder aus dem Weg geräumt werden mussten. Sie hat mir sogar gedroht, mich auffliegen zu lassen. Es wäre ein Leichtes für sie, Alex Wild einen Tipp zu geben. Was bildete sie sich ein? Dachte sie, sie könnte mich aufhalten? Sie hätte nur ein bisschen hartnäckiger sein müssen. Alex

Wild hätte ihr schon bald aus der Hand gefressen. Jeder lässt sich ersetzen. Auch eine Elli.

Iris wusste immer, wie sehr ich darunter gelitten habe, dass mein Vater halbtot entsorgt worden war. Wie ein Stück Abfall. Und das nur, weil ein paar vollgedröhnte Jugendliche kein Gewissen hatten. Weil ihnen das Leben meines Vaters nichts wert war. Weil sie ihre eigene Haut retten wollten.

Noch immer wallt der Zorn hoch, wenn ich an jenen Abend des Sommers 1992 denke. Noch immer spüre ich die Hilflosigkeit, die Angst, die ihre Klauen nach mir ausstreckt, als die Gruppe losfährt und ich begreife, dass ich alleine bin in der Dunkelheit. Alleine mit der Leiche meines Vaters. Erst als ich den Abhang hinuntergeklettert bin und mich fest an ihn geschmiegt habe, habe ich begriffen, dass er atmet. Ganz schwach zwar, aber sein Atem kitzelte mich an der Wange.

„Ich hole Hilfe!", hatte ich ihm versprochen.

Dann bin ich gelaufen. Gegen die Schwärze, die Angst und die Verzweiflung. Viele Kilometer, bis ich irgendwann einen Hof erreichte. Ein altes Bauernhaus, in dem noch Licht brannte. Ich habe mit den Fäusten gegen die Tür getrommelt, bis meine Hände schmerzten. Ich erzählte dem Bauern von dem Unfall, davon, dass mein Vater allein dort im Straßengraben lag, schwer verletzt, vielleicht schon tot. Der Bauer verständigte die Rettung und zog mich in seinen Wagen, legte mir einen alten Walkjanker um die Schultern, weil ich nicht aufhören konnte zu zittern. Dann fuhren wir los. Ich weiß nicht mehr, wie, aber ich fand die Stelle auf Anhieb. Auf der Straße klebte Blut. Der Bauer stellte seinen Wagen in Vollbeleuchtung an der Straße ab und das Warndreieck in sicherer Entfernung auf. Er wies mich an, beim Wagen zu bleiben und nach den Rettungskräften Ausschau zu halten. Zum Glück kam der Notarzt bereits eine Viertelstunde, nachdem wir meinen Vater erreicht hatten.

„Es sieht nicht gut aus", erklärte der Arzt, während sie meinen Vater auf eine Trage hievten. „Es wäre ein Wunder, wenn er überlebt."

Als er mich sah, huschte sein Blick erschrocken zu dem Bauern. Dieser streichelte mir über den Kopf.

„Was machen wir mit dem Kind?", fragte einer der Sanitäter.

„Ich nehme es mit ins Krankenhaus", erklärte der Notarzt. Der Bauer drückte meine Hand. „Pass gut auf dich auf!"

Ich nickte. Dann wankte der Boden. Mir war schwindlig. Alles drehte sich. Als ich wieder zu mir kam, lag ich in einem Untersuchungsraum im Krankenhaus.

„Ich will zu meinem Vater", flüsterte ich wieder und wieder, als eine Krankenschwester nach mir sah.

„Das geht im Moment nicht", erwiderte eine rundliche Frau mit roten Wangen. „Können wir jemanden anrufen? Deine Mama, vielleicht?"

Ich schüttelte den Kopf. „Mama ist tot."

Die Krankenschwester kämpfte sichtlich gegen ihre Fassungslosigkeit. Ich wusste, was sie dachte. Vor der Tür flüsterte sie mit einem Arzt. Es wurde diskutiert, mit Händen und Füßen gesprochen, dann telefoniert. Ich bekam Kakao und ein Butterbrot. Ich hatte keinen Hunger. Ich wollte zu meinem Vater. Eine Stunde später betrat eine Frau in einem grauen Hosenanzug den Untersuchungsraum. Sie hatte roten Lippenstift an den Zähnen. Sie setzte sich mir gegenüber, redete mit mir, als wäre ich geistig zurückgeblieben. Sie war vom Jugendamt. Obwohl ich schrie und mich wehrte, nahm sie mich mit, ohne dass ich meinen Vater noch einmal sehen durfte. Danach war das Kinderheim mein Zuhause. Frau Jankovic erzählte mir später, mein Vater wäre gestorben. Ich wollte auf seine Beerdigung. Sie meinte, die hätte schon stattgefunden. Man hätte mich nicht aufregen wollen. Sie war fortan mein Vormund und damit berechtigt, sämtliche Entscheidungen für mich zu treffen.

Iris hätte nicht sterben müssen. Sie hat mir geholfen, als ich Simone Strunz in den Schuppen gebracht habe. Ohne sie hätte ich es nicht geschafft, den alten Herrn aus dem Haus zu schaffen, bevor die Polizei eintraf. Sie wusste natürlich nicht, dass Simone sterben sollte. Nie werde ich ihr Gesicht vergessen, als sie die tote Frau in dem Gartenstuhl entdeckte. Sie ist in Panik davongestürzt, hat mich beschimpft, mich verrückt genannt und gedroht, mich der Polizei auszuliefern. Das konnte ich nicht zulassen.

Ich bin noch nicht fertig. Es gibt noch einiges zu tun. Danach ist egal, was mit mir geschieht. Ich weiß, dass die Tage meines Vaters gezählt sind. Er wird die nächsten Wochen nicht überstehen. Vielleicht nicht einmal die nächsten Tage. Er hat so lange gekämpft. Viel länger, als ich es je für möglich gehalten hätte. Ich schlucke den Schmerz hinunter.

Mein Mobiltelefon klingelt. Mein Lebensmensch. Ich lächle. Picasso streift um meine Beine.

„Wie sieht es aus?", frage ich.

„Wir sind unterwegs."

„Perfekt", erwidere ich. „Drei Fliegen mit einer Klappe. Die Zeit wird knapp. Sie sind uns auf den Fersen."

„Ich bin bereit."

„Das weiß ich." Die Dankbarkeit treibt mir Tränen in die Augen.

„Zeit, alles zu beenden."

Meine Haut prickelt wie nach einem leichten Stromschlag. Mein Herzschlag beschleunigt.

„Ich warte auf euch."

Ich stehe auf und gebe meinem gefräßigen Kater etwas Futter in die Schüssel. Erfreut schmiegt er sich an meine Beine, ehe er sich über sein Fressen hermacht. Dann gehe ich ins Schlafzimmer meines Vaters und küsse ihn auf die Stirn. Er öffnet die Augen. Ich erkenne in ihnen sein

Lächeln, das ich stets geliebt habe. Das Weiße seiner Augen ist gelb. Er atmet schwer.

„Bald ist es vollbracht", flüstere ich. Die Worte tanzen vor seinem Gesicht wie eine Verheißung.

Seine Stirn zuckt. Sein Atem geht schneller. Ich streiche ihm sanft über die Wange.

„Alles ist gut, Papa!", sage ich leise. „Sie können dir nichts mehr tun. Nie wieder!"

Eine Falte bildet sich zwischen seinen Augenbrauen. Ich fahre mit meinem Zeigefinger vorsichtig darüber, streiche sie glatt.

„Keine Angst, Papa. Ich werde Rache nehmen für alles, was man dir angetan hat. Sie haben es nicht verdient, zu leben."

Sein Atem geht schneller. Ich nehme die Decke und stopfe die Enden unter seine Füße, die immer kalt sind.

„Es ist Zeit für Gerechtigkeit. Zeit, dass die verbliebenen Mitglieder der Clique endlich für das, was sie dir angetan haben, bezahlen."

Ich lächle. Die Falte zwischen seinen Augen wirkt wie gemeißelt.

Er atmet unregelmäßig. Er will mir etwas mitteilen. Worte tanzen über den Bildschirm des Computers, der mit seinem Bett und der Kanüle in seiner Nase verbunden ist. Ich habe jetzt keine Zeit für eine Unterhaltung. Später. Später werde ich ihm zuhören. Ihm alles erklären. Dann wird er mich verstehen.

„Schlaf ein bisschen, Papa. Bald ist es überstanden."
Ich verharre einen Moment an der Tür. Dann verlasse ich sein Zimmer und gehe in die Küche, wo ich warte. Ich bin zu sehr auf den Showdown fokussiert, als dass ich sie gesehen hätte. Sabine, die schwer atmend an der Wand neben dem Schlafzimmer lehnt und meinen Monolog belauscht hat.

Theo

Theo bat sie herein. Was hätte er auch sonst tun sollen?

„Du kochst", stellte sie fest.

Theo antwortete nicht. Er hasste es, Offensichtliches zu kommentieren. Er nahm ein Metallsieb aus der untersten Schublade und stellte es ins Becken. Dann zog er den Topf mit den Kartoffeln vom Herd und goss das Kochwasser ab. Der Dampf schlug ihm heiß ins Gesicht.

Sie setzte sich auf einen Küchenstuhl und beobachtete, wie er mit geübten Handgriffen in der Küche hantierte.

„Möchtest du etwas trinken?", fragte er. „Kaffee, Saft, Bier?"

„Ein Bier wäre schön", erklärte sie.

Theo nickte und nahm eine Flasche aus der Getränkelade. Der Verschluss flog mit einem leisen Plopp auf die Anrichte, wo er sich ein paar Mal drehte, bis er schließlich liegen blieb.

„Hier." Er stellte die Flasche vor sie auf den Tisch und begann, die Zwiebelwürfel und den Knoblauch zu braten.

„Trinkst du keines?"

Theo schüttelte den Kopf. Am liebsten hätte er ihr gesagt, dass Caroline jeden Moment auftauchen würde. Dass er ein romantisches Abendessen mit ihr geplant hatte. Dass sie störte. Aber er wollte nicht unhöflich sein. Also schluckte er seinen Unmut hinunter und hoffte, dass sie schnell wieder verschwinden würde.

„Warum bist du hier?" Theos Augen tränten von den Zwiebeln. Er konnte sehen, dass sie grinste, als er sich umdrehte.

„Weinst du?", fragte sie und gluckste leise.

„Du kannst gerne selbst mal probieren", verteidigte er sich. „Die Dinger sind scheiß-scharf."

„Schon gut!", wiegelte sie ab. „Ich fürchte, meine hausfraulichen Qualitäten halten sich arg in Grenzen."

„Also?", fragte Theo.

Sie nahm einen großen Schluck von ihrem Bier, als wollte sie die Antwort hinauszögern. Dann drehte sie die Flasche in den Händen. „Kein besonderer Grund. Ich wollte einfach einmal nach dir sehen. Schauen, ob du zurechtkommst."

Theo warf ihr einen ungläubigen Blick zu. „Inwiefern?"

„Ich hatte das Gefühl, dass es dir nicht gut geht. Ich nehme an", sie seufzte leise, „Tim hat sich noch nicht bei dir gemeldet?"

Theo spürte einen Stich im Herzen. Er atmete einmal tief aus, ehe er antwortete. „Nein, das hat er nicht."

Die Röstaromen der Zwiebel und ein leichter Knoblauchduft erfüllten die Küche. Theo zupfte den Blattspinat in mundgerechte Stücke und gab ihn in die Pfanne.

„Kommst du klar?" Sie rutschte unruhig auf ihrem Stuhl hin und her.

Theo lachte freudlos. „Was soll ich dazu sagen?" Er lehnte sich gegen die Anrichte und verschränkte die Arme vor dem Körper. „Mein Bruder ist verschwunden. Kein Mensch weiß, wo er ist. Sein Mobiltelefon ist ausgeschaltet oder möglicherweise zerstört worden." Er kratzte sich am Bart. „Und Alex hält ihn für den Killer."

Sie seufzte leise. „Ich kann verstehen, dass das hart ist."

Sie stand auf und stellte sich hinter Theo. „Aber du wirst ihn wiedersehen. Bestimmt."

Theo schluckte. Vor seinem geistigen Auge zogen Bilder einer Beerdigung vorüber. Er konnte sehen, wie ein Sarg in die Erde gelassen und Erde darauf geschaufelt wurde. Er selbst warf eine einzelne Blume hinterher. Eine gelbe Tulpe. Die liebte Tim. Als sie einmal nach Amsterdam gefahren waren, hatte Tim sich an all den Blumen nicht sattsehen können. Im Gepäck hatten sie unzählige Tulpenzwiebel mit nach Hause genommen. Tim hatte sie alle im Garten ihres

Vaters eingesetzt und schon im Herbst hatten sie in den buntesten Farben geblüht. Die gelben aber hatten ihm am besten gefallen. Theo schüttelte die Erinnerung ab.

Sie berührte sanft seinen Arm. Er spürte, wie sich die Härchen in seinem Nacken aufstellten. Unruhig blickte er auf die Uhr. Schon halb acht. Caroline müsste längst zu Hause sein. Obwohl sie weiterhin neben ihm stand, wählte er Caros Nummer. Wieder die Mobilbox. Verdammt! Das sah ihr so gar nicht ähnlich.

„Stimmt etwas nicht?", fragte sie.

Theo schüttelte entschieden den Kopf. „Alles in Ordnung." Sie sah ihn fragend an. Sie glaubte ihm kein Wort. Er wünschte, sie würde gehen. Sie war einfach zu nah. Er konnte es nicht leiden, wenn Menschen in seinen intimen Bereich eindrangen. Als hätte sie ihn gehört, setzte sie sich wieder auf den Stuhl und trank ihr Bier.

„Hör zu", sagte er nach zwei schweigsamen Minuten. „Ich will nicht unhöflich sein, aber ich warte auf meine Freundin. Wir wollen uns einen gemütlichen Abend zu zweit machen." Theo wartete kurz, um zu sehen, ob sie etwas erwiderte. „Caroline wird gleich da sein. Also ..."

Die Worte hingen in der Luft wie Gewitterwolken an einem schwülen Sommerabend. Sie drehte die Flasche in ihren Händen und starrte auf ihre Finger. Als sie den Blick hob, konnte Theo diesen nicht deuten. Ihre Augen waren zu Schlitzen zusammengekniffen. Was war nur los mit ihr? Er musterte sie eingehend. Was war es, was er da sah? Enttäuschung? Verachtung? Wut? Das war es, stellte er fest. Blanker Zorn loderte in ihrem Gesicht. Er brauchte einen Moment lang, um seine Gedanken und Gefühle zu sortieren. Was sollte das? Worüber war sie so wütend? Und wieso tauchte sie einfach so bei ihm zuhause auf?

Sie leerte das restliche Bier in einem Zug.

„Du irrst dich", zischte sie, während sie sich vom Stuhl hochdrückte. „Caroline wird nicht gleich da sein."

Er zog die Augenbrauen nach oben. „Was redest du da? Natürlich wird sie gleich hier sein!"

Seine Stimme war lauter geworden. Wollte er sich selbst überzeugen?

„Was soll das alles?" Er funkelte sie an. „Ich möchte, dass du gehst. Jetzt gleich!"

Sie stand wieder neben ihm, ihr Gesicht nur wenige Zentimeter von seinem entfernt. „Das kann ich mir vorstellen, dass du das gerne hättest!" Sie spuckte die letzten Worte aus.

„Was soll das? Was willst du hier?" Instinktiv packte er sie am Handgelenk.

„Du weißt es wirklich nicht, oder?", schrie sie. „Vor 28 Jahren hast du zugelassen, dass eure Scheiß-Clique einen Mann zum Verrecken am Straßenrand zurückließ. Du hast das Mädchen gesehen!" Speichel flog ihr aus dem Mund. „Du hättest ihr helfen können."

Theo riss die Augen auf. Die Erkenntnis traf ihn wie ein Presslufthammer. Das konnte nicht sein! Das durfte nicht sein! Er ließ ihr Handgelenk los, als wäre es eine Kuchenform aus dem heißen Backofen. „Dann bist du ...?"

Sie antwortete nicht. Er bemerkte den Gegenstand nicht sofort, den sie aus ihrer Jackentasche zerrte.

„Was hast du mit Caroline gemacht?" Seine Stimme überschlug sich. „Sie hat mit der Sache rein gar nichts zu tun."

Sie lächelte, als sie den Gegenstand auf Theo richtete.

„Bitte", bettelte Theo, „sag mir sofort, wo Caroline ist! Was hast du ihr angetan?"

Er konnte seinen Herzschlag in den Ohren hören. Die Angst raubte ihm fast den Verstand. Hatte sie Caroline verletzt? Oder schlimmer noch: Sie getötet? Um ihn zu treffen? Ihn zu zerstören? Sein Atem ging stoßweise. Dann bemerkte er den Taser, den sie in ihren Händen hielt. Sie lächelte. Ein boshaftes, eiskaltes Lächeln.

291

Ein knatterndes Geräusch erfüllte den kleinen Raum. Fast wie ein Schuss. Der Schmerz raubte ihm den Atem. Der Stromimpuls ließ seine Muskeln verkrampfen. Dann fiel er um wie ein Brett, unfähig, sich auch nur einen Zentimeter zu bewegen.

Alex

„Hast du die Adresse schon?", fragte Alex, als sie die Dienststelle atemlos erreichte.

Daniel hob eine Hand und bedeutete ihr, dass er eben im Begriff war, die Adresse herauszufinden. Ohne anzuklopfen, stürmte Alex in Pauls Büro.

„Hallo Alex!", begrüßte er sie überrascht. „Deine Manieren heute am Eingang abgegeben?"

Sie ignorierte die Bemerkung. „Wir haben das damalige Unfallopfer", erklärte sie ohne Umschweife.

Paul blickte sie ernst an und verschränkte seine Hände ineinander.

„Wovon sprichst du, bitte? Der Mann ist doch gestorben."

Alex schüttelte energisch den Kopf. „Sein Name ist Alfred Makatsch. Der Mann hat damals schwer verletzt überlebt."

Paul hob eine Augenbraue. Und du denkst, dass er die Mitglieder der Clique einen nach dem anderen umbringt?"

Daniel betrat den Raum und reckte zum Zeichen, dass er die Adresse hatte, einen Daumen in die Luft.

„Nein." Alex musste sich bemühen, nicht zu schnell zu sprechen. „Dazu wäre er gar nicht in der Lage. Der Mann hat eine Tochter. Sie hat den Unfall damals beobachtet."

„Und du denkst, sie hat all diese Menschen getötet?" Paul starrte sie ungläubig an.

„Ich halte es für wahrscheinlich. Sie hat zusehen müssen, wie eine Gruppe Jugendlicher ihren Vater überfährt. Wie sie ihn einen Abhang hinunterstoßen. Sie haben ihn zum Sterben zurückgelassen."

„Aber offenbar ist er nicht gestorben", warf Paul ein.

„Der Mann hat schwer verletzt überlebt. Er lebt seit dem Vorfall mit massiven Beeinträchtigungen."

Paul brummte leise. „Ist das eine Vermutung?"

„Eher eine Information aus seiner Krankenakte. Der Mann ist vom Halswirbel abwärts gelähmt. Er ist rund um die Uhr auf Pflege angewiesen."

„Du denkst, seine Tochter konnte nicht ertragen, was die Clique aus ihrem Vater gemacht hat."

„Das auch", erwiderte Alex. „Vor allem aber hat man sie ihrer Kindheit beraubt. Sie musste als kleines Mädchen in ein Kinderheim, in dem Gewalt auf der Tagesordnung war."

„Mutmaßlich", warf Paul ein.

Alex verdrehte die Augen. „Jedes Gerücht enthält ein Körnchen Wahrheit."

„Da hast du wohl recht", gab Paul zu.

„Wir waren gerade im Seniorenheim, bei Frau Clausner."

Paul sah sie erwartungsvoll an.

„Das Kind des Unfallopfers war eines der Kinder, das Helga Clausner gemeinsam mit ihrem Mann in Pflege genommen hatte. Lina Makatsch."

„Tatsächlich? Steht sie noch in Kontakt mit ihr?"

„Frau Clausner hat uns erklärt, dass sie zu den Frauen noch regelmäßigen Kontakt hat."

„Hat sie die Adresse?"

Daniel wedelte mit einem gelben Notizzettel durch die Luft. „Die habe ich hier."

„Dann sollten wir uns diese Lina Makatsch näher anschauen. Ich komme mit!", erklärte Paul.

Er griff nach seiner Jacke, die er achtlos über eine Kommode neben der Tür geworfen hatte. „Übrigens: Die Tote, Iris Berger, hängt die auch mit dem Fall zusammen?"

Alex stutzte. „Das verstehe ich nicht. Hat Angi nicht mit dir gesprochen?"

Paul zuckte die Schultern. „Ich habe Angi seit heute Morgen nicht mehr gesehen. Ich dachte, sie wäre mit euch am Tatort. Warum?"

„Ich dachte, sie wollte ..." Alex ließ den Satz unvollendet.

„Iris ist Frau Clausners Adoptivtochter. Ich gehe also davon aus, dass sie irgendwie in die Sache verwickelt ist. Immerhin war diese Lina quasi ihre Schwester."

„In Ordnung, um die Verbindung von Iris und dieser Lina kümmern wir uns später", entschied Paul. „Lass uns zuerst zu Frau Makatsch fahren."

Alex bedeutete ihm, einen Moment zu warten. Sie ging an ihren PC und öffnete ihr Outlook-Programm, um sich die E-Mail von Frau Kastner, der Kinderheimleiterin, auszudrucken. Sie hatte die Liste mit den Namen der Pflegekinder bei Frau Clausner im Altenheim liegen lassen. Vielleicht brauchte sie die Namen der Pflegegeschwister, wenn sie mit Lina sprachen. Als der Zettel aus dem Drucker ratterte, warf sie einen kurzen Blick darauf und stutzte. Neben einer kurzen Nachricht von Frau Kastner, fanden sich sechs Namen auf dem Papier. Die Liste, die auf ihrem Schreibtisch gelegen hatte, hatte nur vier Namen umfasst. Da war sie sicher. In ihrem Magen rumorte es. Irgendetwas stimmte hier ganz und gar nicht. Sie wusste nur noch nicht, was.

Auf dem Weg in die Limbachstraße fragte sie sich immer wieder, warum der Name *Johanna Koller* auf dem Ausdruck gefehlt hatte. Sie konnte sich keinen Reim darauf machen. Sie bekam ihre Unruhe nicht zu fassen. Irgendetwas stimmte nicht. Das konnte sie förmlich riechen. Sie schrieb Daniel eine Nachricht und bat ihn, etwas zu überprüfen. Bestimmt lag sie falsch. Ihre Nerven lagen einfach blank. Vier Tote binnen weniger Tage. Und das in einer Stadt wie Salzburg. Serienkiller trieben in Chicago ihr Unwesen. In Miami oder New York, vielleicht noch in Berlin oder Wien, aber doch nicht einer beschaulichen Stadt wie Salzburg!

Als sie ausstiegen, tastete sie nach der Waffe in ihrem Halfter. Sie hatte keine Ahnung, was sie erwarten würde. Paul drückte die Klingel. Einen Moment lang dachten sie, es wäre niemand zu Hause. Schließlich öffnete sich die Tür.

„Sie?", fragte Alex.

Sabine Süß lehnte mit einem blassen Lächeln im Türrahmen.

„Sollten Sie nicht unter polizeilicher Bewachung stehen?" Paul verzog verärgert das Gesicht.

„Herr Wagner, Frau Wild, was machen Sie denn hier?", begrüßte Sabine Süß die Beamten mit einer Mischung aus Erleichterung und Beunruhigung.

„Dasselbe könnte ich Sie auch fragen?" Paul taxierte die Frau eingehend.

„Ich arbeite hier", erklärte sie. „Eigentlich wohne ich meistens sogar in diesem Haus." Sie blickte ein wenig beschämt zu Boden.

„Dann haben Sie uns belogen und uns eine falsche Adresse genannt?" Pauls Wangen leuchteten rot.

„Nun, meine Mutter lebt in der Wohnung, vor der Sie Ihren Kollegen postiert haben. Seit ich die Anstellung hier habe, verbringe ich nur meine freien Tage dort."

Paul warf einen Blick die Straße hinunter.

„Dann überwacht der Kollege praktisch Ihre Mutter?" Paul musterte die Frau fassungslos.

Frau Süß errötete. „So ungefähr."

„Das gibt es doch nicht!", schimpfte Paul, der aussah, als würde er jeden Moment vor Wut platzen. Er würde sich den Kollegen später vornehmen, der zu blöd war, sicherzustellen, dass er die richtige Person bewachte. Alex fing seinen Blick auf und bedeutete ihm, dass sie das später klären würden.

„Wie unhöflich von mir! Kommen Sie doch bitte herein!", forderte Sabine Süß die beiden Polizeibeamten auf.

Sie betraten ein hell möbliertes Wohnzimmer mit hohen Decken und einem Kamin in der Mitte des Raumes.

„Gemütlich", stellte Alex fest.

„Nicht wahr?" Sabine Süß schaltete die Kaffeemaschine ein. Bildete Alex sich das ein oder zitterten ihre Hände?

„Ist alles in Ordnung?", fragte Alex.

Die Frau lächelte. „Natürlich. Alles bestens. Trinken Sie Kaffee?"

„Gerne", erwiderte Paul. „Schwarz. Kein Zucker."

Kurz darauf stellte Sabine Süß drei Tassen Kaffee auf den Tisch.

„Also, wie kann ich Ihnen helfen?"

„Eigentlich wollten wir zu Frau Makatsch", antwortete Paul. „Sie wohnt doch hier?"

Sabine nickte. „Das tut sie." Sie rieb sich die Schulter. „Aber sie ist beruflich sehr eingespannt. Oft kommt sie erst spätabends heim. Deshalb bin ich hier. Ich kümmere mich um ihren Vater. Und ein wenig um den Haushalt."

Alex lächelte. „Was macht Frau Makatsch denn beruflich?"

„Sie ist Lehrerin für Kinder mit sonderpädagogischem Förderbedarf."

„Und da muss sie so lange arbeiten?"

Sabine nickte eifrig. „Sie ist sehr engagiert. Organisiert Veranstaltungen und Ausflüge mit den Kindern und Elternabende. Außerdem gibt sie Fortbildungskurse für Kollegen." Sie lachte auf. „Heute ist sie etwa selbst auf einer Fortbildung in Wien."

Paul nahm einen Schluck von dem Kaffee und verzog das Gesicht. Er mochte seinen Kaffee stark, aber dieses Gebräu würde für eine Gastritis sorgen. „Tatsächlich? In welcher Schule ist sie denn beschäftigt?"

Sabine verschüttete etwas von dem Kaffee auf ihren Pullover. Hastig sprang sie auf, um einen Lappen zu holen. „Wie ungeschickt von mir!", rief sie aus. Sie wischte hektisch über den sich vergrößernden Fleck, ehe sie den Lappen frustriert auf den Tisch legte.

„In der Frank-Boheimer-Schule", brachte sie schließlich hervor.

Alex vermerkte den Namen in ihrem Mobiltelefon. „Würden Sie uns das Haus zeigen?"

Sabines Blick huschte unsicher von Alex zu Paul. Dann stand sie mit einem strahlenden Lächeln auf. „Natürlich. Bitte folgen Sie mir!"

Sie führte die beiden Polizeibeamten in die Küche, in das Gästezimmer und in das Schlafzimmer von Herrn Makatsch. Der Mann lag in einem Spezialbett und war an einen Monitor angeschlossen. Sabine folgte Alex' Blick. „Wenn ich nicht bei ihm bin, schließen wir ihn sicherheitshalber an den Monitor an. So bekomme ich jederzeit mit, wenn er schlecht Luft bekommt oder sich sein Herzschlag verändert."

Alex ging näher an das Bett heran. Herr Makatsch schlug die Augen auf. Er wirkte erschrocken.

„Ich bin Alexandra Wild", erklärte sie dem Patienten. „Ich bin von der Polizei."

Etwas in seinem Blick veränderte sich. War es Erleichterung?

„Alfred kann nicht mit ihnen sprechen", erklärte Sabine. „Sein Kehlkopf wurde bei einem Unfall zerstört. Zudem ist er vom Hals abwärts gelähmt. Er kann sich nur über Blinzeln verständigen, oder mit Hilfe des Computers." Sie zeigte auf einen Bildschirm, der so aufgestellt war, dass sowohl Herr Makatsch als auch jemand, der mit ihm sprach, ihn sehen konnte. Im Moment war lediglich der Bildschirmschoner zu sehen.

„Wie kann er den PC bedienen?", fragte Alex.

„Über seine Atmung", erwiderte Sabine und zeigte auf eine die Kanüle, die aus der Nase des Patienten führte und mit dem PC verbunden war, der neben dem Bett auf einer schmalen Kommode stand.

Locked-in-Syndrom. Ein Schauer lief über Alex' Rücken bei dem Gedanken, dass der arme Mann, bis auf diese sehr beschränkten Möglichkeiten, völlig von der Umwelt abgeschnitten war. Alex verabschiedete sich von dem Mann. Er blinzelte einige Male. Seine Augen waren gelb. Alex wurde das Gefühl nicht los, dass er ihnen etwas mitteilen wollte.

Sabine drängte sie, Herrn Makatsch ausruhen zu lassen und führte sie weiter in ihren Wohnbereich im Dachgeschoß, ehe sie in die Küche zurückkehrten.

„Herr Makatsch ist sehr krank", bemerkte Alex, als sie das Haus fertig begutachtet hatten.

Sabine nickte. Ihre Augen füllten sich mit Tränen. „Das ist er. Er wird es nicht mehr lange schaffen."

„Wo wohnt denn Frau Makatsch?", wollte Paul wissen. „Allzu viel Platz scheint es für sie nicht zu geben."

Sabine lächelte. „Sie bewohnt das Untergeschoß."

Alex und Paul warteten, ob Sabine ihnen anbieten würde, die Räume im Untergeschoß zu besichtigen. Sie tat nichts dergleichen.

„Frau Makatsch schließt ihren Wohnbereich stets ab, wenn sie nicht im Haus ist", antwortete Sabine.

Alex hob verwundert eine Augenbraue. „Warum macht sie das?"

Sabine hob die Schultern. „Ich weiß es nicht. Sie hat es mir nie gesagt. Und ich habe nie danach gefragt."

Einen Moment lang standen alle drei schweigend da, bis Paul sich schließlich das Wort ergriff.

„Nun, ich denke, wir kommen noch einmal, wenn Frau Makatsch zu Hause ist."

Sabine atmete geräuschvoll aus. Sie wirkte erleichtert. „Das ist bestimmt das Beste."

„Ist Frau Makatsch morgen hier?"

Sabine zögerte. „Ich glaube schon. Morgen ist alles vorbei."

Alex bemerkte, wie sie ihre zitternden Finger ineinander verschränkte. „Wie meinen Sie das? Alles vorbei?"

Sabine lachte auf. Es klang künstlich. „Die Fortbildung. Sie müsste bis morgen Mittag wieder in Salzburg sein."

„Ah, verstehe", erwiderte Alex.

Paul drückte ihr eine Visitenkarte in die Hand. „Auf der Rückseite finden Sie meine private Mobilnummer. Rufen Sie mich an, wenn Sie Hilfe benötigen. Jederzeit."

Dann schloss sich die Tür hinter ihnen.

„Da stimmt doch etwas nicht", flüsterte Alex Paul zu.

„Allerdings. Die Frau hat Angst. Große Angst."

„Wer sperrt die Räumlichkeiten zum Untergeschoß ab, wenn die einzigen Personen im Haus der bewegungsunfähige Vater und dessen Pflegerin sind?"

„Ein gute Frage!", gab Paul zurück.

„Und was machen wir jetzt?", wollte Alex wissen.

Paul zog das Mobiltelefon aus seinem Jackett und suchte nach einer Nummer. „Zuerst rufe ich in der Frank-Boheimer-Schule an und frage nach, ob Frau Makatsch sich in Wien auf einer Fortbildung befindet."

Alex stieg in den Streifenwagen und fuhr das Fahrzeug ans Ende der Straße, sodass es vom Haus aus nicht mehr zu sehen war. „Ich wette mit dir, dass sie heute an keiner Fortbildung teilnimmt."

Paul nickte. „Ich würde sogar wetten, dass sie da drinnen ist." Er deutete mit dem Kopf Richtung Haus. „Sie hat sich in ihrem Keller verschanzt." Er sprach mit jemandem und ließ sich mit dem Direktor der Schule verbinden.

In diesem Augenblick läutete Alex' Mobiltelefon. Es war Helga Clausner.

„Entschuldigen sie, Frau Wild, dass ich Sie störe, aber ich bin gerade auf etwas gestoßen."

„Ja?", fragte Alex, die Frau Clausners Unruhe spürte.

„Ich habe gerade einen Zeitungsartikel gelesen, in dem von den Morden berichtet wird. Sie haben mir nicht gesagt, dass Andreas Wallner eins der Opfer ist."

Alex runzelte die Stirn. „Sie wissen, dass ich keine Auskünfte über laufende Ermittlungen geben kann", erwiderte sie. „Kennen Sie Herrn Wallner etwa?"

Frau Clausner lachte leise auf. „Natürlich tue ich das! Er ist mein Zahnarzt. Oder besser gesagt: Er war es. Vor allem aber war er quasi mein Schwiegersohn."

„Schwiegersohn?"

„Er war der Ehemann meiner Pflegetochter, Martina Seifert. Seit der Heirat mit Andreas heißt sie natürlich Martina Wallner."

Das Bild der kleinen, rundlichen Frau tauchte vor Alex' Augen auf. Sie erinnerte sich daran, wie erschüttert die Frau gewesen war, als sie ihren toten Mann in der Gerichtsmedizin identifiziert hatte. „Martina Seifert war mit Andreas Wallner verheiratet?"

„So ist es." Frau Clausner machte eine kurze Pause. „Ich dachte nur, das sollten Sie wissen."

Damit legte die alte Dame auf. Alex konnte nicht glauben, dass die Pflegekinder des Ehepaar Clausner allesamt in diesen Fall verwickelt schienen. Während Paul mit dem Direktor telefonierte, wählte sie Theos Nummer. Die Mobilbox schaltete sich umgehend ein. *Verdammt!*

„Frau Makatsch hat sich bei ihrem Arbeitgeber krank gemeldet." Paul schloss die Augen. „Und das schon vor einigen Tagen. Die Frau steckt bis zum Hals in dieser Geschichte. Wir brauchen Verstärkung. Immerhin haben wir es mit vier toten und zwei vermissten Personen zu tun."

Alex schluckte. „Möglicherweise drei Vermissten", krächzte sie und ihre Stimme klang in ihren eigenen Ohren fremd.

Paul starrte sie an.

„Theo", flüsterte sie. „Ich kann ihn seit gestern nicht mehr erreichen."

„Du denkst doch nicht ...", begann Paul.

„Ich weiß überhaupt nicht mehr, was ich noch denken soll", gab sie zurück. „Ich hatte übrigens gerade Frau Clausner am Telefon. Eine ihrer Pflegetöchter war mit Andreas Wallner, dem ersten Opfer, verheiratet."

„Das gibt es doch nicht!", entfuhr es Paul.

Das Klingeln ihres Mobiltelefons ließ sie zusammenfahren. Es war Elli. Einen Moment lang überlegte Alex, den Anruf wegzudrücken. Sie hatte jetzt andere Sorgen. Dann hob sie doch ab.

„Elli! Es ist gerade ungünstig ...", begrüßte Alex ihre Ex-Freundin.

„Tut mir leid, wenn ich dich störe, aber es könnte wichtig sein", erklärte Elli. „Bist du im Büro?"

„Nein. Paul und ich sind gerade unterwegs. Was gibt es?"

Sie hörte Ellis Atem an ihrem Ohr. „Helga hat mir gerade ein Foto ihrer Kinder gezeigt", sprudelte es aus Elli hervor. „Das musst du dir ansehen!"

Alex versuchte, Elli zu beruhigen. „Okay. Langsam, ja? Es gibt eine Aufnahme, auf der alle ihre Kinder zu sehen sind?"

„Ja, bis auf die beiden, die gestorben sind."

„Was ist mit dem Bild, Elli?"

„Ich ... vielleicht irre ich mich auch. Schau es dir einfach an. Ich schicke es dir per WhatsApp. In Ordnung?"

„Alles klar. Danke, Elli! Wir reden später, ja?"

Damit legte Alex auf.

„Stimmt etwas nicht?", fragte Paul, der gerade Verstärkung anforderte.

„Ich weiß es nicht. Elli war ganz aufgeregt wegen eines Fotos ..."

Ein Pling kündigte den Erhalt einer neuen Nachricht an. Alex klickte auf die jpg-Datei, die sich auf ihrem Display aufbaute. Sie drehte ihr Telefon, um eine größere Ansicht des Bildes zu erhalten. Sie kniff die Augen zusammen. Da waren zwei Burschen, vermutlich Georg Müller und Klaus Bartsch, Iris und ein junges Mädchen, das sie nicht benennen konnte. Vielleicht Martina Seifert. Aber zwei der Gesichter erkannte sie, trotz der vielen Jahre, die vergangen waren, sofort. Ihr Herz raste. Unwillkürlich fuhr ihre Hand vor den Mund. Die ganze Situation war noch wesentlich schlimmer, als sie bislang angenommen hatte. Ihr Partner, Theo, war Teil eines perfiden Plans. Er war eine Schachfigur. Und er schwebte in größter Gefahr.

„Oh, mein Gott! Theo!", stieß sie hervor, bevor sie aus dem Wagen stürzte und panisch nach Luft schnappte.

Ich

Nie werde ich Theos Blick vergessen, als Hannah ihn aus dem Auto in die Garage und weiter in meinen Wohnbereich zerrt. Der Schock lässt ihn augenblicklich altern. Seine Augen ziehen sich in tiefe Höhlen zurück wie Beute, die von einem Raubtier umkreist wird. Das trifft auch irgendwie zu.

Zu sehen, wie er begreift, wer ihm das alles antut, wer seine Freunde getötet hat, ist der Höhepunkt des ganzen Plans. Monatelang habe ich mich auf diesen Augenblick gefreut. Hannah hat seine Hände auf den Rücken gefesselt. Theo ist bestimmt kein Muskelprotz, aber er ist groß und mit der entsprechenden Wut kann er sicherlich enorme Kräfte entwickeln. Die Wirkung des Elektroschockers hält nur kurz an. Deshalb hat er zur Sicherheit noch ein Beruhigungsmittel bekommen. Allmählich kehren seine Kräfte zurück. Seine Beine zittern noch etwas, aber seine Augen sind wachsam und sprühen vor Abscheu. Ich kann ihn verstehen. So ist es mir vor vielen Jahren ergangen. Die Verachtung für die gesamte Gruppe hat bis heute nicht nachgelassen. Im Gegenteil, sie ist im Laufe der Jahre immer stärker geworden.

Ich drücke Theo auf einen Stuhl. Es ist noch zu früh für eine Wiedervereinigung mit seinem Bruder. Wie nahe er Hannes Blaschke steht, vermag ich nicht abzuschätzen. Im Zweifel ist Blut aber sicher dicker als Wasser.

„Was soll das?", stößt er hervor, als bräuchte er für das Offensichtliche eine Bestätigung.

„Wonach sieht es denn aus?"

Theo sammelt sich. Es kostet ihn sichtlich viel Kraft, zu sprechen. Beim Sturz muss er sich den Kopf aufgeschlagen haben. Er hat eine Platzwunde am Hinterkopf, aus der Blut tropft. Ich nehme ein paar Mullbinden und drücke sie auf die Wunde. Theo schüttelt mich ab. Ich lache.

„Von mir aus kann dir das Blut auch in den Nacken laufen", erkläre ich.

„Das ist doch nicht möglich", zischt Theo. „Ich kenne dich. Ich kenne dich genau."

Ich schnalze mit der Zunge. „Das ist allgemein das Problem. Menschen DENKEN, dass sie jemanden kennen." Ich schnappe mir einen Stuhl und setze mich ihm gegenüber. „Dabei kennen sie immer nur die Seiten, die jemand zu erkennen gibt. Ist es nicht so?"

„Dann war alles ein Fake? Nichts davon war echt?" Theo wirkt ernsthaft erschüttert.

„Ach, Theo!", flüstere ich und streiche über seine Wange. „So darfst du es nicht sehen. Du warst Teil eines Plans. Eines Plans, den wir seit Jahren vorbereitet haben. Hannah und ich."

Seine Lippe zuckt. Fast entlockt er mir ein mitleidiges Lächeln. Nie wäre er auf die Idee gekommen, dass er benutzt wurde! Armer, naiver Theo! Ich erkenne die Wut, die hinter seinen Zügen flackert. Ich kann sehen, wie es in seinem Kopf rattert. Wie er versucht, sich zu erklären, wie dieser unfassbare Betrug möglich war, wie es mir gelungen ist, ihn so lange in falscher Sicherheit zu wiegen.

„Was hast du mit Tim gemacht?", krächzt Theo leise.

„Später", erkläre ich. Die Verachtung breitet sich in seinem Gesicht aus wie ein Flächenbrand.

„Er ist hier, wenn dich das beruhigt", erwidere ich ruhig. Theos Reaktion ist nicht die, die ich erwartet habe.

„Tim!", schreit er so laut, dass ich das Gefühl habe, mein Kopf platzt. „Tim, kannst du mich hören?"

Ich werfe Hannah einen Blick zu. Sie begreift, holt ein Tuch und stopft es in Theos Mund. Dieser Teil meines Wohnbereichs ist nicht schalldicht. Ich will nicht riskieren, dass uns jemand hört.

„Soll ich ihn hineinbringen?", fragt Hannah.

Theo schlägt wild mit dem Kopf hin und her. Hannah gibt ihm einen Klaps auf den Hinterkopf. „Schluss jetzt!", zischt sie.

Er wirft ihr einen Blick zu, der - könnte er töten - Hannah mit Sicherheit umgebracht hätte. Seine Enttäuschung ist greifbar. Er hat ihr vertraut. Nichts ist schlimmer, als zu begreifen, dass das Vertrauen, das man in jemanden gesetzt hat, missbraucht wurde. Niemand weiß das so gut wie ich.

Ich bedeute Hannah, dass sie noch warten soll. Einen Moment lang lausche ich, versuche festzustellen, ob Sabine nach Hause gekommen sein könnte, seit Theo hier ist. Ich habe kein Auto gehört. Das muss aber nichts heißen. Sabine ist oft zu Fuß unterwegs. Oder mit dem Fahrrad. Selbst jetzt im Winter scheint es ihr nichts auszumachen, mit dem Rad zum Supermarkt zu fahren oder Medikamente für meinen Vater aus der Apotheke zu holen. Sie könnte also zurück-gekommen sein. Ein Geräusch lässt mich aufschrecken. Hannah hat es auch gehört.

„Ist sie hier?"

Ich zucke die Achseln, überlege. Eigentlich ist heute ihr freier Tag, aber es geht meinem Vater sehr schlecht. Viel-leicht hat sie beschlossen, dennoch nach ihm zu sehen. Ich ärgere mich, dass ich das nicht überprüft habe, zumal ich meinem Vater vorhin meine Pläne offenbart habe.

„Ich sehe nach", bietet Hannah an.

Ehe ich etwas sagen kann, sprintet sie die Treppen nach oben. Sie nimmt jeweils zwei Stufen auf einmal. Sie drückt die Tür auf. Ich habe vergessen, sie abzuschließen. Das pas-siert mir sonst nie!

„Wen haben wir denn da?", höre ich Hannahs Stimme.

„Bitte", flüstert Sabine. „Ich habe nichts hiermit zu tun."

„Los! Vorwärts!"

Sabine stolpert die Stufen hinunter. Hannah folgt ihr auf dem Fuß. Sabines Blick huscht von mir zu Theo. Ihr Gesicht spricht Bände.

„Was zum Teufel??"

„Was machst du hier?", frage ich möglichst ruhig. „Du solltest heute nicht hier sein."

Sie senkt den Blick. „Ich habe vergessen, das Antibiotikum aus der Apotheke zu besorgen, das Dr. Neumann deinem Vater verschrieben hat", erklärt sie. Ihre Stimme zittert. „Deshalb habe ich es ihm vorhin verabreicht. Ich wollte sehen, wie es ihm heute geht."

Ich lächle. „Ich fürchte, das war keine gute Idee."

Sie knetet ihre Finger vor der Brust. Hundert Fragen stehen ihr ins Gesicht geschrieben. Sie stellt keine einzige. Zu groß ist die Angst, die Situation zu verschlimmern. Theo schreit etwas Unverständliches gegen seinen Knebel. Sabine starrt ihn an.

„Was hast du jetzt vor?", fragt sie schließlich.

„Was Theo betrifft", beginne ich und streiche sanft über sein Haar. „... wird es gleich eine Wiedervereinigung mit seinem Bruder geben."

Theos Augen sprühen Funken. Er zerrt an den Fesseln wie ein Tier, das in eine Falle getappt ist. Sabines Lippen beben.

„Was ist mit mir?"

Sie ist so berechenbar. Ängstlich. Feige. Sie würde alles tun, um ihre Haut zu retten.

„Ich weiß es noch nicht", erkläre ich knapp.

„Ich kann ein Geheimnis bewahren", verspricht sie. „Ich kann mich weiterhin um deinen Vater kümmern. Ich werde keine Fragen stellen. Du brauchst mich."

Theo schüttelt angewidert den Kopf. Ich unterdrücke ein Lächeln. „Vielleicht hast du Glück", entgegne ich. „Ich brauche dich tatsächlich für meinen Vater."

Sabines Züge entspannen sich.

„Zumindest solange er noch lebt."

Ihre Augen weiten sich.

Das Läuten an der Tür lässt mich zusammenfahren.

„Wahrscheinlich die Post", sage ich.

Hannah schüttelt den Kopf. „Polizei."

Sie späht zwischen den Jalousien hindurch, die den Blick auf den Hauseingang freigeben.

„Wir ignorieren sie einfach. Sie werden schon wieder verschwinden", sage ich fest.

„Das bezweifle ich", erwidert Hannah. „Wenn sie herausgefunden haben, wer du bist und wo du wohnst, dann wissen sie etwas. Dann wissen sie von deinem Vater. Und dann ist ihnen klar, dass jemand bei ihm im Haus sein muss. Die gehen nicht einfach wieder."

Mein Herz beschleunigt. Ich bin so nah dran, meinen Plan zu vollenden. Ich kann jetzt nicht aufgeben. Ich treffe eine Entscheidung.

„Du willst deine Loyalität beweisen?", frage ich Sabine.

Sie nickt.

„Na schön", erwidere ich. „Ich möchte nur, dass du weißt, wenn du ein falsches Wort sagst, ist Theo tot. Und dich erwischen wir ebenfalls. Und sei versichert, wenn du uns verrätst, werden wir die Polizei davon überzeugen, dass du die ganze Zeit über Bescheid wusstest. Niemand wird glauben, dass du jahrelang in diesem Haus gearbeitet hast, ohne irgendetwas bemerkt zu haben. Hast du mich verstanden?"

Ich hoffe, dass sie meine Angst nicht spürt. Wenn sie merkt, dass ich im Grunde nichts gegen sie in der Hand habe, sind wir verloren. Ich kann mich nur darauf verlassen, dass ihre Feigheit dafür sorgt, dass sie mitspielt.

„Ich sagte doch, dass ich ein Geheimnis bewahren kann", bringt sie stammelnd hervor.

„Das hoffe ich. Für Theo und um deinetwillen."

Ich erkläre ihr in wenigen Worten, was sie zu tun und zu sagen hat. Es klingelt erneut. Sabine hastet die Stufen empor. Hannah und ich wissen, dass unser Leben nun in ihrer Hand liegt. Trotzdem bin ich fast sicher, dass sie schweigen wird. Nicht wegen Theo. Ihretwegen. Und weil sie sich ernsthaft für meinen Vater verantwortlich fühlt. Wir schaffen Theo in den nächsten Raum, der schalldicht ist, versperren die Tür und warten.

Alex

„Geht es wieder?", fragte Paul und legte mitfühlend eine Hand auf Alex' Schulter.

In ihren Augen standen Tränen. „Sie hat Theo", stieß Alex hervor. „Und vermutlich hat sie Tim und Hannes Blaschke umgebracht."

„Das wissen wir nicht", gab Paul zurück.

„Wann kommt die Verstärkung?"

„In ein paar Minuten."

„Wir müssen da rein", insistierte Alex. „Jetzt gleich!"

„Alex, das ist zu riskant! Wir wissen nicht, was da drinnen los ist. Zu zweit laufen wir da womöglich in eine Falle!"

Ohne zu antworten, ging Alex den Gehweg entlang Richtung Haus. Paul folgte ihr im Laufschritt.

„Was hat dich so aus der Fassung gebracht?", fragte er, als sie sich weigerte, stehenzubleiben.

Sie entsperrte ihr Handy mittels Daumenabdruck und reichte Paul das Telefon. „Sieh selbst!"

Sein Blick erfasste jedes der Kinder und Jugendlichen auf dem Bild. Die beiden Burschen sagten ihm nichts, eines der Mädchen ebenso wenig. Iris hatte schon damals üppiges, rotes Haar gehabt. Sein Magen zog sich bei dem Gedanken, dass sie tot war, zusammen. Dann entdeckte er eine Frau, die er schon einmal gesehen hatte, aber nicht zuordnen konnte.

„Wer ist das?", fragte er, während er versuchte, Alex zum Stehenbleiben zu bewegen.

Widerwillig verlangsamte sie ihren Schritt. „Das ist Lina Makatsch. Die Frau, deren Vater bei dem Unfall so schwer verletzt wurde. Die Frau, die in diesem Haus wohnt." Sie zeigte die Straße hinunter.

Paul sah sie fragend an. „Was hat sie mit Theo zu tun?"

Alex' Lippen zitterten. Sie wischte sich hastig eine Träne von der Wange. „Sie nennt sich Caroline. Zumindest hat Theo sie mir so vorgestellt. Ich habe nie nach ihrem Nachnamen gefragt."

Alex blieb stehen und blickte Paul in die Augen. „Sie ist der Grund, weshalb Theo in den letzten Wochen so glücklich war. Er hat sich in sie verliebt. Sie ist seine Freundin."

Pauls Augenbrauen schossen nach oben.

„Mein Gott! Du denkst, sie ist mit Theo zusammen, weil ..."

Alex nickte. „Sie will sich an ihm rächen. An ihm und den anderen. Sie muss das alles von langer Hand geplant haben."

Sie blickte Paul mit der gesamten Hilflosigkeit an, die sie erfüllte. „Sie wird ihn töten!"

Paul hielt Alex, an den Schultern fest und zwang sie, ihn anzusehen. „Das wird sie nicht, hörst du? Wir sind jetzt hier! Wir helfen Theo. Die Kollegen werden jeden Augenblick da sein."

Alex presste die Lippen aufeinander. „Caroline hat Unterstützung", flüsterte sie leise. „Sie ist nicht alleine. Ihre beste Freundin hilft ihr, diesen wahnsinnigen Plan umzusetzen."

„Mit der werden wir auch noch fertig", versicherte Paul. „Wir sind zwei und es kommen noch mindestens zwei Streifenwagen. Damit sind wir in jedem Fall sechs."

„Bist du sicher?", fragte Alex. „Hast du dir das Bild auch ganz genau angesehen?"

Paul runzelte die Stirn und nahm Alex' Telefon erneut in die Hand. Sein Blick streifte die beiden Burschen, das unbekannte Mädchen und Iris und dann erneut das Mädchen, mittlerweile eine Frau, die eine Scheinbeziehung mit Theo führte, um ihn verwundbar und damit zu einem leichteren Opfer zu machen. Als er die sechste Person begutachtete, brauchte er einen Moment, um zu begreifen. Er vergrößerte den Bildausschnitt, bis er die einzelnen Pixel erkennen konnte. Dann machte er ihn wieder etwas kleiner. Das war sie nicht, oder doch? Paul traute seinen Augen nicht. Das war unmöglich.

„Das kann nicht sein", stieß er schließlich hervor.

„Ich wünschte, du hättest recht", erwiderte Alex. „Noch nie habe ich mir etwas so sehr gewünscht."

Paul stöhnte auf. „Verdammt!"

Er begann zu laufen. „Los!", rief er. „Wir warten vorne an der Hecke, bis die Kollegen da sind."

Während sie warteten, rief Alex Daniel an. Er nahm nach dem zweiten Klingeln ab. Alex erklärte ihm die Situation, so gut sie es in der Kürze konnte.

„Wie schnell kannst du den Grundriss eines Hauses besorgen?", fragte sie.

Daniel grunzte leise in den Hörer. „In ein paar Minuten", erwiderte er. „Ich schick ihn dir aufs Handy."

„Du hast 60 Sekunden", erklärte Alex.

„Du verstehst es, den Druck rauszunehmen", entgegnete Daniel mürrisch.

Kurze Zeit später kündigte ein Ton an, dass er den Grundriss geschickt hatte. Alex öffnete die Datei.

„Hier", sagte sie zu Paul. „Ich nehme an, Lina oder Caroline, wie sie sich jetzt nennt, ist im Keller. Laut Sabine Süß ist das quasi ihr Wohnbereich."

Paul warf einen Blick auf das Untergeschoß. „Wer lebt freiwillig in einem Keller, wenn einem ein ganzes Haus gehört?"

„Jemand, der einiges zu verbergen hat", erwiderte Alex. „Offenbar gelangt man nicht nur vom Erdgeschoß des Hauses in den Keller, sondern auch über die Garage."

Sie spähten beide um die Hecke, die den Blick auf die Garage verdeckte.

„Vielleicht irren wir uns?", meinte Paul. „Was, wenn wir in dieses Haus eindringen und nichts vorfinden?"

Alex sah ihn herausfordernd an. „Ich werde dieses Risiko gerne eingehen", gab sie zurück. „Nur die kleinste Möglichkeit, dass Theo da drinnen ist, rechtfertigt, dass wir in das Haus eindringen. Wenn du nicht mitkommen möchtest, sag einfach Bescheid!", setzte sie nach. „Dann brauche ich auch nicht auf die Kollegen zu warten."

Paul hob abwehrend die Hände. „Schon gut! Beruhige dich. Wir gehen rein. Gibt es sonst noch Ein- oder Ausgänge?"

Alex studierte den Plan erneut, dann schüttelte sie den Kopf. Ihr Telefon vibrierte. Es war Mia.

„Es gibt noch nicht viel", sagte Mia, ohne sich mit Begrüßungsfloskeln aufzuhalten. „Aber Dr. Hofer konnte DNA unter Iris Bergers Fingernägeln sicherstellen."

„Und?" Alex' Herz trommelte gegen ihre Brust.

„Sie gehört einer Caroline Makatsch. Sagt dir das was?"

Alex seufzte. „Allerdings!"

„Und wir haben die Ergebnisse des Blutes am Zaun von Herrn Bergmanns Grundstück", fuhr Mia fort. „Sie stimmen ebenfalls mit der DNA von Frau Makatsch überein."

„Danke, Mia!"

„Neuigkeiten?", fragte Paul.

„Caroline hat Iris umgebracht. Praktisch ihre eigene Schwester", stieß Alex hervor. „Sie wird ganz sicher nicht zögern, Theo zu töten."

Paul warf einen Blick auf die Uhr. Dann funkte er den Kollegen an, mit dem er zuvor gesprochen hatte.

„Wo bleibt ihr, verdammt?"

„Es gab auf dem Weg einen Unfall. Es hat ein paar Minuten gedauert, bis wir weiterfahren konnten. Wir sind in zwei Minuten da."

„Alex und ich gehen jetzt rein. Von der Garage gelangt man in den Keller. Wir versuchen es über diesen Zugang. Beeilt euch!", bellte Paul in das Funkgerät. „Und schaltet verdammt noch mal Blaulicht und Sirene aus!"

„Verstanden, Chef!"

Paul bedeutete Alex, ihm zu folgen. Sie schlichen die Hecke entlang bis zum Eingang. Die Garage lag rechts neben der Haustür. Vorsichtshalber rüttelte Paul am Knauf der Tür, nur um festzustellen, dass diese versperrt war. Das Garagentor war heruntergelassen. Alex suchte vergeblich nach einer Möglichkeit, das Tor von außen zu öffnen.

„Mist!", fluchte sie leise. „Ich hatte gehofft, dass die Garage offen wäre."

Paul bemerkte eine Gartenhütte, deren Tür offenstand. „Vielleicht finde ich da drinnen etwas, womit wir das Tor öffnen können."

Alex schlich um die Garage, als ihr Blick auf einen Wagen fiel, der an der Rückseite des Hauses parkte. Sie zog an der Fahrertür, die dem Druck augenblicklich nachgab. Sie spähte ins Innere. Die Schlüssel steckten noch. Wer immer das Auto zuletzt gefahren hatte, war in Eile gewesen. Sie zog den Schlüsselbund aus dem Zündschloss und begutachtete ihren Fund. Ein schmales, schwarzes Rechteck aus Kunststoff, das an dem Schlüsselring baumelte, erregte ihre Aufmerksamkeit. Sie bemerkte zwei kleine längliche Knöpfe. Sie drückte einen davon, Nichts geschah. Als sie den zweiten betätigte, fuhr das Garagentor langsam hoch. Alex sprang mit einem Satz aus den Wagen und lief zur Gartenhütte.

„Die Garage ist offen", rief sie und zog ihren Chef aus dem kleinen Schuppen.

Paul und Alex zogen ihre Pistolen aus dem Halfter und schlichen sich von links und rechts an die Garage heran. In der Garage parkte ein grüner VW Polo. Ansonsten waren hier ein Rasenmäher und zwei Fahrräder abgestellt, sowie einige Gartenmöbel und Werkzeug.

Paul zielte mit seiner Glock auf die Tür, die von der Garage ins Haus führte, als Alex die Klinke hinunterdrückte. Sie war verschlossen.

„Wäre auch zu schön gewesen!", seufzte Paul und musterte das einfache Schloss eingehend.

Alex durchwühlte in der Zwischenzeit ihre Jackentasche und zog die Kundenkarte einer Buchhandlung hervor. Mit der Karte drückte sie die Schlossfalle ein und bewegte sie im Türspalt auf und ab. Mit einem leisen Klack sprang die Tür auf. Im Halbdunkel schlichen sie eine Holzstiege hinab. Eine der Stufen knarrte laut, als Alex darauf trat. Instinktiv presste sie die Lippen zusammen und blieb stehen. Als nichts geschah, ging sie weiter. Schließlich erreichte sie einen modern möblierten Raum, der freundlicher wirkte, als sie es von einer Kellerwohnung vermutet hätte. Paul gab ihr Deckung. Hier war niemand. Paul warf Alex einen fragenden Blick zu.

Alex sah sich in dem Zimmer um, das eine Art Wohnzimmer samt Küchenzeile war. An der gegenüberliegenden Seite führte eine Stiege ins Obergeschoß. Erst auf den zweiten Blick fiel ihr eine Tür auf, die im selben Ton gestrichen war wie die Wände des Wohnzimmers. Sie ging leise darauf zu und lauschte.

„Ich kann nichts hören", flüsterte sie Paul zu, der etwas vom Boden aufhob, das er eingehend begutachtete.

„Was ist das?"

Ein Stück Stoff baumelte zwischen Pauls Fingern, die in hellblauen Latexhandschuhen steckten.

„Kommt dir das bekannt vor?", fragte er.

Alex' Herzschlag beschleunigte. Sie schlug sich eine Hand vors Gesicht. „Das Tuch gehört Theo", erwiderte sie leise. „Ein Geschenk seines Vaters."

Paul spähte zwischen den Lamellenvorhängen in den Garten. Er bemerkte zwei der Kollegen, die sich dem Haus näherten. Zwei weitere befanden sich noch außerhalb des Gartens. Binnen einer halben Minute hatten sie Paul und Alex erreicht. Paul schickte zwei der Männer ins Obergeschoß. Dann drückte er die Türklinke hinunter. Zu seiner Überraschung ließ sie sich öffnen.

Der Raum, der sich vor ihnen auftat, war kaum beleuchtet. Lediglich ein Bildschirm, der auf einem Tisch stand, verbreitete ein schwaches Licht, sodass sie sich nicht in völliger Dunkelheit bewegen mussten. Der Raum war vielleicht 15 Quadratmeter groß und fast quadratisch. Neben einem Tisch und drei Sesseln waren die einzigen Möbel ein Kasten und eine kleine Kommode. Daneben gab es ein Waschbecken. Darin lag ein Messer, das mit einer braunroten Flüssigkeit überzogen war. Alex griff mit Einweghandschuhen nach der Waffe und ließ sie in einen Plastikbeutel gleiten. Das Bild der toten Simone Strunz tauchte vor ihrem Auge auf. Sie vermutete, dass sie hier getötet worden war. Deshalb hatten sie an der Fundstelle kaum Blut entdeckt. Der Gedanke, dass Theo in der Gewalt dieser Verrückten war, jagte ihr Schauer den Rücken hinunter.

Der Bildschirm flackerte. Bevor Paul und Alex etwas erkennen konnten, verschwand das Bild aber wieder. Alex betätigte den Lichtschalter. Gleißende Helligkeit breitete sich in dem Raum aus, sodass Alex ihre Augen für einen Moment zusammenkneifen musste. Sie öffnete den Kasten. Er war fast leer. Lediglich ein paar Ordner mit Akten zum Unfall von Alfred Makatsch wurden hier aufbewahrt. Offenbar hatte Caroline eigene Ordner zu jedem einzelnen Mitglied der Clique angelegt. Alex wollte gerade einen der Ordner herausziehen, als ihr Blick auf eine Pinnwand über der Kommode fiel. Dort befand sich eine ganze Fotocollage der Clique. Bilder der jugendlichen Mitglieder während ihres Jesolo-Urlaubs. Fotos aus Schuljahrbüchern. Später von deren Hochzeiten. Dazwischen das Foto, das Elli Alex eben erst per WhatsApp geschickt hatte. Ein Bild von Caroline und Theo, eng umschlungen bei einem Spaziergang in Hellbrunn. Caroline hatte Theo mit einem dicken, roten Filzstift durchgestrichen und ein Kreuz auf seine Brust gemalt. Alex schauderte. Ein Stück abseits fand sie ein Foto, das Caroline mit ihrem Vater zeigte, als er noch gesund war. Sie strahlte übers ganze Gesicht. Ihr Vater und sie liefen mit einem Drachen über eine Wiese und lachten. Wie konnte ein Unfall ein scheinbar gesundes Mädchen in eine irre Serienmörderin verwandeln?

„Paul! Schau mal!"

Als Paul die Fotos begutachtete, schüttelte er den Kopf. „Wie kann so etwas passieren?", sprach er Alex' Gedanken laut aus. „Hat nie jemand bemerkt, wie krank dieses Mädchen ist?"

Alex hob hilflos die Schultern. „Ich weiß es nicht, Paul." Die beiden Beamten, die zu ihrer Verstärkung gekommen waren, blieben ebenfalls mit offenen Mündern vor der Pinnwand stehen.

„Wo sind die anderen Kollegen?", fragte Paul.

„Zwei sind im Garten, zwei im Haus", erwiderte ein Beamter.

„Wo ist Theo? Hier ist er ja offenbar nicht", meinte Paul.

Alex legte den Kopf leicht zur Seite. „Ich weiß es nicht, aber ich kann mir nicht vorstellen, dass Caroline verschwinden würde, solange ihr Vater lebt. Sie müssen irgendwo hier sein."

Einer der Kollegen bemerkte den flackernden Bildschirm und inspizierte das Gerät eingehend. Schließlich steckte er ein Kabel aus und wieder in die Buchse. Das Flackern endete und ein beängstigendes Bild baute sich auf. Paul und Alex starrten ungläubig auf den Bildschirm. Darauf war ein karg möblierter Raum zu sehen. Auf einer der Liegen kauerten Tim Bergmann und Hannes Blaschke, mit Fesseln an den Händen. Einer ihrer Füße war jeweils an einen Fuß des Bettes gekettet. Die beiden wirkten weggetreten, als wären sie sediert worden. Auf einer weiteren Pritsche hockten Theo und Sabine Süß. Ihre Hände waren jeweils mit einem Strick gefesselt. Theo hatte eine Wunde am Kopf. Sein Haar war an dieser Stelle rot verklebt. Sabine kauerte mit angezogenen Knien neben ihm. Tränen liefen ihr über die Wangen. Vor ihnen stand Caroline. Sie hielt eine Pistole in der Hand. Alex hatte nicht den geringsten Zweifel, dass sie geladen war.

Paul telefonierte aufgebracht mit den Kollegen. „Ich brauche hier eine Spezialeinheit", bellte er in den Hörer. „Am besten gestern! Wir haben hier eine Geiselnahme."

Alex bemerkte die Kamera, die von einer Öffnung in der Tür des Kastens auf sie gerichtet war.

„Wir müssen versuchen, mit ihr zu reden", sagte Alex leise.

Sie deutete auf die Kamera hinter ihnen. „Sie weiß, dass wir hier sind."

Paul leckte sich über die Lippen. Dann postierte er sich vor dem Bildschirm. Auch hier war die Kamera aktiviert. Alex hatte recht. Caroline hatte das hier lange geplant. Sie war bereit für den letzten Akt.

Ich

Ich halte den Atem so lange an, bis mir plötzlich schwummrig wird. Erst da fülle ich meine Lungen mit Luft. Ich bin angespannt. Alle, die meinem Vater und mir das angetan haben, sind hier. Es ist Zeit für das große Finale.

Sabine darf jetzt nur keinen Fehler machen. Wenn sie etwas Falsches sagt oder den Beamten einen Grund liefert, in den Keller einzudringen, schaffe ich es vielleicht nicht mehr rechtzeitig. Natürlich könnte ich sie alle einfach abknallen. Aber das wäre zu einfach. Ich will, dass sie wissen, warum sie sterben. Mir in die Augen sehen. Sie sollen sich ebenso hilflos fühlen wie ich damals. Sie sollen spüren, wie es ist, wenn das eigene Leben endet.

Ich habe damals natürlich weitergelebt, wenn man das so nennen kann. Es war wohl mehr ein Dahinvegetieren, ein täglicher Kampf ums Überleben, ohne zu wissen, wofür ich überhaupt weitermachte. Erst als das Ehepaar Clausner mich aufgenommen hat, habe ich erfahren, dass mein Vater noch lebt. Als ich darauf bestand, das Grab meines Vaters zu besuchen, fand mein Pflegevater schnell heraus, dass mein Vater gar nicht gestorben war. Ihnen verdanke ich, dass er von da an die bestmögliche Betreuung erhalten hat. Geld spielte für die Clausners keine Rolle. Wer weiß, wenn er die schon früher bekommen hätte, wäre er womöglich in weit besserer Verfassung. Wie oft habe ich darüber nachgedacht, wie viel er an Lebensqualität eingebüßt hat, weil man ihn nach der Rehabilitation in ein Heim für Schwerstbehinderte gesteckt hat, in dem er lediglich versorgt wurde, sich aber niemand aktiv um ihn kümmerte. Ich will mir gar nicht vorstellen, wie sich diese Jahre der Einsamkeit und Hoffnungslosigkeit für ihn angefühlt haben müssen. Und doch überschwemmt mich dieser Gedanke immer wieder, und ich komme nicht umhin zu denken, dass die Menschen, die hier mit mir in diesem schalldichten Raum kauern, die Schuld an seiner Misere tragen. An meiner Misere.

Ich zupfe unruhig an meinem Ohrläppchen. Das dauert alles zu lange. Wo bleibt Sabine so lange? Hat sie den Beamten etwas erzählt? Vielleicht suchen sie gerade nach einem Weg, unbemerkt in den Keller zu gelangen? Hannah spürt meine Unruhe.

„Ich sehe nach", sagt sie und ist schon an der Tür, ehe ich etwas sagen kann.

Theo fixiert mich mit hasserfüllten Augen.

„Und jetzt?", fragt er. „Willst du uns alle hier töten?"

Ich antworte nicht. Antwort genug. Ich sehe ihm an, dass er versteht.

Das Sedativum lässt allmählich nach. Tim und Hannes öffnen schlaftrunken die Augen. Schlagartig wird ihnen bewusst, wo sie sind. Als Tim seinen Bruder erkennt, ist er schlagartig wach.

„Mein Gott, Theo! Du hier?" Im selben Moment realisiert er, dass ihre Chancen schlecht stehen, wenn selbst ein Polizeibeamter in meine Fänge geraten ist.

„Sie hat dich auch ausfindig gemacht", schlussfolgert Tim, ehe Theo etwas erwidern kann.

„Schlimmer", flüstert Theo und verzieht das Gesicht. Die Wunde an seinem Kopf scheint ihn zu schmerzen.

Tim starrt ihn fragend an.

„Ich vögle mit deinem Bruder", spucke ich ihm entgegen. „Recht effektiv, wenn es darum geht, jemandes Vertrauen zu gewinnen. Und nicht einmal so unangenehm, wie ich es mir vorgestellt hätte." Ich werfe Theo einen mitleidigen Blick zu.

„Sag, dass das nicht wahr ist!", brüllt Tim. „Du hast dich mit dieser Wahnsinnigen zusammengetan?"

Theo schüttelt nur den Kopf.

„Er wusste doch nicht, wer ich bin", erkläre ich Tim. „Aber es ist nicht schwer, einen Mann zu verführen. Theo war schon recht empfänglich für meine Reize, nicht wahr, Theo?"

Ich kann sehen, dass er mir am liebsten die Augen aus-kratzen würde. Nun daraus wird wohl nichts.

„Du bist der Freund dieser Irren?", meldet sich nun auch Hannes Blaschke zu Wort. „Na schönen Dank auch!"

„Halt die Klappe!", zischt Theo.

„Wenn du damals nicht so viel geschnupft hättest, hättest du vielleicht rechtzeitig bremsen können und wir wären jetzt nicht in dieser Scheiß-Situation", schimpft Tim.

Ich hebe erstaunt eine Augenbraue. „Du bist also gefahren", bemerke ich. „Und ich dachte, Tim wäre der Unfallverursacher gewesen." Ich nähere mich Hannes Blaschke, bis ich nur noch wenige Zentimeter von seinem Gesicht entfernt bin. „Und das alles wegen ein bisschen Koks."

Er zuckt zurück, merkt aber, dass er die Wand hinter sich bereits erreicht hat. „Ein feiner Psychologe bist du! Aber jetzt bekommst du die Rechnung präsentiert. Wie alle anderen!"

Ich sehe jemanden, im Nebenraum. Es ist nicht Hannah. Ich lege meine Pistole an und öffne langsam die Tür. Dann schiebe ich den Kasten zur Seite. Er ist fast leer und lässt sich daher leicht bewegen. Als Attrappe erfüllt er seine Funktion. Es ist Sabine. Ihre Augen weiten sich vor Schreck, als sie sieht, dass ich auf sie ziele.

„Schieb den Kasten zurück vor die Tür und schließ sie dann!", fordere ich sie auf und stoße sie dann auf die zweite Pritsche. Ich fessle ihre Hände ans Ende der Pritsche. Sabine weint.

„Wo ist Hannah?", frage ich sie eindringlich.

„Wer?" Sabine sieht ehrlich überrascht aus.

„Die Frau, die vorhin mit dir gesprochen hat."

Sabine schüttelt den Kopf. „Ich weiß es nicht."

Ich spüre ein ungutes Rumoren im Magen. Wo ist Hannah? Und warum ist sie nicht mit Sabine nach unten gekommen? Einen Moment lang streift mich der Gedanke, dass sie abge-hauen sein könnte. Sie weiß, was sie erwartet. Vielleicht ist sie doch nicht so loyal, wie ich gedacht habe. Ich schüttle die Vorstellung ab. Ich konnte mich immer auf Hannah verlassen. Immer. Ich darf nicht zulassen, dass mich Zweifel auffressen. Nicht jetzt. Ich muss mich auf das hier konzentrieren. Wenn ich das ohne Hannah durchziehen muss, dann werde ich das eben tun. Ich ziehe das Kuvert aus der Tasche, entnehme die Kärtchen und halte sie Sabine unter Nase.

„Was ist das?"

„Zieh eine Karte!", fordere ich sie auf.

„Tu das nicht!", ruft Tim ihr zu. „Sie tötet denjenigen, dessen Name auf der Karte steht."

Sabines Kinn bebt. „Oh Gott, nein!"

„Nicht?" Ich lächle. „Sonst jemand?" Ich blicke in die Runde. Niemand antwortet.

„Na schön. Dann spiele ich eben alleine."

Ich nehme die Kärtchen in die linke Hand, mit der rechten beginne ich abzuzählen. „Ine-ane-u und raus bist du!" Damit wandert das erste Kärtchen zurück in das Kuvert. So verfahre ich mit den verbliebenen drei Namen. Als ich die beiden letzten Karten in der Hand halte, schluchzt Sabine leise.

„Ine-ane-u und raus bist du!"

Ich drehe das verbliebene Kärtchen triumphierend in der Hand und werfe einen Blick darauf. Ich lächle zufrieden. Besser hätte es gar nicht laufen können.

„Wer ist es?", fragt Sabine den Tränen nahe.

„Immer mit der Ruhe", sage ich, als der Bildschirm plötzlich zu flackern beginnt. Der Nebenraum ist mit einem Bewegungsmelder versehen. Hannah, denke ich.

Immer wieder flackert der Bildschirm. Ich kann nicht erkennen, wer durch das Zimmer nebenan schleicht. Ich halte den Atem an. Dann kann ich das Bild einen Moment lang erkennen. Es ist nicht Hannah. Sie hätte den Kasten zur Seite geschoben und wäre direkt wieder zu uns gekommen. Es sind zwei, nein drei. Einer steht unschlüssig in der Tür. Das Bild flackert erneut. Aber ich glaube zu wissen, wer da im Nebenraum steht. Alexandra Wild und ein Kollege, den ich nicht kenne. Und wenn ich die beiden sehen kann, dann sehen sie uns auch. Ich atme tief aus. Na gut, denke ich. Planänderung. Dann werden wir das Ganze eben beschleunigen. Ich hebe meine Pistole, ziele und drücke den Abzug. *Ine-ane-u und tot bist du.*

Alex

Alex und Paul beobachteten, wie Caroline die Pistole hob und zielte. Erst auf Tim, dann auf Sabine und Theo. Alex fand den Lautstärkeregler und drehte ihn bis zum Anschlag. In diesem Moment krachte der Schuss. Alex' Blick klebte an dem Bildschirm. Jemand schrie. Alle redeten durcheinander. Hannes Blaschke war vornüber zusammengesackt. Alex schlug eine Hand vor den Mund. Theo lehnte sich schützend mit seinem Körper über Sabine.

„Hören Sie", wendete Alex sich an Caroline, nachdem sie sich wieder beruhigt hatte. „Geben Sie auf! Sie kommen hier nicht raus. Lassen Sie die anderen gehen."

Carolines Gesicht wendete sich der Kamera zu. Ihre Augen glänzten fiebrig. Wie im Wahn. Alex erschauerte bei dem Anblick.

„Niemals", zischte sie und lachte dabei.

Alex drehte den Lautstärkeregler auf stumm, damit Caroline sie einen Augenblick lang nicht hören konnte.

„Paul, wir müssen etwas unternehmen. Die Frau ist verrückt. Sie wird nicht davor zurückschrecken, alle zu töten, selbst wenn wir ihr dabei zusehen."

Paul nickte. „Ich weiß." Er stellte sich so vor Alex, dass Caroline sein Gesicht nicht sehen konnte.

„Sie ist hier. Sie und die Geiseln." Er machte eine kaum wahrnehmbare Bewegung mit dem Kopf. „Die Kabel des Bildschirms führen vom Tisch bis zur Wand. Dort verschwinden sie in einer kleinen Öffnung."

Alex' Blick folgte den Kabeln. „Ein Nebenraum?"

Sie leckte sich über die Lippen. „Aber wir haben den Schuss lediglich durch den Bildschirm gehört. Hätten wir den Schuss nicht deutlich hören müssen, wenn sie gleich nebenan sind?"

„Nicht unbedingt", flüsterte Paul. „Die Frau ist vorbereitet. Sie plant diese Morde nicht erst seit ein paar Tagen. Es würde mich nicht wundern, wenn der Raum schalldicht wäre."

Alex nickte und wählte Daniels Nummer. Es gab keinen Empfang im Keller.

„Wie weit sind die Kollegen?"

Paul seufzte. „Sie haben sich rund ums Haus postiert. Zwei Kollegen sind oben in der Wohnung."

Alex öffnete die Datei mit den Bauplänen des Hauses, die Daniel ihr vorhin geschickt hatte, und betrachtete sie eingehend.

„Paul? Der gesamte Keller war ursprünglich ein einziger Raum. Sie muss die Wände alle später eingezogen haben."

„Dann liegen wir mit unserer Vermutung wahrscheinlich richtig", schlussfolgerte Paul, der wie gebannt auf den Bildschirm starrt. Er drehte das Mikrofon wieder auf.

„Geben Sie auf, Frau Makatsch! Sie kommen hier nicht raus."

Carolines Gesicht näherte sich der Kamera. Ihre Pupillen waren groß wie Euromünzen. „Dann endet das hier und heute für uns alle!", spuckte sie hervor.

Alex bemerkte, dass Theos Hände sich heftig hinter Sabines Oberkörper bewegten. Er bearbeitete seine Fesseln. Sabine kauerte schluchzend in seinem Schoß. Ob es ihm gelingen würde, sich zu befreien? Caroline holte erneut ihr Kuvert aus der Gesäßtasche.

„Da waren es nur noch drei!", rief sie aus und hielt die drei Kärtchen in die Luft. „Ine-ane-u und raus bist du!" Eine Karte verschwand in dem Kuvert. Sie wiederholte das Spiel mit den beiden verbliebenen Karten. Triumphierend hielt sie einen Namen in die Kamera.

Alex konnte den Blick nicht abwenden. „Caroline! Tun Sie das nicht! Wir können Ihnen helfen. Noch können Sie die richtige Entscheidung treffen. Bitte glauben Sie mir, Sie werden sich auch nicht besser fühlen, wenn Sie noch mehr Menschen töten."

Der Name schwebte über den Bildschirm wie ein Monster in einem Alptraum. TIM.

„Oh doch! Ich habe so viele Jahre auf diesen Augenblick gewartet. Sie können mich nicht aufhalten."

Alex blickte Paul verzweifelt an.

„Hier!", rief Paul, der die Tür hinter dem Kasten entdeckt hatte. Gemeinsam mit einem der Kollegen schob er ihn beiseite. Die Tür war verschlossen.

„Ich brauche die Spezialeinheit hier unten!", bellte er ins Funkgerät. „Sofort!"

Ein Knacken über den Äther.

„Hört ihr mich?", brüllte Paul in den Funk. Die Anspannung troff aus allen Poren.

„Klar und deutlich", meldete sich eine vertraute Stimme.

Alex lief es kalt den Rücken hinunter. „Oh, mein Gott!"

„Sie ist hier", erklärte Paul das Offensichtliche.

„Die Kollegen reagieren nicht. Das heißt nichts Gutes."

Alex spähte aus dem Raum in Carolines Wohnbereich. Dort war alles ruhig. Durch die Lamellenvorhänge bemerkte sie einen uniformierten Kollegen, der blutüberströmt im Garten lag. In seiner Stirn klaffte ein Loch.

Scheiße!

„Paul, ich gehe hinauf. Sie ist dort oben. Wir müssen sie aufhalten, ehe noch mehr Kollegen in ihre Falle tappen."

„Kommt nicht in Frage! Ich mache das. Du bleibst hier unten und redest mit der Irren. Wir müssen Zeit schinden, bis die Spezialeinheit eintrifft."

Damit schlich Paul die Treppen ins Obergeschoß hinauf und ließ Alex mit zwei weiteren Kollegen und einem Brennen im Magen zurück.

Alex atmete tief durch und starrte auf den Bildschirm. Sie drehte die Lautstärke des Mikrofons auf.

„Caroline, hören Sie mich?", wandte sie sich an die Frau, die den Finger am Abzug hatte.

Der Blick der Killerin richtete sich auf die Kamera. „Klar und deutlich", erwiderte sie. „Aber sparen Sie sich die Mühe! Es wird nichts ändern."

Alex leckte sich über die Lippen. „Sie helfen Ihrem Vater nicht, wenn Sie noch mehr Menschen töten. Er würde das nicht wollen."

Ein Schatten huschte über Carolines Gesicht. Dann schlich sich ein verächtliches Lächeln in ihre Züge zurück.

„Wagen Sie es ja nicht, mir zu sagen, was mein Vater möchte. Sie haben keine Ahnung!"

Alex presste die Fingernägel in ihre Handflächen. „Ich habe ihn vorher gesehen. Sabine hat uns das Haus gezeigt. Er hatte große Angst, dass etwas Furchtbares geschehen könnte."

Carolines Hand zitterte. „Sie wissen so gut wie ich, dass mein Vater nicht sprechen kann." Tiefe Furchen tanzen zwischen ihren Augenbrauen. „Er hat Ihnen gar nichts gesagt."

Alex nickte. „Sie haben recht. Das hat er nicht. Mit mir kommuniziert, meine ich. Ich habe seine Worte auf dem PC in seinem Schlafzimmer gelesen."

Alex spürte, wie ihr der Schweiß über den Rücken lief. Caroline durfte nicht merken, dass sie bluffte. Sie musste Zeit gewinnen. Sie davon abhalten, noch jemanden zu erschießen.

„Sie lügen!", schrie Caroline. Ihre Stimme klang unnatürlich hoch.

„Das tue ich nicht", erwiderte Alex so ruhig es ihr möglich ist. „Er muss geahnt haben, dass Sie etwas Schlimmes vorhaben. Er hat große Angst um Sie."

„Bullshit!", kreischte Caroline. „Gar nichts ahnt er. Gar nichts!"

„Wenn Sie das sagen", entgegnete Alex. „Ist es nicht so, dass Sie sich schuldig fühlen? Weil Ihr Vater Ihretwegen angehalten hat? Weil Sie nicht bei ihm waren, als der Unfall geschah?"

Carolines Blick erstarrte. Es schien, als würde sie für einen Moment lang wieder das zehnjährige Mädchen sein, das zum Waldrand lief, um zu pinkeln, und das sich, von einem furchtbaren Knall aufgeschreckt, hinter einem Baum versteckte.

„Es ist nicht Ihre Schuld, was damals passiert ist. Und ebenso wenig ist es die Schuld von Tim, Theo oder Sabine. Öffnen Sie die Tür! Machen Sie die Situation nicht noch schlimmer. Für sich selbst. Und für Ihren Vater."

Einen Augenblick lang spiegelte Carolines Gesicht Erleichterung wider. Erleichterung darüber, die Verantwortung abgeben, endlich aufgeben zu können. Doch dann verhärteten sich ihre Züge ebenso plötzlich und sie richtete die Pistole auf Tim.

In diesem Moment ertönte ein Schuss. Alex' Herz trommelte hart gegen ihre Rippen. Unwillkürlich hatte sie die Augen geschlossen. Tränen verschleierten ihre Sicht, als sie erneut auf den Bildschirm starrte. Sie brauchte einen Augenblick, bis sie realisierte, dass der Schuss nicht aus der Waffe abgefeuert worden war, die auf Theo zeigte. Theo saß nach wie vor auf der Pritsche, den Blick auf Caroline gerichtet. Das Geräusch kam von oben. Aus dem Wohnbereich des Hauses. Hatte Paul geschossen? Oder jemand von der Verstärkung? War die Spezialeinheit eingetroffen? Alex' Ohren summten. Einer der beiden Kollegen lief nach oben, um nachzusehen, was passiert war. Alex wollte ihn aufhalten, doch er ist schneller. Der andere Kollege fuchtelte unterdessen mit der Hand vor Alex' Gesicht. Er wollte ihr etwas zeigen. Er hatte die Schließvorrichtung für die Tür entdeckt. Sie befand sich unter dem Waschbecken. Sie nickte, bedeutet ihrem Kollegen, auf die Verstärkung zu warten.

„Sie sehen ganz verängstigt aus", kommentierte Caroline Alex' Gesichtsausdruck.

Alex konzentrierte sich darauf, ruhig zu klingen. „Die Verstärkung ist da", erwiderte sie. „Sie haben keine Chance. Geben Sie auf!"

Caroline lachte auf. Ihr Gesicht war zu einer boshaften Fratze verzogen. „Das hätten Sie gerne, nicht wahr? Schade, dass ich sie enttäuschen muss."

Alex versuchte, nicht daran zu denken, dass Theo in diesem Raum sterben könnte. Hinter Caroline bemerkte sie, wie er konzentriert daran arbeitete, sich zu befreien. Alex bemühte sich, nicht dorthin zu sehen. Sie durfte Carolines Aufmerksamkeit keinesfalls auf Theo lenken. Vielleicht hatte er eine Chance, sich zu befreien, die Killerin zu überwältigen.

„Es sind Schüsse gefallen", erklärte Alex leise. „Im Obergeschoß."

Carolines Augen weiteten sich, ehe sie leise „Hannah" flüsterte.

„Hannah ist dort oben, nicht wahr?", fragte Alex nach. „Wollen Sie wirklich, dass meine Kollegen sie töten? Nur, weil Sie nicht einsehen wollten, dass es vorbei ist?"

Caroline kniff die Augen zusammen. „Hannah kann sehr gut selbst auf sich aufpassen, glauben Sie mir!"

„Was, wenn Sie sich irren? Was, wenn sie verletzt ist? Oder schlimmer: Tot?."

Carolines Kopf wackelte unkoordiniert von links nach rechts. Einen Moment lang bekam ihre Fassade Risse. Ihre Lippen bebten. Dann fing sie sich wieder. „Hannah geht es gut. Das spüre ich."

Ein weiterer Schuss hallte durch das Gebäude. Alex zuckte zusammen. Paul müsste längst wieder hier unten sein. Mit der Verstärkung. Sie huschte aus dem Raum und warf einen Blick aus dem Fenster. Sie konnte keinen der Beamten sehen. Nur der erschossene Kollege lag immer noch an derselben Stelle auf den Waschbetonplatten. Unter seiner Uniform hatte sich eine dunkle Lache gebildet.

„Paul!", rief Alex in ihr Funkgerät. „Paul, kannst du mich hören?"

Stille. Das Nichts dehnt sich in den Kellerräumen aus, bis Alex das Gefühl hatte, es würde den Sauerstoff in der Luft verdrängen.

„Soll ich nachsehen?", fragte der Kollege, der bei Alex geblieben war.

Sie schüttelte den Kopf. „Nein. Wir bleiben hier."

Der Uniformierte nickte erleichtert. Seine Hände zitterten. Er sah aus, als hätte er die Polizeischule eben erst absolviert.

„Paul! Hörst du mich?"

Ein Knistern. Alex spitzte die Ohren. Täuschte sie sich oder lachte da jemand? Die Härchen auf ihren Armen standen stramm.

„Paul", sagte sie noch einmal, dieses Mal leiser. Sie hasste die Verzweiflung, die sich in ihre Stimme geschlichen hatte.

Dann hörte sie ein Knarzen. Eine Tür, die dringend geölt werden müsste. Sie spähte aus dem Raum. Jetzt wünschte sie, sie hätte das Licht in Carolines Wohnbereich angelassen. Sie konnte nur Schatten erkennen. Den Tisch. Den Stuhl. Da waren Schritte. Alex zog die Glock aus ihrem Halfter und legte sie an. Ihre Augen brauchten einen Moment, um sich in der Dunkelheit zu orientieren. Eine Gestalt humpelte behäbig die Treppe in den Keller hinab, als hätte sie Mühe, sich vorwärtszubewegen. Alex legte an und zielte.

„Das würde ich schön bleiben lassen", zischte eine Stimme, die Alex kannte. „Wäre doch schade um Paul, nicht wahr?"

Erst jetzt erkannte Alex den Körper, der schwerfällig über die Stufen nach unten schlurfte. Es war Paul. Sein Gesicht schmerzverzerrt. Aus seinem Oberschenkel lief Blut.

Alex legte die Waffe auf den Boden, um zu signalisieren, dass sie aufgab. Ihre Augen klebten an Paul, der viel Blut verlor.

„Paul braucht einen Arzt", erklärte sie.

Die Frau lachte. „Das würde dir so passen. Reiß das Geschirrtuch in Streifen, das auf der Anrichte liegt, und binde sein Bein ab!"

Alex folgte der Aufforderung. In der Kochnische war ein Lichtschalter. Als sie ihn drückte, wurde ihr das Ausmaß der grotesken Situation bewusst. Die Stimme, die sie bereits erkannt hatte, bekam ein Gesicht: Angi, die Paul ihre Glock in den Rücken drückte. Sie konnte nicht glauben, dass sie nichts davon bemerkt hatten. Dass sie so getäuscht worden waren. Von ihrer eigenen Kollegin.

„Angi, bitte! Paul braucht ärztliche Hilfe."

Ihre Kollegin lachte verächtlich. „Einen Scheiß braucht er! So und jetzt rein da mit euch!"

Angi wedelte mit ihrer Dienstwaffe vor Alex' Gesicht herum. Alex hob die Hände und bewegte sich rückwärts in den Raum, in dem der Bildschirm ungerührt die Szene der Geiselnahme im Nebenraum abspielte. Als Caroline Angi alias Hannah entdeckte, huschte ein Lächeln über ihre Züge. Alex bemerkte, dass der junge Kollege verschwunden war. Ihr Blick wanderte zu dem Kasten, den sie zuvor zur Seite geschoben hatten.

„Du bist also Hannah", sagte Alex an Angi gewandt.

„Du bist ja von der ganz schnellen Truppe", erwiderte Angi.

„Du hast dich im Kinderheim mit Caroline angefreundet. Als du von ihrem Schicksalsschlag erfahren hast, habt ihr gemeinsam beschlossen, euch an den Unfallverursachern zu rächen."

„Das kam erst viel später", erklärte Angi, „als wir beide bei dem Ehepaar Clausner lebten. Aber ja, wir haben Linas Rache von langer Hand geplant."

„Und du bist zur Polizei gegangen, um was? Uns immer einen Schritt voraus zu sein?"

Angi fuchtelte mit der Pistole herum, während Alex Paul auf einen Stuhl schob, um den Druck von seinem verletzten

Bein zu nehmen. Sie riss das Geschirrtuch in Streifen und band diese um sein Bein. Binnen Sekunden färbte sich der Stoff rot. Wenn Paul nicht schnell Hilfe bekam, würde er verbluten.

„So ungefähr. Wir waren uns bewusst, dass es hilfreich sein würde, immer auf dem Laufenden zu sein, zu wissen, was die Polizei als Nächstes vorhatte. Was sie bereits wusste."

Alex versuchte, in Pauls Gesicht zu lesen, wie schlimm es um ihn stand. Er war bleich, aber seine Augen blickten entschlossen.

„Und dafür hast du ernsthaft die Polizeischule absolviert?" Alex starrte Angi ungläubig an. „Nur, um einen mörderischen Racheplan auszuführen?"

Angi lachte verächtlich. „Das kannst du nicht verstehen. Du hattest eine feine Kindheit. Niemand hat dich in ein Kinderheim gesteckt, nachdem der Rest deiner Familie gestorben war. Mit vollen Hosen ist gut stinken."

Alex dachte an den Tod ihrer Eltern und daran, dass sie ohne ihre Oma wohl ebenfalls in einem Heim geendet wäre, aber sie erwiderte nichts.

„Wenn man keine Familie mehr hat, gibt es nicht viele Menschen, die dich auffangen." Angi warf einen fast zärtlichen Blick auf den Bildschirm. „Lina war einer dieser Menschen. Vielleicht der Einzige, der immer für mich da war. Ich hätte noch viel mehr für sie getan."

Alex fragte sich, was man noch für jemanden tun konnte, für den man bereits zum Mörder geworden war.

„Ihr kommt hier nicht raus", sagte sie daher leise. „Ihr habt nicht den Hauch einer Chance."

Angi hob eine Augenbraue. „Fertig mit Verbinden?", herrschte sie ihre Kollegin an und rempelte sie unsanft an.

Alex stand langsam auf.

„Dann rein da mit euch!"

Angi betätigte den Schalter unter dem Waschtisch und die Tür zum Nebenraum öffnete sich. Alex drehte sich kurz zur Tür um. Irgendetwas flackerte vor dem Fenster. Blaulichter. Oder hatte sie sich das eingebildet? Sie zwang sich, nicht länger hinzusehen.

„Los!", fuhr Angi Paul an. „Hoch mit dir!"

„Er kann nicht. Siehst du das denn nicht?", schrie Alex zurück und legte einen Arm um Pauls Taille, um ihn zu stützen. Mit einem Stöhnen richtete er sich auf und ließ sich von Alex keuchend in den Nebenraum zerren. Hannes Blaschke kauerte reglos zusammengesunken auf einer Pritsche. Daneben saß Tim, der Caroline, die mittlerweile auf ihn zielte, nicht aus den Augen ließ. Die Kette, mit der sein Fuß am Bettpfosten fixiert war, rasselte. Alex schauderte. Sie hoffte inständig, dass die Spezialeinheit längst da war und sich in diesem Augenblick darauf vorbereitete, sie hier rauszuholen. Wenn sie doch nur ihre Waffe hätte. Sie überlegte fieberhaft, was sie tun konnte. Sie musste Paul hier raus schaffen, ehe er verblutete. Sie blickte zu Theo. Er nickte ihr zu. Ein leichtes Lächeln umspielte seine Lippen. Er hatte seine Hände befreit. Alex nickte ihm zu. Jetzt oder nie.

Ich

Der Schuss war in die Wand hinter Hannes und Tim gegangen. Ich schaue erstaunt auf meine rechte Hand. Sie zittert. Wenn es nicht so ungelegen käme, wäre es beinahe lachhaft. Der Knall dröhnt in meinen Ohren. Tim und Theo verziehen das Gesicht. Sabine schluchzt noch lauter. Ich will sie anschreien, dass sie sich zusammenreißen soll, aber ich lasse es bleiben. Sie war nicht Teil des Plans. Sie hat ihre Schuld mehr als beglichen. Sie dürfte gar nicht hier sein. Warum hat sie nicht einfach ihren freien Tag genießen können? Ich seufze. Jetzt hat sich ihre Rolle in diesem Spiel verändert. Sie wird zum Kollateralschaden, auch wenn ich das gar nicht wollte. Ein Zufall hat über ihr Schicksal entschieden. *C'est la vie.*

Theos Kollegin ist nervös. Ihre Mundwinkel zucken immer wieder. Sie will mir einreden, dass Hannah überwältigt wurde, dass sie tot sei, doch daran glaube ich keine Sekunde. Ich kenne Hannah. Ich weiß, wozu sie fähig ist. Ich ziehe das Kuvert aus meiner Gesäßtasche. Ine-ane-u. Wie gerne habe ich das mit meinem Vater gespielt, als ich noch klein war! Auf diese Weise haben wir ausgelost, wohin wir in den Urlaub fuhren, welche Eissorte wir bestellten oder was wir heute kochen wollten. Jetzt geht es darum, wer zuerst sterben soll. Als Tims Name übrigbleibt, lächle ich zufrieden. Eine gerechte Entscheidung, wie ich finde. Er war damals der Älteste der Truppe. Er hätte es besser wissen müssen. Damit bleibt Theo für den Schluss. Die Vorstellung gefällt mir.

Als ich auf Tim ziele, sehe ich aus den Augenwinkeln eine Bewegung im Nebenraum. Ich bin abgelenkt und schieße daneben. Ob das ein Zeichen ist? Ich erkenne Hannah, die einen verletzten Mann vor sich herschiebt und auf den Stuhl bugsiert. Er ist Polizeibeamter. Das sehe ich an der Art, wie

Alexandra Wild mit ihm spricht. Sie ist besorgt. Sehr sogar.

Ich spüre, wie Erleichterung meinen Körper flutet. Hannah ist unversehrt. Nicht, dass ich ernsthaft dachte, dass sie tot wäre, aber einen kurzen Moment lang hat mich der Gedanke gestreift. Sie spricht mit den dem Mann und Alex Wild, fordert ihn auf, aufzustehen. Alex Wild verbindet sein Bein. Ich werfe einen Blick auf die blutigen Stofffetzen und schätze ab, wie viel Zeit ihm bleibt. Nicht viel, denke ich. Er zieht eine Blutspur durch den Raum. Hannah wird die Polizeibeamten hereinbringen. Dann sind alle hier versammelt.

Die Tür geht auf. Der blutende Polizeibeamte humpelt herein. Er stützt sich auf Alex, die augenscheinlich versucht, die Situation abzuschätzen. Ich kann sehen, wie ihre Augen durch den Raum zucken, auf der Suche nach einem weiteren Ausgang, einer Möglichkeit, sich vor Schüssen zu schützen. Theos Blick heftet sich an seine Kollegin. Als ich den Kopf wende, kneift er die Augen zusammen. Sie sind hasserfüllt. In gewisser Weise kann ich ihn verstehen. Ich habe ihn benutzt. Über viele Monate. Es dauert eine Weile, bis jemand Vertrauen fasst. Diese Zeit habe ich eingeplant. Ich habe praktisch bei Theo gewohnt. Ich konnte ihn ja schlecht mit zu mir nehmen. Er hat seine Gedanken mit mir geteilt. Auch jene rund um die Morde. Er hat mich, ohne es zu wollen, stets auf dem Laufenden gehalten. Wäre ich an seiner Stelle, würde ich mich auch hassen.

Alex

Alex nahm in Sekundenbruchteilen wahr, dass der Raum über keinen anderen Ausgang verfügte. Instinktiv tastete sie nach Hannes Blaschkes Hals. Sie meinte, einen Puls zu spüren, wenn auch schwach. Ihr Blick huschte durch das Zimmer, auf der Suche nach etwas, womit sie Pauls Bein effektiver abbinden konnte. Paul stöhnte leise.

„Ich brauche seinen Gürtel", erklärte sie Caroline und zeigte auf Theo.

„Du brauchst gar nichts", zischte diese. „Ihr alle braucht gar nichts, da wo ihr hingeht."

Alex' Mund war trocken. Sie schluckte gegen die Wut an, hier mit dieser Irren gefangen zu sein. Sie würden hier sterben. Sie, Paul und Theo. Und ein paar weitere Menschen, die nichts weiter als Marionetten in Carolines perfidem Spiel waren. Einen Moment lang wägte sie ihre Chancen ab, sich auf Caroline zu stürzen. Wenn sie das Überraschungsmoment nutzen konnte, könnte es ihr gelingen, Caroline zu überwältigen. Wenn es nur darum ginge, Caroline auszuschalten, stünden ihre Chancen gut. Aber das tat es nicht. Hannah stand nahe an der Tür und versperrte damit den einzigen Fluchtweg. Sie hielt eine Waffe in der Hand. Alex seufzte. Ehe sie Caroline zu Boden werfen konnte, hätte Angi ihr eine Kugel verpasst. Alex begriff noch immer nicht, wie ihre ‚Kollegin' sie so dermaßen hatte täuschen können. Sie alle.

„Wie ist die Lage oben?", fragt Caroline ihre Komplizin.

Hannah grinste. „Zwei tote Polizeibeamte. Ein weiterer ist verletzt. Den habe ich zusammengeschnürt wie ein Weihnachtspaket." Sie gluckste. „Wird wohl eine Weile dauern, bis man den in der Abstellkammer findet."

„Hast du den Auftrag erledigt?", fragt Caroline.

„Die Geschichte ist draußen", erwiderte Angi mit einem breiten Grinsen. „Es kann sich nur um Minuten handeln, bis die wichtigsten Onlineportale darüber berichten. Fernsehen und Radio dauert erfahrungsgemäß ein wenig länger. Morgen berichten dann die Tageszeitungen."

Caroline lächelte zufrieden. Theo knurrte leise.

„Welche Geschichte?", fragte Alex. „Die Geschichte von vor 28 Jahren? Denken Sie wirklich, dass irgendein Hahn heute noch danach kräht?"

„Halt die Klappe!", zischte Angi und verpasste Alex einen Fußtritt.

Nur die Tatsache, dass Angi bewaffnet war, hielt Alex davon ab, sich auf sie zu stürzen. Sie kaute beunruhigt an ihrer Unterlippe. Wenn Angi die Wahrheit saget, dann waren die Kollegen entweder tot oder außer Gefecht gesetzt. Bis auf den jungen Polizisten, der sich fast ins Hemd gemacht hatte. Alex hoffte inständig, dass er sich im Nebenraum im Kasten versteckt hatte. Oder irgendwo im Wohnbereich. Wie es aussah, waren sie auf seine Hilfe angewiesen. Wo blieb nur die verdammte Verstärkung?

„Worauf wartest du?", fragte Hannah. „Tim könnte längst tot sein." Sie deutet mit dem Kopf auf Carolines Waffe.

„Lass mich diesen Moment ein wenig genießen", gab Caroline zurück. „Ich habe so lange darauf gewartet, diese Scheiß-Bande zu töten. Da darf es doch wenigstens etwas Spaß machen." Sie schielte zu Alex hinüber. „Besonders, wo ich jetzt Publikum habe."

Alex ballte die Fäuste. Sie hatte jetzt selbst gut Lust, Caroline umzubringen. Paul war Familie. Und auch, wenn sie das nie offen zugeben würde, Theo ebenfalls. Er war ihr Partner. Sie würde ihn nie im Stich lassen.

Etwas erregte Angis Aufmerksamkeit. Sie schlüpfte durch die noch geöffnete Tür in den Nebenraum und von dort in den Wohnbereich. Blaue Lichter tanzten vor dem Fenster.

„Wir müssen uns beeilen!", rief sie, als sie in den Raum zurückkehrt. „Die Verstärkung ist da. In zwei Minuten wimmelt es hier von Spezialkräften."

Caroline lächelte. Alex konnte ihr ansehen, dass sie darauf vorbereitet war. Wortlos schob sie ihre Waffe in die Rückseite ihres Hosenbundes und bewegte sich zielsicher zu einer Ecke des Raumes. Dort stand ein großer Karton. Sie holte einen Kanister hervor, öffnete den Deckel und begann, die darin enthaltene Flüssigkeit über Theo, Tim, Hannes und Sabine zu schütten. Der beißende Geruch von Benzin erfüllte den Raum. Der Treibstoff ließ Alex' Augen tränen. Ihre Handflächen schwitzten, obwohl ihr kalt war. Caroline hatte einen Plan. Alex begriff erst jetzt, dass sie nie die Absicht hatte, hier raus zu kommen. Sie wollte ihre Rache. Sie wollte, dass alle, die an dem Unfall beteiligt gewesen waren, sterben. Und sie war bereit, mit ihnen zu sterben. Alex schloss die Augen. Dann stürzte sie sich auf Caroline, die einen kleinen Gegenstand aus der Vordertasche ihrer Jeans zog. Es war ein Feuerzeug. Alex sah es sofort. Sah, wie sie auf den Auslöser drückte, wie die Flamme nach oben züngelte. Sie packte Carolines Handgelenk, versuchte, ihr das Feuerzeug zu entreißen. Diese ließ den Auslöser los, umklammerte den Gegenstand jedoch mit ihrer Faust. Durch die Wucht, mit der Alex gegen Caroline prallte, gingen beide zu Boden. Sie hörte Geschrei. Angi war augenblicklich zur Stelle und hielt ihr die Pistole an die Schläfe.

„Loslassen! Sofort!", befahl sie.

Alex reagierte nicht. Sie musste Zeit gewinnen. Wenigstens ein bisschen. Sie musste verhindern, dass Caroline das Feuerzeug einsetzen konnte. Dann ging alles ganz schnell. Es rumpelte im Nebenraum. Angi warf einen Blick auf den Bildschirm. Diesen kurzen Augenblick nutzte Theo und warf sich mit seinem ganzen Körpergewicht gegen Angi, die direkt vor ihm stand. Sie taumelt, krachte gegen den Tisch, auf dem der Bildschirm stand. Alex hielt Caroline im Schwitzkasten. Sie bemerkte eine Gestalt auf dem Bildschirm. Es war der junge Kollege. Sie kannte nicht einmal seinen Namen. Er hielt etwas in den Händen. Sie konnte nicht erkennen, worum es sich handelt. Er zog an einer Schnur und warf den Gegenstand in den Raum, in dem sie alle kauerten. Einen Moment lang erstarrte Alex. Sprengstoff? Eine Granate? Sekunden später wurde ihr klar, worum es sich handelte. Der Gegenstand landete auf dem Boden. Binnen Sekunden breitete sich dichter Rauch in dem Raum aus. Eine Rauchbombe. Alex konnte kaum noch die Hand vor Augen sehen. Caroline holte aus und schlug ihr den Ellenbogen ins Gesicht. Alex sah Sternchen. Ihre Nase tat höllisch weh. Blut lief ihr den Rachen hinunter. Sie fluchte. In diesem Moment gelang es Caroline, das Feuerzeug so zu greifen, dass sie es entzünden konnte. Durch die dicken Schwaden nahm Alex den Schein der Flamme wahr.

„Neiiiin!", brüllte sie, während sie Caroline, die versuchte, sich in den Vierfüßlerstand aufzurappeln, an den Haaren packte. Die Hand von Alex ist nur wenige Zentimeter von der ihrer Widersacherin entfernt. Alex streckte ihren Arm, bis es sich anfühlte, als würde sie ihre Schulter auskugeln.

Irgendwo vernahm sie Getrappel von Füßen. Sie versuchte, sich zu orientieren. Sie hörte, wie Theo mit Hannah auf dem Boden kämpfte. Offenbar war Angi die Waffe aus der Hand gefallen. Zwischendurch hörte sie Angi kreischen. Dann Theo fluchen. Jetzt wünschte Alex, sie könnte etwas sehen. Caroline versetzte ihr einen Tritt in den Magen. Alex würgte. Die gebrochene Nase und das Blut in ihrem Magen verstärkten ihre Übelkeit. Caroline entwand sich aus Alex' Griff. Sie krabbelte auf allen vieren auf die Pritsche zu. Auf die Menschen, die die Killerin zuvor mit Benzin übergossen hatte. Auf Theo. Die Flamme leuchtete nicht mehr, aber Alex war sicher, dass Caroline das Feuerzeug fest umklammert hielt. Adrenalin schoss durch ihren Körper. Alex hechtete über den Boden und knallte dabei mit dem linken Knie auf den harten Untergrund. Einen Moment lang blieb ihr die Luft weg. Mit den Fingern bekam sie Carolines Unterschenkel zu fassen. Diese strampelte mit aller Kraft. Alex' Nase drohte zu explodieren, als Caroline nach ihr trate und sie im Gesicht erwischt. Tränen liefen ihr über die Wangen.

In diesem Moment bemerkte sie Gestalten, die vor der Tür umher huschten. Erleichterung flutete Alex. Und Schmerz.

„Polizei!"

Der Nebel begann sich ein klein wenig zu lichten. Alex bemerkte, dass Caroline Tim erreicht hatte. Sein angeketteter Fuß bewegte sich klirrend gegen den Metallpfosten. Alles geschah wie in Zeitlupe. Ein vermummter Polizeibeamter packte Angi unsanft, zog sie auf die Füße und bugsierte sie aus dem Raum. Sie brüllte und schlug wild um sich. Theo folgt dem Kollegen auf wackeligen Beinen.

Zwei weitere Einsatzkräfte der Spezialeinheit betraten den Raum. Einer kniete sich neben Paul und stützte ihn, um ihn hinauszubringen. Der Dritte bemerkte Alex, die verzweifelt versuchte, Caroline von der Pritsche wegzuzerren. Ihre Faust zu erreichen. Immer wieder rutschten Alex' schweißnasse Hände ab. Einen Moment lang wurde ihr schwarz vor Augen. Als Alex den Blick wieder hob, leuchtete die Flamme. Caroline drehte sich nach Alex um. Sie lächelte.

„Neiiiiin!" Alex' Schrei klang wie gedämpftes Krächzen, das von dem schalldichten Raum nahezu verschluckt wurde. Das Feuer züngelte an Tims Bein hoch. Binnen Sekunden stand er in Flammen. Alex erreichte Caroline und zog ihr ein Bein weg. Diese krachte auf ihre Hüfte und brüllte. Der Beamte packte geistesgegenwärtig eine alte Decke, die auf der Pritsche lag und warf sich damit über Tim. Es roch nach verbrannten Haaren und versengtem Fleisch. Der Mann brüllte etwas in sein Funkgerät. Binnen Sekunden stürmten weitere Kollegen und ein Notarzt mit zwei Sanitätern die Treppe hinunter. Alex drückte sich an der Pritsche hoch. Ihre Beine fühlten sich an wie Gelee. Der junge Polizeibeamte stand in der Tür und lächelte sie an. Sie reckte einen Daumen in die Höhe. Der Notarzt kümmerte sich um Tims Verbrennungen. Ein Sanitäter verabreichte Sabine ein Beruhigungsmittel. Zwei Kollegen der Sondereinheit befreiten Tim und Hannes von ihren Fesseln.

„Was ist mit Hannes Blaschke?", fragte Alex, nachdem der Notarzt ihn untersucht hatte.

Der Doktor schüttelte nur den Kopf. Alex spürte Tränen der Wut in sich aufsteigen. Nur wenige Minuten zuvor hatte der Mann noch gelebt. Der Rauch lichtete sich. Allmählich konnte Alex wieder Einzelheiten erkennen.

Sie wandte sich nach Caroline um, doch die lag nicht mehr auf dem Boden. Unwillkürlich drehte sich Alex um die eigene Achse. Ihr Blick streifte den des jungen Polizisten. Seine Augen starrten weit aufgerissen in die Ecke, in der Caroline den Benzinkanister versteckt hatte. Alex folgte seinem Blick. Caroline lehnte an der Wand, eine Handfläche gegen das kühle Mauerwerk gepresst. Die andere Hand umschloss eine Pistole. Der Lauf der Waffe drückte sich gegen die Unterseite ihres Kinns.

„Caroline! Nicht!", rief Alex und bewegte sich vorsichtig zwei Schritte auf die Frau zu.

Caroline lachte verächtlich.

„Das hat doch keinen Sinn!", versicherte Alex ihr. „Es sind schon genug Menschen gestorben."

Die zwei Kollegen der Spezialeinheit näherten sich Alex ebenfalls.

„Bleiben Sie zurück!", schrie Caroline.

„Schon gut!" Alex hob beschwichtigend die Hände. Sie hätte daran denken müssen, dass Caroline ihre Pistole bei sich trug. Wieso hatte sie diese aus den Augen gelassen?

„Legen Sie die Waffe auf den Boden", sagte einer der vermummten Beamten.

Als die Frau nicht reagierte, sprang er blitzschnell auf sie zu. Caroline schloss die Augen. Ihr Finger zuckte am Abzug.

„Nicht!!", brüllte Alex.

In diesem Moment fiel ein Schuss, der von den schalldichten Wänden fast zur Gänze verschluckt wurde. Caroline sank zu Boden. Von ihrem Gesicht fehlte eine Hälfte. Der Polizeibeamte fluchte, tastete nach dem Hals der Frau, schüttelte den Kopf.

Alex wandte sich ab. Sie humpelte, die Stufen ins Obergeschoss hinauf. Zwei schwarze Leichensäcke wurden eben abtransportiert. Die Kollegen, die Angi erschossen hatte. Ein weiterer Polizeibeamter wurde in der Abstellkammer gefunden. Er hatte eine dicke Beule am Kopf, war ansonsten aber unverletzt. So viele Tote. So viel sinnloses Sterben, dachte Alex. Menschen, die aus Rache sterben mussten. Ein Plan, der letztendlich nur Leid und nicht Wiedergutmachung bewirkt hatte.

Der Notarzt eilte auf Alex zu.

„Sie fahren mit uns ins Krankenhaus. Ihre Nase muss dringend versorgt werden."

Alex schüttelte den Kopf. „Es geht mir gut. Wirklich."

Der Notarzt streckte eine Hand nach ihr aus, sagte etwas. Doch sie hörte nichts. Ihre Ohren rauschten. Alles drehte sich mit einem Mal viel zu schnell. Wie auf einem Kettenkarussell. Dann kippte die Welt zur Seite und mit ihr die grauenhaften Bilder dieses Tages.

Alex

Alex bestand darauf, die Nacht in einem Stuhl an Pauls Bett zu verbringen. Obwohl ihr Kopf sich anfühlte wie ein Druckkochtopf, der jeden Augenblick zu platzen drohte, weigerte sie sich, ihren Platz zu verlassen. Man hatte Paul operiert und ihm mehrere Blutkonserven gegeben. Es sei ernst, aber er sei stabil, hatte man ihr gesagt. Seine Frau Bea war gekommen und hatte mit ihr gemeinsam gewartet, bis Paul aus dem Operationssaal in den Aufwachraum gebracht worden war. Alex wusste, dass sie es nur Pauls Freundschaft zu einem der Oberärzte hier im Krankenhaus verdankten, dass sie überhaupt hier bleiben durften.

Bea wirkte wie ein Schatten ihrer selbst, als sie Paul an die vielen Schläuche angehängt in dem Bett liegen sah. Jetzt lag sie in einem Zustellbett, das man hereingefahren hatte, und schlief den Schlaf der Erschöpften. Alex beneidete sie fast ein wenig. Wie gerne hätte sie diesen furchtbaren Tag abgelegt wie ein schmutziges Kleidungsstück und einfach geschlafen! Aber sie konnte nicht. Jedes Mal, wenn sie die Augen schloss, tauchten Bilder in ihrem Kopf auf: Caroline, wie sie sich den Schädel wegpustete. Paul, der vor ihren Augen zu verbluten drohte. Die beiden erschossenen Kollegen. Theos gequälter Blick, als er seinen Bruder zum Krankenwagen begleitete. Zudem hing der Geruch von Blut und verbranntem Fleisch in ihrer Nase. Sie hatte es bereits mit Eukalyptusöl und Desinfektionsmittel versucht, aber der Gestank ließ sich einfach nicht vertreiben.

Ein leises Klopfen riss sie aus ihren Gedanken. Es war Theo. Das erste Mal seit Tagen lächelte er sie an. Alex sprang auf, wurde aber von einer Welle der Übelkeit wieder auf ihren Stuhl gezwungen. Ihr Gesicht pochte. Langsam stand sie auf.

„Wie geht es ihm?", fragte Theo leise, als sie die Tür hinter sich zuzog.

Sie zuckte die Achseln. „Die Ärzte meinen, er wird es überstehen."

„Bestimmt wird er das", versicherte Theo und drückte ihre Schulter.

„Und Tim?"

„Er hat Verbrennungen ersten und zweiten Grades erlitten", erwiderte Theo. „Aber er wird wieder. Und das ist die Hauptsache."

Alex nickte. „Was für ein kranker, verrückter Fall."

„Ja", erwiderte Theo leise. „Ich kann immer noch nicht fassen, dass ich mich auf diese Irre eingelassen habe."

Alex nahm seine Hand in ihre. „Wie hättest du das merken sollen? Ich fand Caroline ja selbst total sympathisch. Nie im Leben wäre ich auf die Idee gekommen, dass sie eine eiskalte Killerin sein könnte."

Theo biss sich auf die Lippen. „Ich weiß nicht, ob ich je wieder einer Frau vertrauen kann."

„Natürlich kannst du das", sagte Alex bestimmt. „Nur wird das wohl eine Weile dauern."

Theo antwortete nicht. „Angi ist übrigens zusammengebrochen, als sie von Carolines Tod erfahren hat."

„Wo ist sie jetzt?"

„In der Psychiatrie. Der Notarzt meinte, in diesem Zustand könne sie nicht in Untersuchungshaft genommen werden."

Allein bei dem Gedanken an ihre ‚Kollegin‘ stellten sich die Härchen in ihrem Nacken auf.

„Na hoffentlich geht sie danach in Haft. Ich traue es irgendeinem windigen Winkeladvokaten zu, dass dieses Miststück wegen Unzurechnungsfähigkeit in eine Anstalt für abnorme Rechtsbrecher überführt wird." Sie schnaubte. „Und du weißt ja, wie das läuft, in ein paar Jahren überzeugt sie einen Gott in Weiß, dass sie wieder vollkommen genesen und gesellschaftstauglich ist."

Theo ließ die Schultern sinken. „Ich hoffe, du hast Unrecht und sie wird zu einer langen Haftstrafe verurteilt. Ich weiß, dass es grausam ist, so etwas zu sagen, aber ich bin beinahe erleichtert, dass Caroline sich umgebracht hat. Ich könnte es nicht ertragen, ihr in einem Gerichtsverfahren noch einmal gegenübertreten zu müssen."

„Ich kann dich verstehen, Theo, glaub mir."

„Übrigens: Caroline hat ihre Rache in gewisser Weise bekommen."

„Was meinst du?" Alex blickte ihn verständnislos an.

Theo kramte sein Mobiltelefon aus der Hosentasche und hielt ihr das Display unter die Nase. „Der Artikel, den Tim für sie schreiben musste, wurde veröffentlicht. Von einer Reihe von Online-Medien."

Alex kniff die Augen zusammen und überflog den ersten Teil der Geschichte. „Ganz schön dick aufgetragen", bemerkte sie. „Und sie hat die Namen aller Beteiligten genannt."

„Allerdings. Ich denke, das war ihr erklärtes Ziel, die Mitglieder der Clique anzuschwärzen", bestätigte Theo.

„Wir könnten die Online-Medien auffordern, den Artikel aus dem Netz zu nehmen."

„Ich habe Daniel bereits darauf angesetzt", entgegnete Theo. „Das Netz vergisst zwar nie und wir können nicht ausschließen, dass der eine oder andere den Beitrag geteilt hat, aber allzu groß kann die Reichweite in der kurzen Zeit nicht sein."

„Ich hoffe, du hast Recht."

„Allerdings hat auch eine namhafte Tageszeitung einen Teil der Geschichte abgedruckt", fügte Theo hinzu. „Und ein Radiosender will Caroline und mich zu dem Vorfall interviewen."

„Was wirst du tun?"

„Ich habe dem Redakteur mitgeteilt, dass ich damals ein Kind war und während des Unfalls geschlafen habe. Außerdem könne ich ihm aus ermittlungstechnischen Gründen keine Auskunft geben. Und Caroline kann sich nicht mehr äußern."

Alex runzelte die Stirn. „Ob das Ganze ein Nachspiel hat? Für deinen Bruder und Sabine?"

Theo zuckte die Achseln. „Wir werden sehen. Es kann jedenfalls nicht schlimmer sein als das, was die beiden bereits durchmachen mussten."

Als Theo sich verabschiedete, schlich Alex zurück in Pauls Krankenzimmer. Pauls Brustkorb hob und senkte sich mit jedem Atemzug. Bea lag zusammengerollt wie ein Embryo im Zustellbett und schnarchte leise. Alex lächelte. Die beiden gehörten einfach zusammen. Sie mochte sich gar nicht vorstellen, dass sie Paul heute um ein Haar verloren hätte! Im nächsten Augenblick fiel ihr ein, welche Verluste dieser tragische Fall auch für andere Menschen mit sich gebracht hatte. Helga Clausner hatte ihre Adoptivtochter verloren. Und Lina, ihre Pflegetochter. Hannah, die Frau Clausner ebenfalls betreut hatte, befand sich in der Psychiatrie, und wenn sie nicht zu einer Haftstrafe verurteilt wurde, würde sie viele Jahre in einer Klinik zubringen.

Alex nahm sich vor, Frau Clausner gleich in der Früh aufzusuchen. Nach all den Fragen, die sie der alten Dame gestellt hatte, fühlte sie sich verpflichtet, ihr persönlich von Carolines Tod und Hannahs Zukunftsaussichten zu berichten. Alex verschränkte ihre Arme auf Pauls Bett und bettete ihren Kopf darauf. Ihre Augen brannten. Sie wollte sie nur für einen Moment schließen. Ehe ein weiterer Gedanke durch ihren Kopf flirrte, hatte der Schlaf sie übermannt.

Epilog

Als Alex ihren Wagen auf dem Parkplatz der Seniorenresidenz abstellte, hielt sie ihr Gesicht in die warme Märzsonne. Sie hatte die Daunenjacke gegen eine leichte Wolljacke getauscht und genoss die Sonne auf ihren Wangen. Der Fall hatte sie gezeichnet und nicht nur die gelb-violetten Flecken unter ihren Augen und um ihre gebrochene Nase zeugten davon. Sie litt immer noch unter Schlafstörungen und wenn sie endlich schlief, weckten sie die Bilder, die ihr aus dem Keller bis in ihre Träume gefolgt waren.

Erst nach Carolines Selbstmord hatte Sabine Süß zugegeben, schon immer gewusst zu haben, für wen sie da arbeitete. Sie hatte die Entscheidung, das Unfallopfer zum Sterben zurückzulassen, nie verwunden. Per Zufall hatte sie von einer befreundeten Krankenschwester von dem Mann erfahren, der vor vielen Jahren bei einem Unfall nahe Thalgau beinahe ums Leben gekommen war. Sie war überzeugt davon, den Mann gefunden zu haben, den sie damals vermeintlich getötet hatten. Ein paar Recherchen später war sie sicher. Als dessen Tochter schließlich eine Pflegekraft für ihren Vater gesucht hatte, bewarb Sabine Süß sich kurzerhand. So war sie im Haus von Caroline Makatsch und ihrem Vater Alfred gelandet, mit einer Anstellung, die ihr deutlich weniger Geld einbrachte als ihre Stelle im Krankenhaus, ihr aber das Gefühl gab, Wiedergutmachung zu leisten.

Nach dem Vorfall im Keller verschlechterte sich der Zustand von Alfred Makatsch rapide. Er wurde im Krankenhaus auf der Intensivstation behandelt. Sabine Süß wich ihm bis zu seinem letzten Atemzug nicht von der Seite. Es war ihr ein Trost, dass Alfred nun wieder mit seiner Tochter vereint war.

Tim erholte sich schnell von seinen Verletzungen, was er nicht zuletzt der geistesgegenwärtigen Reaktion des Polizeibeamten verdankte. Denn dieser hatte sich in dem Moment, da die Flammen seinen Körper hinaufgekrochen waren, mit einer Decke auf ihn gestürzt und das Feuer erstickt.

Als Tim von Iris' Tod erfuhr, war er ernsthaft erschüttert. Es schien, als hätte die beiden eine Zeit lang mehr verbunden als rein berufliche Absichten. Was sich privat zwischen den beiden abgespielt hatte, behielt Tim allerdings für sich. Fest stand, dass er sie gemocht hatte. Erst aufgrund des Ausmaßes der ganzen Tragödie, fragte er sich, ob Caroline ihre Pflegeschwester nicht gezielt auf ihn angesetzt hatte, um einen ersten Kontakt zu ihm herzustellen. Er erinnerte sich vage an einen Vorfall, als Iris ihm, einige Bögen Papier in die Hand gedrückt hatte. Angeblich hatte sie für die Eskort-Agentur eine Unterschrift von ihm benötigt. Im Nachhinein fragte er sich, ob Caroline Iris gebeten hatte, dafür zu sorgen, dass seine Fingerabdrücke auf einem Bogen des Briefpapiers der ehemaligen Rechtsanwaltskanzlei Clausner zu finden waren. Nur so konnte er sich erklären, dass seine Fingerabdrücke auf der Nachricht sichergestellt worden waren, die man bei Claudia Buchinger gefunden hatte.

Tim hatte eingewilligt, Simone Strunz während ihres Aufenthalts in Salzburg, bei sich zu beherbergen. Er hatte ihr das Schlafzimmer überlassen und selbst auf der ausziehbaren Couch im Wohnzimmer geschlafen. Nach dem Mord an Andreas Wallner, war Simone derart in Panik geraten, dass sie Tim anflehte, während ihres Aufenthalts in Salzburg bei ihm übernachten zu dürfen.

Alex hatte sich lange gefragt, wie Tims DNA unter Claudias Fingernägel gekommen sein mochte. Da die beiden eine Beziehung geführt hatten und seine DNA im ganzen Haus zu finden war, schien Tims Erklärung, sie hätten noch am Tag ihres Todes Sex gehabt, glaubhaft. Ein leiser Zweifel in Bezug auf die Rolle, die Tim in diesem Fall gespielt hatte, würde aber bleiben. Es gelang Alex nicht, den Zweifel ganz abzuschütteln.

Frau Clausner öffnete Alex wortlos die Tür. Sie war bleich und ihre Augen gerötet. Sie hatte geweint.

„Es tut mir so leid", sagte Alex, als sie das Zimmer der Seniorin betrat.

Frau Clausner deutete auf einen Stuhl, ehe sie selbst Platz nahm.

„Haben Sie Kinder?", fragte sie die Polizeibeamtin.

Alex spürte einen Stich in der Brust. „Nein", erwiderte sie. „Aber ich hätte gerne welche."

Frau Clausner nickte. „Ja. Kinder sind etwas Wunderbares. Ich habe nie verstanden, warum der Herrgott uns eigene Kinder verwehrt hat." Sie seufzte. „Aber jetzt, wo ich einen Großteil meiner Pflegekinder und meine Adoptivtochter überlebt habe ...", Sie schluchzte. „... bin ich nicht mehr sicher, ob es das ist, was ich wollte."

Alex berührte die alte Dame sanft am Arm. „Sie haben vielen Kindern ein schönes Zuhause gegeben. Das war es, was Sie wollten."

Die alte Frau nickte. „Sie haben Recht. Das wollte ich. Aber Eltern sollten ihre Kinder nicht überleben. Das ist wider die Natur."

Genau wie Mord, dachte Alex. „Es tut mir sehr leid, was Sie durchmachen müssen."

Frau Clausner machte eine abwehrende Handbewegung. „Ich werde mich immer fragen, ob ich es hätte ahnen müssen."

„Was meinen Sie?"

„Dass ich eine Mörderin in mein Haus aufgenommen habe. Und deren Komplizin. Denken Sie, eine Mutter müsste das spüren?"

349

Alex schüttelte den Kopf. „Nein, das denke ich nicht. Menschen zeigen uns nicht immer ihr wahres Gesicht. Wie hätten Sie wissen können, dass Caroline krank vor Hass war?"

Frau Clausner starrte abwesend auf einen Fleck auf dem Boden. „Es gab schon Anzeichen", erklärte sie. „Ich wollte sie einfach nicht erkennen."

„Was für Anzeichen?"

„Sie war wie besessen davon, herauszufinden, wer ihren Vater damals angefahren hatte. Sie hat am Unfallort eine Dose mit einem Film gefunden. Ich habe ihn für sie entwickeln lassen, als sie bei uns lebte." Frau Clausners Lippen zitterten. „Sie hat die Bilder über ihrem Bett aufgehängt und die jungen Leute mit einem roten Filzstift durchgestrichen. Ich habe sie gefragt, warum sie das tut. Sie sagte, sie würden irgendwann ihre gerechte Strafe erhalten. Ich nehme an, sie hat die Beteiligten anhand der Fotos einen nach dem anderen ausfindig gemacht."

Frau Clausners Augen füllten sich mit Tränen. „Ich habe dem Ganzen nicht genügend Bedeutung beigemessen. Aber ich hätte nie gedacht, dass sie damit meinte, sie wolle diese Menschen töten."

„Natürlich nicht", beschwichtigte Alex die alte Dame.

„Aber sie war besessen von dem Gedanken. Ich habe gedacht, es ginge ihr besser, nachdem wir ihren Vater ausfindig gemacht und aus der Einrichtung für Schwerstbehinderte geholt hatten. Wir engagierten danach eine Pflegekraft, die ihn privat betreute."

„Wie hat sie herausgefunden, dass ihr Vater noch am Leben war?"

„Nachdem Lina zu uns gezogen war, bestand sie darauf, sein Grab zu besuchen. Erst da haben wir festgestellt, dass er noch lebte. Frau Jankovic hatte Lina belogen und ihr erzählt, er wäre gestorben."

„Und es ging Caroline – Lina – nicht besser, obwohl ihr Vater nun bestmöglich versorgt wurde?"

„Lange Zeit dachte ich das. Sie schien glücklich zu sein, dass ihr Vater lebte, dass sie ihn regelmäßig sehen konnte, aber offenbar hat sie mich getäuscht."

„Sie hat sogar meinen Kollegen getäuscht", erwiderte Alex. „Er dachte ernsthaft, sie wäre in ihn verliebt."

Frau Clausner schüttelte den Kopf. „Sie hat ihre eigene Schwester umgebracht, um ihren Racheplan auszuführen. Was für ein Mensch tut so etwas?"

„Ein sehr kranker Mensch", entgegnete Alex. „Darf ich Sie noch etwas fragen? Caroline hat das Briefpapier der Kanzlei Ihres Mannes verwendet, um Nachrichten an ihre späteren Opfer zu schicken. Haben Sie eine Idee, wie sie nach all den Jahren daran gekommen ist?"

Frau Clausner lächelte traurig. „Ja, ich denke, das weiß ich. Caroline hat Ferdi sehr gemocht. Als er die Kanzlei damals aufgeben musste, hat sie ihm geholfen, die Büros auszuräumen und sämtliche Akten zu archivieren. Ich nehme an, sie hat das Briefpapier behalten."

„Wussten Sie, dass Tim Bergmann vor Jahren ein Praktikum in der Kanzlei Ihres Mannes absolviert hat?"

„Tim Bergmann? Ist das Ihr Kollege?", fragte die alte Dame.

„Nein. Es ist sein Bruder. Er ist Journalist. Er war damals einer der Jugendlichen, die für den Unfall von Carolines Vater verantwortlich waren. Und er war einer von Iris' Kunden."

Frau Clausner runzelte die Stirn. „Nein, der Name sagt mir nichts, aber ich habe mich auch nicht um die Personalangelegenheiten der Kanzlei gekümmert. Das hat ausschließlich Ferdi gemacht. Und was Iris' Arbeit betrifft: Sie hat mir nie von ihren Kunden erzählt."

„Ich verstehe. Kennen Sie eigentlich Frieda Kastner, die Frau, die das Kinderheim in Aigen heute leitet?"

Frau Clausner blickte Alex direkt ins Gesicht. „Ja, das tue ich. Frieda war schon damals im Kinderheim beschäftigt, als wir die ersten Pflegekinder zu uns geholt haben."

„Das bedeutet, dass Frau Kastner über die Vorgänge im Heim Bescheid wusste."

Die alte Dame zuckte die Achseln. „Wahrscheinlich. Immerhin war sie die rechte Hand von Frau Jankovic."

„Danke, Frau Clausner." Alex stand auf und reichte der alten Dame die Hand. „Sie haben mir sehr geholfen. Ich wünsche Ihnen alles Gute."

Bevor Alex die Seniorenresidenz verließ, blickte sie sich um, in der Hoffnung, Elli zu sehen. Doch sie war nirgends zu sehen. An der Rezeption teilte man ihr mit, dass Frau Ahrens heute frei hätte. Alex seufzte. Ihre Oma hatte ihr eine Nachricht geschickt. Es gäbe in einer halben Stunde frischen Topfenstrudel und Kaffee. Alex lächelte. Genau, was sie jetzt brauchte.

Auf dem Heimweg machte sie einen Abstecher zum Kinderheim.

„Schon wieder die Mordkommission?", fragte Frau Kastner, die in ihrem schwarzen Hosenanzug zu versinken schien.

„Sie waren damals schon hier beschäftigt", stellte Alex fest. „Als Lina und Hannah hier lebten."

Frau Kastner senkte den Blick. „Das habe ich Ihnen bei Ihrem letzten Besuch bereits erzählt."

„Dann wussten Sie über die Zustände in diesem Heim Bescheid, nicht wahr?"

Frau Kastners bleiche Wangen bekamen eine kaum merkliche rosa Tönung. „Ja", gab sie schließlich zu. „Ich wusste, dass Frau Jankovic ein strenges Regiment führte."

„Das ist eine ziemliche Untertreibung, finden Sie nicht?"

Frau Kastner antwortete nicht.

„Wovor haben Sie solche Angst?"

Die Frau lachte heiser. „Sie war hier."

„Wer war hier?"

Frau Kastner legte ihre Hände in den Schoß und blickte Alex an. „Lina. Lina Makatsch."

„Wann war das?"

„Kurz nachdem diese beiden Morde geschehen sind."

Alex beugte sich nach vorne. „Was wollte sie von Ihnen?"

„Sie hat mir gesagt, dass Tim Bergmann mich aufsuchen würde. Er wolle einen Bericht über das Heim schreiben und eine ehemalige Bewohnerin befragen. Sie wollte sichergehen, dass ich nichts Falsches erzähle."

„Was hätte das sein können?"

Frau Kastner wand sich. „Sie wusste, dass ich sie beobachtet hatte, als sie aus dem Haus von Frau Jankovic gekommen war."

Alex blickte sie fragend an. „Und?"

„An dem Tag, an dem sie ihren Pflegeplatz erhalten sollte."

„Ich fürchte, ich verstehe nicht ..."

„Es war der Tag, an dem Frau Jankovic in ihrer Wanne starb."

„Oh", machte Alex. „Wieso haben Sie ihr nicht gesagt, Sie würden die Polizei einschalten?"

„Das hätte ich dann wohl schon viele Jahre zuvor machen müssen, nicht wahr?" Frau Kastners Augenbraue zuckte.

„Und warum haben Sie das nicht?"

Die Frau knetete ihre Finger. „Weil ich weiß, wozu sie fähig ist." Sie hob langsam den Blick. „Sie hat Barbara Wirth getötet."

„Wie kommen Sie darauf? Ich dachte, das wäre ein Unfall gewesen? In den Unterlagen steht ..."

„Martina – Tina – hat mir erzählt, dass es Lina war, die Barbara auf den Mönchsberg gelockt hat. Sie hätte ihr von einem Burschen erzählt, der sie unbedingt treffen wollte." Frau Kastner schluckte. „Glauben Sie mir, Lina wäre nicht seelenruhig mit dem Bus nach Hause gefahren, wenn es ein

Unfall gewesen wäre. Sie hätte um Hilfe gerufen und gewartet, bis die Polizei sie vernommen hätte."

Alex dachte einen Moment lang darüber nach.

„Und Sie wussten davon? All diese Jahre?"

Frau Kastner nickte langsam. „Ich habe Lina konfrontiert, ihr gesagt, ich wüsste, dass sie Barbara getötet hätte. Sie hat mir gedroht, es würde mir genauso gehen, wenn ich den Mund nicht halten würde. Ich hatte Angst."

„Vor einem Kind?"

„Sie wissen nicht, wie sie war."

Alex dachte an die Mordopfer, daran, wie Lina Makatsch Andreas Wallner ein zweites Mal überfahren hatte. Sie schauderte.

„All das ist so viele Jahre her. Wieso dachten Sie, dass Sie Ihnen nach all dieser Zeit etwas anhaben könnte?"

Frau Kastner schluckte. „Ich habe eine Tochter und zwei Enkelkinder. Wenn man Familie hat, ist man verwundbar."

„Das verstehe ich, aber warum sollten Sie annehmen, dass Sie Ihren Angehörigen etwas antun könnte?"

Frau Kastner stand wortlos auf und holte ein Stück Papier aus einer Schublade. Sie legte es auf den Tisch vor Alex Wild.

Reden ist Silber. Schweigen ist Gold.

Alex erkannte das Briefpapier der Kanzlei Clausner auf den ersten Blick. Aus dem gefalteten Zettel fiel ein Foto, das eine junge Frau mit zwei kleinen Kindern zeigte. Die Frau war ebenso blass wie Frau Kastner.

„Ihre Tochter?", fragte Alex, obwohl die Ähnlichkeit frappierend war.

„Und meine beiden Enkel." Frau Kastner lächelte gequält.

„Sie hat Sie wissen lassen, dass Sie ihr Geheimnis bewahren müssen."

Frau Kastner nickte.

„Aber warum haben Sie uns diese Nachricht nicht gezeigt, als wir Sie aufgesucht haben?"

Frau Kastner seufzte. „Ich bin mit Martina befreundet. Sie ist kaum älter als Lina, aber wir sind in Kontakt geblieben, nachdem sie erwachsen war. Martina wurde ebenfalls vom Ehepaar Clausner in Pflege genommen. Sie weiß, wozu Lina fähig ist."

Alex war nicht sicher, ob sie folgen konnte. „Martina ist das Mädchen, das mit Barbara Wirth befreundet war. Und das Ihnen erzählt hat, dass sie vermutet, dass Lina Barbara getötet hat."

Frau Kastner nickte. „Lina wusste, dass Martina sie stets verdächtigt hat, Barbara von der Balustrade gestoßen zu haben. Ich habe mir natürlich Gedanken gemacht, als Martina mir erzählt hat, dass ihr Mann überfahren und dabei getötet wurde. Ich weiß nicht, ob Sie wissen, dass Martina mit Andreas Wallner verheiratet war."

„Ja, das habe ich kürzlich erfahren", erwiderte die Polizeibeamtin.

Frau Kastner zögerte einen Augenblick lang. „Wenn man eins und eins zusammen zählt, könnte man meinen, Lina hat das recht geschickt eingefädelt, nicht wahr? Sie hat praktisch zwei Fliegen mit einer Klappe geschlagen."

Alex atmete geräuschvoll aus. „Caroline hat den Mann ihrer Pflegeschwester getötet. Sie denken also, Caroline hat ihn nicht nur wegen des Unfalls damals getötet, sondern um Martina zum Schweigen zu bringen?"

Frau Kastner schluchzte leise. „Caroline hat sich für den Unfall an Andreas Wallner gerächt und gleichzeitig hat sie Martina wissen lassen, was ihr blüht, sollte diese ihren Verdacht nicht für sich behalten. Lina tötet jeden, der eine Bedrohung für sie sein könnte. Bitte, Sie müssen meine Familie und mich vor ihr schützen!"

Alex griff nach Frau Kastners Hand und blickte ihr direkt in die Augen. „Machen Sie sich keine Sorgen! Das wird nicht nötig sein", erklärte sie und stand auf, um zu gehen. „Lina wird niemanden mehr ermorden oder auch nur bedrohen. Sie ist letztendlich ihrem eigenen Rachefeldzug zum Opfer gefallen. Sie ist tot."

Der Duft von Vanillesoße und frisch gebrühtem Kaffee erfüllte das Haus, als Alex den Flur betrat. Sie schlüpfte aus ihren Stiefeletten und hängte ihren Wollmantel an einen Haken.

„Oma, ich bin zuhause!", rief sie, als ihr Blick auf ein Paar feuchte Lederstiefel fiel. Sie spürte einen Kloß im Hals.

Oma erschien im Türrahmen, in der einen Hand ein bemehlter Nudelwalker, in der anderen, die noch geschient war, eine Kanne Kaffee.

„Schön, dass du da bist! Wir warten schon auf dich!"

Alex folgte ihrer Oma in die Küche und erstarrte, als ihr Blick auf den Gast ihrer Großmutter fiel. Elli saß auf der Bank am Tisch, ein riesiges Stück Topfenstrudel mit Vanillesoße vor sich. Alex' Herz beschleunigte. So ruhig wie möglich setzte sie sich ihr gegenüber auf einen Stuhl. Ihre Wangen glühten.

„Hallo Alex!", rief Elli zwischen einem Bissen Strudel. Ihre Augen blitzten übermütig.

„Hi!" Alex nippte verhalten an ihrem Kaffee. Sie fühlte sich wie eine Dreizehnjährige, die ihren Schwarm aus der Ferne anhimmelte.

Oma hängte ihre Schürze über einen Küchenstuhl und wusch sich die Hände.

„Was machst du?", fragte Alex ihre Oma.

„Ich bin verabredet", erklärte die alte Dame mit einem Augenzwinkern.

„Du? Mit wem denn?"

„Mit dem Peppi. Du weißt schon, der ein paar Häuser die Straße runter wohnt."

„Ist der nicht verheiratet?"

„Nicht mehr", erwiderte Oma mit einem Grinsen.

„Oh, ich wusste nicht, dass seine Frau gestorben ist."

„Ist sie auch nicht", entgegnete Oma lachend. „Sie hat ihn verlassen."

Alex starrte sie mit offenem Mund an.

„Ja, schau nicht so, das ist heutzutage normal."

„Mit 85?"

„Soll in jedem Alter vorkommen." Sie grinste frech. „Schaut euch zwei an!"

Alex und Elli setzten zum Protest an, als es an der Tür klingelte.

„Na schau, da ist er schon, der Peppi!", sagte Oma und winkte. „Wartet nicht auf mich! Es könnte spät werden."

Alex und Elli schauten sich an und lachten.

„Sie ist wirklich unglaublich!", meinte Elli, während sie ihren leeren Teller in die Spülmaschine stellte.

„Ja, das ist sie!", erwiderte Alex und brachte ihr Geschirr ebenfalls zur Spülmaschine.

Elli blieb so nahe neben Alex stehen, dass sie ihren Atem in ihrem Nacken spüren konnte. „Liegt wohl in der Familie."

Alex lächelte. Ihr Herz schlug Purzelbäume. „Höchste Zeit, dass wir endlich miteinander reden."

Elli legte eine Hand in Alex' Nacken und fuhr mit zwei Fingern sanft auf und ab. Alex schloss die Augen. Jede Berührung ließ sie leicht erschauern. Sie tastete nach Ellis Rücken und zog sie näher zu sich heran.

„Wie das mit Iris gelaufen ist, tut mir wirklich leid", begann sie. Sie blickte Elli tief in die Augen. „Ich weiß, ich habe mich wie eine Idiotin benommen. Ich wünschte, ich könnte das alles ..."

Elli zog Alex' Kopf ganz nah an ihren, bis ihre Lippen sich beinahe berührten.

„... rückgängig machen. Ich wollte dich wirklich nicht verletzen. Es ist einfach alles aus dem Ruder ..."

Elli presste ihre Lippen sanft auf Alex' Mund. Hormone jagten durch Alex' Körper wie ein Feuerwerk, das unvermittelt explodierte. Ihre Lippen fühlten sich an wie nach einem leichten Stromschlag.

„Reden wird überbewertet, Liebling! Halt einfach die Klappe und küss mich!", hauchte Elli.

Ellis Lippen verschlossen Alex' Mund und im selben Augenblick versank alles um sie herum in völliger Bedeutungslosigkeit.

-ENDE-

Bevor du gehst ...

Bitte nimm dir doch noch einen Augenblick Zeit, dieses Buch zu bewerten. Feedback ist für einen Autor unerlässlich, um laufend an sich zu arbeiten und den Wünschen seiner Leser bestmöglich zu entsprechen.

Rezensionen sind zudem eine tolle Möglichkeit, andere Leser auf dieses Buch aufmerksam zu machen!

Natürlich freue ich mich jederzeit über Post von dir! Schreib gerne an lilly.frost@gmx.at oder besuche mich auf meiner Facebook-Seite oder auf Instagram.

https://www.facebook.com/lillyfrostautorin
https://www.instagram.com/lillyfrostautorin

Vielen Dank für dein Feedback!
Alles Liebe

Deine
Lilly